무로(霧露)

무로(霧露) 上

초판 1쇄 찍은 날 § 2008년 1월 15일
초판 1쇄 펴낸 날 § 2008년 1월 25일

지은이 § 원주희
펴낸이 § 서경석

편집장 § 문혜영
편집책임 § 이종민
편집 § 한지윤

펴낸곳 § 도서출판 청어람
등록번호 § 제1081-1-89호
등록일자 § 1999. 5. 31
어람번호 § 제5-0178호

주소 § 경기도 부천시 원미구 심곡1동 350-1 남성B/D 3F (우) 420-011
전화 § 032-656-4452 팩스 § 032-656-4453
http://www.chungeoram.com
E-mail § eoram99@chollian.net

ISBN 978-89-251-1135-3 04810
ISBN 978-89-251-1134-6 (SET)

上 1부

무로(霧露)

• 원주희 지음 •

도서출판
청
어
람

上 1부

霧路

1. 로露

비가 그치자 하늘이 열렸다. 구름을 뚫고 나온 빛줄기가 젖은 들판 위로 쏟아졌다. 사방에서 새들이 지저귀고, 꽃들이 구름 새로 엿보이는 해를 향해 일제히 꽃잎을 펼쳤다. 봄을 끌어안는 단비에 대지는 한층 싱그러운 연둣빛을 띠었다.

차박차박.

젖은 땅을 빠르게 가로지르는 경쾌한 발소리. 작은 맨발에 밟힌 풀잎이 에구구 비명을 지르며 가로눕는다. 들판을 뛰어가는 소녀는 '이슬'이란 뜻의 이름을 가진 로(露). 맨발의 소녀는 치맛단을 무릎 위까지 치켜들고 날듯 가볍게 달렸다. 젖은 풀잎에 종아리가 젖고 치마 끝단엔 풀물이 들었다. 풀어헤친 검은 머리칼이 바람에 춤추듯 나풀거렸다. 햇살이 부끄러워할 만큼 환한 얼굴과 생동하는 맑은 눈빛, 상기된 뺨과 붉은 입술. 이제 막 열여섯 살이 된 로는 봄처럼 싱그러웠다. 그녀가 땅을 밟을 때마다 들풀은 짙은 초록빛으로 물들고 꽃들은 달콤한 향내를 사방으로 뿜어냈다. 로는 마치 봄을 몰고 오는 정령 같았다.

앞만 보고 정신없이 달리던 로가 순간 걸음을 멈추고 뒤를 돌아보았다. 마을에서 멀리 왔음을 눈으로 확인한 그녀는 가쁜 숨을 고른 후 다시 힘차게 달렸다. 들과 숲을 지나 완만한 능선을 단숨에 뛰어올라 가 멈춰 섰을 때, 로의 시선 아래로 탁 트인 벌판이 나타났다. 빛깔 고운 천을 펼쳐 놓은 듯 흠 없이 곱고 아름다운 광경이었다. 푸른 이끼가 낀 바위 위에 냉큼 올라선 로는 숨을 천천히 내쉬며 흐뭇한 표정을 지었다. 가슴이 후련해질 만큼 넓은 평원을 보니 마음 깊은 곳에서 그리움이 샘처럼 솟아났다. 대지는 그녀를 길러준 어머니이자 마을사람들의 일터였고 그리운 이가 걸어오는 길이었다.

'부디 한 걸음이라도 더 빨리 오게 해주세요. 큰 탈 없이 건강히 돌아오게 해주세요.'

로는 넓은 평원을 내려다보며 신께 두 손 모아 빌었다. 그녀의 촉촉한 눈빛은 대지와 하늘이 아득히 맞닿은 곳에 고정되어 움직일 줄 몰랐다. 지평선을 바라보는 로의 한쪽 눈동자는 해가 움직일 때마다 다른 빛깔을 띠었다. 짙은 푸른색이 해가 머리 꼭대기에 걸렸을 즈음엔 옅은 물빛을 띠었다. 푸르고 또 푸른 눈동자. 사람들이 감탄하고 또 두려워하는 눈동자. 그녀의 눈동자는 여느 사람들과 달랐다. 밤을 닮은 검은 눈동자와 낮을 닮은 푸른 눈동자. 밝은 햇살 아래에 서면 로의 눈동자는 더욱 투명하고 생생해 보였다.

"오늘인데, 오늘이면 당도한다고 했는데……."

한동안 제자리에서 평원을 응시하던 로가 어느덧 머리 위를 지나는 해를 보며 실망한 투로 중얼거렸다. 그리운 이는 언제쯤이나 올는지. 아침에 내린 이슬을 밟고 오나 했는데, 이슬이 다 마르고 해가 기울도록 오지 않는 걸 보면 오늘도 날이 아닌 모양이다. 로는 한숨을 내쉬며 제자리에 주저앉아 주머니에 숨겨 온 주먹밥을 꺼내 먹었다. 오늘 오지 않는다 해도 해가 지기 전까지 기다릴 작정이다. 로는 그가 몹시 보고 싶었지만 이 기다림이 지루하지 않았다. 기다린다는 건 기다리지 못하는 것보다 훨씬 가슴 설레는 일이다.

주먹밥을 먹으면서도 로의 눈빛은 평원 끝에 고정되어 움직일 줄 몰랐다. 깊이 박혀 있는 바위처럼, 오랫동안 한 곳에 뿌리 내린 나무처럼, 로는 제자리에서 그를 기다렸다. 해가 하늘을 건너고 구름이 바람에 밀려 먼 곳으로 흘러갔다. 촉촉했던 풀잎이 말라 대지의 초록빛이 더욱 짙어졌다.

윤기 흐르는 검은 머리 위로 쏟아지는 햇볕이 한층 부드럽게 누그러졌을 때였다. 들판 저 너머에서 무언가 움직이는 것이 보였다. 비록 점에 지나지 않았지만 들판에서 단련된 로의 밝은 눈은 놓치지 않고 보았다. 까만 점이 커질수록 로의 눈에 광채가 감돌기 시작했다. 로는 까치발을 들고 눈을 크게 떴다. 움직이는 작은 점은 좀처럼 모습을 내놓지 않고 애를 태웠지만 그녀는 참을성있게 기다렸다.

머리 위로 구름이 지나가며 그늘을 만들고 향긋한 바람이 귓전을 스쳤다. 들짐승이 구경을 왔는지 가까운 수풀이 들썩거렸지만 로는 숨죽이고 서서히 다가오는 그것을 보았다. 처음엔 점에 불과했던 그것이 시간이 흐르자 무엇인지 알아볼 수 있을 정도가 되었다. 순간 로의 얼굴이 빛으로 일렁이며 붉은 입술에서 환호가 터져 나왔다.

"왔다!"

드디어 저 멀리서 그가 오고 있었다. 아직 모습이 어렴풋하지만 로는 단숨에 그임을 알아보았다. 심장이 뛰고 덩달아 숨도 가빠졌다. 기쁨이 얼굴에 가득 차고 넘쳤다. 마을의 젊은 사내들이 먼 도시로 장사를 떠난 때가 작년 늦가을. 그날부터 지금까지 로는 하루도 빠짐없이 그를 기다렸다. 처음엔 그를 볼 수 없는 밤과 낮이 참을 수 없이 길어 금방이라도 죽을 것처럼 숨끝이 아팠다. 이대로라면 죽어가는 고목처럼 자신도 서서히 말라 죽어갈 것만 같았다. 그의 웃는 얼굴이 너무나도 간절했다. 폭포수처럼 시원한 웃음소리만 들을 수 있다면 무엇이든 했으리라. 로는 한순간도 건너뛰지 않고 그를 그리워하고 겨우내 변했을 모습을 떠올리며 두근거리는 가슴을 움켜쥐었다. 미친 여자처럼 실실 웃다가 금세 풀이 죽어 고개를 푹 숙이고 걸어다닌 것이 여러 날. 그 길고 긴 그리움의 시간도 이젠 끝이었다. 마침내 그가 돌아온 것이다.

"자오(慈烏)."

그의 이름을 가만히 불러보자 금세 눈시울이 뜨거워졌다. 그 앞에서 소중한 이름을 크게 외쳐 부를 수만 있다면. 다정한 눈을 들여다보며 오랫동안 기다렸다고, 몹시도 그리웠다고 말할 수 있다면 얼마나 좋을까. 견딜 수 없이 기뻐서일까. 그리움과 기쁨, 슬픔과 원망이 뒤섞인 눈물이 로의 뺨을 타고 흘러내렸다.

"바보같이 울고 있을 때가 아니야. 자오가 왔어. 자오가 왔다고!"

로는 손등으로 눈물을 훔치고 애써 미소를 지었다. 자오가 탄 말이 가까이 오고 있었다. 로는 겨우내 그의 얼굴이 어찌 변했는지 제일 먼저 확인하고 싶었다. 그녀는 기대에 찬 얼굴로 바위에서 내려와 산 아래로 내달렸다. 선두에 선 자오의 말 뒤로 마을 청년들이 탄 말과 수레가 따르고 있었다. 수레마다 짐들이 가득한 걸로 보아 올해 장사가 잘되었던 모양이다.

로는 자오의 말이 옆을 스쳐 지나갈 때까지 나무 뒤에 가만히 숨어 기다렸다. 햇살 아래서 본 그의 모습은 전과 다름없이 건강하고 힘찼다. 자오는 로가 아는 한 세상에서 가장 잘생긴 사내였다. 평생 보아온 사내라고는 마을 사람들이 고작이지만 넓은 세상에 내놔도 눈에 띄일 잘생긴 용모였다. 해와 바람이 만든 밝은 미소에는 다른 이에게서 보기 힘든 당당함과 선함이 엿보였고, 숱 많은 검은 눈썹과 뚜렷한 이목구비엔 사내다움이 넘쳤다. 자오는 단단한 바위 같고 비바람에도 굳건한 나무 같았다. 그의 옆에 서면 세상에 두려운 것이 없었다.

'만약 그의 여자가 된다면 얼마나 좋을까.'

잠시 스친 생각에 로의 얼굴이 밤보다 검게 그늘졌다. 가질수 없는 안타까움과 밀려오는 죄책감. 이 기쁨을 좀 더 오래 느끼고 싶은데 마음은 그것마저 허락하지 않았다.

'안 돼. 다른 건 잊어. 자오가 왔잖아. 내 눈앞에 있잖아. 지금은 그것만 생각해.'

로는 멀어지는 자오의 뒤통수를 멍하니 바라보다가 간신히 정신을 차리고 행렬을 따라 달렸다. 그녀는 사람들의 눈에 띄지 않게 간격을 두고 따랐다. 날다람쥐처럼 날랜 그녀가 숲을 가로지르는 동안 자오 일행은 마을을 향해 갔다.

로와 자오가 사는 마을은 유난히 달이 크게 보이고 맑은 호수 옆에 자리 잡고 있어 월호(月湖)라 이름 지어진 곳이었다. 눈과 바람이 많은 북쪽에 자리 잡고 있어 먼 땅의 사람들에겐 이름조차 생경한 월호. 황제의 죽음 후 나라엔 전쟁이 한창이지만 월호는 군마의 말발굽이 닿지 않은 평화로운 곳이었다. 봄, 여름, 가을이 머물다 간 시간보다 겨울이 머무는 시간이 더 길지만 수목이 풍부하고 땅이 기름져 모든 것이 풍요로웠다. 큰 욕심 없이 소박한 사람들이 밭을 일구고 소와 말을 키우며 하루하루를 살아갔다. 먹고살기가 든든해 인근 마을에 비해 사람도 많고 대대로 터를 일구며 살아온 부유한 가문도 여럿 있었다.

로는 태어난 이후 한 번도 월호를 떠나본 적이 없었다. 그녀에게 월호와 주위를 둘러싼 산, 들, 호수는 세상의 전부였다. 밖에 더 큰 세계가 있다고 하지만 이 땅이 아닌 다른 곳의 삶은 상상조차 할 수 없었다. 로는 산과 들을 뛰어다니며 숨 쉬고 생동하는 기운을 온몸으로 느끼는 것이 즐거웠다. 세상의 빛, 소리, 냄새, 모든 것이 로의 스승이자 동무였다. 행복할 때, 아프고 슬플 때 산과 들은 언제나 로의 편이었다. 로의 눈물을 아무 이유도 묻지 않고 받아준 따스한 품. 그 품속에 그리움을 묻으며 오랫동안 기다린 끝에 기쁨이 찾아왔다.

'그를 온전히 돌려보내 줘서 고마워. 이렇듯 다시 볼 수 있게 해줘서 고마워.'

로는 세상 모든 것에게 진심으로 고마워했다. 그의 귀환을 마냥 기뻐할 수 없음을 알면서도, 또 다른 눈물을 가져다줄 거란 걸 알면서도 지금 이 순간엔 그를 만난 기쁨을 마음껏 느끼고 싶었다.

자오 일행이 월호에 거의 당도했을 때 이들을 알아본 사람들이 일제히 달려나왔다. 그중엔 먼 곳으로 아들을 떠나보낸 아비와 어미, 겨우내 남편 걱정에 잠 못 이룬 아내와 자식들, 정인을 그리워한 소아가 있었다. 마을 처녀들과 같이 물레질을 하던 소아는 먼 도시로 장사를 떠난 사내들이 돌아왔다는 소리에 흐트러진 머리칼 한 번 매만지지 못하고 집을 나와 마을로 들어오는 길로 달렸다. 하얗고 고운 얼굴에 주체할 수 없는 기쁨이 번져 주위가 환해질 만큼 빛이 났다. 소아는 늘 깨끗하고 맑은 빛에 둘러싸여 있었다. 환한 얼굴빛, 맑고 큰 눈과 섬세하고 고운 이목구비. 그녀를 볼 때마다 사람들은 시골 마을에 어울리지 않는 미모라며 한숨을 내쉬었다. 황궁 안 꽃 같은 여인네와 견주어도 빠지지 않을 아름다움이었지만, 그녀가 빛나는 이유는 고운 미모 때문이 아니었다. 소아의 마음 씀씀이는 얼굴만큼이나 고왔고 손끝이 섬세하고 예뻐 그녀가 놓는 수마다 그림처럼 아름다웠다. 마을 누구 하나 소아를 어여삐 여기지 않는 이가 없었다. 청년들은 소아 앞에선 얼굴을 붉히며 말조차 붙이지 못했고 열흘이 멀다 하고 인근 마을에서 매파들이 찾아와 청혼을 넣었지만 소아는 정중히 거절했다. 그녀의 마음에는 이미 한 사람의 정인이 있었기 때문이다.

소아는 날듯이 달려 마을로 오던 행렬 앞에 멈춰 섰다. 소아가 그를 찾기 전에 그녀를 먼저 발견한 사내가 급히 말에서 뛰어내렸다.

"소아!"

사내의 우렁찬 목소리에 그간의 그리움이 담뿍 서려 있었다. 그를 보는 소아의 눈에 눈물이 가득 고였다가 뺨을 타고 흘러내렸다.

"자오!"

소아는 구슬 같은 눈물을 흘리며 자오의 품속으로 뛰어들었다. 자오는 그녀를 힘껏 안고 비단실 같은 머리칼을 거듭 쓰다듬었다.

"그리웠어. 네가 그리워서 미치는 줄만 알았어."

바위처럼 단단하고 강한 사내가 정인 앞에선 한없이 다정한 이가 되었다. 소아는 견딜 수 없을 만큼 기뻐서 눈물만 흘렸다. 그들은 서로를 꼭 안고 몇 번이고 이름을 부르며 그간의 그리움을 나눴다.

멀리 떨어져 이를 바라보던 로의 눈에서 말간 눈물이 뚝뚝 떨어지고 있었다. 한 사내를 그리는 두 여인의 마음. 한 여인은 연모하는 마음을 마음껏 내보일 수 있지만, 다른 한 여인은 그리운 마음을 안으로 꾹꾹 누르고 삭여야만 했다. 그가 언니의 정인이기 때문만은 아니었다. 언니를 보는 자오의 눈빛이 황홀할 만큼 아름답다고 느낀 후 애타게 가지고 싶은 마음이 결코 자신의 차지가 되지 않으리란 걸 알아버렸다. 오지 않을 것을 알면서도 거둘 수 없는 어리석은 마음. 언니와 자오의 사랑이 깊어가는 만큼 로의 슬픔과 갈망도 깊어갔다. 시간이 흐를수록 더욱 간절해져서 이 사랑에 미쳐 버리지는 않을까 두려울 때도 있었다. 제뜻대로 움직이지 않는 마음에게 애원하고 성내며 울어보았지만 소용이 없었다. 자오의 얼굴을 대하면 머릿속 갈등은 거짓말처럼 지워지고 그저 그립고 떨렸다.

'그래, 오늘만 더 그리워하자. 보름달이 뜨기 전까지만 그를 생각하자. 봄이 오기 전엔 단념할 수 있을 거야. 올해가 지나면 그를 잊을 수 있을 거야. 조금만 더, 조금만 더 그를 생각하고 마음에서 지우자.'

로는 똑같은 말을 수도 없이 반복하면서 오랜 시간 동안 그를 기다려 왔다. 이제 로는 자오를 생각하지 않고 사는 법을 잊어 버렸다.

"자오…… 언니……."

로는 기쁨에 어쩔 줄 모르는 그들을 보다 가만히 고개를 떨어뜨렸다. 설렘으로 생생하게 빛나던 얼굴에 깊은 슬픔이 드리웠다. 로의 그리움은 오롯이 그녀 자신만의 것. 누구와도 나눌 수 없는 그리움은 몹시도 아픈 것이었다. 그 몸서리쳐지는 아픔 뒤엔 외로움이 찾아왔다. 늘 함께하기에 그림자처럼 느껴지는 외로움. 남몰래 짝사랑을 하고 자연 속에 안겨도 지워지지 않는 외로움. 한때는 그의 사랑을 얻지 못한 이유가 세상 속에 혼자 겉돌게 만든 두 눈 때문이 아닌가 생각한 적도 있었다.

어린 나이에 병으로 부모를 잃고 세상에 의지할 데라곤 서로 밖에 없는 소아와 로. 마을의 한 가문이 자매를 양녀로 들이긴 하지만 로는 늘 사람들과 겉돌았다. 로가 사람들과 섞이지 못한 이유는 각각 빛깔이 다른 눈동자 때문이었다. 로가 태어났을 때 마을의 한 무당이 말했다.

"저 아이의 눈은 몹시도 불길한 징조야. 당장 산에 내다 버려야 해. 그렇지 않으면 마을이 큰 화를 입게 될 거야."

로의 아버지는 실성한 노파라고 크게 화를 내고는 마을 사람들이 동요할까 봐 잔치를 벌였다. 사람들은 겉으로는 기꺼워했지만 은연중에 로의 눈이 마을에 해를 가져오진 않을까 걱정했다.

세월이 흘러 로가 일곱 살 되던 해였다. 큰 돌림병으로 많은 사람이 죽었다. 그중엔 로의 부모도 있었다. 사람들은 이 모두를 로의 탓으로 돌리며 쫓아내려고 덤벼들었지만 자오의 아버지가 자매를 감싸며 사람들을 말렸다. 마을에서만 일어난 화가 아니라 나라 전체에 돈 돌림병이었기 때문이다. 자오의 아버지는 자매를 양녀로 삼고 가까이 살게 해 보살펴 주었다. 마을에서 가장 힘있는 일가가 자매를 거두니 사람들은 로를 쫓아내진 못한 채 자라는 동안 경계하고 멀리했다. 어른들은 로의 뒤에서 수군거리기 일쑤였고, 아이들은 도깨비 눈이라며 놀려댔다. 자연 외톨이가 된 로는 산과 들을 다니며 혼자 노는 것을 좋아하게 되었다. 소아는 외톨이가 되어가는 로가 가여워서 더욱 따뜻하게 보살폈고, 옆에서 보던 자오 또한 자상하게 마음을 써주었다. 자라면서 셋은 함께 울고 웃으며 서로를 위해주었다. 행복한 날들이 흘렀지만 자오와 소아가 처음 입맞춤을 하던 날, 그것을 멀리서 지켜보던 로는 그를 보는 것이 더는 기쁘지만은 않을 거라는 걸 깨달았다. 끊으려 애쓸수록 더욱 끌려가 버리고 마는 바보 같은 사랑에 로의 마음은 상처투성이가 되어갔다.

"나도 그리웠는데. 몹시도 보고 팠는데."

뜨거운 포옹을 나누는 두 사람을 보며 멀찌감치 선 소녀는 눈물만 흘렸다.

'사랑이란 너무나도 잔인해. 왜 나는 이렇게 멀리 떨어져서 눈물만 흘려야 해. 왜 나는 자오에게 그리웠다고 말하지 못하는 거야. 왜 나는⋯⋯.'

로는 자오를 좋아해 버린 마음이 미웠다. 자오를 놓지 못하는 가슴에 화가 났다. 소아가 아닌 자신이길 바랐지만 언니를 원망할 순 없었다. 로는 언니가 누구보다 행복하길 원했다. 그녀는 충분히 사랑받을 만한 사람이고 로에게 소중한 사람이었다. 사랑하는 이들의 행복이 기쁘면서도 마음은 천 갈래로 찢겨져 나가니 더욱 잔인한 고통이 로를 내리눌렀다.

'이 사랑을 없애 버릴 수만 있다면. 이 아픈 마음을 느낄 수 없다면 얼마나 좋을까.'

로는 연신 흘러내리는 눈물을 훔치며 바람이 불어오는 쪽으로 무작정 달렸다. 도망가고 싶었다. 그에게서, 이 망할 사랑에서 도망가고 싶었다. 하지만 아무리 달려도 마음의 끈은 끊어지지 않았다.

해가 떠오르기 전이었다. 여명과 부지런한 새들의 지저귐이 방 안에 스며들어 왔다. 가슴에 차곡차곡 쌓아놓은 그리움을 퍼내고 퍼내다 밤을 꼬박 새운 연인은 서로의 품에서 날이 밝는 소리를 들었다.

"아침이야. 어른들이 깨시기 전에 돌아가."

소아가 들릴 듯 말 듯 속삭였다. 자오는 부드러운 미소를 지으며 소아를 힘껏 안았다가 살짝 놓았다. 그리곤 몸을 일으켜 앉고 소아도 일으켜 앉혔다. 알몸인 것이 부끄러운 소아가 이불 속으로 숨자 자오가 장난기 어린 눈빛으로 팔을 잡아끌었다.

"왜 이래, 부끄럽게."

수줍은 소아가 고개를 숙인 채로 중얼거렸다.

"숨지 말고 이리 앉아봐."

소아는 그제야 자오와 마주 앉았다. 새벽빛에 드러난 두 사람의 벗은 몸은 물고기 비늘처럼 푸르고 고왔다. 자오는 얼굴을 붉히고 앉은 소아를 황홀한 눈으로 바라보았다. 그가 가만히 앉아서 얼굴만 들여다보고 있자 보다 못한 소아가 말했다.

"아이 참, 언제까지 얼굴만 보고 있을 건데?"

"뭐가 부끄러워. 이제 넌 내 것인데."

소아의 얼굴이 더욱 붉어졌다. 자오는 흰 이를 드러내며 웃어 보이다 베개 아래에서 뭔가를 꺼냈다. 그리곤 소아의 손을 잡고 고운 빛깔의 옥지환(玉指環)을 가만히 끼워주었다. 그것을 멍하니 내려다보던 소아는 한참 후에야 입을 떼었다.

"자오, 이렇게 귀한 걸."

"징표다. 우리 혼인 징표."

"하지만 들일이나 하고 물레나 짓는 사람에게 이리 귀한 것은 어울리지 않아."

"넌 내게 가장 귀하고 아름다운 사람이야. 이 세상에 아무리 값진 것이 있다 해도 네 앞에선 다 빛을 잃고 말아."

"자오."

소아의 맑은 눈동자가 촉촉해졌다. 자오는 그녀를 끌어당겨 안고 나지막이 속삭였다.

"이 옥지환을 끼고 들판 가득 복숭아 꽃잎이 흩날릴 때 혼인을 올리자. 가장 아름다운 때에 널 데려오고 싶어."

그의 넓은 가슴에 안긴 소아가 가만히 고개를 끄덕였다. 자오의 아내. 그와의 혼인을 떠올리자 소아의 마음이 기쁨으로 크게 부풀어 올랐다.

둘둘 말려 있던 천을 힘껏 펼치자 선명하고 고운 붉은색이 드러났다. 붉은 비단은 한눈에도 정성껏 염색한 귀한 것임을 알 수 있었다. 마을 아낙들이 고운 빛깔에 넋을 놓는 사이 소아는 부드러운 천을 손으로 쓰다듬으며 추억에 젖었다.

"아버지께서 제 혼인에 쓰려고 큰 도시까지 나가 사가지고 오신 비단이에요. 종종 이 옷감을 꺼내놓고 흐뭇하게 쓰다듬곤 하셨어요."

소아는 자상했던 아버지를 떠올리며 빙긋이 웃었다.

"그 어른 마음 씀씀이가 여느 사내답지 않게 살뜰하셨지."

"두 딸을 끔찍이도 아끼시더니 끝내 혼인하는 것은 못 보고 가셨구나."

"비록 먼저 가시긴 해도 저승에서나마 짝 지어주신 것이 틀림없어. 자오가 오죽이나 다감하고 든든한 사내인가. 그야말로 선남선녀, 천생연분이지."

나이 지극한 여인네들이 한 마디씩 주고받으며 부러운 표정을 지었다. 그러자 소아의 동무 하나가 냉큼 나서서 종알거렸다.

"소아는 좋겠다. 이리 고운 비단으로 만든 홍의(紅衣)에 옥지환 끼고 혼인을 올리니 말이야. 근방에 이렇게 호사스런 혼인을 올리는 처녀도 없을걸."

말끝에 입을 삐쭉거리는 것이 질투가 나는 모양이었다. 소아가 말없이 웃고만 있는 가운데 아낙 하나가 멀찌감치 앉아 창밖을 내다보고 있는 로에게 물었다.

"로는 언니가 혼인을 한다니 못내 섭섭한가 보네. 요 근래 왜 이렇게 기운이 없누."

로는 고개를 숙인 채 대답이 없었다. 그러자 물레질을 하던 아낙이 요란한 웃음을 흘리며 말했다.

"언니와 사이가 각별했으니 꼭 누가 채가는 기분일 게야. 동기간이 혼인을 하면 그런 생각이 들기 마련이지. 그래도 걱정 마라. 단출한 일가에 사람이 늘면 의지할 데 있고 활기 넘치니

좋지 뭐."

로는 여전히 창밖을 내다보며 조용히 앉아 있었다. 무표정하면서도 옅은 슬픔이 배어 있는 낯빛. 소아는 그런 동생이 걱정되어 가만히 일어나 옆에 가 섰다.

"어디 아프니?"

로가 힘없이 고개를 저었다.

"내가 혼인한다 하여 속상하니?"

잠시 머뭇거리던 로는 다시 고개를 저었다. 소아는 로를 가만히 끌어안고 속삭였다.

"혼인한다 해도 변하는 것은 없어. 난 늘 네 옆에 있을 거야. 자오와 내가 널 지켜줄게. 그러니 걱정하지 마."

소아는 로의 두려움을 느꼈다. 그녀의 떨림이 온몸으로 전해져 왔기 때문이다. 소아는 그 이유가 자신의 혼인 때문이라 생각했다. 세상에 단 하나뿐인 혈육이 혼인을 한다니 외따로이 남은 것 같아 허전할 것이다. 소아는 로의 두려움이 자오를 향한 사랑 때문임은 꿈에도 알지 못했다. 그걸 알기에 로는 더욱 괴로웠다.

'언니, 난 두려워. 자꾸만 그를 원하는 내 마음이 두려워. 거둬들이고 싶은데 그럴 수가 없어. 거둬들이려 하면 더욱 가깝게 다가가. 언니를 무척이나 사랑하는데, 누구보다 행복하길 바라는데, 마음 한쪽에선 다른 소릴 내. 자오를 원한다고, 죽도록 자오를 원한다고 소리쳐. 난 견딜 수가 없어. 이런 날 견딜 수가

없어.'

로는 소리 없이 비명을 지르며 속으로 울음을 삼켰다. 차라리 소리 내어 울면 이렇게 아프진 않을 텐데. 원하는 마음을 내보이면 그리움이 조금 옅어질지도 모르는데. 안으로 삼킨 눈물과 울음, 아무도 모르게 꼭꼭 감싼 열망은 로의 작은 몸 가득 번져 갔다. 소아의 얼굴이 환히 빛나는 동안 로의 하늘빛 눈동자엔 짙은 그늘이 졌다. 자오를 향한 뜨거운 열망은 시간이 흐를수록 절실해지고 있었다.

봄은 들판에 뛰노는 말보다도 하늘을 흐르는 구름보다도 빨리 달려왔다. 마치 저주처럼, 눈물겹게 흐드러진 꽃무리가 눈에 아프게 밟히고 싱그러운 초록빛 대지가 시린 가슴을 갈랐다. 복숭아나무도 이제 막 꽃망울을 터뜨리기 시작했다. 연분홍 꽃망울이 로의 눈엔 핏빛처럼 붉게 보였다. 온천지에 복숭아 꽃잎이 날릴 때 사랑하는 이가 혼인을 한다. 로는 눈부신 봄이 원망스러웠다.

로의 시선이 먼 들판에 무심히 박혀 있을 때였다. 문득 부드럽고 느긋한 음성이 들렸다.

"왜 자꾸 도망 다니는 거니? 내가 언니와 혼인한다 하여 샘이라도 난 게야?"

앞에 지는 커다란 그림자에 고개를 든 로는 익숙한 목소리에 숨을 멈췄다. 뒤돌아보니 말고삐를 말아 쥔 자오가 자신을 내려다보고 있었다. 로는 아무런 대꾸도 못하고 고개만 푹 숙였다.

"소아 말이 요즘 들어 통 기운이 없다고 하더라. 어디가 아프기라도 한 거야?"

로는 기운없이 고개를 저었다.

"망아지처럼 뛰어다니던 애가 이렇게 기운이 없으니 아프다고 생각될 수밖에. 무슨 연유인지 내게 털어놓아 봐."

자오가 옆에 다가와 앉았다. 그에게서 마른 풀 냄새와 땀 냄새가 났다. 익숙하고 그리운 냄새. 그는 콧노래를 흥얼거리다 삐비풀 줄기를 하나 뽑아 입술에 대고 불었다. 들판에 그의 낭랑한 풀피리 소리가 퍼져 나갔다. 호젓한 바람이 춤추듯 다가와 풀들을 유유히 쓸며 멀어져 갔다. 들풀들이 물결치듯 일렁이는 것을 보며 로는 소리 나지 않게 한숨을 쉬었다.

"어린아이 한숨이 왜 그렇게 깊어."

자오의 다정한 목소리가 로의 마음을 흔들었다. 다감하긴 하지만 소아를 대할 때와는 다른 눈빛과 목소리였다. 사랑이 아닌 가족 같은 따스함. 로의 마음에 질투와 슬픔이 번졌다. 로는 마음의 고삐를 단단히 틀어쥐고 간신히 입을 열었다.

"자오."

그의 이름을 소리 내어 부르자 마음에 한줄기 찬바람이 지나갔다.

"그래, 말해."

"자오는 내가 아는 이들 중 가장 훌륭한 남편과 아버지가 될 거야."

"싱거운 녀석."

자오가 로의 머리를 헝클며 크게 웃었다. 로는 그의 웃음소리에 심장이 묵직하게 내려앉는 것을 느꼈다.

"언니가 무척이나 행복해해. 고마워."

"너는? 너는 행복하지 않아?"

로의 낯빛에 쓸쓸함이 비쳤다가 사라졌다. 로는 그가 돌아온 후 처음으로 얼굴을 똑바로 보고 눈을 맞췄다. 그리고 미소를 띤 채 말했다.

"나도 기뻐. 무척이나."

로는 자오에게 처음으로 거짓말을 했다. 지금 그녀는 조금도 기쁘지 않았다. 숨이 막혀 금방이라도 질식할 것만 같았다. 언제까지 이렇게 살 수 있을까. 언제까지 소중한 사람들과 자신을 거짓말로 속일 수 있을까. 로는 두려웠다. 자신이 소아와 자오의 행복을 깨뜨릴까 두렵고, 그로 인해 모두가 불행해질까 봐 두려웠다. 로가 할 수 있는 일이라고는 그저 사람들을 피해 도망 다니는 것뿐이다.

'평생을 이렇게 살아야 하는 걸까.'

로는 원망스런 눈으로 꽃망울을 터뜨리는 복숭아나무를 보았다. 그들의 혼인 날짜가 가까이 다가올수록 로는 눈에 띄게 야위어갔다.

복숭아꽃이 숲과 들을 고운 빛깔로 물들이기 시작했다. 대지는 봄에 흠뻑 취했지만 어떤 사람에겐 형 집행을 앞둔 죄수가 된 듯 깊은 절망감만을 안겨줄 뿐이었다. 소아는 혼인 준비로 한창 바빴다. 양친이 안 계시기 때문에 자오의 어머니와 마을 부인들이 일을 거들었다. 소아처럼 맵시있게 옷을 지을 줄도, 수를 놓을 줄도 모르는 로는 들로 나가 소 떼들을 돌보았다.

한낮. 나무 그늘에 앉아서 생각에 잠겨 있던 로는 멀리서 들려오는 방울 소리를 듣고 고개를 들었다. 멀리서 한 노파가 노새를 타고 오는 것이 보였다. 노파가 누구인지 알아본 로의 얼굴이 금세 어두워졌다. 노파는 근방에 이름난 무당 손소였다. 그녀는 마을 사람들 중 가장 연장자이자 영험한 무당이었고 로의 눈이 마을에 화를 가져올 거라 말한 장본인이었다. 로는 그런 손소가 몹시도 두려웠다. 그녀의 적의 가득한 눈빛과 얼음장 같은 표정을 보고 있노라면 심장이 얼어붙었다.

노새 목에 걸린 방울 소리가 가까워지자 로의 불안이 한층 커졌다. 처음엔 손소 또한 자신을 탐탁지 않게 여기니 피해갈 것이라 생각했다. 하지만 손소는 정확히 로를 향해 다가왔다. 좀처럼 산에서 내려오지 않는 그녀인데 왜 갑자기 마을에 내려온 걸까. 어쩌다 마을에서 마주칠 때면 더러운 짐승이라도 보는 것처럼 피해가던 사람이 일부러 찾아온 것처럼 자신을 향해 오자 로는 당황하기 시작했다.

노새는 정확히 로 앞에서 멈춰 섰다. 손소는 로를 위에서 아래로 거만하게 훑어보다가 갈라진 음성으로 호통 쳤다.

"어른을 앞에 두고 언제까지 앉아만 있을 게냐!"

로는 그제야 벌떡 일어나 허리 숙여 인사했다. 손소는 못마땅한 얼굴로 혀를 차며 노새에서 내렸다. 몇 년 사이에 허리와 어깨가 더욱 굽고 주름이 깊어진 노인은 서 있는 것조차 힘겨운 듯 지팡이에 의지하고 서서 로를 바라보았다. 잠깐 무거운 침묵이 흘렀다. 알 수 없는 손소의 행동에 로는 그저 황망히 서 있을 뿐이었다.

한참이 지나자 마침내 손소가 입을 열었다.

"인간이 운명을 바꿀 수 있다고 믿느냐?"

갑작스런 질문에 로는 아무런 대답도 할 수 없었다. 손소는 애초부터 대답을 기대하지 않은 듯 바로 말을 이어나갔다.

"태양이 동쪽에서 뜨는 것도, 별이 정해진 길을 따라 도는 것도, 계절이 차례로 오는 것도 다 제각기 정해진 운명이 그러하기 때문이지. 하물며 미천한 인간이 자신의 운명을 바꾼다는 것은 있을 수도 없는 일이다."

손소의 말은 로가 아닌 그녀 자신에게 하는 말 같았다. 슬며시 호기심이 인 로는 노파의 말에 귀를 기울였다. 아주 잠깐이었지만 손소는 다음 말을 잇지 않고 망설였다. 그러다 단호하고 침착한 눈빛으로 말했다.

"파산(巴山)으로 가거라. 그곳에 네 운명이 있다."

수천 년 동안 깊이 간직한 비밀을 어쩔 수 없이 꺼내놓는 것처럼 손소의 말투가 사뭇 비장하다. 그녀의 목소리와 눈빛에서 전해져 오는 아득함에 로는 당황하고 말았다. 그녀가 말을 꺼낸 순간 갑자기 주위의 모든 것이 증발하고 손소와 단둘이 남은 착각이 들었다. 다른 세상에 와 있는 듯한 생경함과 두려움, 이유를 알 수 없는 슬픔. 그리고 가슴 밑바닥에서 올라오는 뜨거움. 풀잎을 뜯던 노새의 방울 소리에 정신을 차린 로는 간신히 현실로 돌아올 수 있었다.

"무슨 말씀이신지요?"

"난 그저 지난밤 꿈에서 보고 들었던 대로 네게 얘기해 주는 것뿐이다. 하늘이 시키니 그저 따를 수밖에. 이 이상은 묻지 마라. 나 또한 아는 것이 없다."

로를 보는 손소의 눈빛이 예전처럼 차갑지 않았다. 속내를 알 수 없는 표정이긴 하지만 얼굴 전체에 왠지 모를 후련함이 배어 있었다. 로가 딱히 할 말을 찾아내지 못하고 황망히 서 있는 동안 손소가 중얼거렸다.

"이것으로 내 할 일은 다 한 느낌이 드는구나. 하룻밤 사이에 몇 년은 더 늙은 기분이야."

손소는 지팡이를 짚으며 돌아섰다. 그녀의 작은 몸이 더욱 작게 보였다. 로는 멀어지는 손소를 응시하다 작게 속삭였다.

"파산."

짧은 단어를 입 밖에 내뱉은 순간 온몸에 전율이 흘렀다. 전에는 느껴본 적이 없는 묘한 느낌이었다.

파산(巴山). 운명(運命).

로는 파산과 자신 사이에 연결된 끈을 느꼈다. 전에는 존재조차 알지 못했던 투명한 실이 그 이름을 듣는 순간 거대한 밧줄이 되어 몸을 잡아당겼다. 온몸을 옭죄는 밧줄에 속절없이 끌려가는데도 두렵기보다 설렌다.

'꼭 가야만 해!'

로의 마음이 외쳤다. 그것은 거스를 수 없는 운명의 소리였다. 그곳에서 무엇이 기다리고 있는 걸까? 로의 심장이 걷잡을 수 없이 뛰었다.

노새를 타고 마을로 향해 가는 손소의 얼굴에 주름이 더욱 깊어졌다. 지난밤 꿈에 로에게 파산으로 가라고 말하는 자신을 본 순간, 그녀는 그토록 두려워하던 일이 시작됐음을 깨달았다. 파산에는 크고 강한 힘이 도사리고 있었다. 저항할 수 없는 강력한 힘에 밀려 로의 앞에 서자 자신이 너무나도 작게 느껴졌다. 손소는 지금 자신이 한 일이 모든 일의 시작이자 작은 일부분이라는 것을 깨닫고 깊은 무력감을 느꼈다.

"운명이 이끄는 대로 내버려 둘 수밖에. 인간이 할 수 있는 일이란 그저 시간에 몸을 의탁하는 것뿐이지 않은가."

손소는 얼마 남지 않은 자신의 수명을 헤아려보며 쓸쓸히 하늘을 올려다보았다.

"파산? 그곳은 어찌 안 게냐? 거길 아는 사람이 흔치 않은데."

로는 마을 노인들을 찾아다니며 파산을 아느냐고 물었다. 대부분은 처음 듣는 곳이라고 고개를 저었지만 한 노인이 파산을 알고 있었다.

"파산은 여기서 아주 먼 곳에 있어. 북동쪽 고원에 있는 산이지. 산세가 험하고 고약한 들짐승들이 많아 사람도 살지 않는 곳이야."

로가 그곳에 가고 싶다고 하자 노인이 펄쩍 뛰며 만류했다.

"네가 무슨 소문을 들었는지 몰라도 그곳에 가까이 가면 큰일이 난다. 간 사람들 중에 돌아온 사람은 아무도 없어. 그곳은 아주 무서운 곳이야."

노인은 잔뜩 겁에 질린 얼굴로 진저리를 쳤다.

"알고 계시는 것을 알려주세요. 제겐 아주 중요한 일이에요."

"사람들이 지어낸 허무맹랑한 이야기야. 그걸 믿고 갔다가 죽은 자가 한둘이 아니다."

로의 간곡한 부탁에 노인이 마지못해 입을 열었다.

"오래전부터 전해온 이야기다. 한 사내가 있었단다. 그는 황제가 총애하던 장군이었는데 황제의 후궁을 남몰래 흠모하고 있었다는구나. 그러던 어느 날, 전쟁에서 이기고 황도로 돌아오던 장군은 외진 산에서 길을 잃고 말았어. 수하들과 떨어져 산속 깊숙이 들어간 그는 그곳에서 신(神)을 만난 게야. 신이 장군에게 말했단다. '네 소원을 들어주마. 대신 너도 내가 원하는 것을 주어야 한다'. 장군은 신에게 황제의 후궁을 얻게 해달라고 말했어. 그러자 신은 소원의 대가로 장군의 여섯 자식을 달라고 말했지. 장군은 잠시 망설였지만 욕망에 눈이 멀어 신과 거래를 했단다. 장군은 황궁으로 돌아오자마자 반란을 일으켜 황제를 죽이고 새 황제가 되었어. 그리고 그토록 원하던 천하절색을 얻었지. 황제가 된 그는 원하는 모든 것을 얻고 기뻐했지만 그의 여섯 자식은 후궁과 처음 자던 날 밤 처참하게 죽고 말았어. 황제는 그제야 후회하며 산으로 가 소원을 들어준 신을 찾아 헤맸단다. 밤이나 낮이나 신을 찾아 헤매던 황제는 끝내 계곡 아래서 싸늘한 주검으로 발견되고 말았지. 황제가 죽은 산이, 그곳이 바로 파산(巴山)이란다."

이야기에 취한 노인은 신나게 얘기를 풀어가다가 아쉬운 여운을 남기며 끝을 맺었다. 신비하면서도 슬픈 이야기였다. 노인의 말만으로도 눈앞에서 광경들이 펼쳐져 가슴이 다 아득할 지경이었다. 얘기를 듣고 난 로의 눈은 어느 때보다도 밝게 반짝였다. 그 낯빛을 본 노인은 큰일나겠다 싶어 얼른 로의 손을 잡고 만류했다.

"얘야, 이것은 사람들이 지어낸 이야기에 불과해. 소문을 믿고 파산에 갔다간 길을 잃고 얼어 죽거나 산짐승의 먹이가 되고 말아."

로는 걱정하지 말라며 불안해하는 노인을 안심시키고 집으로 돌아왔다. 그러나 노인에게 했던 말과 달리 파산에 얽힌 이야기는 로의 머릿속에 가득 차서 좀처럼 비워지지 않았다.

"네 소원을 들어주마. 대신 너도 내가 원하는 것을 주어야 한다."

'내 소원.'

로의 마음에는 간절한 소원이 하나 있었다. 신이 들어만 준다면 무엇을 내주어도 아깝지 않을 소원.

'파산에 가면, 그 소원을 이룰 수 있을까?'

로는 신비한 이야기에 사로잡혀 눈을 뜨고 있을 때도, 꿈을 꿀 때도 파산에 발을 내딛는 자신이 보았다. 파산의 품에 안긴 자신은 참으로 평화로워 보였다. 꿈꾸는 듯 신비한 빛이 온몸을 따뜻하게 감싸 편안하고 행복했다. 로는 꼭 파산에 가고 싶었다. 이 강렬한 끌림을 따라가 자신을 기다리는 것이 무엇인지 확인해 보고 싶었다.

며칠을 꼬박 앓고 난 사람처럼 수척한 얼굴로 로는 마침내 결정을 내렸다. 그녀는 파산으로 떠나기로 마음먹었다. 설령 자신을 미워하는 손소가 수를 쓴 것이라고 해도 상관없었다. 로는 파산에 가서 신에게 자신의 소원을 말하리라 다짐했다.

이른 새벽이었다. 잠자리에서 슬며시 일어난 로는 옆에서 자는 소아를 물끄러미 보다가 침상을 빠져나왔다. 사방은 잠들어 고요해 들리는 것이라곤 로의 조심스런 발소리뿐이었다. 소리 없이 옷을 챙겨 입은 그녀는 몰래 숨겨둔 짐을 가지고 방을 나왔다. 짐 속에는 여행 도중 먹을 물과 쌀, 육포 따위가 들어 있었다. 자신이 생각해도 무모한 여정의 시작이었지만 왠지 모르게 자신이 있었다. 파산의 정확한 위치는 알 수 없으나 북동쪽으로 방향을 잡고 물어물어 가면 닿을 수 있을 것이다. 로는 먼 곳에 있는 파산을 가깝게 느꼈다. 한 번도 느껴보지 못한 뜨거운 감정. 원하는 것을 꼭 이룰 수 있을 거라는 알 수 없는 자신감이 로의 발길을 재촉했다.

"언니, 금방 다녀올게."

로는 소아가 잠들어 있는 쪽을 한동안 응시하다가 걸음을 떼었다. 그녀는 모두가 잠든 조용한 집을 나와 마을 밖으로 향했다. 그리고 마을 근처에 매어둔 말을 타고 북동쪽으로 향했다.

집을 나선 지 닷새가 되었다. 로는 산과 들, 호수를 지나 넓은 평원을 가로지르는 중이었다. 월호를 나선 이후 말이 쉴 때를 제외하고는 부지런히 달렸다. 그러다 마을을 발견하면 노인을 찾아가 파산이 있는 곳을 물었다. 북동쪽으로 향해 갈수록 파산을 아는 사람들의 수는 점점 늘어갔다. 파산에 대해 물을 때마다 노인들은 하나같이 로를 말리며 파산이 얼마나 위험한 곳인지 설명해 주었다. 그러나 그들의 만류에도 로는 끝내 고집을 부리며 말을 듣지 않았다. 체념한 노인들은 파산의 위치를 가르쳐 주며 음식을 조금 챙겨주었다.

로는 낮을 꼬박 달리다 해가 저물면 인가를 찾거나 산과 들에서 야숙을 했다. 숲에서 장작불을 피우고 두툼한 담요를 몸에 둘둘 말고 있으면 외로움과 무서움이 밀려왔다. 그럴 때마다 로는 파산에 살고 있는 신을 생각했다. 곧 만날 신을 떠올리면 피로와 두려움이 훨씬 덜어졌다.

점점 파산이 가까워지고 있었다. 봄이 완연했던 월호와 달리 북쪽은 아직까지 겨울이 머물러 있었다. 갈수록 인가는 찾기가 힘들어지고 산세는 험했다. 추위와 두려움이 뼛속까지 파고들었지만 로는 포기하지 않고 파산을 향해갔다. 마지막으로 인가를 만난 지 이틀이 지났을 때였다. 잔뜩 지쳐 버린 말을 끌고 허기진 얼굴로 타박타박 걸어가던 로는 멀리 보이는 초가를 발견하고 뛸 듯이 기뻐하며 뛰어갔다. 허름한 초가에는 노부부가 살고 있었다. 그들은 허름한 옷에 수척한 소녀를 보고 깜짝 놀랐다.

"아가야, 이 먼 곳까지 무슨 일로 왔니? 여긴 너 같은 아이가 오기엔 너무나도 험한 곳이야."

로는 노인이 내미는 물을 맛나게 들이키고는 그제야 한숨을 돌리며 말했다.

"저는 파산을 찾아왔어요. 파산이 있는 곳을 아세요?"

노부부는 놀란 얼굴로 서로를 보다가 말했다.

"너같이 어린 여자아이가 파산은 왜 찾느냐."

"소원을 들어준다는 신을 만나고 싶어서요."

"아이고, 맙소사!"

노부부는 기겁을 하며 로를 말렸다. 하지만 지금껏 그랬듯 로는 고집을 부리며 말을 듣지 않았다. 노인은 한숨을 내쉬며 담뱃대에 연초를 담아 피웠다. 그리곤 로를 데리고 뒷마당으로 나왔다. 노인은 담뱃대로 허공을 가리키며 말했다.

"저 산이 파산이란다."

로는 노인의 담뱃대 끝이 가리키는 쪽을 보며 고개를 갸우뚱했다. 노인이 가리킨 쪽에는 온통 안개뿐이었다.

"저기가 파산이다. 늘 안개에 싸여 있어서 무산(霧山)이라고도 부르지."

노인의 말이 끝나자마자 짙은 안개가 서서히 물러가고 산 능선이 희미하게 보이기 시작했다. 로는 두근거리는 마음으로 몇 걸음을 떼었다. 먼 곳에서 불어온 바람에 구름이 흩어지고 해가 고개를 내밀었다. 구름과 안개가 차츰 옅어지면서 오래지 않아 무산이 모습을 드러냈다. 먼 산을 우러러보던 로는 자신도 모르게 숨을 멈추었다. 지금껏 이렇게 높고 신비로운 분위기가 감도는 산은 본 적이 없었다.

'무산. 내 운명이 기다리고 있는 곳이 바로 여기란 말이지.'

로는 떨리는 마음으로 몇 걸음 더 다가섰다. 그러자 갑자기 해가 구름 뒤로 숨으면서 날이 어두워지고 바람이 잦아들었다. 곧 안개가 산을 삼켜 버렸다. 좀 전까지만 해도 신비롭게 느껴졌던 산이 왠지 모르게 두려웠다. 그러자 뒤에 선 노인이 다 안다는 듯 로의 어깨를 토닥였다.

"무산은 인간의 두려움을 알아챈단다. 무산을 두려워하는 자는 산속으로 들어갈 수 없어. 애야, 무슨 일인진 몰라도 이만 돌아가거라. 여긴 너 같은 아이가 올 곳이 못 돼."

노인의 말을 들으며 로는 마음에 이는 막연한 두려움을 지그시 눌렀다. 꼭 무산에 들어가야 한다. 무슨 일이 있어도 신을 만나 소원을 빌어야만 한다. 로의 얼굴엔 비장한 각오가 서려 있었다.

2. 무산霧山

로(露)는 이른 새벽부터 길을 나섰다. 밤새 만류하던 노부부가 잠든 사이에 몰래 빠져나온 참이었다. 하늘엔 전날과 다름없이 회색빛 구름이 낮게 떠 있고 을씨년스런 바람이 불었지만 로의 걸음은 가볍고 당당했다. 무산(霧山)의 신이 금방이라도 소원을 들어줄 것만 같아 마음이 들떴다. 하지만 시간이 흐를수록 기대는 점차 피곤으로 바뀌고 있었다. 가깝게 보였던 무산은 아무리 걸어도 가까워지지 않았다. 정오가 지나도록 로는 산에 당도하기는커녕 위치조차 제대로 가늠할 수가 없었다.

　"해가 지면 온갖 무서운 들짐승이 날뛴단다. 무산의 산짐승은 흉포해서 자칫 잘못하면 목숨 줄 놓기가 십상이야."

문득 노파의 말이 떠올라 등줄기가 서늘해졌다. 이대로라면 날이 저물도록 무산에는 도착조차 못 할 거 같았다.

'이대로 돌아가야 하나?'

로는 걸음을 멈추고 뒤돌아보았다. 잿빛 들판 위에 묵직한 구름이 떠 있었다. 바람이 찬 것으로 보아 한바탕 눈이라도 쏟아질 모양이었다. 로는 다시 앞을 보고 안개에 싸인 산을 노려보았다. 그리곤 절대로 지지 않겠다는 듯 힘차게 걸음을 떼었다.

얼마나 갔을까. 주위에 안개가 짙어지기 시작하더니 급기야는 앞도 제대로 보이지 않았다. 로는 안개 속을 걸어가며 막연히 무산에 들어온 거라 생각했다. 하지만 이렇게 안 보여서야 어떻게 산엘 올라가 신을 만난단 말인가. 시무룩한 얼굴로 터벅터벅 걸어가던 로는 안개가 조금씩 옅어진다는 것을 깨닫고 주위를 살폈다. 한눈에도 꽤나 나이를 먹었음직한 고목들이 양편으로 늘어서 있고 그 사이로 누군가가 일부로 길을 낸 것처럼 보이는 평평한 흙길이 이어져 있었다.

'사람 발길이 닿지 않는 곳이라더니 누가 이런 길을 만들었을까.'

골똘히 생각하며 걷던 로 앞에 별안간 커다란 바위가 나타났다. 조금만 더 방심했더라면 그대로 바위에 부딪히고 말았을 것이다. 로는 황급히 뒷걸음치며 바위를 살폈다. 한눈에도 무척이나 단단해 보이는 바위에 누군가가 새긴 글씨가 있었다. 너무 가까워서 글이 보이지 않자 로는 몇 걸음 물러섰다. 몇 걸음 물러선 후 허리와 고개를 젖히고 나서야 바위의 형태가 온전하게 보였다. 로는 자오에게 글을 배워놓길 잘했다고 생각하며 한자 한자 천천히 읽어 내려갔다.

〈욕망을 품고 이곳에 온 자.
무산에서 죽다.〉

순간 로의 목덜미로 저릿한 한기가 지나갔다. 이 바위는 무산에서 죽었다던 많은 이들의 비석이 아닐까. 바위에는 죽은 혼령이 맴도는 듯 차갑고 음침한 기운이 배어나오고 있었다. 로는 칼날처럼 서늘한 경고에 머리끝이 쭈뼛 섰다. 도망갈 수만 있다면 지금 당장이라도 뒷걸음질쳐 달아나고 싶을 정도였다. 하지만 그녀는 이를 악물고 다리에 힘을 주었다.

'절대로 도망치지 않아. 만날 거야. 꼭 만나야 해.'

로는 바위를 지나쳐 천천히 걸음을 내디뎠다. 자신을 에워싼 안개가 거짓말처럼 물러가고 눈앞에 울창한 숲이 나타났다. 마침내 무산 입구에 온 것이다.

무산 안으로 들어갈수록 로는 두려움 대신 무한한 호기심을 느꼈다. 모든 것이 살아 숨을 쉬고 있었다. 오래된 나무와 성긴 나뭇가지 사이로 비쳐드는 빛, 발부리에 차이는 돌, 심지어 안개까지 살아 숨 쉬며 로를 지켜보았다. 부르면 답할 것 같고 팔을 뻗으면 어디선가 불쑥 손이 튀어나와 손목을 움켜쥘 것 같았다. 걸음을 옮길 때마다 알 수 없는 곳으로 빨려 들어가는 느낌이 들어 조심스럽고 한편으론 설레었다. 로는 두려우면서도 황홀한 감정에 젖어 자신이 누구인지조차 잊을 것 같았다.

'정신을 차려. 내가 왜 이곳에 왔는지 잊으면 안 돼!'

로의 마음 한쪽에서 소리쳤지만 그마저도 밀려오는 안개에 묻혀 버렸다. 피곤도 추위도 더는 느껴지지 않았다. 뜨겁지도, 차갑지도 않은 물속에 떠 있는 것처럼 몸이 편안했다. 몽롱하고 나른해서 잠이 쏟아질 것 같다가도 뭔가 신기한 일이 일어나 깜짝 놀랄 것 같아 설레기도 했다. 로는 이곳에 온 목적조차 잊어버린 채 안개에 싸인 신비한 산속을 헤맸다.

로가 정신이 차렸을 땐 이미 날이 저물어 있었다. 늦게야 주위가 어두워진 것을 깨달은 로는 깜짝 놀라 멈춰 섰다. 자신이 서 있는 곳이 어디인지 알 길이 없었다. 주위는 어두웠고 여전히 희미한 안개에 둘러싸여 있었으며 무서우리만큼 조용했다. 더 이상한 것은 들짐승의 소리나 새소리, 계곡 물소리조차 들리지 않는다는 것이다. 로는 차츰 겁에 질리기 시작했다. 되돌아가려고 해도 몽롱함 속에 헤맨지라 어디가 산 입구인지 알 길이 없었다. 로는 아까 본 바위를 찾으려고 무던히도 애썼지만 찾지 못했다. 희미한 달 그림자에 기대 산 입구를 찾아 헤매던 그녀는 지쳐서 한 발자국도 걸을 수 없게 되자 힘없이 나무뿌리에 주저앉았다. 지독한 피로와 함께 추위와 배고픔이 걷잡을 수 없이 밀려왔다.

바로 이때, 주위에서 뭔가가 바스락거리더니 슬금슬금 다가오는 소리가 났다. 로는 이 소리가 무엇인지 알고 있었다. 짐승의 소리다. 그것도 먹이를 노리는 짐승의 소리.

로는 두려움에 벌떡 일어났지만 어디로 가야 할지 몰라 두 팔로 제 몸을 감싸며 주저앉았다. 공포에 이가 딱딱 부딪치고 식은땀이 흘렀다. 짐승들이 가까이 다가오고 있음이 온몸으로 느껴졌다. 밤하늘을 향해 우우우 짖던 늑대들의 고독한 울음이 아니다. 몹시도 성이 난 듯 난폭하게 으르렁거리는 소리가 사방에서 들려왔다. 곧 붉은 눈들이 하나둘 보이기 시작하더니 급기야 수십 개의 눈들이 로를 에워싸기 시작했다.

"아악! 언니! 자오!"

로는 비명을 지르며 두 눈을 질끈 감았다. 이제 끝이라는 생각이 들었다. 이쪽의 두려움을 아는지 늑대들의 울음소리가 더 크고 사나웠다.

그때였다. 늑대들의 울음이 갑자기 멎었다. 갑작스러운 적막에 로가 고개를 들었다. 피에 굶주린 붉은 눈들을 헤치고 선명한 파란빛이 나타났다. 도저히 짐승의 눈빛이라고는 보기 힘든 맑고 깨끗한 빛이었다. 그 빛은 로를 향해 곧장 걸어왔다. 빛이 다가올수록 늑대들은 조금씩 물러나더니 곧 자취없이 사라지고 말았다. 로는 얼떨떨한 표정으로 다가오는 빛을 보았다.

눈처럼 하얀 털을 가진 호랑이가 바로 앞에서 멈춰 섰을 때 로는 자신의 눈을 믿을 수가 없었다. 그냥 백호라고 하기엔 몸집이 훨씬 크고 눈이 시리도록 푸른빛을 발산하는 털을 가지고 있었다. 보통 짐승이 아닌 전설 속에나 등장할 법한 영물(靈物)이었다. 신령한 기운을 내뿜는 백호는 로를 당당하게 바라보다가 몸을 돌려 앉았다. 로 쪽으로 등을 내민 것이 꼭 타라는 몸짓 같았다. 로는 이상하게도 두렵지가 않았다. 오히려 견딜 수 없이 기뻤다. 그녀는 망설임없이 백호의 등에 올라타고 두 팔로 목덜미를 꼭 끌어안았다. 그러자 무척이나 따뜻한 온기가 전해졌다. 조금 전의 공포와 한기는 씻은 듯 사라지고 마음이 편안했다.

백호는 몸을 일으켜 땅 위에 당당하게 버티고 섰다. 그리곤 몇 걸음을 내딛더니 그대로 허공을 짚고 날아올랐다. 순간 너무나도 놀란 로는 고개를 숙이고 백호를 꼭 끌어안았다. 금방이라도 아래로 고꾸라질 것 같던 현기증은 사라지고 안도가 밀려왔다. 간신히 고개를 들고 주위를 보던 로의 입에서 낮은 탄성이 흘러나왔다. 안개와 구름을 뚫고 높은 곳까지 날아오른 백호가 수정처럼 맑은 밤하늘을 날고 있었다. 하늘엔 밝은 달과 수없이 많은 별들로 가득했다. 정말로 아름다운 광경이었다. 얼음처럼 찬 공기가 뺨을 스쳤지만 로는 전혀 춥지 않았다. 그녀의 눈 속에는 한 번도 보지 못했던 아름다운 밤하늘만이 가득했다. 그 기쁜 마음을 읽었는지 백호가 허공을 향해 크게 울었다. 매서운 포효가 아닌 시원한 울림이었다. 백호는 로를 등에 태우고 무산의 가장 높은 곳을 향해 날았다.

　로가 백호의 등에서 내린 곳은 무산의 꼭대기에 자리 잡은 동굴 앞이었다. 자신이 너무나도 작게 느껴질 정도로 어마어마하게 큰 동굴이었다. 감히 들어갈 엄두를 못 내고 망설이자 옆에 서 있던 백호가 머리로 로의 등을 슬쩍 밀었다. 로는 다정한 눈으로 백호의 머리를 쓸어주며 속삭였다.

　"그러고 보니 고맙다는 말을 못 했구나. 구해줘서 고마워. 여기까지 데려다 준 것도 고맙고."

　청명한 푸른 눈을 가진 백호는 담담한 눈빛으로 로를 보았다. 그리곤 뒤돌아서더니 허공을 짚고 날아올라 밤하늘 어딘가로 사라져 버렸다. 다시 혼자가 된 로는 쓸쓸한 마음이 들었다. 깊디깊은 우물처럼 검고 아득해 보이는 동굴 안을 가만히 응시하고 서 있던 그녀는 용기를 내어 첫 걸음을 떼었다.

　동굴 안의 공기는 제법 따뜻하고 들리는 것이라곤 로의 조심스런 발자국 소리와 점점 빠르게 뛰는 심장 박동뿐이었다. 끝이 보이지 않는 동굴 속을 걸어 들어갈수록 공기가 점점 부드럽고 깨끗해진다는 것을 느낄 수 있었다. 가장 이상한 것은 제 손조차 보이지 않는 어둠 속을 걷고 있는데도 두렵지가 않다는 것이었다. 기분 나쁜 박쥐도 보이지 않고 돌부리에 걸려 넘어지지 않았다. 부드러운 공기가 로를 감싸 인도해 주는 것만 같았다.

　동굴에 들어선 지 얼마 되지 않아 로는 빛과 소리를 만났다.

멀리 깎아지른 듯한 벼랑 꼭대기에서 달처럼 은은한 빛이 쏟아지고 있었다. 아름다운 폭포수를 만나자 로는 그만 넋을 잃고 말았다. 빛을 머금은 물줄기가 떨어지는 지점에는 깊은 웅덩이가 패여 있었고 그곳에서 흘러넘친 물이 실개천이 되어 바닥을 흐르고 있었다. 탁 트인 동굴 안은 온통 빛과 시원스레 떨어지는 물소리뿐이었다. 로는 실개천에 다가가 두 손을 담그고 물을 떠보았다. 두 손 가득 은은한 빛을 머금은 물이 떠졌다가 손가락 사이로 흘러내렸다. 젖은 두 손에는 은은한 광채가 났다. 로는 아름답고 신비로운 광경을 오랫동안 지켜보고 싶었지만 아쉬운 걸음을 뗐다. 그녀는 실개천이 흘러가는 쪽으로 걸음을 옮겼다. 그곳에는 또 다른 동굴이 있었다.

로는 숨 막힐 듯한 아름다움에 걸음을 멈추고 취한 듯 바라보았다. 하늘이다. 주위는 온통 물속처럼 푸른 하늘이었다. 로는 고개를 숙여 아래를 보았다. 발밑으로 달이 보이고 구름이 흐르고 새들이 날아가는 것이 보였다. 한 걸음을 떼자 호수에 파문이 번지는 것처럼 물결이 일렁이며 넓게 퍼져 가는 것이 보였다. 로는 다 해진 가죽신을 벗고 맨발로 하늘 호수를 밟았다. 따뜻하고 간지러운 감촉이 밑에서부터 올라와 가슴을 먹먹하게 했다. 그녀는 힘차게 앞으로 달려나갔다. 긴 머리칼이 흩날리고 발이 닿을 때마다 무수한 파문들이 퍼져 나갔다. 가슴이 후련해지는 자유. 공기가 되고 구름이 된 기분이었다. 몸이 깃털처럼 가볍고 새가 된 듯해 어디론가 날아갈 것만 같았다.

그때 저 너머로 다른 곳으로 이어지는 곳이 보였다. 로는 단숨에 그쪽으로 달려갔다. 빛에 익숙해진 눈이 동굴에 들어선 순간 암흑으로 변해 아무것도 보이지 않았다. 로는 그저 앞으로 달렸다. 암흑이 끝나고 빛을 만난 순간 로는 비로소 신이 사는 곳에 왔다고 생각했다. 그녀의 눈앞에는 큰 성이 버티고 서 있었다. 하얀 돌로 지어진 높고 웅장한 성. 로가 성 쪽으로 다가가자 육중한 돌문이 서서히 열리기 시작했다. 운명이 길을 내어주며 어서 오라고 손짓하는 듯했다. 이제 와 망설일 이유가 없다. 로는 두려움없이 안으로 들어섰다.

성은 아무도 살지 않는 듯 텅 비어 있었다. 그 어딜 봐도 움직이는 생명체는 보이지 않았다. 하지만 무언가가 자신을 따르며 관찰하고 있음을 로는 막연히 느낄 수 있었다. 로는 해도, 불빛도 없는 성안이 낮처럼 환한 것을 기이하게 여기며 걸음을 옮겼다. 지금껏 보아온 신비로운 광경들이 따뜻하고 부드러운 것이었다면 지금 서 있는 성은 차갑고 건조하게 느껴졌다. 눈에 보이는 대로 안개에 싸인 하얀 성일 뿐, 어떤 감정도 깃들지 않은 공간. 로는 이 삭막한 공간이 싫어 아까 본 풍경들 속으로 돌아가고 싶었지만 여기 온 목적을 떠올리며 앞으로 계속 나아갔다.

높은 기둥이 양편으로 늘어선 넓고 긴 복도를 지나자 문이 나타났다. 로가 앞에 설 때면 문은 기다렸다는 듯 조용히 열렸다. 그렇게 몇 개의 문을 지나치자 온통 하얀색으로 칠해진 복도가 나왔다. 복도에는 각기 색깔이 다른 문이 죽 늘어서 있었다. 검고, 노랗고, 붉고, 푸른색으로 칠해진 문. 그중 붉은 문이 어서 들어오라는 듯 활짝 열렸다. 로는 숨을 꼴깍 삼키고 붉은 문 안으로 들어섰다.

그곳은 오색 비단과 황금, 온갖 보석으로 치장한 화려한 방이었다. 차갑고 삭막했던 공간에서 갑자기 황금으로 치장된 방에 이르자 로는 당황해 멈춰 섰다. 세상 어느 곳이 이처럼 화려하고 아름다울까. 고귀한 황제만이 가질 수 있을 것처럼 보이는 방. 로는 놀란 마음을 진정시키며 방을 찬찬히 살펴보았다. 하늘을 그대로 담은 듯한 천장에는 야광주가 반짝이고 황금 기둥과 벽에는 비단이 늘어져 있었다. 한쪽에 있는 작은 연못에서는 오색 빛깔의 잉어들이 노닐고, 아름다운 꽃들이 수놓인 병풍 뒤로는 꽃잎을 띄운 목욕물이 마련되어 있었다.

김이 피어오르는 따뜻한 물을 본 순간 로는 목욕이 간절해졌다. 그래서 무례한 일인 줄 알면서도 병풍 뒤로 걸어가 조용히 옷을 벗고 욕조 안으로 들어갔다. 따뜻하고 향긋한 물에 몸을 담그니 그동안 쌓였던 피로가 차츰 녹아 없어졌다. 로는 이제야 살 것 같은 표정으로 눈을 감고 따뜻한 물에 몸을 맡겼다.

몸을 씻고 욕조를 나오니 한쪽에 물기를 닦을 수건과 옷이 마련되어 있었다. 로가 입고 온 초라한 옷은 아무리 찾아봐도 보이지 않았다. 로는 할 수 없이 아름다운 수가 놓인 비단 옷을 입었다. 그 감촉이 얼마나 부드럽고 가벼운지 온몸에 황홀한 감각이 퍼져 나갔다. 로는 긴 치맛자락을 끌며 걸음을 옮겼다. 방 한쪽에 놓인 식탁에는 한 번도 보지 못한 진수성찬이 차려져 있었다. 온종일 아무것도 먹지 못했기에 극심한 허기가 밀려왔다. 로는 의자에 앉아 정신없이 음식을 먹었다. 다양한 요리가 하나같이 일품이어서 로는 배가 불러 더는 먹을 수 없을 때까지 먹었다.

허기를 채우고 나니 갑자기 졸음이 밀려왔다. 로는 자지 않으려고 필사적으로 애썼지만 천 근처럼 무거운 눈꺼풀이 자꾸만 내려왔다. 로는 비단 천이 드리워진 침상 위로 올라가 부드러운 이불 속으로 파고들었다. 이윽고 잠이 몰려왔다. 로는 몹시도 편안하고 따뜻하다 생각하며 깊은 잠에 빠져들었다.

부드러운 손길이 로의 어깨를 살짝 흔들었다. 깊이 잠들었던 로는 간신히 잠을 털고 눈을 떴다. 채 잠이 깨지 않아 희미한 시야에 누군가가 보였다.

"로야."

익숙하고도 그리운 목소리였다.

'아, 누가 날 이리 다정하게 불러주는 걸까.'

로는 여전히 몽롱한 정신으로 옆에 앉은 이를 보았다.

"이제 그만 일어나야지."

눈앞이 차츰 깨끗해지자 로는 옆에 앉는 이를 알아보았다. 자오였다. 그는 단정하게 틀어 올린 머리에 금관을 쓰고 로와 같은 수가 놓인 옷을 입고 침상 옆에 앉아 있었다. 그는 꼭 한 나라의 황제 같았다. 그 모습이 눈이 부시도록 늠름하고 잘 어울려서 그간 보아온 자오의 모습이 떠오르지 않을 지경이었다. 로는 황급히 몸을 일으켜 자오의 손을 잡았다.

"자오, 어떻게 된 일이야?"

"무슨 소릴 하는 거야. 어젯밤에도 같이 잠들어놓구선. 아침이야. 일어나야지."

로는 영문을 알 수가 없었다. 그녀가 멍해 있는 사이, 자오가 로의 손을 이끌어 침상 옆에 놓인 의자에 앉혔다. 그는 넓은 옥빗을 들어 로의 긴 머리칼을 천천히 빗겨주었다. 그의 몸짓 하나하나가 너무나도 익숙하고 친근했다. 마치 오래전부터 그래왔던 것처럼 자연스러워서 어쩌면 그간의 일은 꿈이고 이것이 현실인지도 모른다는 생각마저 들었다. 밤이면 나란히 잠들고 아침이면 일어나 이렇듯 서로 머리를 빗겨주는 다정한 부부. 생각만으로도 가슴이 뛰는 일이지만 로는 이것이 현실이 아니란 걸 알고 있었다. 머릿속에서만 몰래 그려보던 일이 환상으로 보이는 것일 뿐이다. 그러니 어서 이런 헛된 미망에서 벗어나야 한다. 로는 진작 물어보지 못한 것을 죄스러워하며 말했다.

"소아는? 소아는 어딨어?"

"소아?"

"응, 소아."

"소아가 누구지?"

자오는 여전히 입가에 웃음을 띤 채 물었다. 그의 말에 로의 가슴이 덜컥 내려앉았다.

'소아를 모르다니, 그럴 리가 없어. 이 사람은 자오가 아니야.'

로가 혼란스러워하는 사이 그가 말했다.

"오늘따라 이상하군. 왜 이렇게 안절부절못해? 어디가 아픈 거야?"

자오는 로의 뺨을 부드럽게 쓰다듬다가 뒤에서 다정하게 안았다. 등에 그의 감촉이 그대로 전해지고 귓가에 뜨거운 숨이 스치자 로는 놀란 나머지 뻣뻣하게 굳어버렸다.

"자, 자오."

로가 품에서 벗어나려고 하자 자오는 그녀를 놓지 않고 꼭 끌어안았다.

"오늘따라 왜 이러는 거야? 제대로 눈도 마주치지 않고, 전처럼 입맞춤을 해주지도 않고. 나한테 화난 거야?"

자오가 로를 돌려 세우고 시선을 맞추자 로는 그만 숨이 멎을 뻔했다. 그가 소아에게만 보여줬던 눈빛으로 자신을 보고 있었다. 사랑이 가득한, 뜨겁고 절절한 마음이 담긴 눈빛. 너무나도 간절했던, 죽기 전에 한 번만이라도 받고 싶었던 눈빛. 로는 홀린 듯 자오를 바라보다 그의 얼굴로 손을 뻗었다. 따뜻한 감촉이 손끝에서 몸속 깊숙한 곳으로 전해져 왔다.

'지금 자오는 나를 원하고 있어. 그토록 원했던 순간이잖아.'

그동안 꾹꾹 눌러온 마음이 고개를 들었다. 그를 갖고 싶고 사랑받고 싶은 욕망. 아픈 만큼 간절했던 그리움. 로는 너무나도 떨려 숨이 멎을 것 같았다. 이때 자오가 로를 내려다보며 부드럽게 미소 지었다.

"내 사랑스런 아내."

자오는 두 손으로 로의 뺨을 감싸고 가만히 끌어당겼다. 로의 심장은 거칠게 뛰다 못해 터져 버릴 것만 같았다. 머릿속이 하얗게 비워지고 몸의 감각은 사라졌다. 자오의 얼굴이 다가오자 로는 눈을 감아버렸다. 그의 숨결이 얼굴에 닿고 입술과 입술이 막 포개질 찰나였다.

[로야, 자오가 혼인을 올리자고 했어. 이 옥지환을 봐. 정말로 곱지 않니? 행복해서 믿기지가 않아. 꼭 꿈을 꾸고 있는 것만 같아.]

문득 들린 소아의 목소리에 로가 흠칫 놀라며 물러섰다. 갑작스런 행동에 놀란 자오가 그녀에게로 손을 뻗었지만 로는 천천히 뒷걸음쳤다.

[나만 행복한 것 같아서 네게 얼마나 미안한지 몰라. 이런 언니 원망하지 않을 거지? 걱정 마. 자오가 너도 잘 보살펴 주기로 약속했어. 너도 기쁘지?]

자오에게서 도망치는 동안 소아의 목소리가 계속 로를 따라다녔다. 기쁨에 겨워 어쩔 줄 모르는 그 목소리가 날카로운 비수가 되어 몸에 박혔다. 로는 듣지 않기 위해 귀를 틀어막았지만 소아의 목소리는 더 크게 들렸다.

[자오에게 아이를 많이 낳아줄 거야. 그를 닮아 튼튼하고 잘생긴 사내아이, 나를 닮아 예쁜 계집아이를 낳겠지? 생각만 해도 행복해. 너도 빨리 조카들을 보고 싶지?]

로는 그날 아침을 똑똑히 기억하고 있었다. 지난밤 자오와 소아가 함께 밤을 보냈음을 알고 슬픔에 잠겨 있는 로를 붙들고 소아는 행복에 겨워 쉴 새 없이 말했다. 그것을 들으며 로는 자오의 아내가 된 자신을 상상했다. 자오의 사랑을 받는다면 얼마나 행복할까. 그런 날이 온다면 얼마나 좋을까. 그런데 지금 자오가 소아를 보듯 자신을 보고 있다. 그토록 원했던 눈빛이었는데 견딜 수 없이 고통스러웠다. 그를 원하는 만큼의 죄책감이 몸을 내리눌렀다.

로는 어쩔 줄 몰라 하며 붉은 방에서 정신없이 뛰쳐나왔다. 허공에 그녀가 흘린 눈물이 점점이 뿌려졌다.

"자오는 언니의 것이야. 내 것이 될 순 없어."

로의 얼굴이 절망으로 일그러지는 가운데 허공에서 큰 울림이 들렸다.

[정말 그럴까?]

놀란 로가 우뚝 멈춰 섰다. 그녀는 어디서 들려온 소리인지 찾기 위해 주위를 살폈다. 보이는 것이라고는 차가운 벽과 앞을 가로막고 있는 육중한 문뿐이었다.

[정말로 자오가 소아의 것이라고 생각했다면 여기까지 온 목

적이 무엇이지?]

"다, 당신은 누구인가요?"

로가 떨리는 음성으로 물었다. 그러자 냉랭한 음성이 허공을 흔들었다.

[어리석은 질문이군. 다 알고 있지 않은가. 난 이 산에 살고 있는 신(神), 무(霧)다.]

"무(霧). 당신이 소원을 들어주는 신이군요."

[그렇다.]

로의 눈은 놀람과 두려움으로 일렁였다.

"전 소원을 빌기 위해 이곳에 왔습니다. 들어주시겠어요?"

[허락한다. 네 소원을 들어주마. 대신 너도 내가 원하는 것을 주어야 한다.]

"네, 알고 있습니다."

로의 심장이 마구 방망이질 쳤다. 지금 이 순간 신이 어떤 것을 원하느냐보다 제 소원에 관한 생각만이 머릿속에 가득했다.

[자, 말해라. 네가 원하는 것이 무엇이냐.]

"제가 원하는 것은……."

로는 조금 전 보았던 자오의 눈빛이 떠올렸다. 생각만으로도 숨 끝이 아프고 온몸의 피가 남김없이 태워지는 것 같았다.

'그의 모든 것이 내 것이 될 수 있다면 얼마나 좋을까.'

자오를 향한 갈망과 차마 떨칠 수 없는 유혹이 음험한 뱀처럼 혀를 날름거리며 로의 주위를 맴돌았다.

'그를 원한다고 말해. 자오가 내 남자가 될 수 있게 해달라고 해.'

'언니를 사랑하잖아. 언니에게서 행복을 앗아갈 순 없어.'

'그를 원하잖아. 말해. 그를 갖게 해달라고 말해.'

'두 사람을 불행하게 하지 마. 네가 사랑하는 사람들이잖아.'

마음속 갈등이 로를 흔들었다. 자신을 보던 자오의 눈빛과 행복에 겨워 옥지환을 내보이던 언니의 얼굴이 쉴 새 없이 겹쳐졌다.

[말해라. 네가 원하는 것이 무엇이냐.]

"제가 원하는 것은……."

어느덧 로는 눈물을 뚝뚝 흘리며 흐느끼고 있었다. 몹시도 외롭고 서러운 날들이었다. 자오를 향한 마음은 하루하루를 버텨낼 수 있는 힘이었다. 자오로 인해 태양은 더욱 눈부셨고, 들판은 더욱 푸르렀으며, 숲에 가득한 생명력을 온몸으로 느낄 수 있었다. 자오는 삶의 모든 것이었다. 그와 언니가 행복해하는 모습을 보고 싶다. 하지만 나는…….

로의 울음소리가 점점 잦아들었다. 로는 이곳에 오는 내내 생각했던 그 소원을 말하기로 다짐했다. 모두를 위해서다. 로는 자오와 소아를, 그리고 무엇보다 자신을 지키고 싶었다.

로는 허공을 응시하며 힘겹게 입술을 열었다.

"제가, 그 누구도 사랑할 수 없도록 해주세요."

말을 마친 로는 아득함에 눈을 감았다. 감은 눈에서 뜨거운 눈물이 흘러내렸다. 허공에서는 아무 소리도 들리지 않았다. 잠시 침묵이 흐른 후 여전히 냉정하고 침착한 목소리가 들렸다.

[왜인가? 왜 자오를 얻게 해달라고 하지 않지?]

"자오와 언니가 서로 사랑하기 때문이에요. 전 그들이 불행해지는 것을 원하지 않아요."

[넌 내게 찾아온 인간들 중 가장 어리석구나. 그들은 적어도 자신이 원하는 것이 무엇인지는 똑똑히 알았어. 그런데 너는 네 자신을 속이고 있구나. 네가 원하는 건 자오다.]

"제가 진정 원하는 건 그들의 행복이에요."

[어리석은 착각일 뿐이다. 인간이란, 원하는 건 무엇이든 소유하려고 든다. 아무리 많이 가져도 끝없이 원하지. 그러니 다시 생각해 보아라. 네가 진정 원하는 것이 무엇이냐.]

신의 날카로운 조소가 마음에 무수한 상처를 남겼지만 로는 지지 않았다. 시간이 흐를수록 로의 마음은 단단해지고 있었다.

"제가 진정 원하는 것은 마음에서 사랑이 없어지는 것입니다. 더는 누군가를 보며 설레고 그리워하고 울고 웃으며 마음 졸이고 싶지 않아요. 아무도 사랑할 수 없게 해주세요. 제가 바라는 것은 그것이에요."

[그것으로 그들이 행복해질 거라 믿느냐.]

"만약 제가 자오를 사랑하고 있다는 것을 알게 되면 자오도, 언니도 몹시 괴로워할 거예요. 그들은 결코 행복하지 못하겠죠.

제 마음만 거둔다면, 그렇게만 된다면 그들은 서로 사랑할 수 있을 거예요. 그리고 제 자신도 고통스럽지 않을 거예요. 빨리 이 고통을 끝내고 싶어요."

[마지막으로 묻겠다. 정녕코 네 안에서 사랑이라 불리는 감정을 걷어내길 원하느냐.]

"네, 원합니다."

[좋다. 너의 소원을 들어주겠다. 이젠 내가 원하는 것을 말할 차례다.]

로는 지그시 눈을 감고 떨리는 숨을 가다듬었다.

[나는 네 두 눈을 원한다. 네 눈을 다오.]

놀란 로가 눈을 번쩍 뜨고 허공을 보았다. 신의 말끝에는 이래도 네가 소원을 빌겠느냐 하는 비웃음이 담겨 있었다.

'내 눈. 내 눈을……'

아무것도 볼 수 없다는 것을 로는 쉽게 이해할 수 없었다.

빛이 사라진다. 보이는 건 온통 암흑뿐이다. 푸른 하늘도, 싱그러운 초록빛 들판도 없다. 다채롭게 변해가는 계절도, 사람들의 얼굴도 볼 수가 없다. 모든 것은 사라진다. 암흑(暗黑)은 로에게 죽음처럼 받아들여졌다.

[네 눈을 줄 수 있겠느냐.]

"……"

로는 좀처럼 입을 떼지 못했다. 신이 망설이는 로를 채근했다.

[네 눈을 줄 수 있겠느냐.]

두려움이 가득하던 낯빛에 점차 체념의 그림자가 드리웠다. 로는 제자리에 힘없이 주저앉았다. 그리고 떨리는 입술을 간신히 달싹거렸다.

"제…… 눈을…… 드리겠습니다."

[이것으로 너와 나의 거래는 이루어졌다. 너는 네가 원하는 것을 얻게 될 것이다.]

더 이상 신의 목소리는 들려오지 않았다. 들리는 것은 자신이 흘리는 희미한 울음뿐. 하지만 그마저도 점점 잦아들었다. 정적과 함께 로는 자신의 심장이 차갑게 식어가는 것을 느꼈다. 동시에 시야에는 뿌연 안개가 끼기 시작했다.

'소원이 이루어지는구나.'

로의 창백한 낯빛에는 안도와 쓸쓸함이 번갈아 떠올랐다.

'누군가를 사랑할 수 없는 것은 삶이 끝나 버린 느낌과 같은 것이었구나. 쓸쓸해. 이 세상에 나 혼자 남겨진 거 같아.'

로의 마음에 가득 차고 넘쳤던 온갖 빛깔의 감정이 빛을 잃고 서서히 말라갔다. 그리하여 마침내 고독과 슬픔만이 물빛처럼 흐릿한 흔적으로 남았다. 로는 쓸쓸히 중얼거렸다.

"이제 내겐 사랑도, 빛도 없구나."

그때 흐린 안개 속에서 누군가가 걸어오는 것이 보였다. 어렴풋한 형체와 걸음걸이로 보아 사내임이 분명했다. 차분한 발소리와 옷자락이 스치며 나는 부드러운 소리가 귀를 간질였다. 다가오는 그에게서 로는 익숙하고 그리운 냄새를 맡았다. 안개 낀 아침 들판에서 맡았던 싱그럽고 촉촉한 향기. 친근한 향 때문인지 로는 그가 두렵지 않았다.

천천히 다가온 사내가 바닥에 주저앉은 로를 살펴보려는 듯 몸을 굽혔다. 로도 그가 보고 싶어 자꾸만 흐려지는 눈을 크게 뜨고 몇 번 깜빡였다. 그때 자신의 턱을 들어 올리는 그의 차디찬 손이 느껴졌다. 손길에 놀랄 새도 없이 겨울 호수처럼 차갑게 빛나는 눈동자가 시야에 들어왔다. 그 눈동자는 로의 의식을 움켜쥐고 강하게 빨아들였다. 선명하고 시린 눈빛에 심장이 얼어붙고 머릿속에는 새하얀 서리가 끼는 것만 같았다. 꿈을 꾸듯 혼몽한 가운데 드는 생각이란 오직 하나뿐.

'아, 참으로 아름다운 분이구나.'

그는 이 세상 이가 아닌 것 같았다. 눈처럼 하얀 피부, 선 고운 얼굴에 감탄할 즈음 마주치는 시린 눈동자는 머릿속을 몽롱하게 만들었다가 까닭없는 두려움에 젖게 했다. 서늘함이 밴 섬세한 콧날과 무척이나 부드러울 것 같은 입술, 반대로 얼음조각처럼 차고 날카로운 표정. 그는 눈부시도록 아름답지만 어딘가 슬퍼 보였다.

로는 그를 더 보고 싶었지만 곧 땅거미가 지듯 검은 어둠이 몰려와 볼 수 없었다. 마지막 남은 한 줌의 빛마저 사라지고 캄캄한 암흑이 찾아오자 로는 몹시도 슬펐다. 그것이 눈을 잃었기 때문인지, 사내를 좀 더 보지 못한 아쉬움 때문인지 그녀 자신도 알 수 없었다. 이윽고 지독한 피로와 함께 잠이 몰려왔다. 갑작스럽게 몰려온 잠에 로는 힘없이 축 늘어져 사내의 품속에 쓰러졌다. 그리운 아침 숲의 향, 서늘하게 온몸을 감싸는 기운을 마지막으로 느끼며 로는 깊은 잠 속에 빠져들었다.

3. 早霧

생과 사, 아름다움과 추함, 순수와 타락의 과정을 조용히 관망하는 자. 애욕, 파괴, 배신, 음모, 온갖 욕망의 소용돌이의 가운데에 있는 자. 스스로도 존재의 이유를 이해하지 못한 채 무한한 시간에 갇힌 그들을, 인간은 신(神)이라고 불렀다.

　무(霧), 그 또한 신이다. 안개에서 태어난 욕망과 파멸의 신. 세상의 모든 욕망은 그에게서 흘러나와 소멸했다. 그는 아주 오랜 시간 동안 인간의 마음에 존재하는 모든 욕망들을 보아왔다. 무는 인간의 욕망을 비웃고 충동질하며 파멸로 이끌었고 모든 것을 잃은 인간의 쓸쓸한 죽음을 즐겼다. 그 순간이 가장 인간다운 것이라고, 무는 생각했다.

그조차 헤아릴 수 없이 오랜 시간이 흐른 후, 무는 똑같이 반복되는 인간의 욕망에 싫증이 났다. 이제는 어떤 것에도 마음이 움직이지 않았다. 이따금씩 흥미를 끄는 것이 나타났지만 그것도 잠시뿐, 무는 무한한 시간에 몸을 맡긴 채 조용히 침잠해 갔다.

　어느 날, 긴 침묵 속에 잠겨 있는 무를 깨우는 움직임이 있었다. 처음엔 아주 미미한 움직임이었지만 시간이 흐를수록 또렷해졌고, 손 안에 잡힐 듯 생생하게 느껴졌다. 무는 오랜 침묵을 털고 일어나 자신에게 다가오는 존재를 보았다.

　어린 소녀였다. 잠을 깨운 것이 고작 어린 계집아이라니. 어린 나이에 무슨 욕망을 품고 이 땅에 발을 디딘 걸까. 무는 불쾌해하며 고개를 돌렸다. 하지만 그의 시선을 다시 돌린 것이 있었다.

　'인간에게 저런 눈이 있었던가.'

　소녀의 눈동자가 무의 눈을 붙들었다. 지금껏 한 번도 보지 못한 묘한 눈이었다. 한쪽은 맑게 윤이 나는 검은 눈동자, 다른 한쪽은 투명한 푸른빛이 감도는 오묘한 빛깔의 눈동자. 눈동자는 소녀의 표정에 따라 조금씩 다른 빛깔을 내었다. 마치 하늘 한 조각이 그녀의 눈 속에 박힌 것 같았다.

　'오랜만에 재미난 것을 발견했군.'

　무는 안개의 모습을 하고 소녀에게 다가갔다. 아직 작고 덜 자란 육체였다. 섬세한 이목구비와 몸속에 피 대신 물이 흐르는 것 같은 하얗고 투명한 피부. 무는 그녀의 옷 속에 스며들어 몸의 곳곳을 관찰했다. 덜 익은 몸이지만 신선하고 부드러워 보였다. 무는 문득 인간으로 모습을 바꿔 이 여리고 보드라워 보이는 살결을 직접 만지고 싶은 충동을 느꼈다.

'과연 어떤 느낌일까.'

무는 오래전 인간의 모습으로 인간들 틈에 섞여보았다가 불쾌감만 느끼고 다시 돌아온 일이 있었다. 그는 다른 신들과는 달리 인간의 몸이 익숙하지 않았다. 인간의 몸은 움직임이 굼뜨고 터무니없을 정도로 나약한 데다가 여러 가지 제약에서 자유롭지 못했다. 게다가 엄청나게 못생겼으며, 언어는 조악하기 그지없고, 순간의 감정에 얽매여 자신을 파괴시키기 일쑤다. 안개에서 태어난 그는 안개의 모습으로 있는 것이 편했다. 하지만 가끔씩 인간만이 느낄 수 있는 감각이 궁금하기는 했다.

'저 아이의 감촉과 냄새는 어떨까.'

무는 오랜만에 활기에 넘쳤다. 지루한 시간이 계속되던 차에 마음에 드는 장난감을 만난 것이다. 그는 소녀를 따라다니며 영롱하게 반짝이는 눈동자를 감상하고 부드럽고 조심스런 몸동작, 숨소리, 표정 등을 살폈다. 소녀는 무산을 두려워하지 않았다. 대부분의 인간들은 무산에 들어서는 순간 겁에 질려 당황하기 일쑤였다. 무산의 짙은 안개와 짐승의 울음소리만으로도 나약한 인간들은 두려움에 떨며 죽어갔다. 그런데 이 아이는 산을 느끼고, 산이 하는 말에 귀 기울이며 걷고 있었다.

'독특한 아이구나. 네 욕망이 무엇인지 듣고 싶어졌어.'

무는 오랜만에 인간을 성으로 불러들이기로 결심했다. 그래서 산을 지키는 1)선인(仙人) 몽우(濛雨)를 불러 성으로 데려오게 했다.

폭포와 하늘 호수를 본 소녀는 아름다운 광경에 넋을 놓았다. 기쁨에 반짝이는 눈망울은 그동안 온갖 아름다움을 보아온 무에게조차 감명을 줄 정도였다. 무는 소녀가 여느 인간과는 다른 무언가를 위해 이곳에 왔기를 내심 바랐다.

무의 성 깊숙이 들어온 소녀는 욕망을 읽는 붉은 방으로 안내됐다. 원하고자 하는 것이 실현되는 곳. 보고 싶은 것을 보여주는 붉은 방. 그곳에서 무는 소녀의 욕망을 보았다.

'역시 사내로군. 인간이란 참으로 하찮은 것에 목을 맨단 말이야.'

차라리 막대한 권력이나 재물을 원한다면 이해할 수 있지만 까짓 사람의 마음을 달라 하는 것은 너무나도 시시했다. 아침저녁으로 변하는 가벼운 마음을 얻어서 무엇에 쓰려는 걸까. 인간들은 타인을 갖고 싶은 마음을 사랑이라고 부른다지. 무는 인간이 만들어낸 가장 쓸모없는 것이 그 마음이라고 생각했다. 인간 중 가장 질이 나쁜 자들은 그 하찮은 것에 모든 것을 거는 것들

---

1)선인(仙人), 또는 신령(神靈)이라 불린다. 신이 거느리는 영물(백호, 공작, 원숭이, 매)의 기운을 받아 태어난 인간이며 불노불사의 몸으로 신과 산, 강, 바다를 수호하며 산다

이다. 바다의 거품만큼이나 쓸모없는 것을 얻는다고 뭐가 달라진단 말인가.

무는 갑자기 기분이 나빠져서 저 어리석은 소녀를 성에서 끌어내 무산의 짐승들에게 던져 주고 싶었다. 하지만 성까지 데려온 것은 소원을 들어주겠다는 허락인 셈. 이곳에 데려온 이상 무는 소녀의 소원을 들어주기로 했다. 결국은 그의 고약한 장난질로 다 망쳐 버리고 말 소원이지만 말이다.

[네가 원하는 것이 무엇이냐.]

"그 누구도 사랑할 수 없도록 해주세요."

소원은 예상했던 것보다 훨씬 어리석었다. 이런 소원을 듣자고 긴 잠에서 깬 것인가. 무는 짜증이 났다. 인간이란 어찌나 가소로운 존재인지. 사랑을 위해 자신을 희생하겠다는 건가? 무가 아는 인간이란 타인을 위해 자신을 바치는 어리석은 일 따위 절대 하지 않았다. 인간이란 애당초 이해득실을 염두에 두지 않고는 움직이지 않는 종족들이다. 성인군자라 자처하는 인물도 속을 들여다보면 시장판 거지보다도 추악하고 탐욕스럽기 그지없었다. 차라리 자신의 욕망을 인정하는 편이 인간다운 법. 아무리 철모르는 어린애라 하나 이렇게 어리석을 수가 있나. 무는 소녀를 비웃으며 말했다.

[너의 소원을 들어주겠다. 이젠 내가 원하는 것을 말할 차례다. 나는 네 두 눈을 원한다. 네 눈을 다오.]

망설이는 소녀를 보며 무는 겁에 질려 안 된다고 고개를 젓는 모습을 상상했다. 하지만 들린 것은 뜻밖의 대답이었다.

"제 눈을 드리겠습니다."

소녀는 제가 무슨 말을 지껄였는지 알고나 있는 걸까. 제 눈을 바칠 만큼 사랑이라는 것이 그리 가치있는 것일까?

무는 안개에서 인간으로 모습을 바꾸어 바닥에 쓰러져 있는 소녀를 향해 걸어갔다. 그녀의 눈은 서서히 빛을 잃어가고 있었다. 보석처럼 영롱하게 반짝이던 푸른 눈동자가 탁해지는 것을 보고 있자니 씁쓸함이 밀려왔다. 무는 허리를 굽혀 소녀의 얼굴을 자세히 살폈다.

'달빛을 닮은 얼굴이구나.'

영롱한 눈빛을 잃어가는데도 소녀의 얼굴은 여전히 무의 마음을 잡아끌었다. 그는 손을 뻗어 소녀의 턱과 뺨을 쓸어보았다. 순간 부드럽고 따뜻한 감촉이 손끝을 타고 올라와 심장을 꽉 움켜쥐었다. 무는 자신도 모르게 흑하고 숨을 들이마셨다.

'이 감각은 대체 무엇이지?'

기분이 나쁘다고 해야 할지 좋다고 해야 할지 가늠이 되질 않았다. 저릿하고 부드럽고 뜨거운 뭔가가 속을 헤집었다. 무는 황급히 손길을 거두고는 자신의 손을 내려다보았다. 손에는 이렇다 할 변화가 보이지 않았지만 그녀의 온기는 여전히 살갗과 핏속을 맴돌고 있었다. 무는 한 번 더 맛보고 싶은 마음을 누르고 냉정한 눈길로 소녀를 보았다.

'감히 내 마음을 어지럽혔으니 그냥 두진 않을 테다. 저 작은 몸뚱이, 산짐승의 밥으로나 던져 줄 것이다. 아니지. 더러운 거리, 탐욕에 찌든 사내놈들 한복판에 데려다 놓는 것이 좋겠다.'

순간 자신을 바라보는 소녀의 낯빛에 희미한 미소가 스치자 무의 생각이 돌연 멈추었다. 뭔가 둔탁한 것이 그의 가슴을 쳤다. 저릿한 통증에 머리가 쭈뼛해지고 피가 뜨거워졌다.

무는 얼굴을 일그러뜨린 채 몸을 일으키려 했다. 바로 그때 소녀의 몸이 허물어지면서 그의 품 안에 들어왔다. 얼결에 소녀를 안아 든 무의 몸이 삽시간에 뻣뻣하게 굳었다. 갑자기 몸의 감각이 소녀를 향해 활짝 열리며 소녀의 창백한 얼굴과 가녀린 목, 벌어진 옷 사이로 소담하게 부푼 젖가슴이 시야에 들어왔다. 뒤이어 하얀 살결에서 은은하고 매혹적인 향이 흘러나와 코끝을 간질였다. 무는 향기로운 말간 살갗에 코를 박고 실컷 들이마시고 싶었다. 보얀 살갗을 혀로 쓸어 어떤 맛인지 맛보고 싶었다.

인간의 몸이란 원래 이렇듯 별것 아닌 것을 두고 제멋대로 날뛰는 것인가. 무의 의지와는 반대로 자꾸만 소녀에게로 눈이 갔다. 소녀를 감싸고 있는 옷을 찢어발기고 머리부터 발끝까지 한군데도 빠짐없이 음미하고 싶은 욕망이 그를 괴롭혔다.

'인간의 몸이란 알 수가 없군.'

무는 몸의 감각이 올올이 일어서서 견딜 수가 없었다. 한 번도 경험해 보지 못한 묘한 전율이 피를 타고 심장으로 모아졌다가 다시 온몸으로 퍼져 나갔다.

그는 간신히 소녀를 품 안에서 내려놓고 성큼 뒤로 물러났다. 심장은 아직도 제멋대로 움직이고 숨이 가빴다. 무심코 손으로 더듬어보니 몸의 중심이 묵직하게 솟아 있었다.

'인간의 몸이란, 역겨운 것투성이야.'

무는 얼른 안개로 몸을 바꿨다. 그러자 몸은 삽시간에 편안해지고 불편한 감각들도 사라졌다. 하지만 그의 심중은 여전히 혼란스러웠다.

"몽우야."

무의 부름에 백호의 모습을 한 몽우가 홀연히 나타났다. 몽우는 무와 무산을 지키는 선인(仙人). 신을 모시는 영물 중 가장 용감한 백호의 기운을 받고 태어난 그는 평상시에도 늘 백호로 지냈다. 무가 몽우에게 자못 퉁명스런 어투로 말했다.

"이 아이를 치워라."

고개를 주억거린 몽우는 백호에서 본래의 모습인 인간으로 돌아가 바닥에 쓰러진 로를 안아 들었다. 그런 몽우를 보던 무의 심경은 더욱 날카로워졌다.

"잠깐."

돌아서던 몽우가 멈춰 서서 영을 기다렸다. 무는 잠시 머뭇거리다 말했다.

"날이 밝거든, 산 입구에 두고 오너라."

좀처럼 표정이 드러나는 일이 없는 몽우의 얼굴에 안도의 빛이 스쳤다가 사라졌다. 그는 허리를 숙여 예를 갖추고는 허공

속으로 사라졌다.

눈에서 사라졌는데도 소녀의 잔상은 여전히 무의 머릿속에 들러붙어 있었다. 더불어 강렬했던 감각의 여운이 그를 괴롭혔다. 무는 지금 자신이 느끼는 감정이 심히 낯설었다. 채 만족 못한 욕망과 미물에 혹해 모습까지 바꾼 자신에 대한 불쾌감, 그리고 새로운 것을 발견한 것에 대한 전율과 호기심. 인간에게나 어울릴 법한 감정이 이렇듯 한 번에 강렬하게 몰아친 적은 없었다. 이것들을 어찌 다뤄야 할까. 경험해 본 적이 없기에 알 수가 없었다.

'차라리 죽여 버리자. 그러면 이렇듯 마음이 산란하지는 않을 거야.'

하지만 잠든 소녀의 얼굴을 떠올리자 마음이 돌아섰다.

'아니야, 인간에 대해 좀 더 아는 것도 나쁘진 않지. 저 아이가 자신이 얼마나 어리석은 짓을 저질렀는지 깨닫는 걸 보는 것도 즐거움이 될 게야.'

무는 지루한 침묵 속으로 돌아가지 않아도 된다는 사실이 조금은 즐거웠다. 오랜만에 찾은 유희의 대상. 그는 소녀의 절망과 몰락의 천천히 즐길 생각이었다.

몽우는 아침 햇살이 로를 비출 수 있도록 두터운 구름과 자욱한 안개를 걷어냈다. 맑은 빛이 풀숲에 누워 있는 로의 얼굴을 비췄다. 잠든 로의 얼굴은 애처로운 아름다움을 머금고 있었다.

다시 백호로 변한 몽우는 그녀 옆에 웅크리고 앉아 흰 낯빛을 찬찬히 들여다보았다. 악몽을 꾸는 듯 그녀가 작게 흐느끼며 몸을 떨었다. 몽우는 그녀 옆에 좀 더 다가앉아 자신의 온기를 나누어주었다. 그녀는 어젯밤처럼 자신의 갈기를 부드럽게 쓸어주진 않았지만 온기에 안도한 듯 흐느낌을 멈췄다. 오래지 않아 멀리서 인간의 외침이 들렸다. 그들은 소녀를 찾고 있었다. 몽우는 몸을 일으켜 안개에 싸인 숲 속으로 사라졌다.

몽우가 가고 얼마 되지 않아 무산을 가르쳐 준 노인이 커다란 바위 아래서 잠든 로를 찾아냈다.

"아이야! 드디어 찾았구나. 이보시오들, 여기에 있소!"

노인은 뒤편에 대고 크게 외쳤다. 다급한 발소리와 함께 누군가가 뛰어왔다.

"로야!"

소아는 누워 있는 로를 발견하고 비명을 지르며 달려들었다. 창백한 로의 얼굴을 본 순간 소아는 그토록 두려워하던 일이 현실로 벌어졌다는 생각에 넋을 놓았다. 소아가 로를 끌어안고 울음을 터뜨리는 사이 뒤따라 온 자오가 재빨리 코밑에 손가락 가져다 대고 목에 있는 맥을 짚었다.

"죽지 않았어! 살아 있어!"

자오의 외침에 소아는 여전히 울먹이며 동생을 내려다보았다. 진심으로 안도했지만 여전히 이해할 수 없는 것이 있었다. 그녀는 왜 이 먼 곳까지 온 걸까. 무슨 소원을 빌기 위해서?

로가 사라지고 나서 소아는 마을을 이 잡듯 뒤졌다. 그리고 한 노인을 만나 사정 얘기를 듣고 기가 차 주저앉고 말았다. 그까짓 옛날 이야기를 믿고 길을 떠나다니. 소아와 자오는 바로 말을 타고 로를 따라잡기 위해 달렸다. 파산으로 가는 길에 인접한 마을에 들르니 로를 보았다는 사람들이 있었다. 소아는 동생이 파산에 당도하기 전에 붙잡고 싶었지만 파산 근처 움막에 당도했을 때엔 이미 떠난 직후였다.

"왜 그랬니. 도대체 왜……."

소아는 동생을 꼭 껴안으며 울먹였다. 그때 로가 부스스 눈을 떴다. 로를 본 소아는 새된 비명을 지르고 말았다.

"로야! 눈이……!"

소아의 비명을 듣고 자오 또한 로를 보았다. 로의 눈을 본 순간 자오의 입에서 나지막한 신음이 흘러나왔다. 아름다웠던 로의 두 눈동자가 탁한 회색빛을 띠고 있었다.

"로야, 이게 어찌 된 일이야. 네 눈이 왜 이래."

햇살 아래 드러난 로의 낯빛은 처연하리만큼 하얀 빛을 띠고 있었다. 그녀는 너무도 담담히 말했다.

"언니, 난 이제 언니 얼굴을 볼 수 없어. 아무것도, 볼 수 없어."

"말도 안 돼! 이럴 순 없어!"

"로야, 산에서 무슨 일이 있었던 거지? 네 눈이 왜 이래?"

자오의 말에 로가 힘없이 중얼거렸다.

"돌아가요. 집에 가고 싶어요."

로의 얼굴에는 짙은 절망과 피곤이 가득했다. 나이보다 앳되어 아이 같았던 얼굴이 비로소 제 또래의 얼굴을 하고 있었다. 아니, 로의 얼굴은 또래보다 성숙하고 슬픈 빛을 머금고 있었다. 하룻밤 사이에 너무 많이 달라져 버린 동생을 두고 소아는 괴로움에 울부짖었지만 아무리 다그쳐도 그녀의 입에서 흘러나온 것은 집에 가고 싶다는 말뿐이었다.

수정처럼 맑은 물속을 물고기처럼 매끄럽고 날렵하게 헤엄치는 몸. 희고 유연한 몸이 물속으로 깊이 들어갔다가 한참 만에야 위로 솟아 힘차게 숨을 토해냈다. 개운한 얼굴로 젖은 머리를 쓸어 넘기던 무(霧)는 온천 옆에 낯익은 사내가 앉아 있는 것을 보았다.

"별일이구나. 네가 인간의 모습을 다 하다니."

바위에 느긋하게 걸터앉은 사내는 물속에 있는 무를 보며 웃어 보였다. 사내의 눈빛이 차분하고 다정한 것에 반해 무의 눈빛은 무심하기 그지없었다. 무는 표정 없이 냉랭한 어조로 말했다.

"설(雪), 오랜만이야. 여긴 무슨 일로 온 거지?"

"네가 무산에서 좀처럼 나오지 않으니 내가 직접 올 수밖에."

설의 말속에 섭섭함이 배어 있었지만 무는 짐짓 모른 척하며 말했다.

"나가봐야 지루하고 성가신 일들뿐이야."

싸늘한 무의 말에 설은 나직이 웃었다. 무가 무슨 말을 하든 설의 입가에는 늘 미소가 감돌았다.

"널 보기 위해 멀리서 왔는데 그렇게 물속에만 있을 거야?"

무는 알았다는 듯 고개를 끄덕이며 물 밖으로 나왔다. 밖으로 걸어나오는 무의 모습을 보는 설의 눈빛이 일순간 흔들렸다.

매끈한 은빛 비늘이 온몸을 덮은 것처럼 무의 몸은 하얗게 빛났다. 엉덩이를 덮는 긴 흑발과 눈처럼 차갑지만 아름다운 얼굴은 신비로운 느낌을 자아냈다. 무의 아름다움은 혼돈이었다. 거칠고 강인한 남자다움과 부드럽고 섬세한 여자다움이 뒤섞인 혼돈. 무의 얼굴은 깨어질 듯 여린 섬세함과 서늘한 아름다움을 품고 있었고, 몸은 강인하면서도 부드러운 선을 그리고 있었다. 신들마저도 반할 만큼 아름다운 그를 시기한 이들이 그 모습을 그대로 본뜨기도 했지만 무의 특유한 표정과 눈빛이 빠진 껍데기는 볼품없었다. 주위는 온통 무를 향한 동경과 질투로 떠들썩했지만 그는 자신의 아름다움이나 주위 시선엔 통 무심했다. 지금 설이 그의 아름다움을 홀린 듯 바라보고 있다는 사실도 무는 알지 못했다.

"인간의 몸이란 불편하기 그지없지만 가끔씩은 기분 좋은 느낌을 주기도 하는군. 특히 적당히 따뜻한 물속에 있을 때면 몸이 나른해지면서 기분이 좋아져."

온천을 걸어나오며 무가 말했다. 설은 그가 자신의 감정을 말해주는 것이 신기해 새로운 시선으로 바라보았다.

물에 흠뻑 젖은 나신은 주저없이 설이 앉아 있는 바위 옆으로 걸어왔다. 설은 무의 뺨과 목, 가슴과 복부 주위로 흘러내리는 물방울들을 바라보며 탄식을 삼켰다. 건조하고 싸늘한 표정에 비해 그의 몸은 풍부한 표정을 가지고 있었다. 단단한 쇄골, 강인함이 느껴지는 어깨, 넓은 등을 감싼 탄력적이고 섬세한 근육, 척추를 중심으로 엉덩이까지 미끄러지듯 내려오는 부드럽고 요염한 선과 탄탄한 엉덩이 아래 길게 쭉 뻗은 다리는 아름답고 고혹적이었다. 강인함과 부드러움이 어지러이 혼재되어 있는 그의 몸은 이 세상의 것 같지 않은 신비함을 품고 있었다.

'이렇게 아름다운 몸을 무는 왜 봐주지 않는 걸까. 그가 자신의 아름다움을 안다면 지금 같지는 않았을 텐데.'

지금까지 무에게 인간의 몸은 귀찮지만 조금은 흥미있는 거죽에 불과했다.

"인간의 몸도 차츰 익숙해지니 생각보다 괜찮아. 네가 왜 항상 인간의 모습으로 다니는지 알겠어."

제 몸을 내려다보며 중얼거리는 무의 표정이 과거와 달리 조금은 부드러웠다. 설은 작은 그의 변화에 내심 기뻐하며 고개를 끄덕였다.

설이 무의 젖은 나신을 감상하는 동안 안개의 정령들이 다가와 그의 젖은 머리를 닦고 흰 비단 옷을 입혀주었다. 무가 비단 신에 발을 넣으며 물었다.

"헌데 네 몸은 왜 그리 거칠고 투박하지? 그런 몸이 마음에 들어?"

"글쎄······."

설은 애매하게 대답하며 웃음을 흘렸다. 인간의 모습을 한 지 얼마 안 되는 무에 비해 설은 아주 오래전부터 인간의 모습으로 지내왔다.

신들의 세계, 즉 상계(上界) 아래에 인간의 세계인 하계(下界)가 생겨난 지 얼마 지나지 않아 신은 자신이 만들어낸 인간에게 매혹되었다. 물, 바람, 흙, 불 같은 자연에서 태어난 신에게 인간의 몸은 새롭고 놀라운 것투성이였다. 한 번도 느껴보지 못한 감각과 감정들은 낯선 기쁨을 안겨주었다. 처음엔 하나둘 모습을 바꾸다 갈수록 그 수가 늘었고, 이를 못마땅하게 여기던 천신(天晨)마저 인간의 모습을 택하자 이젠 모든 신이 인간으로 모습을 바꾸고 그들과 섞여 살았다. 무는 가장 나중에 인간의 모습을 택한 신이었다. 그리고 가장 독특하고 아름다운 신이기도 했다.

무가 비현실적인 아름다움이라면 설은 지극히 현실적인 남자다움을 가지고 있었다. 햇빛과 바람에 단련된 그의 몸은 검게 그을려 윤기가 흘렀고, 굵은 나무뿌리처럼 단단한 골격과 두터운 근육들, 수염이 거뭇거뭇하게 난 거친 외모는 세상의 풍파를 온몸으로 부딪쳐 이겨낸 사내 같았다. 그런 강하고 다부진 외모와 달리 그의 성격은 부드럽고 온화했다. 그의 거친 외모, 온화한 성격, 차가움을 품고 있는 설(雪)이라는 이름은 좀처럼 어울리지 못하고 겉돌았다. 설은 가장 인간다운 신이자 가장 신답지 않은 신이었다.

온천을 나와 옷을 갈아입은 무는 자신의 머무는 궁으로 향했고 설도 그 뒤를 따랐다. 무가 지내는 곳은 성의 가장 안쪽에 있는 궁이었다. 아무것도 꾸미지 않아 삭막하기까지 한 그의 궁에 유일하게 화려한 것이 있다면 정령들이 추는 춤사위였다. 무가 궁 안에 들어서자 어디선가 아름다움 음률이 흘러나오고 사방에서 근사한 꽃 향기가 났다. 중앙 넓은 뜰에선 비단 옷을 곱게 차려입은 정령들이 하늘거리는 천 자락을 끌며 아름다운 춤사위를 펼쳐 냈다. 그 광경을 지켜보던 설이 말했다.

"꼭 황제의 궁에 온 것 같군."

"황제? 인간들의 우두머리 말이지? 넌 인간들과 자주 어울리나 봐."

"인간계에서 나는 변방을 전전하는 장수야. 언젠가 전쟁에서 이긴 공으로 황궁에 간 적이 있었는데 그곳에서 이와 비슷한 춤을 보았지."

"시시하군. 왜 그런 하찮은 모습을 하고 인간에게 머리를 조아리는 거지?"

"인간에겐 인간만이 가진 독특한 것들이 있어. 난 그것을 옆에서 지켜보는 것이 좋아."

"이해할 수가 없군."

시큰둥하게 중얼거린 무가 긴 의자에 길게 누웠다. 그의 앞에 놓인 탁자에는 따뜻한 차와 과일들이 마련되어 있었다. 무는 설에게 권하지도 않고 포도 한 알을 떼어 자신의 입속에 집어넣었다.

"그런데 말이야, 정말로 날 보러 온 목적이 뭐지?"

"네가 오랜 침묵에서 깨어났다는 소식을 듣곤 보고 싶어졌어. 한동안 인간으로 지낸다기에 무슨 일인지 궁금하기도 했고."

"인간이 알고 싶어졌어."

"갑자기 왜?"

"신기한 것을 발견했거든."

무의 눈이 호기심으로 반짝였다. 늘 메마르고 지루한 표정으로 있던 그였는데 지금의 모습은 뭔가에 들떠 있는 소년 같았다. 어찌 보면 이제 막 정에 눈뜬 사내의 얼굴 같기도 했다. 설은 설마하는 심정으로 물었다.

"여인인가?"

"그 아일 여인이라 부를 수 있을까. 그 아이는 뭐랄까…… 그냥 새로워."

설의 마음에 돌연 찬바람이 지나갔다. 그는 좀 더 듣고 싶다는 표정으로 무를 보았다. 잠깐 생각에 잠겼다가 앞으로 불쑥 몸을 내민 무가 손을 뻗어 설의 까끌까끌한 턱과 흉터 가득한 뺨을 쓸어내렸다. 순간 설의 몸이 뻣뻣하게 굳었다. 설의 반응을 눈치 채지 못한 무가 실망한 듯 고개를 갸웃하며 말했다.

"그 아이의 얼굴을 쓸어내리니까 낯선 감각이 손끝에서 혈관을 타고 위로 올라왔어. 같은 인간인데 설에게선 그런 감정을 느낄 수 없군."

무는 그때의 감각을 다시 한 번 느껴보고 싶은 마음에 옆에 앉은 설을 가까이 끌어당겼다.

"아이와 내가 이렇게 가까이 있었어. 그 아이 몸에서 흘러나온 숨이 내 얼굴에 닿으니까 막 몸이 근질거리고 뜨거웠어. 이상하지?"

무와 설의 얼굴은 살짝만 움직여도 입술이 닿을 만큼 가까이 있었다. 무에게서 흘러나온 숨과 향 때문에 설의 가슴이 미친 듯이 뛰었다.

'무는 내 감정을 모르는 걸까? 혹여 안다면 이건 짓궂은 시험인가?'

설은 잔인한 무에게 화내고 싶었지만 아무 내색도 하지 않았다. 오랜만에 기분이 좋아져서 말이 많아진 그의 흥을 깨고 싶지 않았거니와 자극적이고 도발적인 행동에 취해 입이 떨어지지 않았다. 아무리 무지에서 비롯된 행동이라도 설의 가슴은 두근거렸다. 그러고 보니 그는 확실히 전과는 달랐다. 텅 빈 듯 메마른 눈빛엔 감정이 깃들어 생기를 띠었고, 얼굴은 더 밝고 맑았다. 이제 막 얼음이 녹고 새싹이 돋기 시작하는 봄의 대지처럼 작지만 큰 변화가 그의 얼굴 깊숙한 곳에서 아지랑이처럼 피어올랐다. 설은 마음을 졸이며 낯설기만 한 무를 조심스럽게 관찰했다. 설은 여전히 사람 좋은 미소를 짓고 있었지만 그 안에는 진한 욕망과 질투가 뒤섞여 있었다.

"그래서 어떻게 했지?"

설이 감정을 억누르며 조용히 물었다. 그러자 무가 태연하게 되물었다.

"뭘?"

"새롭다는 그 아이."

"아, 그 아이. 눈을 빼앗았어. 마음속에 사랑이라는 감정도 같이 없애줬지. 눈은 내가 원한 거고, 사랑을 없애달라고 한 건 그 애였어."

설은 어이가 없었다.

'신이란 존재는 어쩔 수가 없는 것인가. 그런 일을 해놓고 이리 태연할 수가 있다니.'

설이 신들에게서 가장 혐오하는 것은 무지를 넘어선 잔인함과 소름 끼치는 오만이었다. 자신의 행동이 어떤 결과를 가져오는지 모른 채 무심코 일을 저질러 버리는 것은 인간이나 신이나 매한가지다. 다른 것이 있다면 인간은 철저히 파괴되면서 후회한다는 점이고, 신은 까맣게 잊는다는 것뿐. 신이 그토록 무신경한 것은 모든 것을 쉽게 손에 넣을 수 있고 동시에 파괴할 수 있는 절대권력 때문일 것이다.

"그 다음엔?"

거기에서 그칠 무가 아님을 설은 알고 있었다. 정령들의 춤에 넌지시 시선을 던진 무가 귀찮은 투로 말했다.

"집으로 돌려보냈지."

'돌려보내? 그럴 리가.'

그렇게 얌전히 돌려보낼 무가 아니다. 무(霧)는 욕망과 파괴의 신. 욕망이란 무엇을 가지거나 누리고자 탐하는 마음. 파괴는 부수거나 깨뜨려 헐어버림, 혹은 와해시켜 무너뜨리고자 하는 것. 욕망이란 다루기 어려운 무기 같은 것이었다. 잘 길들이면 자신을 지켜주지만 잘못 다루면 자신을 죽인다. 인간은 욕망을 제대로 다루지 못해 끝내 자신과 주위 모두를 파괴하곤 했다. 무는 그런 어리석은 인간들을 혐오했다. 그래서 이따금 인간을 끌어들여 원하는 것을 들어주고는 철저히 파괴되어 가는 것을 흥미롭게 지켜보았다. 소름 끼칠 정도로 잔인하고 냉정한 무. 그런 그가 오랜만에 만난 흥밋거리를 그냥 돌려보냈다니.

"너답지 않았군."

설의 말끝에는 씁쓸함이 배어 있었다.

"좀 더 지켜보고 싶었을 뿐이야. 오랜만의 유희인데 금방 끝나 버리면 재미없잖아."

과연 그럴까. 설은 무에게서 시선을 거두고 생각에 잠겼다. 자신의 것은 아니었지만 그 누구의 것도 아니었던 무(霧).

설(雪)은 무와 처음 만났던 때를 아직도 기억했다. 그는 마치 바다에 떠 있는 섬처럼 신들과 떨어져 서 있었다. 신들이 동경하고 두려워하는 눈빛으로 그를 훔쳐보는 반면 무는 거침없는 눈빛으로 그들을 관찰했다. 가장 큰 두려움을 주는 파괴의 신, 신들 중 가장 돋보이는 아름다움을 가진 그가 다른 이들을 관찰하며 신기해하는 것이 새로웠다. 신들 사이에 있어도 당당하게 빛나는 아름다움. 상 모든 것에 대한 권태와 혐오를 느끼고 있지만 얼음 같은 얼굴 속에 감춰진 뜨거움. 설은 무를 보고 있으면 눈이 부셨다. 심장이 뛰었다. 그리하여 조금의 망설임도 없이 무를 원하게 되었다. 그가 남신(男神)이라도 상관없었다. 인간의 모습으로 살면서 많은 신들이 서로 원하고 사랑을 나누었다. 종족을 번식할 이유가 없으므로 신들의 사랑에 남녀의 구별은 무의미했다. 그들은 끌리는 이를 안고 사랑했으며 싫증이 나면 쉽게 다른 신을 찾았다. 설은 무를 만나기 전까지 누구도 원해본 적이 없었다. 그런데 무를 본 순간 오랫동안 기다려 온 이를 찾은 것처럼 견딜 수 없이 가슴이 뛰었다. 늘 그를 생각하고 애태웠지만 차마 고백할 수가 없었다. 그러면 무에게 다가갔던 다른 신들처럼 차갑게 거부당할 것 같아서였다. 설은 무의 주변을 맴돌면서 다른 누군가에게 무를 빼앗길 것 같아 늘 두려웠다. 누구든 그의 시선을 붙들 수만 있다면 결국 마음마저 붙들고 모든 것을 차지해 버릴 것이다. 자신이 아닌 다른 누구의 것이 된 무. 설은 상상만으로도 치가 떨렸다. 가슴 깊은 곳에서 질투가 스멀스멀 기어나와 온몸을 잠식해 들어갔다. 볼품없는 인간 아이일 뿐이라는데 왜 이토록 불안한 마음이 드는 걸까. 설은 혼란스러워하는 자신이 이해되지 않았다.

허공을 불안하게 더듬던 설의 눈이 다시 무에게로 향했다. 그는 무의 얼굴을 안타깝게 더듬었다.

霧路

4. 눈이 멀다

로가 월호에 당도하자 한바탕 소란이 일었다. 그녀가 갑자기 사라진 것도 놀라운 일이지만 파산에서 일을 당했다는 소문이 자오 일행보다 빨리 당도해 한바탕 사람들의 입에 오르내린 터라 로를 보는 시선이 하나같이 곱지 않았다.

"손소 할멈이 로의 눈은 흉조라고 했어. 이제 마을에 변고가 생길 게 분명해."

"흉측해! 탁한 회색 눈이라니. 보는 것만도 기분이 나빠."

"소문엔 신이 노하여 벌을 내린 거라던데?"

"얄궂은 계집애 같으니. 무슨 소원을 빌겠다고 그 먼 곳까지 기어가 눈이 멀어 돌아오누."

"이래저래 소아만 속상하게 됐지 뭐야. 경사를 바로 앞두고 동생이 저런 일을 당하니 마음이 오죽이나 답답할까. 자오네 집 쪽에선 별말이 없데?"

"유씨 부인 낯색이 영 좋지 않더구먼. 애초부터 로를 마음에 들어하지 않았잖아. 이젠 소경까지 됐으니 데려가려는 사내도 없을 테고 집안에 애물단지만 들어앉은 셈이지."

"부인이 겉은 온후해 보여도 속내가 여간 깐깐한 게 아니야. 소아가 마음고생깨나 할걸."

월호 사람들은 모였다 하면 파산에서 벌어진 이야기를 하며 혀를 찼다. 그 이야기를 어쩌다 들을라치면 소아는 속이 상해 견딜 수가 없었다. 마음 따뜻하고 다정한 로. 자신보다는 남을 걱정하며 아끼는 착한 아이가 왜 사람들의 입에 오르내리며 멸시받아야 하는 걸까.

화가 난 소아는 사람들 앞에 차마 대서지 못하고 집에 있는 동생에게로 달려갔다. 방 한쪽에 몸을 동그랗게 웅크리고 앉아 있는 로를 보자 꾹꾹 참아온 분노가 폭발했다.

"네가 왜 이런 일을 당해야 하니. 아무 죄도 없는데 왜 그런 소릴 들어야 해!"

소아는 동생을 잡아 흔들며 목 놓아 울었다. 초점 없는 로의 눈이 허공에서 소아 쪽으로 옮겨갔다. 하얗게 메마른 입술이 가느다랗게 떨렸다.

"언니, 난 괜찮아."

"바보야, 뭐가 괜찮아."

"마음이 편해. 이대로가 좋아. 진짜야, 언니."

파산에서 돌아온 후 로는 다른 사람이 되었다. 몸속에 머물던 빛과 생기가 사라지고 잿빛 하늘처럼, 죽어버린 나무처럼 메마르고 침침한 모습으로 변해갔다. 꿈꾸는 듯한 표정은 사라지고 말수마저 줄었다. 꼭 혼령을 보는 것 같아 두려운 마음마저 들 정도로 로는 전혀 다른 이가 되었다.

"왜 말을 안 해? 파산에서 대체 무슨 일이 있었던 거야!"

이미 수백 번 반복한 질문이었다. 로는 무표정한 얼굴로 가만히 고개를 저었다. 지금껏 둘 사이에 비밀은 없다고 믿었는데 이렇게 마음을 닫고 있는 로를 보니 소아는 배신감마저 느꼈다. 그녀는 견딜 수 없이 화가 나 손바닥으로 동생의 등을 사정없이 쳤다.

"왜 말을 못해. 이 지경이 됐는데 왜 말을 못하냐고! 네가 이럼 내가 어찌 혼인을 하니."

"난 괜찮아. 언니는 예정대로 자오와 혼인해."

로는 울음을 터뜨리는 소아를 안아 가만히 토닥여 주었다. 소아의 울음은 잦아들기는커녕 더욱 커져만 갔다.

소아가 한바탕 울고 집을 나가자 다시금 정적이 찾아왔다. 들리는 것이라곤 멀리서 들려오는 새들의 지저귐과 바람 소리뿐. 어둠 속에 갇힌 로가 하는 일은 머릿속으로 지난날에 풍경들을 천천히 되살려 보는 것뿐이었다. 눈에 보이진 않았지만 봄볕은 따뜻하고 바람은 싱그러울 것이다. 들판에 서면 풀 냄새, 흙 냄새가 진하게 풍겨오겠지. 로는 고개를 떨어뜨리고 낮은 한숨을 쉬었다.

'난 앞을 볼 수 없어. 빛은 더 이상 내 것이 아니야.'

자오를 마음에서 놓아버린 것처럼 빛도, 세상의 소리도, 냄새도 모두 단념해야 한다. 어차피 얻지 못할 것인데 원하면 마음만 아플 뿐. 로의 낯빛에 깃든 외로움이 더욱 깊어졌다. 춥지도 않은데 자꾸만 웅크리게 되고 손끝 하나 움직이지 못할 정도로 몸이 무거웠다.

[후회하지 않나?]

허공에서 들려온 목소리에 로가 고개를 들었다. 귀에 익은 목소리라고 느낀 순간, 갑자기 온몸에 소름이 오소소 돋았다. 밖은 완연한 봄인데 어디서 이런 한기가 들어오는 걸까.

"누구예요?"

누군가가 다가오는 발소리도, 숨소리도 들리지 않았다. 하지만 방 안에 혼자 있는 것이 아님은 분명했다. 살갗을 적시는 차고 습한 기운. 꼭 무산의 안개 같다는 생각이 들자 로의 얼굴에 핏기가 가셨다.

[그토록 원하던 것을 이루었으니 이제 만족하느냐.]

말속에 담긴 싸늘한 조소. 로는 그제야 누구의 목소리인지 기억해 내며 차가운 것이 몸에 닿은 것처럼 진저리를 쳤다.

"당신은 무산에 살고 있는 신이군요."

[맞다.]

"이곳까진 무슨 일로 오셨나요?"

[네 어리석음을 직접 확인하기 위해서지. 내일모레면 소아와 자오가 결혼을 한다지? 느낌이 어때?]

"……."

[아, 마음에 사랑이라는 감정이 없으면 아무것도 느끼지도 못하나?]

로는 입술을 지그시 깨물며 시선을 떨어뜨렸다.

"잔인하시군요."

[궁금한 것이 많다고 해두지.]

"왜 이곳까지 찾아와 절 괴롭히는지 모르겠어요. 돌아가세요."

안개로 다가온 무는 로 옆을 맴돌며 그녀를 관찰했다. 아무런 감정도 드러나지 않던 그녀의 표정에 작은 변화가 일고, 말투는 싸늘하기 그지없었다. 무산에 들어설 때 보았던 천진한 표정은 어디에도 없었다. 당연한 것인데도 무는 왠지 모를 아쉬움을 느꼈다. 하! 아쉬움이라니. 무는 잠시 스친 감정을 저만치 밀어내며 로를 한껏 비웃었다.

[그 말을 내가 들을 것 같나? 난 네가 후회에 몸부림치는 것을 보고 싶다. 내게 매달려 눈을 다시 돌려달라고 애원하게 만들 거야.]

"아무리 그래도 돌려주지 않을 거란 거 알아요."

그녀가 화를 낼수록 무는 왠지 즐거워져 가볍게 말했다.

[오호, 날 잘 아는군.]

"늘 이렇듯 잔인한가요."

[재미있는 것을 발견했을 때만.]

로의 얼굴에 의미를 알 수 없는 표정이 스쳐 갔다. 몹시도 냉정해 보이면서도 어딘가 슬퍼 보이는 얼굴. 무슨 생각을 하기에 저런 표정을 짓는 걸까. 무는 인간의 모습으로 나타나 그녀의 얼굴을 다시금 만져 보고 싶었지만 성가신 일이 생길 것 같아 애써 참았다.

[방금 무슨 생각을 했지?]

무가 물었다.

"당신의 잔인함이 고독 때문은 아닐까 생각했어요. 이렇게 누군가를 괴롭히지 않고는 살아갈 수 없는 분인가요? 참으로 안쓰럽네요."

하! 말도 안 되는 소리!

화가 난 무는 인간으로 변해 소녀의 가는 목을 꺾어주고 싶었다. 하지만 그녀의 담담한 얼굴을 보니 쓰디쓴 웃음만 나왔다.

[어리석긴, 아직까지 제 처지가 어떤지 모르는군. 네가 온 후로 사람들은 널 두려워하기 시작했다. 소아마저도 네가 혼인에 걸림돌이 될까 노심초사하고 있지. 넌 네가 그토록 지키려고 하는 것들에서 버려지고 있어.]

"아니야."

로는 세차게 고개를 저었다.

[두고 보자, 누구의 말이 맞는지.]

무는 차가운 비웃음만 남긴 채 로의 곁을 훌쩍 떠났다. 안개가 물러가자 로는 다시 혼자가 되었다. 주위를 맴도는 정적에 숨이 막혀 로는 몸을 일으켜 창가로 걸어갔다. 창을 열어젖히니 바깥 공기가 일시에 안으로 쏟아져 들어왔다. 저물어가는 해가 그녀가 서 있는 창 쪽으로 부드러운 빛을 던졌다. 로는 피부에 닿는 희미한 온기에 기대 자그맣게 중얼거렸다.

"그럴 리가 없어."

무의 말 따윈 마음속에서 몰아내려 애썼지만 그의 목소리가 몇 번이고 되풀이되며 로를 괴롭혔다. 지금 당장 할 수 있는 거라곤 밀려오는 한기에 제 몸을 감싸 안고 떠는 것밖에는 없었다. 로는 그런 자신이 너무나도 무기력해서 서글펐다.

대지에 복숭아 꽃잎이 분분히 흩날렸다. 들판은 분홍빛으로 물들고 향긋한 봄 향이 바람을 타고 사방으로 퍼졌다. 더없이 화창하고 아름다운 봄의 한때였다. 월호 사람들은 아침부터 부산스럽게 움직였다. 오늘은 마을의 선남선녀가 혼인을 맺는 날. 손소는 액막이를 한다며 아침 일찍부터 돼지와 양을 잡아 마을 안팎에 붉은 피를 뿌리게 했다. 아낙들은 소아의 집으로 몰려가 음식을 마련하고, 사내들은 신명나게 악기를 연주하고 춤추며 흥을 돋우었다. 혼인을 올리는 날 아침부터 삼 일 동안 잔치를 벌이고 인근 마을 사람들까지 몰려와 신랑신부에게 혼인 선물을 주는 것이 이곳의 풍습이었다. 한동안 침울한 기운이 감돌았던 월호에 활기가 찾아오자 사람들의 얼굴에는 오랜만에 웃음꽃이 피었다.

혼인을 위해 곱게 단장하는 소아 주위로 젊은 처자들이 모여 재잘거리고 있을 때였다. 사람들의 인사를 받으며 방 안에 들어선 유씨 부인은 주위를 둘러보다 구석에 앉아 있는 로를 보고 기겁을 했다.

"소경이 혼인 잔치에 어슬렁거리면 마가 끼는 법이다. 손님들 눈에 띄지 않게 치워라."

눈이 먼 것이지 귀까지 들리지 않는 것은 아닌데 유씨 부인은 로가 물건인 양 냉정하게 말했다. 당황한 소아가 머뭇거리는 사이 다시 한 번 호통이 떨어졌다.

"당장 치우래도! 저 음침하고 불길한 얼굴을 보고 있으면 금방이라도 악귀가 달라붙을 것 같단 말이다."

소아는 금방이라도 울 듯한 얼굴로 동생을 보았다. 그사이 로는 천천히 자리에서 일어서서 벽을 더듬어 문 쪽으로 걸어갔다. 로의 손끝은 가늘게 떨렸고 얼굴은 울지 않으려고 애쓰는 기색이 역력했다. 비척비척 걸어가는 그녀의 등 뒤로 유씨 부인이 사납게 일갈했다.

"소아가 혼인을 올린다 해도 내 집엘랑은 들어올 생각 하지 마라. 옆 마을에 사는 반편이 첩실로 보내 버릴 생각이다. 빨리 내 눈앞에서 치워 버려야지, 저 재수없는 눈을 본 후론 꿈자리가 사나워 편히 잘 수가 없어."

유씨 부인의 얼굴에는 징그러운 벌레를 보는 듯한 역겨움만 있을 뿐, 어릴 적부터 자매를 보살펴 준 양어머니의 모습은 더는 찾아볼 수가 없었다.

"어머님, 하지만……."

소아의 대꾸에 유씨 부인의 매서운 눈초리가 떨어졌다.

"동생이라며 감쌀 생각은 말아라. 내 아들 혼인하고 싶다면 내 말에 순종해."

소아는 더 이상 말을 잇지 못하고 고개를 숙였다. 유씨 부인의 매서운 호통에 질려 로를 지켜야 한다는 소아의 의지는 맥없이 꺾이고 말았다. 사실 소아도 완전히 다른 사람이 되어 돌아온 로가 조금은 낯설고 두려웠다. 누구 말대로 귀신에 홀려 눈을 빼앗긴 건지도 모른다. 그렇지 않고서야 하룻밤 사이에 눈이 멀어버릴 수가 있을까. 손소의 말대로 악귀가 달라붙어 혼인을 망치려고 든다면……. 소아는 생각만 해도 눈앞이 아찔했다. 자오와 혼인하기 위해 얼마나 오랫동안 기다려 왔는가. 가뜩이나 이번 혼인을 마음에 들어하지 않는 유씨 부인이었는데 눈 먼 동생 때문에 없던 일로 하자고 하면 어쩌나 하며 오늘 아침까지 전전긍긍하던 소아였다.

'파산까지 간 것은 로가 원해서였어. 일이 이렇게 된 데에는 그 애도 책임이 있는 거야.'

소아는 금방이라도 쓰러질 것처럼 휘청거리며 걸어가는 동생의 뒷모습을 보며 입술을 지그시 깨물었다.

로는 차가운 벽을 손으로 짚으며 정신없이 걸었다. 제 의지로 걷는 것이 아니라 누군가가 억지로 떠다미는 듯 위태로운 걸음이었다. 지금 이 순간 자신이 어디로 가는지 알 수 없는 것처럼 자신의 삶이 어디로 흘러가는지 알 수가 없었다. 믿고 있던 모든 것이 흔들리고 있다. 로는 위험한 낭떠러지 끝에 서 있는 것처럼 정신이 아득했다.

[넌 네가 그토록 지키려고 하는 것들에서 버려지고 있어.]

"아니야. 그렇지 않아!"

신의 말이 떠오르자 로는 고개를 저으며 고통스런 신음을 흘렸다. 한 번도, 꿈에도, 자오와 소아가 자신을 버릴 거라 생각해 보지 않았다. 지켜줄 거라고, 무슨 일이 닥쳐도 지켜줄 거라는 믿어왔는데 소아의 침묵에 모든 것이 두려워지기 시작했다.

"언니…… 그러지 마…… 나 두려워."

로는 눈물 없이 낮게 흐느꼈다. 그럴 리가 없다고, 언니는 날 버리지 않을 거라고 마음으로 외쳤지만 마음의 불안은 시간이 흐를수록 무섭게 자라났다.

흥겨운 음악 소리와 웃음소리가 닫힌 문 안까지 밀고 들어왔다. 곧 혼인식이 있을 것이다. 혼례복을 잘 차려입은 자오가 대문을 넘어서면 어여쁜 소아가 나와서 신랑을 맞이하며 식이 시작된다. 로는 자신의 방 한구석에 웅크리고 앉아 흥겨운 음악 소리에 귀를 기울였다. 아름다운 두 사람을 두 눈으로 직접 볼 수 있다면 좋으련만. 로는 몸을 일으켜 문 쪽으로 걸어가 문고리를 잡았다가 슬그머니 놓았다.

'내가 보이지 않는 것이 언니에겐 좋겠지. 하지만 볼 수 없다고 해도 듣고 싶어. 행복해하는 언니와 자오의 웃음소리.'

로는 용기를 내어 문을 밀었다. 악기 소리와 사람들의 웃음소리가 크게 밀려들었다. 로는 벽을 손으로 더듬어가며 신랑이 올 때까지 신부가 머무는 방 쪽으로 향했다.

'양어머니의 눈에 띄지 않게 멀리서 언니의 목소리만 듣고 다시 방으로 돌아오면 되겠지. 지금쯤 언니는 얼마나 기뻐하고 있을까.'

로는 설레는 얼굴로 걸음을 옮겼다.

신랑이 대문을 넘어선 모양인지 사람들이 모두 마당으로 몰려가 안채는 조용했다. 로는 소아가 있는 방문 앞에 서서 잠시 망설이다 슬쩍 문을 열었다. 문 사이로 흘러나오는 소아의 흐느낌에 로는 우뚝 멈춰 섰다.

"어머니, 제발……."

"그 아이 때문에 그동안 우리 집안이 얼마나 손가락질을 받았는지 너도 알고 있지 않느냐. 쫓아내도 시원치 않을 판에 양녀로 삼았다고 어르신들의 노여움이 이만저만이 아니었다. 과거에는 바깥어른이 버팀목이 되어주었지만 이젠 자오와 내가 그

뒷감당을 해야 해. 성해도 부족할 판에 흉측하게 눈까지 멀어온 아이를 어떻게 받아들이란 것이냐."

"어머니, 로는 제 하나뿐인 혈육이에요."

"나도 안다. 하지만 오늘 온 사람들의 시선을 보았잖니. 그들은 하나같이 로를 두려워하고 불쾌해하고 있어. 로는 액운을 가져오는 아이야. 나는 내 집안에 그런 우환을 들여놓는 것을 허락할 수 없다."

"하지만……."

"네가 이렇듯 고집을 부리면 널 내 며느리로 삼는 것을 다시금 생각해 볼 수밖에 없다. 난 내 집안을 지킬 의무가 있어. 그러니 지금 이 자리에서 선택해라. 자오와 혼인을 하겠느냐, 아니면 네 동생을 택하겠느냐. 네 동생을 택한다면 너와 로는 이 마을을 떠나야 한다."

"어머니!"

"선택해라. 내 아들 자오냐, 네 동생이냐."

소아는 큰 소리로 울음을 터뜨렸다. 그 울음을 들으며 로는 가슴이 먹먹해 죽을 것만 같았다. 그리 오래지 않은, 하지만 로에겐 너무나도 긴 순간이 흐른 후 소아의 울음소리가 차츰 잦아들었다. 소아가 잠긴 목소리로 말했다.

"혼인을…… 하겠습니다."

"잘 생각했다."

유씨 부인의 냉랭하고 건조한 목소리를 들으며 로는 문고리를 놓고 천천히 물러섰다. 이상하게 눈물은 나오지 않았다. 크게 뛰던 심장은 멈춘 듯 아무것도 느껴지지 않았다. 눈앞에 어둠이 갑작스레 무섭고 끔찍해 소름이 돋았다. 컴컴한 어둠 속에서 조금만 다리를 헛디뎌도 깊이를 알 수 없는 나락으로 곤두박질칠 것만 같았다.

"빛이 보고 싶어. 바람을 느끼고 싶어."

로는 시끄러운 음악 소리와 사람들의 환호를 뒤로한 채 집을 빠져나왔다.

오후의 볕은 따스했다. 숲을 지나온 미풍에 나무와 풀 냄새가 났다. 더불어 사방에서 꽃향내가 났다. 가장 따뜻하고 향기로운 날. 사랑하는 언니가 사랑하는 사람과 혼인을 한다. 기쁜 날이다. 행복한 날이다. 그러니 웃어야 하는데 그럴 수가 없다. 오늘은 언니의 혼인 날. 그리고 혼자가 된 날.

로는 맑은 하늘을 올려다보았다. 어둠이 너무나도 무서워서 뛰쳐나왔는데 이젠 맑은 하늘을 볼 수 없다는 것에 안도했다. 눈부시도록 파란 하늘을 보면 눈물이 흐를 것이다. 울면서 언니를 원망하고 또 원망하겠지. 어떻게 내게 이럴 수 있냐고 화내며 울 것이다.

"내가 원해서 한 일이야. 무엇을 바라고 한 일이 아니야. 그러니까…… 그러니까……."

언니를 이해해야 한다고 마음이 말한다. 하지만 가슴엔 견딜 수 없는 슬픔이 자꾸만 차 올랐다.

'가서 버리지 말아달라고 애원이라도 해볼까. 부디 곁에 남을 수 있도록 허락해 달라고 매달려 볼까. 나는 어찌해야 하지.'

로는 자신의 걸음이 어디로 향하는지도 모른 채 무작정 걸었다. 멀리서 들려오는 흥겨운 음악 소리를 더는 들을 수 없었다. 로의 귀에 들리는 것이라고는 신의 차가운 조소뿐이었다.

[넌 네가 그토록 지키려고 하는 것들에서 버려지고 있어.]

로는 웃는 것도 우는 것도 아닌 얼굴로 허공을 보았다. 생살을 파헤쳐 심장을 도려낸 것처럼 가슴에 쓰라린 아픔이 밀려왔다.

'지금 당신은 나를 어떤 얼굴로 보고 있나요? 자신이 맞았다 기뻐하고 있나요?'

[난 네가 후회에 몸부림치는 것을 보고 싶다. 내게 매달려 다시 돌려달라고 애원하게 만들 거야.]

신은 잔인하다. 하지만 틀린 것이 없었다. 이런 일이 벌어질 줄 모른 자신이 어리석은 것이다.

[후회하나?]

'지금 이 감정은 후회인가?'

로는 자신에게 물었다. 하지만 마음에서 들리는 것은 무거운 침묵뿐이었다.

'마음아, 나는 어찌해야 하니. 제발 말해줘. 나는 어찌 살아가야 해. 내가 사랑하는 것은 모두 다 여기에 있는데, 이젠 다른 사람을 사랑할 마음조차 없는데 나는 어찌 살아가야 해.'

몸이 물을 흠뻑 먹은 솜처럼 무거워 좀처럼 걸음이 떨어지지 않았다. 어디로 향하는지조차 모른 채 무작정 걸어가던 로는 허방을 짚고 천 길 낭떠러지로 굴러 떨어질 것 같은 현기증을 느끼며 멈춰 섰다.

이대로 땅속으로 푹 꺼져 버렸으면 좋겠다. 바람에 밀려 아무도 모르는 곳으로 날아가 아무도 모르게 죽었으면 좋겠다. 모든 것이 두렵고 슬프다. 세상이 끝난 것만 같다.

그때였다. 은은하고 포근한 바람이 불어와 로를 감쌌다. 로는 비록 보이진 않지만 느낄 수 있었다. 자라면서 늘 함께해 온 바람, 늘 맡았던 숲 기운. 로는 비로소 자신이 마을에서 조금 떨어진 숲에 서 있다는 것을 깨달았다. 무심코 내디딘 걸음이었는데 가장 오고 싶었던 곳에 오게 되다니.

"그리웠어. 이곳이 몹시도 그리웠어."

로의 말에 답하듯 홀연히 미풍이 불었다. 미풍은 나뭇가지를 흔들었고 가지에서 떨어져 나온 꽃잎들이 허공에 잠깐 날아올랐다가 춤추듯 원을 그리며 떨어졌다. 눈처럼 흩날리던 꽃잎 중 하나가 로의 뺨을 스쳤다. 로는 허공으로 가만히 손을 뻗어보았다. 분홍 꽃잎이 나비처럼 날아와 그녀의 손바닥 위로 살포시 내려앉았다. 로는 손끝으로 꽃잎의 보드라운 감촉을 만져 보며 희미하게 미소 지었다. 몸을 스치는 훈훈한 바람, 부드러운 꽃잎의 감촉, 가슴속까지 따뜻해지는 향긋한 향에 슬픔이 차츰 물러났다. 너무나도 익숙한 이 느낌과 감정. 꼭 눈을 잃기 전 자신으로 돌아간 것 같아 로의 얼굴이 밝아졌다.

사랑하는 사람에게 버림을 받았다. 눈도 잃고, 누군가를 사랑할 수도 없는 사람이 되어버렸다. 그러니 모든 것이 끝났다고 생각했다. 사람들이 그러했던 것처럼 스스로를 무시하고 혐오했다. 하지만 아직 아니다. 정말 소중한 것은 여전히 로의 것이었다.

'소중한 것들을 잃었어도 나는 여전히 나야. 나는 이렇게 살아 느끼고 있어.'

이 사실 하나만으로도 더는 슬프지 않았다. 아직 모든 것을 다 잃은 것이 아니었다. 가장 소중한 것이 이 가슴 안에 남아 있다. 그러니까 아직은 포기해선 안 된다. 이 남은 한 가지를 잃기 전까진. 로는 어깨를 펴고 불어오는 바람을 당당히 맞으며 말했다.

"보고 있어요?"

로는 어디에선가 보고 있을 무산의 신을 향해 소리쳤다.

"후회하지 않아요!"

로의 샘물같이 맑고 선명한 목소리가 숲을 울렸다. 숲의 모든 것이 그 소리를 듣고 기꺼운 듯 바람결에 제 몸을 흔들어 보였다.

"원하는 대로 되지 않는다 해도 후회하지 않겠어요. 제 마음만은 진심이었으니까요."

그녀의 목소리는 당당하고 힘찼고 얼굴 가득 눈부신 빛이 넘쳐흘렀다.

"당신은 원하는 말을 듣지 못할 거예요. 영원히."

로의 목소리가 허공에 울려 퍼져 바람을 타고 멀리에까지 닿았다. 그 목소리를 들은 것은 비단 무(霧)뿐만이 아니었다.

운명의 여신 상(霜)은 로의 말을 듣고 담담한 표정으로 칠현금(七絃琴) 줄을 골랐다. 그녀의 길고 하얀 손가락이 줄 사이를 섬세하게 오가다 부드럽게 한 음을 튕겨냈다. 고운 음색이 주위 공기를 일깨우며 잔잔하게 퍼져 나갔다. 상은 애잔한 눈빛으로 슬픈 곡을 타기 시작했다. 그녀가 연주하는 것은 로의 운명. 오직 상(霜)만이 연주할 수 있는 운명곡이었다. 상이 연주하는 로의 곡은 음색이 매우 독특하며 음률이 길고 은은했다. 그 음률 속에 담긴 슬픔과 기쁨, 그리움의 여운은 연주하는 이의 가슴을 아득하게 했다. 상은 오랜만에 느껴보는 아련함에 취해 공들여 곡을 탔다. 그러다 어느 한 부분에 작은 변주(變奏)를 보탰다. 아주 미묘한 변화여서 쉽게 알아챌 수 없지만 곡 전체를 이끌어 나가는 소절이었다.

곡을 끝낸 상(霜)은 현에서 손길을 거두고 숲에 서 있는 어린 소녀를 슬픈 눈으로 지켜보았다.

후회하지 않는다고?

내가 듣고 싶은 걸 듣지 못할 거라고?

영원히?

멀리서 로를 지켜보던 무가 쓰디쓰게 웃었다.

'인간의 입에서 영원히, 라는 말이 저렇듯 서슴없이 나오다니. 무지한 인간 같으니.'

무는 소녀를 실컷 비웃어주었다.

"그래, 후회하지 않는다고 했지? 삶이라는 끔찍한 악몽 속에서 짐승처럼 뒹굴어도 그 말이 나오나 두고 보지."

무는 다시 무산으로 돌아가려고 돌아섰다. 아직 그녀에 대한 흥미가 남아 있었지만 이만 돌아가야 한다는 어떤 느낌이 그를 재촉했다. 무가 안개로 변하려던 찰나였다. 그녀의 등 뒤로 세 명의 사내가 다가가는 것이 보였다. 사내들은 단숨에 로를 덮쳐 숲 속 깊숙한 곳으로 끌고 갔다.

"흠, 인간이 다 그렇지. 저보다 약한 것을 짓밟고 쾌락을 느끼는 더러운 습성. 너 혼자 아무리 깨끗한 척해봐야 네가 뒹굴고 있는 건 시궁창이야."

이를 악문 무는 그녀가 사라진 방향을 바라보다 돌아섰다. 근데 그뿐, 몸이 움직여지지 않았다. 이대로 안개로 변해 무산으로 가버리면 그만인데 차마 그럴 수가 없었다. 로의 비명이 들렸기 때문이다. 그녀의 고통 어린 비명이 무의 심장을 쥐어짰다.

"제장."

무는 주먹을 쥔 채 가만히 서 있었다. 시건방진 인간이 어찌 되든 말든 관심없는데 왜 자꾸 심장이 뛰고 아픈 걸까.

한동안 제자리에 서 있던 무는 어금니를 질끈 깨물고 그들이 향해 간 쪽으로 뛰었다. 머릿속 생각과 달리 몸이 먼저 움직였다. 거부할 수 없는 강한 힘이 그의 두 다리를 달리게 했다. 그녀의 비명에 터질 듯이 심장이 뛰었다. 무의 얼굴에는 어느덧 분노와 함께 진한 살기가 드리워져 있었다.

"아아악! 이거 놔줘요! 놔줘!"

로의 날카로운 비명에 수풀에 내려앉았던 새들이 날아올랐다.

"네가 아무리 소리쳐 봐야 올 사람은 없어. 흐흐흐."

로를 들쳐 업은 사내가 음흉하게 웃자 옆을 따르던 이들도 따라 웃었다.

"너처럼 반반한 장님 계집은 함부로 나다니는 게 아니야. 그걸 보고 지나치는 사내가 어디 사내인가, 고자 놈이지."

사내들의 걸걸한 웃음소리가 숲 깊숙이 울려 퍼졌다. 어느 정도 들어왔다 싶었는지 사내는 들쳐 멘 로를 수풀 위에 던져 놓았다.

"듣자하니 우리 마을 백치의 첩실이 된다지? 그런 바보 놈이 어디 사내 맛을 제대로 알려줄 수나 있겠어? 그래서 우리가 미리 나서서 맛을 봬주는 거니 그리 앙칼지게 반항하지 말라고."

"요거 아직 숫처녀겠지?"

"어린 계집이니 아직 새구멍이겠지. 허지만 반반한 낯 색으로 봐선 언놈이 몇 번 드나든 헌구멍일지도 모르겠구먼."

"감질나 죽겠네. 빨리 확인해 보자고."

"고것, 맛나게도 생겼다."

사내들은 제각기 실실거리며 아랫도리를 풀어 내리기에 바빴다. 로는 밀려오는 두려움에 진저리를 쳤다. 그들의 더러운 주절거림을 듣고 있자니 온몸의 피가 차게 얼어붙고 욕지기가 치밀어 올랐다.

'도망가야 해. 하지만 어떻게 벗어나지?'

로는 어둠을 더듬으며 어떻게든 도망가려고 발버둥쳤지만 우악스런 손이 그녀의 머리채를 잡고 놓아주지 않았다. 사내들은 로의 핏기 없는 얼굴과 파랗게 질린 입술을 탐욕스런 시선으로 보았다. 이때 가장 덩치가 큰 사내가 로의 갸름한 턱을 쓰다듬으며 말했다.

"애야, 얌전히만 있으면 고이 보내줄 테니 걱정 마라."

그가 옷을 풀어 헤치려고 하자 로는 자신도 모르게 사내의 뺨을 힘껏 후려쳤다. 뺨을 맞은 사내의 얼굴에 대번 붉어졌다.

"이년이!"

사내는 로의 뺨을 후려치고 억지로 몸 위로 올라탔다. 그가 로의 옷을 북북 찢으며 소리쳤다.

"좋은 말로 해선 안 될 년이네."

"이거 놔줘요! 제발!"

"언 놈 좋으라고 놔줘! 그 팔푼이 좋으라고? 우리가 그 팔푼이보다도 못난 게 뭔데?"

우악스런 손에 로의 옷자락이 힘없이 찢어졌다. 찢어진 천 사이로 하얀 살결이 드러나자 사내들이 눈을 희번덕거리며 웃었다.

"오호라, 피부 결이 비단일세. 오랜만에 계집다운 계집을 품어보겠는걸."

로는 필사적으로 사내의 손길을 뿌리치며 소리를 질렀다. 그러자 옆에서 실실대던 젊은 사내가 로의 두 손목을 모아 잡고 꼼짝 못하게 했다. 거친 손이 어린 꽃봉오리처럼 봉긋하게 솟은 가슴을 사납게 움켜쥐었다. 그러자 로의 입에서 찢어지는 듯한 비명이 터져 나왔다. 그사이 사내는 짐승처럼 으르렁거리며 그녀의 치마를 들추고 속옷을 찢었다. 그리곤 자신의 흉물스런 물건을 꺼내놓고 보란 듯이 말했다.

"이제 진짜 사내 맛을 보는 거야. 영광인 줄 알라고."

뒤에 있던 사내가 발버둥치는 하얀 발목을 붙잡아 벌리는 사이, 작은 몸 위에 올라탄 사내는 의기양양하게 웃으며 자신의 제물을 내려다보았다. 로는 그들을 향해 보내달라고 애원했다. 그녀가 울부짖을수록 사내들의 웃음소리는 커져만 갔다.

"인간은 정말 더러워."

로의 옷이 찢겨지는 것을 보며 무가 이를 바드득 갈았다.

'인간의 욕망이란 얼마나 추악한가. 같은 인간을 짐승처럼 깔아뭉개고 제 욕망을 채우려 하다니. 더럽고 역겨운 것들.'

귓속을 파고드는 로의 비명에 온몸에 소름이 돋았다. 무는 로에게서 시선을 떼지 못하고 어금니를 꽉 깨물었다.

"제발 부탁이에요. 제발!"

공포에 질려 더욱 하얘진 그녀의 얼굴이 너무나도 또렷하게 눈 속에 박혔다. 갑자기 숨 쉬는 것이 불편해지자 무는 얼굴을 찡그렸다. 숨을 내쉴 때마다 가슴 뼈 아래 오목하게 들어간 부분이 아팠다.

"저따위 계집이 어찌 되든 내 알 바 아니다."

무가 싸늘하게 중얼거렸다. 발 아래 설설 기며 눈을 돌려달라고 애원하면 마음껏 비웃어주리라 다짐했는데 그가 원하는 바대로 이루려면 지금이 가장 적절한 때였다.

"후회 안 해? 사내들에게 짓밟혀 누더기처럼 너덜너덜해지고도 그렇게 말할 수 있나 두고 보지."

서늘하게 내뱉은 말과 달리 무의 눈빛은 사내들 아래 깔린 로에게서 좀처럼 떨어질 줄을 몰랐다. 저들의 거친 손이 아이의 여린 살을 찢어발길 것을 생각하니 몹시도 기분이 나빴다. 다른 이들의 시선이 노골적으로 자신을 훑어 내린다든지 욕망에 흐려진 눈으로 매달릴 때의 기분 나쁨이 아니었다. 그것은 그조차도 표현할 수 없는, 몹시도 화나는 감정이었다. 그때 사내가 자신의 물건을 꺼내는 것이 보였다.

'저 더러운 걸 여자아이의 몸속에 밀어 넣는단 말이지.'

무는 자신이 모욕을 당하는 것처럼 끔찍해서 눈을 찌푸렸다. 그는 참지 못하고 몽우를 불렀다. 그러자 허공을 찢고 백호가 스르륵 나타났다. 무가 사내들을 가리키며 말했다.

"저자들을 죽여라!"

순간 몽우가 숲 전체가 울리도록 크게 포효하며 사내들이 있는 쪽으로 달려갔다.

"아아악! 이건 뭐야!"

"사, 사람 살려!"

갑자기 등장한 백호를 본 사내들은 기겁을 하며 뒤로 물러섰다. 보통 산짐승이라 하기엔 기가 질릴 만큼 크고 난폭한 짐승 앞에서 그들은 보기도 애처로울 만큼 겁을 먹고 도망쳤다. 몽우는 인정사정없이 사내들을 덮쳤다. 날카로운 이빨에 나약한 인간의 몸은 갈기갈기 찢겼다. 사내들의 비명 소리가 낭자한 가운데 붉은 피와 그들의 찢긴 사지가 사방으로 흩어졌다. 곧 그들의 숨이 모두 끊어지자 무서우리만큼 고요한 정적이 흘렀다. 너무나도 짧고 허무하게 끝난 참극이었다.

사내들이 흘린 피를 뒤집어쓰고 넋이 나간 로는 한참이 흘러서야 겨우 정신을 차렸다.

"무, 무슨 일이 일어난 거예요? 아무도 없어요? 우욱."

로는 공기 중에 섞인 비릿한 피 냄새를 맡고 헛구역질을 했다. 죽음의 한기가 뼛속까지 밀려온 탓에 그녀는 몇 번이고 진저리를 쳤다. 그때 멀리 섰던 몽우가 로에게로 다가갔다. 무언가 다가오는 기척에 고개를 든 로는 피에 흥건히 젖은 짐승의 몸에 손을 댔다가 깜짝 놀라 거두었다. 그녀는 주저하면서 다시 몽우의 등을 어루만졌다.

"아, 너구나. 네가 구해주었구나."

다행이라는 표정이 스침과 동시에 로가 정신을 잃고 몽우 쪽으로 쓰러졌다. 재빨리 인간으로 모습을 바꾼 몽우가 로를 안아 들었다. 몽우의 품에 안긴 로의 모습은 그야말로 무참했다. 찢긴 옷은 너덜너덜한 천 조각으로 간신히 몸에 매달려 있을 뿐이고 여린 살갗엔 온통 멍과 상처투성이였다. 이를 본 몽우가 옷을 벗어서 그녀를 덮어주려 하자 뒤에 섰던 무가 나섰다.

"내버려 두어라. 가자."

무는 로의 모습을 보고 이내 시선을 돌리며 말했다. 몽우는 잠시 망설이다 로를 풀숲에 뉘이고 일어섰다. 몽우는 걱정스러운 얼굴로 로를 응시하다 마지못해 걸음을 떼었다. 그들은 곧 투명한 허공 속으로 사라졌다.

혼례 잔치로 떠들썩해야 할 마을에 울음과 분에 못 이긴 고함소리가 울려 퍼졌다. 세 명의 장정이 멀쩡한 대낮에 짐승에게 죽임을 당했다. 희생자에는 근방에서 혼인 잔치에 놀러온 사내 둘과 월호 사람이 껴 있었다.

"아이고, 어찌 이런 참혹한 일이 일어난단 말이냐."

"조금 전까지도 멀쩡하던 사람이 이 꼴이 웬 말이오. 어찌 이런 험한 꼴로 간단 말이오."

"여보, 어떤 짐승이 당신을 이 꼴로 만들었소."

월호 사내들이 사나운 짐승에 찢겨진 시신을 수습해 오자 그들의 가족은 처참한 모습 기함하며 쓰러졌다. 어느 시신 하나 사지육신이 제대로 붙어 있는 것이 없었다. 간신히 형태를 맞추어 수습하긴 했으나 남편의 팔과 다리가 맞는지조차 알 수 없다. 멀쩡하던 가장이 끔찍하게 죽어버렸으니 아내는 물론 가족과 마을 사람들은 넋을 놓을 수밖에 없었다.

"그곳에 계집이 있었다 했지요?"

남편을 잃고 목이 쉬어라 곡을 하던 여인이 눈을 치뜨며 말했다.

"로라고, 월호 아이가……."

"얼마 전에 장님이 되어 돌아왔다는 그 계집이지요? 어딨어요? 혼자만 멀쩡히 살아 돌아온 계집년은 어디에 있냐구요!"

"숨겨놓지 말고 당장에 끌고 와요. 우리는 어찌 된 일인지 들어봐야겠소."

인근 마을 사람들은 월호 사람들을 추문하다 못해 소아의 집으로 몰려갔다. 마당에 사람들이 몰려 아우성치는 가운데 몇몇 사람들이 안에 들어가 로를 끌고 나왔다. 아직 채 정신을 수습하지 못한 듯 로는 반쯤 넋이 나가 있었다. 여인들은 로의 얼굴을 보자마자 사납게 눈을 치뜨며 소리쳤다.

"하, 소문대로구나. 어린 게 요사스런 기운이 흐른다 했더니 그 요기가 사내 잡아먹는 색기였구나."

"보나마나 반반한 낯으로 사내들을 홀려 숲으로 데려간 게 분명해. 그리곤 짐승을 불러 죽인 게야."

죽은 이의 가족들이 일제히 나서서 로를 비난했다. 그들에게 빙 둘러싸인 로는 그저 맥 놓고 주저앉아 있을 뿐이었다.

"저런 계집을 저대로 살려둘 것이오? 멀쩡한 사내를 셋이나 잡아먹은 년이니 이대로 둘 순 없소. 돌로 쳐 죽입시다. 그 시신 땅에 묻지도 말고 들에 내다 버리자구요."

"맞아요. 다른 사내들은 다 죽어 나자빠졌는데 왜 이 아이만 멀쩡하게 살아 있단 말입니까. 요물입니다, 요물. 마을에 해를 가져온 요사스런 계집이니 죽여 없애야지요. 안 그럼 더 큰일이 벌어질 겁니다."

몇 명이 나서자 사람들이 동요하기 시작했다. 가장 큰 목소리를 낸 것은 근방의 사람들이었고, 월호인은 차마 말을 떼지 못하고 주변 눈치만 보았다. 그때 한 사내가 나섰다.

"로는 절대 그런 아이가 아닙니다."

나선 이는 자오였다. 붉은 혼례복을 입은 그는 침통한 얼굴로 사람들 사이를 헤치고 가운데에 섰다. 그의 시선은 고개 숙인 로의 하얀 목덜미에 머물렀다가 살의 가득한 사람들에게로 향했다.

"로는 요물이 아닙니다. 그저 평범한 아이일 뿐입니다. 저 아이만 멀쩡히 살아 돌아왔다고들 하는데 그 행색이 어떤지 보셨습니까? 옷은 갈가리 찢어지고 몸에는 온통 맞은 상처뿐이었습니다. 그것이 짐승이 낸 상처라고 보십니까?"

사람들은 미처 대답하지 못하고 기분 나쁜 듯 콧방귀를 뀌었다.

"로가 사람들을 유혹한 게 아니라 그들이 로를 겁탈하려고 끌고 간 겁니다. 그러다가 짐승에게 변을 당한 거구요."

"그런데 그 짐승이 왜 저 계집만 멀쩡히 두었단 말이오!"

"시신들로 봐선 배가 고팠던 게 아닌 것 같으니 저 혼자 미쳐 날뛰다가 그냥 돌아가 버린 건지도 모르지요. 죽지 않은 것이 로의 책임은 아니지 않습니까."

자오의 침착하고 힘 있는 목소리에 사람들의 분기는 조금 누그러졌다. 그때였다. 차갑고 완고한 목소리가 들렸다.

"네가 보았느냐? 죽은 이들이 로를 겁탈하려고 끌고 간 것을 보았어?"

자오의 어머니이자 마을에서 가장 큰 목소리를 내는 유씨 부인이었다. 자오는 어머니의 등장에 고개를 숙이며 예를 갖추었다.

"상황을 미루어 짐작한 것입니다."

"확실한 것도 아닌데 왜 함부로 나서는 것이냐. 만약 그것이 아니라면 죽은 이들의 억울함을 어찌 사죄하려고."

"어머니."

"억울하게 비명횡사한 분들이다. 그분들의 가는 길을 더 이상 욕보이려 들지 마라. 그리고 로는……."

유씨 부인은 흙바닥에 주저앉아 있는 로를 흘끔 보았다. 그녀의 눈빛은 차디차고 매정했다.

"경사스런 날을 더럽힌 아이다. 저 아이 하나 때문에 아까운 목숨을 셋이나 잃었어. 그대로 둘 수는 없는 일, 날이 밝는 대로 저 아이를 마을에서 쫓아낼 것이다."

"어머니!"

"조용히 해! 이건 월호의 규율이다. 마을에 큰 분란을 일으킨 사람은 쫓아내는 것이 그동안의 관례였어. 더 이상 저 아이를 이곳에 둘 수는 없다."

"하지만 눈이 먼 아이가 어디를 간단 말입니까. 그건 저 아이보고 죽으라는 소리나 마찬가지입니다."

"그거야 제 운명인 게지. 살고 죽고는 제 하기 나름 아닌가."

유씨 부인은 턱을 치켜든 채로 아들과 맞섰다.

"어머니, 저 아이는 로입니다! 다른 사람도 아니고 로란 말입니다."

"자식 같은 아이를 쫓아내는데 나인들 속이 편하겠느냐. 하지만 우리 월호인뿐만 아니라 다른 마을 사람까지 변을 입었어. 이것은 개인의 정으로 넘어갈 일이 아니야. 네 마음은 이해한다만 이것은 이미 마을 어른들과 결정한 이야기다. 그러니 따라야 해."

자오는 도저히 용납할 수가 없었다. 로의 잘못이 아닌데 왜 그녀를 쫓아낸단 말인가. 분에 못 이긴 그가 입을 열려고 하는데 유씨 부인이 말을 막으며 사람들 앞에 나섰다.

"제 아들의 혼인 날 이처럼 불미스런 일이 벌어진 것에 대해 사죄드립니다. 갑작스런 변고에 얼마나 놀라고 마음 아프시겠습니까. 제 집에서 데리고 있던 아이가 관련이 되어 있으니 그냥 두고 볼 수만은 없는 일. 저희 일가가 나서서 부족함없이 장례를 치르고 적지만 애도의 예를 갖추겠습니다. 그러니 분함은 거두시고 고인이 편한 길 가시도록 빌어주세요."

그녀의 단호하고 예의 바른 태도에 죽은 이들의 가족들은 간신히 입을 다물었다. 괜히 나섰다가 로가 입을 열어 죽은 이를 모욕하면 체면만 깎일 뿐이니 이쯤에서 넘어가는 것이 모양새가 낫기 때문이다. 가족들은 관을 앞세우고 자신들의 집으로 돌아갔다. 아침만 해도 흥겨웠던 혼인 잔치는 일시에 침울한 장례로 바뀌었다.

자오의 집 마당에 모였던 사람들이 뿔뿔이 흩어지고 유씨 부인과 자오, 로, 이렇게 셋만 남았다.

"혼인 날 이런 일이 벌어지고 보니 정신이 하나도 없구나."

내내 담담한 표정을 짓고 서 있던 유씨 부인이 나직이 한숨을 내쉬었다. 그녀는 안쓰러운 눈으로 자오를 바라보았다.

"그러고 섰지 말고 네 아내가 기다리는 방으로 돌아가거라. 일이 이 지경이 됐어도 첫날밤은 제대로 치러야 하지 않겠느냐."

"이 사실을 소아가 알면……."

자오는 주먹을 움켜쥐고 부르르 떨었다. 동생처럼 아끼던 아이가 이런 큰일을 당하는데 아무것도 할 수 없는 자신이 무력해서 화가 났다. 유씨 부인은 아이 어르듯 온화하게 말했다.

"나도 다 생각해 둔 것이 있어서 한 일이니 걱정 말아라. 이 아이를 여기 두어봤자 사람들 등쌀에 제대로 숨이나 쉬고 살겠느냐. 조금 떨어진 곳에 집 하나 장만하고 돌봐줄 사람을 딸려 보낼 참이다. 그곳에서 적당한 혼처를 찾으면 혼인도 올려줄 생각이고."

자오의 얼굴이 금세 밝아졌다. 유씨 부인은 아들의 얼굴을 보며 미소 지었다.

"이 어미가 그리 매정한 사람이었더냐. 게다가 네 아버지가 살아생전 그리 예뻐하던 아이인데 그리 잔인하게 쫓아낼 리가 없지. 그러니 염려 말고 돌아가서 놀란 소아나 진정시켜 주려무나. 너무 걱정 말라 이르고."

"감사합니다, 어머니."

자오는 그제야 그다운 표정으로 돌아갔다. 그는 어머니에게 로를 부탁한다는 말을 남기고 신부가 기다리는 방으로 돌아갔다. 아들의 모습이 사라질 때까지 물끄러미 보고 섰던 유씨 그가 간 것을 확인하고 로 옆으로 다가왔다.

"많이 놀란 모양이구나. 얼굴이 영 못쓰게 되었어."

로는 여전히 멍한 얼굴로 입을 다물고 있었다.

"네 아비가 죽고 내 남편이 너희 자매를 양녀로 삼는다고 할 때 나는 무척이나 반대했단다."

유씨 부인은 로를 내려다보며 혼잣말처럼 중얼거렸다. 지금껏 누구 앞에서든 침착하고 단정한 모습이었던 그녀가 어느 순간 늙고 피로한 중년 여인으로 변해 있었다.

"바로 너 때문이었다. 너는 묘한 기운이 감도는 아이였어. 난 그것을 느낄 수 있었다. 너는 사람에게 두려움을 느끼게 하는 재주가 있어. 그 두려움이란 게 좀 미묘해서 어떤 날은 죄책감으로, 또 어떤 날은 뼛속 깊이 저며드는 수치심으로 날 괴롭혀 왔지. 네 눈은 그동안의 잘못과 앞으로 저지를 죄까지 모조리 꿰뚫어 보고 있는 것만 같았어. 그 눈을 가만히 들여다보고 있으면 저지르지 않은 일까지 잘못했다 사죄해야 할 것 같았다. 넌 다른 아이들과는 달랐어. 아주 많이. 그래서 난 늘 네가 싫었다."

그녀는 먼 옛날을 회상하듯 쓸쓸한 표정을 지었다.

"네가 내 아들을 연모하고 있다는 것을 알았을 때는 더욱 그랬지. 내가 왜 아무짝에도 쓸모없이 얼굴만 반반한 아이를 내 아들과 짝 지어줬는지 아느냐? 그건 네 언니이기 때문이다. 그 아이라면 네가 자오를 넘보지 않을 거란 걸 알았기 때문이지."

그녀는 힘없이 축 처진 로의 등을 부드럽게 쓸어내리며 말했다.

"애야, 삶이란 이렇듯 잔인한 거란다. 네가 어떤 사람인가는 중요하지 않아. 애초에 사람은 서로 사랑하게, 또는 미워하게 운명 지어져 있단다. 이건 네 잘못도, 내 잘못도 아닌 거야. 누구의 탓도 아닌 그저 운명이 그러한 거라 생각하렴."

유씨 부인은 몸을 일으켜 마당의 어두운 구석을 향해 손짓을 했다. 어둠 속에서 노파 하나가 불쑥 나와 그들 앞으로 걸어왔다.

"다른 사람 눈에 띄지 않게 조용히 월호를 나가거라. 그리고 내가 이른 대로 잘 처리하고."

노파는 유씨 부인이 손에 쥐어준 돈 몇 푼을 얼른 제 주머니에 넣고 허리를 굽실거렸다. 그리곤 로의 팔을 잡아 일으켜 문쪽으로 잡아끌었다. 노파의 손에 끌려가던 로가 유씨 부인 쪽으로 고개를 돌렸다. 창백한 달빛 아래 무표정한 소녀의 얼굴과 늙은 여인의 얼굴이 드러났다. 짧은 순간이었지만 두 사람은 서로를 동정했다. 로가 어둠 속으로 사라질 때까지 유씨 부인은 그녀의 뒷모습을 조용히 지켜보았다.

5. 정운停雲

밤이슬 내리는 벌판을 물 위에 배 가듯 조용히 미끄러지는 이들이 있었다. 고삐를 쥐고 앞장서 가는 노파와 부지런히 걷는 나귀, 어디로 향하는지 모른 채 맥없이 앉아 있는 눈먼 소녀. 그들은 월호를 빠져나와 서쪽으로 향했다. 봄이지만 아직 찬 달이 그들의 길을 비추었다. 밤새 길을 재촉한 탓에 날이 밝아올 즈음에는 나귀도 사람도 지쳐 버렸다. 계곡의 물소리가 가까이 들리는 숲에 들어서자 나귀는 그제야 걸음을 멈출 수 있었다.

노파가 나귀 위에 앉아 있는 로를 끌어내렸다. 월호 마님의 부탁으로는 더 먼 곳까지 가야 했으나 지쳐서 더 이상 걸을 수 없었다. 장님이 다시 돌아갈 수 있을 만큼의 거리는 아니니 후

에 귀찮은 일이 벌어지진 않을 거라고 노파는 생각했다. 주름
진 손에 이끌려 땅에 발을 디딘 소녀는 기운이 없는지 흙바닥에
주저앉았다.

"그 일을 당하고 이리 쫓겨났으니 정신이 나갈 법도 하지. 오
히려 그 편에 네겐 더 좋을 것이다."

제 호주머니에서 딸랑거리는 동전 소리를 듣고 있자니 노파
는 절로 흥에 겨웠다. 이렇게 쉬운 일에 돈과 나귀까지 얻게 됐
으니 여간 흐뭇한 게 아니다. 이런 일이라면 몇 번이라도 할 수
있지만 아쉽게도 이번 한 번뿐일 터. 노파는 마른 입술을 축이
며 입맛을 다셨다.

"이젠 가봐야겠구나. 이 늙은 나귀가 나마저 태우지 못하면
골치만 아파지지."

노파의 말에 로는 아무런 대꾸가 없었다.

'저 백치 계집은 자신이 버려지는 줄도 모르고 맥 놓고 앉아
있구나.'

노파는 로를 비웃으며 풀을 뜯고 있는 나귀에게로 걸어갔다.
나귀 등짝에 오르려던 노파가 무언가 생각이 난 듯 도로 내려왔
다. 퀭한 노파의 눈이 로의 아래위를 유심히 살폈다.

"어차피 죽을 것인데 이런 옷은 필요없겠지? 얘야, 이게 다
네 명운인 것이니 날 원망하진 마라. 산 사람은 살아야 하지 않
겠니."

노파가 로의 옷을 벗기기 시작했다. 부잣집 마나님이 입혀놓

은 비단 옷이라 내다 팔면 꽤 돈을 만지겠다 싶어 웃음까지 실
실 흘러나왔다. 거친 손길에 옷이 벗겨지는데도 로는 가만히 앉
아 있었다. 눈이 먼 것뿐 아니라 귀먹고 말조차 못하는 사람 같
았다. 그녀가 아무것도 느끼지 못하는 사람처럼 맥없이 앉아 있
는 동안 속옷까지 남김없이 벗긴 노파는 하얀 알몸뚱이를 흘끔
보고는 옷을 챙겨 나귀에 올라탔다. 그리곤 뒤도 보지 않고 온
길을 되짚어갔다.

　홀로 남겨진 로는 하얀 몸을 동그랗게 말고 무릎 사이에 고개
를 묻었다. 수풀 사이에 언뜻언뜻 보이는 하얀 몸이 작은 조약
돌 같았다. 로는 그대로 땅속에 박힌 듯 꼼짝도 하지 않았다. 그
녀를 둘러싼 시간은 느릿느릿 흘러갔다.

　　2)봄볕 아장아장 어디로 돌아가는가.
　　새삼 꽃 앞에서 술잔 잡아 들었네.
　　종일토록 꽃에게 물어도 꽃은 말이 없는데,
　　누굴 위하여 시들고 누굴 위하여 피는가.

　한 사내의 청아한 노랫소리가 바람을 타고 흘러왔다. 흥에 겨
운 사내의 목소리에 맑은 피리 소리와 경쾌한 말방울 소리가 곁
들여졌다. 무엇이 그리 즐거운지 여인의 간드러지는 웃음소리
도 간간이 섞였다. 이윽고 봄이 만개한 들판 위로 십여 명의 남

----

2)엄운의 석화(惜花)

녀들이 말과 가마를 타고 나타났다. 하나같이 술과 노래, 봄과 여인에 취해 나른하고 즐거워 보였다.

아까부터 들려오던 노래의 주인은 가장 크고 화려한 가마에 비스듬히 누워서 술잔을 기울이고 있었다. 이제 막 서른에 넘어선 그는 목청만큼이나 시원스런 이목구비에 사내다운 풍채를 가지고 있었다.

그의 이름은 정운(停雲). 정운은 부유한 귀족 가문에서 태어나 총명한 머리와 글재주로 어릴 적부터 세인의 관심을 한 몸에 받아왔다. 어엿한 청년으로 자란 그는 젊은 나이에 출사하여 중앙 관직에 올랐고 황제의 신임을 얻어 높은 벼슬 자리를 얻었다. 하지만 몇 년 후 정운은 이렇다 할 말도 없이 관직에서 물러났다. 세인들은 그가 정치에 회의를 느껴 낙향한 것으로 추측했지만 정운에겐 좀 더 절실하고 고통스런 이유가 있었다. 사랑하는 아내가 첫 아이를 출산하다 죽어버렸기 때문이다. 정운은 크게 상심했고 고향에 돌아와 술과 도박으로 하루하루를 보냈다. 술 마시는 것조차 지루해질 때면 정운은 며칠씩 사냥을 떠나곤 했는데 오늘도 술동무들과 어울려 사냥을 다녀오는 길이었다.

종일토록 꽃에게 물어도 꽃은 말이 없는데
누굴 위하여 시들고 누굴 위하여 피는가.

쓸쓸한 눈빛으로 옛 시인의 노래를 흥얼거리던 정운은 무언가를 발견하고 몸을 비스듬히 일으켰다.

"저 꽃은 누굴 위해 피었는가. 저 꽃이 꽃이긴 한가? 혹여 사람꽃은 아닌가?"

그의 말에 행렬이 멈춰 섰다. 정운의 시선을 따라가던 사람들은 바람에 한들거리는 풀 섶을 보았다. 처음엔 무엇을 보라는 건지 알 수 없었으나 이윽고 여인네들의 입술에서 나지막한 탄성이 터져 나왔다. 수풀 사이로 언뜻 보이는 하얀 것은 정운의 말대로 꽃처럼 보였다. 흰빛을 받아 더욱 희게 빛나는 몸은 우아한 백목련처럼 보였다. 정운은 단숨에 가마에서 뛰어내려 꽃봉오리 쪽으로 걸어갔다.

"가지에서 홀로 떨어진 목련아, 어느 못된 바람이 너를 이리 두었더란 말이냐."

정운의 말에 동그랗게 웅크린 몸이 개화하듯 천천히 펼쳐졌다. 정운은 작은 몸의 섬세한 움직임을 숨죽이고 지켜보았다. 인간의 몸이 이토록 경이롭게 움직일 수 있는가를 그는 태어나 처음 알았다. 하얗고 고운 빛만으로도 취할 지경인데 한 떨기 꽃인 듯 은은하게 풍겨오는 향기가 정운의 마음을 크게 흔들었다. 이때 홀연히 다가온 봄바람이 수풀 위를 비스듬히 쓸며 지나갔다. 소녀가 고개를 들자 불어온 바람에 머리칼이 날려 가려진 얼굴이 온전히 드러났다. 소녀의 얼굴을 본 정운은 찬물을 뒤집어쓴 듯 술이 확 깼다. 겨우내 얼었던 얼음이 쩡 소리를 내며 갈라지는 것처럼 그의 귓속에도 무언가가 갈라지고 깨지는 것이 들렸다.

'이런 세상에 너 같은 아이가 있었구나.'

늘 술에 취해 있던 정운이었다. 맨 정신으로 있었던 때가 언제인지 기억조차 까마득했다. 그런데 지금 이 순간만큼은 정신이 또렷했다. 머리를 갈라 찬 얼음물로 헹구어낸 것처럼 머릿속이 시원하고 맑았다. 그 맑은 정신에 들판에 홀로 웅크리고 있는 소녀가 들어왔다. 비록 여기저기 다쳐 상처뿐이지만 신비롭고 아름다운 얼굴을 가진 아이였다. 다만 흠이라면 초점없는 탁한 눈동자가 마음에 걸렸다.

'장님인가. 그래서 버려진 건가.'

정운이 소녀를 향해 손을 내밀었다.

"너 또한 세상에 혼자구나. 나와 가자."

정운은 술에 취해 짓궂은 농담이나 주워섬기던 호기로운 말투가 아닌 침착하고 진심 어린 목소리로 말했다. 소녀는 정운의 손을 잡지 않았고 따라가겠다 말하지도 않았다. 변화라면 얼굴에 스며 있던 슬픔이 조금 옅어졌다는 것뿐. 정운은 그것만으로도 소녀의 뜻을 읽을 수 있었다. 그는 자신의 겉옷을 벗어 소녀를 소중히 감쌌다. 그리고 조심스런 손길로 안아 들고 가마로 향했다. 같이 온 벗들과 기생들이 장난스럽게 한 마디씩 건넸지만 정운의 귀에는 아무것도 들리지 않았다. 그는 오직 자신의 품안에 있는 소녀의 체온과 체취만을 느꼈다.

정운은 폐 속 깊숙이 숨을 들이마셨다가 천천히 내뱉었다. 오랜만에 제대로 된 숨을 쉬는 것 같았다.

  이름도 모르는 소녀를 저택에 데려온 후 정운은 크게 달라졌
다. 방탕한 친구들과 기생들을 멀리하고 하루가 멀게 다니던 사
냥도 그만두었다. 그는 소녀가 머무는 별채에서 하루를 꼬박 보
냈다. 소녀에게 노래를 들려주고, 피리도 불어주었다. 끼니때가
되면 먹을 것을 입에 넣어주고 삼키는 것을 신기한 듯 지켜보았
다. 정운은 소녀가 보지도 듣지도 말하지도 못하는 아이인 줄
알았다. 하지만 그가 노래를 불러줄 때면 그녀는 정운 쪽으로
고개를 돌리고 가만히 귀 기울였다. 그럴 때면 정운은 견딜 수
없이 기뻐서 더욱 큰 목소리로 노래를 부르곤 했다.
  어느 날은 소녀의 손을 잡고 정원으로 이끄는데 문득 멈춰 선
그녀가 작게 속삭였다.
  "비가 와요."
  멍하니 그녀의 얼굴만 들여다보고 있던 정운은 그제야 하늘
을 올려다보았다. 구름 낀 하늘에서 빗방울이 떨어지고 있었다.
그는 도로 안으로 가려고 걸음을 돌렸다. 그러자 소녀가 손을
잡아끌며 고개를 저었다. 정운은 그녀와 함께 내리는 비를 맞았
다. 가슴이 촉촉하게 젖어 들어가는 것이 느껴졌다.
  "네 이름이 무엇이니?"
  정운이 몇 번이고 물어도 소녀는 말이 없었다. 그녀는 늘 입
을 다문 채 어느 먼 세상을 떠돌다 온 듯 아득한 얼굴을 했다.

"그럼 내가 지어주마. 꽃과 달이 너를 닮았으니 화월(花月), 화월이 좋겠다."

그녀가 아무 말이 없자 정운은 마음에 든 모양이라며 혼자 흐뭇하게 웃었다. 그는 늘 화월 곁을 맴돌며 하루를 보냈다. 화월을 보고 있는 것만으로도 세상의 모든 것이 꽉 차 있는 것처럼 느껴졌다. 미칠 것 같은 허무도, 몸의 내장이 텅 비어버린 것 같은 슬픔도 없었다. 어쩌면 자신의 슬픔을 화월이 다 안고 있기 때문인지도 모른다. 그녀를 처음 본 순간 정운은 세상에서 가장 깊은 슬픔을 보았다. 모든 것을 잃은 슬픔. 그 텅 비어버린 슬픔 앞에 정운의 마음이 빈틈없이 채워지기 시작했다. 허무와 슬픔은 사라지고 세상은 활기에 넘치다 못해 아름답게 느껴졌다.

"화월, 너를 만나고 나는 변했다. 세상의 모든 것들이 찬란하게 반짝여. 그 누구도 내게 이런 기쁨을 주지 못했다."

행복에 겨운 정운이 화월의 손을 잡고 말했다. 하지만 그녀는 여전히 입을 굳게 다문 채 느리게 눈을 깜빡였다.

어느 여름날. 정운과 화월은 들로 산보를 나왔다가 소나기를 만나 참나무 아래로 몸을 피했다. 비에 젖은 채로 화월과 가까이 있자니 정운의 피가 뜨겁게 달아올랐다. 그는 더 이상 견디지 못하고 끝내 자신의 감정을 드러내었다.

"너를 사랑한다. 네 모든 것을, 하나도 빠짐없이 사랑한다."

정운은 화월을 끌어당겨 입술을 포갰다가 곧 떼고 말았다. 그녀에게서 어떤 감정도 느낄 수 없었다. 마음이 없는 사람, 꼭 차가운 바위와 입을 맞춘 것 같았다. 정운은 안타깝고 슬퍼서 견딜 수가 없었다.

"너는 내가 싫은 것이냐?"

"……."

아무런 대답이 없자 절망에 사로잡혔던 정운의 얼굴이 다시 밝아졌다. 정운은 그녀의 침묵이 자신을 받아들이는 것이라 생각했다. 혼자만의 착각일지라도 그렇게 믿고 싶었다.

"내 마음을 받아주겠니?"

대답 대신 화월이 고개를 들었다. 그녀는 손을 뻗어 정운의 뺨을 가만히 어루만졌다. 정운은 화월의 손길을 받은 것만으로도 무척이나 기뻤다. 지금 당장은 답을 주지 않아도 언젠가는 그녀가 허락하리라는 희망에 마냥 행복했다.

"내가 싫지 않으면 됐다. 언젠가는 너도 날 사랑하게 될 날이 오겠지. 그때가 오면 널 내 아내로 맞이하겠다."

정운이 그녀를 끌어당겨 품에 안았다. 심장이 거침없이 뛰고 피가 뜨거웠다.

이날 정운은 미처 알지 못했다. 그가 받은 손길이 미안한 마음이라는 것을. 그리고 영영 그 마음뿐일 거라는 것을. 사랑하는 화월이 누구도 사랑하지 못한다는 사실을 정운은 끝내 알지 못했다.

6. 몽중夢中

무산의 깊은 골짜기에 신들이 노닐고 있었다. 폭포수가 떨어지는 맑은 용소에서 그들은 아이처럼 물장난을 쳤다. 초록 이끼가 끼어 더욱 푸르게 보이는 물속은 이루 말할 수 없이 시원했다. 우렁찬 폭포수 소리와 뼛속까지 시원한 물이 몸속 깊숙이 쌓여 있던 불쾌한 감정을 씻어내렸다. 무(霧)에게 이런 개운함은 실로 오랜만이여서 얼굴에서 미소가 떠나지 않았다. 기분이 좋으니 장난기가 도진다. 무는 용소 깊숙이 잠영해 들어가 물 위에 한가롭게 떠 있는 설(雪)의 발목을 끌어내렸다. 설이 버둥거리며 물을 먹는 사이 무는 웃음을 터뜨리며 물 밖으로 나왔다.

"무, 너 이 녀석!"

설이 분한 듯 소리쳤다. 무는 시치미를 뚝 떼고 용소 옆 큰 바위 위로 올라갔다. 햇빛 아래 그의 나신이 반질반질한 돌처럼 반짝거렸다. 바위 위에 올라선 무는 젖은 머리칼의 물기를 짜고 흰 바위에 누웠다. 몸에 닿는 햇살은 따스하고 경쾌한 새소리에 귀가 즐거웠다. 설이 억지로 끌고 오지 않았더라면 이런 즐거움을 느끼지 못했으리라.

무는 가만히 눈을 감아보았다. 폭포수 소리와 새 소리, 바람에 나뭇가지 스치는 소리가 들렸다. 마음이 깊은 연못처럼 잔잔해진다. 그저 무심히 보아 넘겼던 자연인데 이런 새로운 느낌을 받게 될 줄은 몰랐다.

'그래서 너는 그런 표정을 지은 건가?'

무는 후회하지 않는다며 당당히 말하던 로(露)를 떠올렸다. 눈이 멀고 배신까지 당한 처지에 어찌 그런 미소가 흘러나왔을까. 편안했던 무의 표정이 다시 어두워졌다. 머릿속에 그날 보고 느꼈던 것들이 연기처럼 피어올랐다.

붉은 피. 비릿한 피 냄새. 날카로운 비명. 상처 입은 하얀 몸.

무는 못마땅한 듯 미간을 좁히며 눈을 떴다. 머릿속에 들러붙어 좀처럼 떨어지지 않는 감각들이 사라지고 시야에 파란 하늘이 가득 들어왔다.

'왜 그런 시시한 일들이 자꾸 떠오르는지 모르겠어. 언짢아.'

언짢다고, 짜증난다고, 더럽다고 하면서도 무는 그날의 기억들을 하나하나 꺼내 천천히 음미했다.

빛을 머금은 듯 환하게 빛나던 얼굴. 당당하던 목소리.

아주 잠깐이었지만 무는 그녀가 아름답다고 생각했다. 그걸 보고 있자니 저릿한 무언가가 머리부터 발끝까지 흘러내리는 것 같았다. 그리고 그녀가 사내들에게 끌려갈 때 느꼈던 그 감정. 무는 그 날카롭고 강렬한 감정을 다시 느껴보고 싶었지만 도무지 되살릴 수가 없었다. 그 순간 몸을 움직인 힘은 도대체 무엇이었을까. 심장은 왜 그리 뛰고 폐는 왜 그리 조여들었던 것일까. 낯설고 짜릿한 경험이었다. 다시 한 번 그런 느낌을 느껴볼 수 있다면.

무의 머릿속에 다른 그림이 펼쳐졌다. 마지막으로 로를 보았을 때다. 그때도 비슷한 감정을 느꼈다. 그녀가 사내들에게 잡혀갔을 때처럼 심장이 뛰고 숨이 가빴다. 하지만 그때처럼 로는 상처 입지 않았다. 사내는 로를 귀하게 여기는 듯 소중히 안고서 입을 맞추었다. 몸과 몸이 가까이 닿고 붉은 입술과 입술이 닿았다. 보는 것만으로는 그들이 느끼는 감각을 느낄 수 없었다. 잡힐 듯 잡히지 않는 안개 같은 감각들. 무는 그들처럼 자신도 느껴보고 싶었다.

'입술과 입술이 닿는다는 것은 어떤 느낌일까. 살갗과 살갗이 닿는 것에 어떤 의미가 있을까.'

인간의 쾌락이 무엇인지 무도 어느 정도는 알고 있었다. 짐승과 짐승이 교미하여 새끼를 잉태하는 본능 외에 즐거움의 수단

이라는 것. 어떤 이에겐 삶의 전부가 될 수도 있고, 어떤 이에겐
극히 일부분일 수 있는 것. 자신의 재산은 물론 목숨까지도 걸
수 있는 것이 쾌락이라는 것을 알고는 있지만 그저 아는 것만으
로는 성에 차지 않았다.

'느껴보고 싶다.'

그들의 입술이 닿았을 때 무는 깊은 욕망을 느꼈다. 그녀를
처음 보았을 때부터 느낀 감정이었으나 그것이 쾌락을 얻기 위
한 욕망이라는 것을 깨달은 건 그때가 처음이었다.

'살과 살이 닿는 것만으로도 쾌락이 생긴다면 설을 만질 때엔
왜 아무것도 느낄 수가 없지?'

무는 몸을 일으켜 물속에 있는 설을 보았다. 신들 중 유일하
게 가까이 두는 이. 무는 저이가 싫지 않았다. 그렇다면 인간의
몸이 느끼는 쾌락을 느낄 법도 하지 않은가. 무가 다시 물로 뛰
어들자 설은 무슨 장난을 치려고 오는가 싶어서 물 밖으로 고개
를 내밀었다. 단숨에 헤엄쳐 온 무가 설의 어깨를 끌어당겼다.
그는 두 손으로 설의 얼굴을 감싸고 입술을 가져갔다. 입술과
입술이 닿자 로를 안은 사내가 그리했던 것처럼 지그시 눌렀다.
놀라서 떠는 설의 몸짓이 느껴졌다.

무는 한 번도 느껴보지 못한 어떤 감정을 기다렸다. 인간들이
그토록 찾아 헤매는 감각이 무엇인지 느껴보고 싶었다. 하지만
살갗과 살갗이 닿는다는 느낌 외엔 아무것도 없었다. 무는 실망
하며 입술을 뗐다. 시무룩해진 그와 반대로 설의 얼굴이 붉게

변해 있었다. 언뜻 화가 난 것처럼 보이기도 했다. 하지만 무의 머릿속에는 감각에 대한 갈망만이 가득 차 있어서 설의 반응 따윈 눈에 들어오지 않았다.

"아무것도 느낄 수 없어."

무가 불만스럽게 중얼거렸다.

"인간의 쾌락이란 어려워. 입술이 닿아도 아무런 감정을 느낄 수가 없잖아."

"쾌락이 알고 싶나."

설의 목소리는 무겁고도 차가웠다.

"그래."

무는 아무렇지도 않은 얼굴로 말했다.

"왜?"

"궁금해졌어. 인간들이 왜 서로를 안는지, 그 느낌이 어떤 지."

"그 아이 때문인가?"

설이 말하는 그 아이는 로일 것이다. 무는 가만히 고개를 끄덕였다.

"그러면 그 아이를 안아봐. 느낄 수 있을 거야."

"어째서?"

"인간의 몸은 그래. 흥미있는 사람에게만 반응을 하지. 안 그런 경우도 많지만."

"뭔가 복잡한데. 넌 인간을 안아본 적 있어?"

"몇 번."

"살과 살이 닿는다는 건 어떤 느낌이지? 난 인간들이 왜 그토록 쾌락에서 놓여나지 못하는 건지 이해할 수 없어."

"글쎄, 네가 느껴봐. 그러면 알게 될지도."

무는 물어보고 싶은 것이 많았지만 설이 물속에 들어가 버리는 바람에 그만두었다.

'그녀를 안으면 정말로 느낄 수 있을까?'

가슴속에 미칠 듯한 흥분이 차 오르기 시작했다. 온몸이 근질거리고 손과 발끝이 저릿저릿했다. 무는 지금이라도 당장 로를 찾아가고 싶은 것을 간신히 참아야 했다. 시간은 많다. 서두르지 말고 천천히 음미해야 한다. 무의 입가에 희미한 웃음이 떠올랐다. 그의 검은 눈동자가 물빛처럼 반짝이기 시작했다.

침상에 누워 잘 준비를 하던 로(露)는 낯선 발소리에 고개를 들었다. 정운의 묵직하고 힘찬 발소리도, 자신을 돌봐주는 하인들의 조심스런 발소리도 아니었다. 누굴까. 이곳 별채엔 정운과 하인 둘을 제외한 누구도 들어올 수 없었다.

로는 낯선 이가 다가오는 소리를 들으며 왠지 모를 두려움에 몸을 움츠렸다. 정운을 부르고 싶었지만 좀처럼 입이 떨어지지 않았다. 여름의 후텁지근한 공기, 끈끈한 어둠, 은근한 발소리에 숨이 답답했다.

"거기 누구예요?"

견디다 못한 로가 말했다. 잠자코 걸어오던 이가 바로 앞에 멈춰 섰다. 손만 뻗으면 닿을 거리다. 로는 자신이 거미줄에 걸린 나방처럼 느껴졌다. 벗어나고 싶은데 그럴 수가 없다.

그때 낯선 존재가 스칠 듯 가까이 다가섰다. 자신의 심장 소리와 상대방의 숨소리가 너무나도 분명하게 들린다. 옷자락이 스치는 소리와 함께 차가운 손길이 로의 뺨에 닿았다. 로는 놀란 나머지 몸을 떨었다. 낯선 이가 안심하라는 듯 부드럽게 얼굴을 어루만졌다. 턱을 쓰다듬던 손가락이 목선을 타고 미끄러지듯 아래로 내려왔다. 로의 숨은 단숨에 얼어붙었다. 도망가고 싶었지만 무슨 일인지 몸이 움직여지지 않았다.

상대방의 손가락이 쇄골을 지나 좀 더 아래로 내려왔다. 손길은 흰 비단 속옷에 이르자 천천히 가슴 매듭을 풀었다. 옷이 한 겹씩 벗겨지는 동안 로는 낯선 이의 체취와 체온을 느꼈다. 짙고 농밀한 숲의 향이 났다. 유혹하는 듯 달콤하고 부드러운 손길에 머릿속이 몽롱하고 몸이 나른했다. 아득함 속을 헤매다 문득 정신을 차리니 가장 은밀한 부분의 속옷이 벗겨지고 있었다.

'안 된다고 말해야 해. 소리 질러야 해.'

생각과 달리 입술이 열리지 않았다. 몸이 제 것이 아닌 것만 같았다.

'그에게 안아달라고 해. 오래전부터 원해왔다고 말해.'

또 다른 마음이 그를 원하고 끌어당기고 있었다. 로는 자신의 욕망이 낯설었다. 두렵고 또 흥분돼서 가슴이 뛰었다. 결국 로는 낯선 이에게 완전히 몸을 맡겨 버렸다. 비명도 격렬한 반항도 없이 차분히 알몸이 되자 그의 눈길이 자신을 훑고 있음을 느낀다. 부끄러움과 함께 몸이 달아올랐다. 부드러운 손길이 살갗에 스칠 때 피는 더욱 뜨거워졌다. 목덜미에 소름이 돋고 숨이 가빠졌다. 눈이 보이지 않기 때문인지 온몸의 신경이 올올히 들고 일어나 살짝만 닿아도 숨이 멈출 것처럼 저릿했다.

로는 그런 자신이 낯설었다. 정운에게 입술과 손 외엔 아무것도 허락하지 않은 그녀였다. 그런데 왜 낯선 이에게 몸을 허락하는 것일까.

그가 로의 손목을 잡아 자신 쪽으로 이끌었다. 손에 제일 먼저 닿은 것은 그의 입술이었다. 부드럽고 촉촉한 입술이다. 만지는 것만으로도 섬세하고 고운 입술 선이 머릿속에 그려졌다. 그 다음은 목과 쇄골이었다. 손에 닿는 살갗의 감촉은 무척이나 부드러웠고 여인이 아닌 사내의 것이라는 걸 똑똑히 느낄 수 있을 정도로 굵고 단단한 감촉이 느껴졌다. 손가락은 쇄골을 지나 단단한 가슴과 복부로 내려갔다. 어느 틈엔가 로는 그의 손이 더는 이끌고 있지 않는 것을 깨달았다. 로 스스로 그의 몸을 관찰하고 있었다. 로는 두려움도 부끄러움도 없이 호기심이 가득한 손길로 그의 몸 구석구석을 더듬었다. 두 사람의 숨소리가 점점 거칠어지고 심장 소리도 공명하듯 빠르게 뛰기 시작했다.

더는 견딜 수 없는지 그가 몸을 일으켜 로의 몸 위로 올라왔다. 로는 스스로도 놀랄 만큼 자연스럽게 그의 품에 안겼다. 몸을 누르는 그의 무게와 살갗의 감촉이 참으로 아늑했다. 그의 입술이 젖가슴을 살짝 물자 로는 자신도 모르게 낮은 숨을 내쉬었다. 부드러운 입술이 쇄골을 지나 목으로 올라왔다. 그리고 마침내 두 사람의 입술이 닿았다. 순간 어둠이 빛으로 바뀌고 견딜 수 없는 뜨거움이 로의 몸을 적셨다.

"화월! 화월!"

정운의 목소리에 로는 잠에서 깨어났다.

"슬프게 흐느끼기에 깨울 수밖에 없었어. 악몽이라도 꾼 건가?"

로는 지금이 꿈인지 현실인지 구분할 수 없었다. 그의 체취와 체온이 여전히 몸에 남아 있었다. 로는 자신의 입술을 만져보았다. 아직도 그의 입술이 생생히 느껴지는데 그것이 다 꿈이었던 걸까.

"화월, 왜 그래? 혹여 어디가 아픈가?"

로는 꿈속에서 느꼈던 감각을 되살려 보느라 그의 말이 들리지 않았다.

"정말 괜찮은 거야?"

정운의 다그침에 로는 간신히 정신을 차렸다.

"꿈."

로는 간신히 입술을 달싹였다. 그제야 정신이 돌아오며 몸을 지배한 감각들에게서 놓여났다. 곧 현실로 돌아왔다는 안도와 함께 이유를 알 수 없는 허전함이 밀려왔다.

'또다시 꿈인가. 올 들어 몇 번째지?'

로가 망연해 있는 사이, 정운이 손수건으로 이마를 닦아주며 중얼거렸다.

"자꾸 악몽을 꾸는 걸 보면 어디가 안 좋은 게 분명해. 오늘은 의원을 불러와야겠어."

로는 정운의 손을 잡고 가만히 고개를 저었다. 정운은 안심이 안 되는지 옆에 앉아 걱정을 늘어놓았다.

"요즘 들어 제대로 먹지도 않잖아."

"괜찮아요."

"내가 괜찮지 않아. 이번엔 고집 부리지 마."

정운의 고집에 로는 마지못해 고개를 끄덕였다.

"네가 아프면 내 마음이 너무 아파."

그의 한숨에 로의 마음이 무겁게 내려앉았다. 그녀는 몹시 부끄럽고 혼란스러웠다. 비록 꿈이지만 정운을 배신한 것 같았다. 현실에선 감히 생각지도 못한 일이 꿈속에 나타나 마음을 어지럽히다니. 나신으로 얽혀 있는 남녀의 몸. 뜨거운 숨과 열망이 선명히 떠오르자 혼란은 극에 달했다.

'꿈속에 여인은 내가 아니야. 내 안에 그런 욕망이 숨어 있을 리 없어. 나는 이미 사랑을 잃어버렸는걸.'

하지만 아무리 부정해도 꿈에서 그를 만졌을 때 느꼈던 두근거림이 지워지지 않았다. 왜 자꾸 같은 꿈을 꾸는지, 그 꿈이 무엇을 의미하는지 로는 알 수가 없었다. 그의 짙고 강렬한 향과 뜨거운 체온이 금방이라도 자신을 덮칠 것 같았다. 로는 자신을 끌어당기는 무언가에 속절없이 휩쓸리고 있었다.

성미 급한 정운은 곧바로 하인을 불러 도시에서 가장 유명한 의원을 불러오라고 일렀다. 지난 이 년간 늘 로를 걱정하며 작은 탈이라도 날까 안절부절못하는 그였다.

로가 정운의 저택에 온 지 벌써 이 년이나 흘렀다. 그사이 작고 여린 소녀는 여인이 됐다. 앳된 얼굴은 제 나이를 찾아 성숙하게 다듬어졌고 깡말랐던 몸은 살이 올라 부드럽고 고운 선이 흘렀다. 스치듯 그녀를 본 이는 하나같이 그 미모에 넋을 잃었다. 로의 아름다움은 여느 미인이 가진 것과 달랐다. 미인의 아름다움이 생김 그 자체라면 로는 내면에서 배어나오는 슬픔과 어우러진 아름다움이었다. 무표정하지만 처연한 빛이 감도는 얼굴, 슬픔이 빚은 듯 섬세하고 애잔한 이목구비와 빛을 머금은 듯 환한 피부. 보는 사람으로 하여금 눈부심과 슬픔을 동시에 안겨주는 미(美)였다. 세인들이 옥에 티라고 부르는 탁한 회색빛 눈동자도 그 아름다움을 앗아가진 못했다.

아름다운 소경 이야기가 도시에 퍼지자 정운은 안절부절못하고 그녀를 숨기기에 바빴다. 종종 다니던 시장 구경은 아예 그만두고 인근 산과 들로 다니던 소풍도 횟수를 줄였다. 그 행동이 어찌나 요란스러운지 과거에 어울리던 동무들이 집에 찾아오면 별채에는 얼씬도 못하도록 입구에 하인을 세워두었다. 정운이 불안한 것은 타인의 시선이 아니라 그녀에게서 버림받을

지도 모른다는 두려움이었다. 이 년이 흐르도록 그녀에 대해 아는 것은 숲에 알몸으로 버려져 있었다는 것뿐이었다. 그녀는 자신에 대해서 아무것도 입에 담지 않았다. 이름조차 몰라서 화월이라 짓자 그녀는 그저 희미하게 미소 지을 뿐이었다.

정운은 불안했다. 어느 날 갑자기 그녀가 사라져 버리진 않을까 두려웠다. 온 마음을 다해 보살펴 주고 사랑을 고백했지만 그녀의 냉정한 마음은 열리지 않았다. 영영 열리지 않을 것 같은 마음 앞에 정운의 가슴은 상처를 입었다. 가끔은 매정하다 화내고 서러워 울고 싶지만 막상 그녀 앞에 서면 그런 아픔 따윈 잊혀졌다.

그는 매일 밤 로가 잠든 별채 쪽을 보며 그리움과 슬픔에 떨었다. 그녀를 원할수록 영혼과 몸은 메말라 갔다. 이대로 가다가는 미쳐 버릴지도 모른다는 생각이 들 때도 있었다. 별채로 뛰어들어 가 그녀를 안아버릴까 하는 못된 충동이 들기도 했다. 실제로 그녀의 방문 앞까지 뛰어간 정운은 차마 문을 열지 못하고 제자리에 주저앉았다.

이러지도 저러지도 못한 채 그녀 옆에 묶여서 세월만 보내기를 이 년째. 정운은 정원 바위에 앉아 깊은 생각에 잠겨 있는 화월을 보며 긴 한숨만 내쉬었다.

비가 내리고 있었다. 울울창창한 대나무가 미풍에 부드럽게 몸을 흔들고 댓잎에 맺힌 빗방울이 맑은 소리를 내며 방울져 떨어졌다. 비스듬히 열린 창으로 비가 조용히 들이치는 가운데 뿌연 안개가 안으로 스며들어 왔다. 별채 깊숙이 들어온 안개는 복도를 지나 침실로 향해갔다. 침실에는 로가 잠들어 있었다. 안개는 어느덧 사람으로 모습을 바꾸어 침상 옆에 섰다. 그의 손짓 한 번에 촛불들이 일제히 켜지며 주위가 환해졌다.

무는 침상에 쳐진 휘장을 걷고 가까이 다가섰다. 아이처럼 웅크리며 자고 있는 로. 살갗이 비치는 흰 비단 속옷과 제멋대로 흐트러진 긴 머리칼이 한눈에 들어왔다. 살짝 벌어진 옷자락 사이로 우윳빛 젖가슴이 언뜻 보였다. 무는 소복한 젖가슴에서 좀처럼 시선을 떼지 못했다. 얼마간 관심을 두지 않은 사이 한층 성숙해진 그녀가 조금 낯설다. 전엔 어린아이 같더니 지금은 다 자란 여인이다.

무는 신기한 눈빛으로 잠든 그녀를 보다가 침상 옆에 앉았다. 흐트러진 머리칼을 조심스레 넘기고 나니 로의 고운 얼굴이 드러났다. 무는 그녀를 가만히 응시하다가 손을 뻗어 뺨을 쓰다듬었다. 보드라운 감촉에 온몸의 신경이 기지개를 켜며 일어나고 자신도 모르게 낮은 감탄이 흘러나왔다. 무는 로에게 취한 나머지 뺨과 목, 쇄골을 부드럽고 대담하게 쓰다듬었다. 그녀의 감촉이 온몸에 번지자 몸을 도는 붉은 피와 숨이 뜨거워졌다.

'더 원해. 더욱 많은 것을 원해.'

몸이 억눌린 욕망을 풀어달라고 아우성쳤다. 무는 자신을 고문하듯 느리게 움직였다. 그녀의 피부를 부드럽게 쓸었다가 손끝으로 천천히 긁어내렸다. 촛불이 한 번 일렁일 때마다 그의 손끝엔 점점 힘이 들어가고 참을 수 없는 갈증으로 점차 조급해지기 시작했다.

그때 로가 가만히 눈을 떴다. 무는 놀랐지만 멈추지 않았다. 아니, 멈출 수가 없었다. 감각을 향한 갈망이 그의 온몸을 태웠다. 더 알고 느끼고 싶다고 몸의 세포들이 소리쳤다.

"당신은 누군가요?"

잠이 덜 깬 얼굴로 몸을 일으킨 로가 가만히 속삭였다. 무는 아무 말도 하지 않고 그녀의 옷 매듭을 풀었다. 하얀 끈을 잡아당기자 앞섶이 열리면서 과일 속살처럼 보얀 젖가슴과 연한 살구빛 유두가 드러났다.

"왜 자꾸 제 꿈에 나타나나요."

무가 옷을 벗겨내는 동안 그녀가 혼란스런 표정으로 중얼거렸다. 무는 아무 말도 하지 않고 로만큼이나 몽롱한 눈빛으로 그녀를 보았다. 그의 손길에 로의 상체가 완전히 드러났다. 촛불에 비친 하얀 피부가 눈부시다. 무는 차마 손을 뻗지 못하고 황홀한 눈으로 바라보았다. 작은 한숨에도 날아가 버릴 것 같은 여리고 아름다운 그녀. 무는 그녀를 안고 싶으면서도 한편으론 두려웠다. 자신의 거친 손길에 그녀가 상처 입을 것만 같았다.

순간 로가 손을 뻗어 무의 뺨을 만졌다. 그의 생김을 머릿속에 그리는지 이마와 코를 더듬었다. 가는 손가락이 입술에 닿자 무는 단숨에 뻣뻣하게 굳었다. 그 손가락을 입 안에 물고 힘껏 빨고 싶은 괴이한 충동이 일었다. 아쉬움을 남긴 채 그녀의 손이 목과 쇄골을 지나 가슴으로 내려오는 동안, 무는 갈수록 숨쉬는 게 힘들어지고 몸의 한 부분이 뜨겁게 팽창해 고통스러웠다.

그녀가 옷을 벗기려 하자 무는 뛸 듯이 놀랐다. 그녀의 손이 속살에 닿자 급히 숨을 삼키고 몸을 떨었다. 그는 비로소 인간이 느끼는 쾌락이 무엇인지 느꼈다. 그들이 왜 이런 감각에 중독됐는지, 자신의 목숨까지 내팽개칠 정도로 집착하는지 이해가 됐다. 지금 이 순간 무는 완전한 인간이었다. 쾌락에 앞에 인간이 무릎을 꿇듯이 아무도 주지 못했던 낯선 감각 앞에 무는 굴복했다.

"왠지 꿈이 아닌 거 같아. 생생해."

작게 속삭인 로가 돌연 손길을 거두었다. 이에 놀란 무가 황급히 로의 손목을 잡았다. 지금 멈춰 버린다면 죽을 것만 같았다. 왜 이리 그녀의 손길이 간절한 건지 그도 이해되지 않았다. 무는 그녀의 손을 자신의 심장으로 가져갔다. 그녀의 따뜻한 손이 뛰는 심장을 덮자 큰 안도와 함께 저절로 눈이 감겼다.

"심장이 뛰는 게 느껴져요."

로가 신기한 듯 말했다. 무는 그녀의 손등에 자신의 손을 겹쳤다. 자신의 심장이 빠르게 뛰고 있었다. 온 세계가 더불어 약동하는 느낌이다. 이런 게 살아 있는 느낌인 걸까. 무의 얼굴에 혼란스런 표정이 스쳤다. 그 마음을 다 알고 있다는 듯 로가 무의 뺨을 부드럽게 쓰다듬었다.

"아름다운 분. 보지 못해도 알 수 있어요."

그녀의 다정한 목소리에 무는 몸속에 무언가가 조금씩 허물어지는 것을 느꼈다. 무는 그녀의 뺨으로 손을 뻗었다. 서로 뺨을 쓰다듬고 있자니 애틋한 감정이 피어올랐다. 무는 엄지손가락으로 로의 붉은 입술을 가만히 쓸어보았다. 도톰하고 고운 빛깔을 가진 입술이 무를 끌어당겼다. 무는 그녀의 입술에 자신의 입술을 가져갔다. 입술과 입술이 겹치자 전율이 몸을 휩쓸었다. 무는 입술을 벌리고 부드럽게 침범해 들어갔다. 따뜻하고 부드러운 혀와 맑은 타액이 감겨왔다. 그 놀랍도록 뜨겁고 친밀한 몸짓은 깊은 곳에 숨어 있는 욕망에 불을 지폈다. 무는 그녀를 안은 채 침상에 눕히고 젖가슴을 움켜쥐었다. 아픈 듯 그녀가 미세한 신음을 흘렸지만 그는 젖가슴을 움켜쥐고 단단하게 솟은 작은 돌기를 손바닥으로 원을 그리듯 문질렀다. 몸이 뜨거웠다. 이대로 가다간 터져 버릴 것 같았다. 그때 로가 몸을 떨며 손목을 잡았다. 그녀가 눈이 보였다면 두 눈을 맞추고 지금 느끼고 있는 희열과 두려움을 나눴을 것이다.

"겁내지 마. 널 아프게 하려는 게 아니야."

무가 속삭였다. 그의 말은 진심이었다. 무는 그저 이 놀라운 희열을 그녀와 함께 나누고 싶을 뿐이었다. 그때 복도를 걷는 발소리가 들렸다. 쿵쿵쿵. 조급한 발소리는 로의 침실을 향해 곧장 다가왔다. 무는 괴로운 얼굴로 로를 보았다. 여기서 멈추고 싶지 않았다. 그녀를 두고 가고 싶지 않았다. 하지만 무는 가야 했다.

"누가 촛불을 끄지 않았지?"

문밖에서 사내의 목소리가 들리자 무는 순식간에 안개로 몸을 바꾸었다. 동시에 문이 열리고 정운이 들어왔다. 침상에 누워 있는 로를 본 정운은 제자리에 얼어붙었다. 그녀가 알몸으로 침상에 누워 있었다. 순간 정운의 귓가에 찬 기운이 스쳐 지나갔지만 그는 알아차리지 못하고 침상으로 다가갔다. 정운은 로의 몽롱한 얼굴을 보고 잠시 말을 잃었다. 지금껏 보아왔던 그녀의 얼굴이 아니었다. 슬픔과 외로움이 옅게 배인 표정은 간데없고 대신 달콤하게 들뜬 표정과 열기로 붉게 달아오른 뺨, 살짝 부풀어 오른 입술이 눈에 들어왔다. 그가 한 번도 본 적 없는 얼굴이었다. 정운의 눈빛은 충격으로 금세 어두워졌다. 참을 수 없는 질투가 온몸을 뒤덮고 급기야 그의 이성까지 무너뜨렸다.

"누가 왔다 갔지?"

정운의 목소리는 한없이 차가웠다. 그의 목소리에 몽롱하고 달뜬 얼굴이 차츰 깨어나기 시작했다.

"말해! 누구야!"

로에게 달려든 정운이 가녀린 어깨를 잡아 마구 흔들었다.

"무, 무슨 말이에요?"

잠에서 막 깨어난 얼굴로 로가 물었다. 정운은 그런 그녀를 보며 더욱 기가 막혔다.

"누구야! 누가 널 가진 거야!"

"전, 그저……. 꿈을 꿨을 뿐인데."

로는 혼란스러웠다. 방금 잠에서 깨었는데 정운이 무슨 말을 하는 걸까.

"어떻게 내게 이럴 수가 있어. 어떻게 내게!"

잔뜩 흐트러진 이불과 구겨진 옷을 보자 정운의 눈에서 불꽃이 튀었다. 그는 사랑하는 여인에게 끔찍한 살의를 느꼈다.

"화월, 화월……. 네가 어떻게 나한테……."

정운은 그녀가 더러운 것이라도 되는 양 흠칫하고 물러섰다. 폐부 깊숙한 곳에서 흘러나온 고통이 정운을 삼켰다. 로는 정운이 왜 이렇게 고통스러워하는지 이해할 수 없었다. 그녀가 아는 거라곤 전과 비슷한 꿈을 꿨다는 것뿐이었다. 그것도 아주 생생한 꿈. 로가 혼란스러워하는 사이 정운이 달려들어 그녀의 가는 목을 움켜쥐었다. 그의 손가락이 아프게 살갗을 파고들자 로가 신음을 흘렸다.

"아, 아파……."

"몰래 끌어들인 놈이 누구야? 어서 말해! 누구야!"

정운은 고함이 아닌 울음을 토해냈다. 그는 아픔에 몸부림치는 로의 몸에 올라타 힘껏 목을 졸랐다.

"내 마음을 알면서 어떻게 이럴 수가!"

질투와 분노에 반쯤 미친 정운은 로의 하얀 목을 움켜쥐고 허탈한 웃음을 흘렸다. 로가 억눌린 비명을 질렀지만 정운에겐 들리지 않았다.

"네가 다른 사내를 끌어들여? 죽여 버리겠어."

"수, 숨을……."

로는 고통에 떨며 온몸을 뒤틀었다. 벌겋게 충혈된 정운의 눈
동자는 고통스러워하는 로의 얼굴에 고정되어 움직일 줄 몰랐
다. 로는 이대로 가면 죽을지도 모른다는 공포를 느꼈다. 그녀
는 온 힘을 짜내 중얼거렸다.

"저, 정운…… 제발……."

자신의 이름을 들은 정운은 그제야 정신을 차리고 몸 아래 눌
린 로를 보았다. 그는 그녀의 목을 조르고 있는 자신의 손을 보
고 화들짝 놀라며 뒤로 물러나다 침상에서 떨어졌다. 정운은 침
상에서 굴러 떨어지는 와중에도 질린 얼굴로 자신의 두 손을 보
았다.

"맙소사! 내가 어떻게 너를……."

정운이 절망하며 울부짖었다. 로는 황급히 침상에서 내려와
그의 어깨를 끌어안았다. 이대로 두면 그가 죽을지도 모른다는
생각이 들었다. 로는 정운을 잃고 싶지 않았다.

"내가 널 죽이려고 했어. 내가 널……."

정운은 눈물을 흘리며 두 손으로 얼굴을 감쌌다.

"울지 말아요. 울지 말아요."

로는 그의 등을 안고 숨죽여 울었다.

"미안해, 화월. 미안하다."

정운은 두려웠다. 그녀가 자신을 떠날까 봐, 영영 보지 못할까 봐 겁이 났다. 그 고통에 비하면 지금 느끼는 절망은 아무것도 아니다. 정운은 로의 품에 매달리며 말했다.

"화월, 날 떠나지 않을 거지? 날 버리지 않을 거지?"

"정운."

"내가 잘못했어. 다 내 잘못이야. 날 용서해 줘."

정운은 로에게 머리를 조아리며 울부짖었다. 로는 너무나 괴로워 눈물을 흘렸다.

"내가 잘할게. 네가 원하는 대로 다 해줄게. 그러니 그 사내는 만나지 마. 내가 이렇게 널 사랑하잖아. 너도 날 사랑하지? 너도 조금은 사랑하지?"

그녀의 침묵에 정운의 가슴이 또 한 번 찢어졌다.

"말해줘. 말해줘야 해. 그렇지 않으면 난 미쳐 버릴 거다."

정운의 품을 가만히 벗어난 로가 아픈 마음을 억누르며 말했다.

"미안…… 해요."

로의 표정은 진심으로 슬퍼 보였다. 정운은 이대로 인정할 수 없어서 그녀를 끌어안고 소리쳤다.

"거짓말이라도 좋다. 사랑한다 말해줘. 나만을 원한다고 말해줘."

"……."

"왜지? 난 이토록 간절한데 너는 왜 원하지 않지? 내 마음이 부족한가? 그렇다면 말해줘. 어떻게 해야 네 마음을 가질 수 있을지.”

“…….”

“제발 부탁이야. 내가 듣고 싶어하는 것을 말해줘. 거짓이라도 좋아. 화월, 제발.”

그녀는 끝내 입을 열지 않았다. 로의 슬픈 얼굴을 본 정운은 견디지 못하고 울음을 터뜨렸다.

“아아아아.”

심장을 쥐어짜는 듯한 긴 울음이었다. 원망과 울분, 깊이를 알 수 없는 절망이 그를 짓눌렀다. 정운은 제 가슴을 치다가 침실을 뛰쳐나갔다. 혼자 남겨진 로는 슬피 울었다. 누군가를 사랑할 수 없다면 더는 마음 아프지 않을 거라 생각했다. 자신이 원한 소원 때문에 다른 사람의 마음이 다칠 거라는 것은 꿈에도 생각해 보지 않았다.

“미안해요. 나도 어쩔 수가 없어요.”

로는 정운의 고통을 고스란히 느끼며 절망했다. 자신이 겪은 아픔이었고, 그 아픔에서 도망가기 위해 눈까지 버렸다. 그런데 다른 사람이 자신을 원하며 아파하다니. 운명은 왜 이리 잔인한가.

‘사랑이 도대체 무엇이길래 이런 아픔을 겪어야 하는 걸까. 왜 사람은 사랑에서 벗어날 수 없는 걸까.’

로는 방을 뛰쳐나간 정운이 걱정되어 견딜 수 없었다. 옷을 갈아입고 여종을 불렀지만 여종은 별채 밖으로 내보내 주지 않았다. 밤은 깊고 여전히 비가 오고 있었다. 처마 아래에 선 로는 손을 뻗어 내리는 비를 만져 보았다. 마음에 이는 한기 때문인지 자꾸만 불안이 엄습해 왔다. 로에게 이 밤은 너무나도 길고 무서우리만치 조용했다.

인간의 몸을 벗어버리자 몸속에 일던 뜨거운 회오리가 일시에 멎었다. 머릿속이 순식간에 차가워지자 혼란은 더욱 커졌다. 사내가 문을 열고 들어오는 동시에 밖으로 빠져나온 무는 은밀한 밤의 공기와 차가운 비를 뚫고 하늘로 날아올랐다. 혼란스러우면서도 왠지 모를 뿌듯함이 차 오르기 시작했다. 있는 힘껏 날아오르고 싶어져 무는 비구름을 뚫고 올라가 휘영청 뜬 달을 보았다. 은은한 달빛에 로의 얼굴이 겹쳐 보였다. 무는 다시 그녀에게 가서 얼굴을 보고 부드러운 살결을 느끼고 싶었다. 자신의 몸에 퍼지던 뜨거운 감각을 다시 느끼고 싶었다. 무의 머릿속엔 온통 로뿐이었다.

'그 아이, 참으로 어여뻤지. 눈을 잃었지만 무척이나 아름다웠어.'

무산에 도착한 그는 자신의 성에 들어서면서 인간으로 모습을 바꾸었다. 아직 그녀의 손길이 남아 있는 듯 몸이 뜨거웠다. 그녀와 함께 느꼈던 희열이 온통 머릿속을 잠식해 정신이 몽롱했다. 인간의 몸이란 알 수 없다 생각하면서도 한편으론 즐거운 기분이 들었다.

'그녀에게서는 느낄 수 있어. 인간의 쾌락을, 그 환희를.'

자신의 궁에 돌아온 무는 긴 의자에 길게 누워 턱을 괴었다. 그의 얼굴은 꿈꾸는 듯 달떠 있었다. 고작 인간의 쾌락을 알았다고 해서 이렇게 들떠 버린 자신이 한심하기도 했지만 그것에 대한 생각을 멈출 수가 없었다. 로의 얼굴과 그 감촉을 떠올리면 왠지 나른한 기분이 들었다. 그녀가 자신을 만지던 때를 생각하면 얼굴이 붉어지고 심장이 뛰었다.

'나에게 했듯 그 사내도 그리 만질까? 그도 나처럼 느꼈을까?'

갑자기 질투가 나자 무는 자리에서 벌떡 일어나 의자 주위를 서성였다. 사내가 들어오지 않았더라면 그녀를 안았을 텐데. 어쩌면 그녀를 무산으로 데려왔을지도. 무는 로의 입술을 떠올리는 것만으로도 숨이 가빠져서 입술을 자근자근 깨물었다.

"내가 왜 이러지. 꼭 정신이 나간 것 같군."

무는 진정하려고 노력하며 숨을 크게 내쉬었다. 인간의 쾌락이 무엇인지 알았으니 호기심을 그만 거둬도 되련만, 생각처럼 되지 않았다. 생각의 물길이 자꾸만 로에게로 향했다. 그녀에게로 흐르고 흘러 도저히 돌릴 수가 없었다.

'난 날 알아. 흥미를 느껴도 잠시뿐. 금방 무관심해지곤 했지. 곧 싫증이 날 거야.'

무는 애써 자신의 흥분을 억눌렀지만 로의 얼굴이 여전히 머릿속에서 떠나지 않았다. 그러고 보니 그녀는 지금 무얼 하고 있을까.

궁금해진 무는 로의 모습을 보기 위해 천호(天湖)로 향했다. 천호는 인간 세상을 볼 수 있는 호수로 원하는 것이 어디에 있는지 보여준다. 무는 수면 위로 걸어가 비 내리는 인간 세상을 보았다. 그의 손짓에 비구름이 걷히고 곧 로의 얼굴이 나타났다. 그녀는 처마에 서서 걱정스런 얼굴로 하늘을 올려다보고 있었다. 꼭 자신과 눈을 맞추고 있는 것은 기분이 들어서 무는 기분이 묘했다.

그는 문득 로가 다시 눈동자를 얻는다면 어떨까 하고 생각해 보았다. 그녀의 눈동자는 세상 어떤 보석보다 예뻤다. 볼품없이 작은 소녀에게 관심을 갖게 된 것은 아름다운 눈동자 때문이었다. 처음엔 보잘것없는 인간이 저런 아름다운 것을 갖고 있는 게 질투가 나 빼앗고 싶었다. 하지만 막상 그것을 빼앗고 보니 눈동자 자체보다는 그녀와 어울린 모습이 더 아름다웠다는 생각이 들었다. 그녀에게 눈을 돌려주고 싶지만 이미 늦어버렸다. 신과 인간이 한 번 맺은 계약은 다시 되돌릴 수 없는 법. 무는 씁쓸한 표정으로 로의 얼굴을 들여다보았다. 그는 처음으로 자신이 한 일이 후회되었다.

새벽녘에서야 까무룩 잠이 든 로는 소란스런 기척에 눈을 떴다. 별채에서 일하던 두 명의 여종이 흥분된 어조로 이야기를 나누다 밖으로 뛰쳐나가는 소리가 들렸다.

'무슨 일이지?'

로는 자리에서 일어나 옷을 챙겨 입었다. 벽을 더듬어가며 복도를 지나 별채 밖으로 나오자 소란스러움은 더 커져 있었다. 사람들의 웅성임 속에 흐느낌이 섞여 있었다. 불길한 생각과 함께 정운의 얼굴이 스쳐 갔다.

'설마, 그럴 리가 없어.'

로는 황망히 걸음을 옮겼다. 그 와중에 옆을 지나는 하인을 붙들고 무슨 일인지 묻자 침통한 대답이 돌아왔다.

"주인어른께서 지난밤 목을 매셨습니다."

"목을…… 매다니요?"

로가 멍하니 되물었다.

"돌아가셨단 말입니다. 지금 그 때문에 난리가 났어요."

정운이 죽다니. 로는 좀처럼 믿을 수가 없어 하인에게 정운이 있는 곳으로 데려가 달라고 부탁했다. 그가 있다는 곳으로 다가갈수록 울음소리는 점점 크게 들렸다. 폐부에서 우러나오는 슬픈 흐느낌, 향 피우는 냄새, 죽음의 묵직한 기운이 그녀의 가슴을 짓눌렀다.

복도 끝에 다다르자 문이 열렸다. 로가 들어서자 여인들의 울음소리가 뚝 그치고 정적이 흘렀다. 방 안에 있는 많은 이들의 적대감과 원망 어린 시선이 로의 몸에 꽂혔다. 로는 칼에 찔린 듯 비틀거리며 하인이 이끄는 대로 앞으로 걸어갔다. 발치에 무언가가 걸리자 그녀는 허공을 향해 손을 뻗었다. 하얀 천을 덮어쓴 사람의 몸이 만져졌다. 로는 천을 걷고 얼굴 쪽으로 손을 뻗었다. 사내의 얼굴이 만져졌다. 로의 섬세한 손가락이 그의 얼굴을 조심스레 더듬었다. 정운이 분명하지만 그가 아닌 것만 같았다. 전엔 늠름하고 잘생긴 얼굴이었는데 언제 이렇게 초췌하게 변해 버렸을까. 움푹 팬 눈, 도드라진 턱뼈를 만지고 있자니 너무나도 낯설고 기가 막혔다. 그리고 더욱 낯선 것은 온기가 없는 그였다. 차갑게 식은 정운의 몸을 안고 로가 속삭였다.

"정운, 왜 이리 누워 있어요. 일어나서 말 좀 해봐요."

그는 대답이 없었다. 로는 터져 나오려는 비명을 삼키며 그를 힘껏 안았다.

'아니야, 아닐 거야. 왜 당신이 죽어요. 아무런 죄도 없는 당신이 왜 죽어요.'

차가운 주검은 아무런 말도 하지 않았지만 로에겐 자신을 비난하는 소리가 들렸다.

[넌 날 배신했어. 넌 날 사랑해 주지 않았어. 널 증오해.]

'미안해요. 정말 미안해요. 당신이 원하는 말을 들려줄 순 없었지만 당신을 좋아했어요. 곁에 있고 싶었어요.'

금방이라도 그의 따뜻한 목소리와 웃음소리가 들려올 것 같았다. 참으로 자상하고 정다운 그였다. 자오를 알기 전에 정운을 먼저 만났다면 아마도 그를 먼저 사랑했을 것이다.

참 좋은 사람. 하지만 사랑할 수는 없었던 사람.

로가 정운을 덮었던 천을 움켜쥔 채 소리 없이 울었다. 지난 밤 정운의 외침이 그녀의 귓가에 정신없이 메아리쳤다.

[거짓말이라도 좋다. 사랑한다 말해줘. 나만을 원한다고 말해 줘.]

천을 움켜쥔 로의 손에 힘이 들어갔다. 슬픈데, 너무나도 슬픈데 눈물은 흐르지 않고 울음도 터져 나오지 않았다. 눈물과 울음이 안으로 스며들어 가슴에 맺혔다.

'당신은 바보 같은 사람이야. 그깟 사랑이 뭐라고 자신을 던져요.'

로는 그를 이렇게 만든 자신을 탓했다.

'몰랐어. 이런 건지 정말 몰랐어. 내 사랑만 없어지면 모두 편할 거라 생각했어. 그런데 아니야. 내가 모든 것을 망쳐 놓고 있어. 내가 정운을 죽인 거야. 내가 두려워 도망쳐 놓고 다른 이까지 죽인 거야.'

로는 자신을 용서할 수 없었다. 그녀는 세상의 모든 사랑을 저주하고 사랑 안에 갇힌 자신의 운명을 증오했다.

로는 겉으론 울지 않았지만 마음으로 오열하며 피를 철철 흘렸다. 하지만 다른 이들이 보기엔 젊은 사내를 죽여놓고 뻔뻔하게 앉아 있는 악녀일 뿐이었다. 그런 그녀를 보다 못한 여인 하나가 다가와 섰다.

"난 정운의 누이 되는 사람이다."

그녀의 목소리는 차갑고 냉정했다. 로가 여전히 넋을 놓고 있자 그녀는 계속 말을 이어나갔다.

"상을 치를 때까진 이 집에 있어도 좋다. 하지만 상이 끝나는 대로 이 집에서 나가거라. 정운이 준 것은 가지고 가도 좋다."

로가 기운없이 자리에서 일어났다. 그녀의 얼굴은 핏기가 가셔 혼령처럼 창백했다.

"지금 나가겠습니다."

주위에 앉은 이들이 들릴 듯 말 듯 혀를 찼다. 이에 더욱 얼굴이 굳은 여인이 물었다.

"상을 치르는 것도 보지 않겠다는 건가? 죽은 이에게 어찌 그럴 수가 있지?"

"죽은 이를 위해섭니다."

"네년은 눈물도 없느냐? 너 때문에 죽은 이를 위해 흘려줄 한 방울의 눈물도 없냐 말이다."

그녀의 목소리에 원망과 비통한 감정이 극명하게 드러났다. 로는 무표정한 얼굴로 말했다.

"제겐 눈물도, 사랑도 없습니다."

뒤돌아선 로가 간신히 한 걸음을 내디뎠다. 현기증에 잠시 휘청거렸지만 그녀는 다리에 힘을 주고 버텼다. 그녀는 들어온 곳으로 천천히 걸어갔다. 자신의 등 뒤로 꽂히는 비수 같은 시선들이 몹시 아팠다. 발을 뗄 때마다 숯불 위를 걷는 것처럼 고통스러웠다. 더 아픈 건 귓가를 맴도는 정운의 다정한 말과 웃음소리였다.

'다정하고 인자했던 사람. 참 착했던 사람. 미안해요. 아무것도 줄 수가 없어서. 날 용서하지 말아요.'

로는 방을 나서기 직전 정운의 주검을 향해 마지막 인사를 건넸다.

앞서 길을 안내하는 하인을 따라 로는 느리게 걸음을 옮겼다. 모든 이들의 시선이 그녀를 따라 움직였다. 비난과 욕설 대신 조용한 침묵이 그 뒤를 따랐다.

정운의 저택을 나선 로는 확연히 다른 공기의 흐름에 잠시 멈춰 섰다. 거리는 흙먼지와 온갖 소음으로 가득했다. 사람들의 외침, 말 울음소리, 진흙탕을 지나는 수레바퀴 소리. 로는 어느덧 비가 개어 있음을 깨닫고 하늘을 올려다보았다. 보이는 건 어둠뿐이지만 그녀의 눈은 눈부신 하늘을 보는 것처럼 가늘어졌다.

로는 거리로 한 걸음을 내디뎠다. 익숙한 정운의 세계에서 낯선 세계로 발을 내딛자 그와 함께한 이 년이 꿈결처럼 아득하게 느껴졌다.

'모든 것이 다 하룻밤 꿈같아. 긴 꿈에서 깨면 내 방 천장이 보이겠지? 나는 얼른 아침 일을 끝내고 산에 가고 싶어 조바심이 나 있을 거야. 그곳에서 자오를 기다리겠지. 자오는 봄에 온다고 했으니까. 곧 봄이 올 거야. 빨리 봄이 왔으면.'

로의 입가에 희미한 미소가 떠올랐다가 사라졌다. 전과 같은 두근거림은 없었다. 지금 자신은 자오의 얼굴을 떠올리는 것만으로도 행복해 어쩔 줄 모르던 로가 아니었다. 지금의 로는 사랑에 빠진 어린아이가 아닌 사랑을 잃고 눈이 먼 여인이었다. 그런 여자를 사랑한 어리석은 사내가 오늘 죽었다. 죽은 정운의 체온이 로의 심장을 차게 식혔다.

로는 지나는 행인에 밀려 넘어지고 지나는 마차에 튄 흙탕물을 뒤집어쓰면서 목적없이 또 걸었다. 자신은 세상을 떠도는 바람, 하늘을 부유하는 구름이었다. 이렇게 떠돌다가 어느 인적 없는 곳에서 조용히 스러지고 싶었다.

'나 한 사람 죽는다 해도 세상에 변하는 것은 아무것도 없겠지. 그저 나는 공기고, 구름이고, 이슬일 뿐. 희미하게 스러지는 것이 내 마지막이겠지.'

로는 걷고 또 걸었다. 빛이 보이지 않으니 낮인지 밤인지 알 수 없었다. 걷다가 지치면 어느 집 처마 아래에 쓰러져 잠들었다가 아침이 되면 어김없이 일어나 다시 걸었다. 가끔씩 누군가가 손에 물과 먹을 것을 쥐어주었다. 로는 그것을 버리고 잡으려는 손길을 뿌리치며 걸었다. 이따금씩 미친년이라는 욕설도 들려왔고, 아이들이 던진 돌멩이에 이마가 찢어진 적도 있었다.

그렇게 걷고 또 걷던 그녀가 문득 멈춰 섰다. 흙딱지, 피딱지가 더덕더덕 낀 얼굴에 희미한 미소가 떠오른 순간, 로는 그대로 허물어져서 진흙탕 위에 쓰러졌다. 몸이 축축하게 젖고 입속에 흙탕물이 흘러들어 왔다. 로는 희미해지는 의식 속에서 중얼거렸다.

"마침내…… 끝이군요."

로는 어릴 때 보았던 푸른 하늘과 들판을 다시 보았다. 온몸으로 느끼던 바람과 그리운 숲의 향이 차례차례 지나간 후 정운의 웃음소리가 들렸다. 언제나 다정하고 따뜻했던 정운. 자신을 너무 사랑해서 죽어버린 정운.

'미안해요. 사랑해 주지 못해서. 다음 생에 태어난다면 당신만을 진심으로 사랑해 주는 사람을 만나요.'

마지막으로 차갑고 냉정했던 신(神)의 목소리가 떠올랐다. 로는 자신을 비웃는 그를 향해 말했다.

"후회하냐고 물었나요?"

로는 입속으로 들어오는 흙탕물 때문에 점점 말하는 게 힘겨웠지만 그래도 꼭 말하고 싶었다.

"후회해요. 너무나도 후회해요. 그땐 왜 몰랐을까…… 그땐……"

푸른 하늘도, 바람에 일렁이던 들판도, 새들의 지저귐도 더는 없다. 보이는 건 온통 암흑. 몸과 마음의 고통이 그 캄캄한 어둠 속으로 빨려 들어갔다. 로는 편안한 표정으로 마지막 의식의 끈을 놓았다.

로(露)가 걸음을 옮길 때마다 무(霧)도 따라 걸음을 옮겼다. 그녀가 설 때면 무 또한 제자리에 서서 가녀린 어깨와 등을 가만히 응시했다. 그의 얼굴엔 어떤 감정도 실려 있지 않았다. 그저 조용히 로를 관찰할 뿐.

　로는 그저 발길이 닿는 대로 걸었다. 어떨 때는 같은 길을 몇 번씩 맴돌기도 하고 도시 밖으로 나갔다가 다시 걸음을 돌려 들어오기도 했다. 그녀는 길을 걷는 게 아니라 시간 위를 걷는 것 같았다. 시간이 그녀의 발아래 느리게 흘러가기도 하고 어느 때는 빠르게 흐르기도 했다. 눈을 뜨면 아침이었다가 뒤돌아보면 저녁이기도 했다. 그녀를 따라 걷고 있자니 무 자신도 몽롱해져서 모든 것이 무감각해지는 것만 같았다. 시간이 지날수록 피곤이 밀려왔지만 그는 로를 떠날 수 없었다. 무언가가 무의 몸을 잡아끌고 있었다. 알 수 없는 힘이 그녀를 놓치지 말라고 말했다. 무는 복잡한 심정으로 로를 따라다녔다.

　그녀의 주위엔 늘 인간이 많았다. 아니, 그녀가 인간이 많은 곳을 걷고 있다고 해야 할 것이다. 무는 전에는 보지 못했던 많은 것을 보았다. 그녀를 걱정한 한 사내가 길 한복판 깊게 팬 구덩이에 나무판자를 까는 것을 보았고, 손에 물통과 먹을 것을 쥐어주는 젊은 여인과 자는 사이 옷을 덮어주는 노인을 보았다. 그녀에게 다가서는 불량배들을 만류하는 자들도 있었고 돌을 던지는 아이들을 혼내 집으로 돌려보내는 이들도 있었다. 무의 눈에는 그들 모두가 로를 지키고 싶어하는 것처럼 보였다.

　'왜일까. 저들은 왜 알지도 못하는 사람을 걱정하는 걸까.'

　탐욕스럽고 이기적인 인간들. 동물보다도 더 추한 인간의 욕망을 무엇보다 잘 아는 무로서는 이들의 행동을 이해할 수 없었다. 그리고 더욱 이해할 수 없는 것은 그런 그녀에게서 눈을 떼지 못하는 자신이었다.

'넌 왜 로를 따르고 있는 거지? 왜 그녀에게 관심을 갖는 거야?'

그녀를 따라 대로 한복판을 걷던 무가 걸음을 멈추었다. 뭔가 낯선 감정이 그의 심장을 심하게 두드려 댔다.

그녀를 쉬게 해주고 싶다. 다친 상처를 치료해 주고 싶다. 저 엉망이 된 모습을 닦아주고 싶다.

문득 무는 자신이 인간처럼 생각한다는 것을 깨달았다. 인간들이 로에게 물과 음식을 주고 다치지 않게 도와줬던 것처럼 자신도 그녀를 걱정하고 있었다. 한 번도 느껴보지 못한 감정에 무는 그녀를 안고 들떴던 때보다 더욱 동요했다. 이것은 호기심이나 본능보다 더 경계해야 할 나쁜 것이었다. 신에게 인간이나 느낄 법한 감정 따윈 필요 없다. 신은 신만의 모습이 있다. 더 이상 어설픈 인간 놀음 따윈 그만두어야 한다.

'돌아가자. 저런 아이는 머릿속에서 지워 버리자.'

그가 막 안개로 변하려던 순간이었다. 갑자기 로가 쓰러지는 것이 보였다. 무는 망설였다.

다가가야 할까. 아니면 이대로 무산으로 돌아가야 할까.

신(神) 무는 이제 그만 있던 자리로 돌아가라고 명령했다. 하지만 무(霧)는 불안한 마음으로 쓰러진 그녀에게서 시선을 떼지 못했다. 심장은 미칠 듯이 뛰고 숨이 제대로 쉬어지지가 않았다. 의식에 붙들린 몸이 그녀에게로 뛰어가고 싶어 버둥거렸다. 빨리 무엇이든 선택해야 했다. 무는 어쩔 수 없이 자신의 몸을 놓아주었다. 그는 한달음에 로에게로 뛰어갔다.

'그녀가 죽는 걸까?'

로가 이 세상에서 없어진다 생각하니 견딜 수 없이 화가 났다. 무가 막 그녀를 안아 들려고 할 때 로가 들릴 듯 말 듯 중얼거렸다.

"후회하냐고 물었나요?"

그녀의 목소리가 점점 작아졌다. 그녀의 숨도 조금씩 꺼져 가는 것 같았다.

"후회해요. 너무나도 후회해요. 그땐 왜 몰랐을까…… 그땐……."

죽음을 앞둔 그녀가 마침내 인정했다.

"후회해요."

그 말이 듣고 싶었는데 무는 전혀 기쁘지가 않았다. 도리어 미칠 듯이 화가 났다. 그가 바라는 무언가가 빠진 것이다.

"너는 왜 눈을 돌려달라고 애걸하지 않지? 왜 사랑을 돌려달라고 말하지 않지? 왜 이렇게 비참하게 죽으려고 하는 거야!"

그의 얼굴은 분노로 일그러졌다. 그녀가 후회하면 차갑게 비웃어주려 했다. '어리석은 인간아, 내가 뭐라 했느냐' 하며 실컷 조롱하려 했다. 그리고 자신에게 소원을 빈 모든 이들이 그러했듯 비참하게 죽어가는 걸 묵묵히 지켜보려 했다. 하지만 그녀에게만은 그렇게 할 수가 없었다. 로는 그들처럼 뺏어간 것을 돌려달라고 애원하지 않았다. 그녀는 그저 후회하며 죽어갈 뿐이다.

'도대체 왜!'

무는 흙탕물 속에 누워 있는 그녀를 무섭게 노려보았다.

"이대로 보낼 순 없어. 죽게 내버려 두지 않을 거야!"

그는 바닥에 쓰러져 있는 로를 안아 들었다. 너무나도 가벼운 그녀를 안으니 가슴 한복판에 시린 바람이 불었다. 그들은 곧 허공 속으로 사라졌다.

무산으로 돌아온 무는 곧바로 온천으로 향했다. 그가 온천 옆에 있는 바위에 로를 눕히자 작은 안개 정령들이 다가와 그녀를 에워쌌다. 한 정령이 그녀의 입속으로 들어가자 로의 얼굴에 금세 핏기가 돌고 파랗던 입술이 붉은색을 띠었다. 정령들은 상처는 보듬어 낫게 한 후 흙투성이 몸을 안아 들고 온천 안으로 들어갔다. 더러운 것이 씻겨지며 그녀의 본래 피부색이 드러났다. 하지만 깨끗해졌어도 야윈 모습은 여전했다. 정령들은 그녀를 씻기고 흰 비단 옷을 입힌 후 무가 머무는 궁으로 데려갔다. 무가 침상을 가리키자 정령들은 로를 눕히고 침실을 빠져나갔다.

침상에 다가간 무는 잠든 로의 얼굴을 들여다보았다. 그녀는 죽은 듯이 깊은 잠을 자고 있었다. 무는 그 옆에 앉아서 로의 뺨을 조심스럽게 쓸어내렸다. 왼쪽 가슴에 통증이 느껴졌다. 찬바람이 몸 안으로 들어왔다가 빠져나가는 느낌이다. 무는 다른 한 손으로 자신의 심장을 지그시 눌렀다.

대륙에는 전쟁이 한창이었지만 황성(皇城)의 밤은 화려했던 과거를 그리워하는 듯 불야성을 이루었다. 특히 기루가 운집한 골목은 그야말로 별천지, 사내들의 무릉도원이었다. 사람들이 꽃길이라 부르는 그곳에 들어서면 화려한 등이 낮보다도 환하게 주위를 밝히며 손님을 맞이했다. 골목에 들어선 사내들이 휘황한 불빛에 눈이 휘둥그레져서 주위를 둘러보았다. 거리엔 온통 오감(五感)을 자극하는 것들로 넘쳐 났다.

향이 좋은 술과 음악, 여인네들에게서 흘러나오는 진한 꽃향과 사향 냄새, 부드러워 보이는 살결과 달콤한 속삭임들. 난간에 기대앉은 꽃 같은 여인들이 교태 어린 목소리로 부르면 누구라도 들어가지 않고는 못 배겼다. 난세에 절망한 사내들은 술과 향기로운 품속에 자신을 묻고 세상의 시름을 잊었다. 나라가 혼란스러울수록 기방은 날로 화려해지고 번창해 갔다.

황성의 기방 중 단연 으뜸은 백련방(白蓮房)이었다. 백련방은 기루 중 가장 크고 화려했으며 재예를 두루 갖춘 미인들로 가득했다. 나라 안에서 행세깨나 한다는 자들이 수시로 백련방을 드나들었고 소문을 듣고 시골에서 올라온 풋내기 서생들은 화려한 위용과 비싼 금액에 기가 눌려 슬며시 돌아서곤 했다.

늘 북적이는 백련방 입구에 한 사내가 들어섰다. 반색을 하며 다가서던 부점주 행화(杏花)는 사내의 옷차림을 보고 잠시 김샌 표정을 짓다가 애써 미소를 흘리며 다가섰다.

"어서 오시어요, 손님."

평범함을 떠나 무심해 보이기까지 하는 옷차림으로 보아 돈 많은 귀족이나 한몫 잡은 장사치가 아님은 한눈에 알아볼 수 있었다. 몸에 붙은 근육과 거친 생김으로 보아 전장을 전전하는 병사임이 분명했다. 다만 전신에서 풍겨 나오는 분위기로 보아 예사 인물은 아닐 듯싶어 행화는 예의 바르게 맞이했다.

"처음 뵙는 분인데 소문을 듣고 오셨나요? 백련방은 도성 최고의 기방이지요. 그 이름에 걸맞게 금액도 상당한지라……."

손님 기분이 상하지 않게 돌려보낼 요량인 행화가 만면에 웃음을 머금고 운을 뗐다. 그녀의 말 따윈 안중에 없는 듯 사내가 무덤덤한 눈빛으로 백련방을 쓱 훑어보며 말했다.

"상(霜)을 만나고 싶다."

"예?"

행화가 눈을 동그랗게 떴다. 백련방의 실질적인 주인인 상(霜)을 아는 자는 행화와 몇몇 하인을 빼놓고 없었다. 그녀는 점주로 손님을 맞지 않았고, 주위에 본명을 알린 적도 없었다. 이자는 누구일까. 행화가 사내의 얼굴을 곰곰이 뜯어보며 고민하는 사이 그가 귀찮다는 듯 퉁명스럽게 말했다.

"설(雪)이 왔다고 전해라. 그러면 알 것이다."

공손히 고개를 끄덕인 행화가 안채로 사람을 보냈다. 곧 기별이 왔다. 사내는 하인의 안내를 받으며 백련방에서 조금 떨어진 안채로 향했다.

설(雪)은 안내하는 하인을 따라 복도를 걸었다. 화려하고 사치스런 백련방과 달리 안채는 소박하고 담담한 느낌이 났다. 복도 끝에 이르자 하인이 조용히 문을 열었다. 흰 돛단배가 강물에 미끄러져 가는 듯 부드럽고 청아한 비파 소리가 들렸다. 설은 조심스레 주렴을 걷고 안으로 들어섰다. 안쪽으로 걸어 들어가자 비단이 드리워진 내실에 한 소녀가 비파를 연주하고 있었다. 그 옆에는 상(霜)이 보료에 비스듬히 누워 턱을 괸 채로 연주를 듣고 있었다. 설은 그들에게 방해가 될까 싶어 멀찍이 서서 소녀의 연주를 들었다. 슬픈 듯 유려한 음색을 듣고 있자니 초승달이 뜬 가을밤, 강둑 어귀에서 헤어지는 연인들이 모습이 눈앞에 그려졌다. 헤어짐의 애달픈 심정이 어린 소녀의 손에서 그림처럼 되살아나니 설은 그저 감탄할 뿐이었다. 연주를 끝낸 소녀는 설 쪽을 향해 다소곳이 절을 한 후 벽에 비파를 세워두고 방을 나갔다. 상은 여전히 나른한 표정으로 누워 설을 응시했다. 그는 소녀가 앉아 있던 방석으로 가 앉았다. 설의 얼굴을 빤히 들여다보던 상은 어떤 감정도 깃들지 않은 조용한 음성으로 말했다.

"오랜만이네."

"이번엔 기루 주인이군."

설이 마땅치 않은 듯 미간을 찌푸리자 그녀가 조용히 웃었다.

"내 취미도 너처럼 독특하지."

상의 웃음은 이슬처럼 깨끗했고, 눈은 여전히 영명하고 맑았다. 서리처럼 차갑고 고귀한 얼굴과 우아하고 섬세한 몸짓. 그녀는 모든 신들이 동경하는 이답게 단정하고 아름다웠다. 신계의 추앙받는 여신이 인간 세상에선 기루 주인이라니. 설은 상의 취미가 참으로 고약하다고 생각했다.

상 또한 자신이 얼마나 시시한 시간을 보내고 있는지 잘 알고 있었다. 그녀가 이곳에서 하는 일이라곤 정원이 내려다보이는 창을 열고 비파와 칠현금을 타는 것이었다. 그러다 무료해질 때면 기생으로 치장하고 손님들 앞에서 비파를 탔다. 그녀가 연주를 시작하면 사위는 고요해지고 사람들은 물론 꽃과 나무, 풀벌레와 새들조차 비파 소리에 귀를 기울였다. 백련방이 황성 제일의 기방이 된 것은 이름조차 알려지지 않은 한 기생의 연주가 사람들의 마음을 잡아끌었기 때문이다.

설의 얼굴을 유심히 살펴보던 상이 몸을 일으켰다. 그녀의 느슨한 옷자락이 흘러내리며 맨어깨와 하얀 젖가슴이 살짝 드러났다. 그녀는 무척이나 고혹적이다. 무를 마음에 담고 있으면서도 어쩌다 그녀를 볼 때면 가슴이 뛰었다. 설마 그럴 리야 없겠지만 그녀 또한 자신을 보는 눈빛이 조금 남달랐다. 은근한 욕망과 알 수 없는 슬픔이 엿보일 때마다 설은 왠지 마음이 불편해 피하곤 했다. 이렇듯 조용한 방에 단둘이 있으니 그 불편함이 더했다. 설은 시선을 돌리며 애써 무덤덤한 표정을 지었다.

"어쩐 일이야. 나를 다 찾아오고."

상은 설 앞에 잔을 놓고 술 주전자로 손을 뻗어 조심스레 따랐다. 그윽한 국화 향이 내실에 퍼졌다.

"알고 있을 텐데."

설은 입속에 술을 털어놓고 소리 나게 내려놓았다. 설을 보는 상의 얼굴에 쓸쓸함이 스쳤다.

"그 아이가 무의 성에 왔지?"

설이 고개를 끄덕였다.

"불쌍한 것."

나지막이 중얼거린 상은 굳어지는 설의 얼굴을 가만히 응시했다. 그의 머릿속에 무슨 생각이 떠다니는지 훤히 보였다. 그리고 이곳까지 온 이유도.

"알고 싶다. 그 아이와 무는 어떻게 되지?"

설의 눈빛은 질투와 분노로 흐려져 있었다. 상의 입가에 쓰디쓴 미소가 떠올랐다.

"설마 내가 알려줄 거라 생각하고 오진 않았겠지?"

"가르쳐 줘."

"어리석긴."

상의 웃음에 설의 눈썹이 치켜 올려갔다. 상이 잔에 술을 따르려 팔을 뻗은 순간 설이 손목을 낚아채 아프게 움켜쥐었다.

"볼품없는 인간 하나 때문에 무가 흔들리고 있다. 나는 그런 모습을 볼 수가 없어. 그 둘의 운명을 알고 싶다. 알아야 해!"

상의 얼굴에 싸늘한 조소가 스쳐 갔다.

"넌 이미 알고 있어. 네 마음이 이토록 불안한 것이 그 답이야."

"신과 인간이…… 그게 말이 돼? 그것도 무가!"

"마음과 마음이 합쳐지는데 신과 인간의 차이가 무슨 대수야. 마음이 어디 원하는 대로 가든지."

"무가 그럴 리 없어. 무는 절대로……."

"하지만 무는 그 아이를 성에 데려왔어. 그게 무엇을 뜻하는지 너나 나나 잘 알고 있잖아."

"젠장."

설은 이를 갈며 욕설을 중얼거리다 상을 놓아주었다. 상은 아픈 손목을 쓰다듬으며 차갑게 웃었다.

"그토록 원하면서 왜 한 번도 내색하지 않아?"

"……."

설과 상의 얼굴이 동시에 어두워졌다. 설과 상의 표정은 상당히 닮아 있었다. 그들은 좀처럼 닿지 못하는 사랑을 하고 있었다.

"차라리 너와 무의 인연이 어찌 되는지 물어보지 그래? 어때, 알고 싶지 않아?"

설이 그녀를 무섭게 노려보았다. 상은 설에게 다가와 약간 상기된 표정으로 그의 얼굴에 난 흉터를 쓰다듬었다. 그녀에게서 은밀한 밤의 향기가 났다. 문득 가까이 끌어당겨 들이마시고픈 충동이 인다. 설은 그녀의 향기와 유혹을 이겨내려고 안간힘을 썼다.

"가르쳐 달라면 가르쳐 줄 수 있어. 대신……."

"대신?"

두 신의 뜨겁게 시선이 얽혔다. 상은 그의 검은 눈동자를 들여다보며 말했다.

"내 앞에서 옷을 벗어."

그녀는 설의 뺨을 쓰다듬다가 귓가에 나지막이 속삭였다.

"그리고 안아줘. 인간들이 서로 안는 것처럼."

순식간에 설의 얼굴이 일그러졌다. 노기가 아닌 다른 이유로 붉어진 듯한 얼굴빛과 당혹스런 표정. 설은 상의 손길을 뿌리치고 제자리에서 벌떡 일어났다.

"추잡스런 짓 그만둬! 너답지 않아!"

"나쁠 것 없잖아. 나를 안으면 너는 원하는 것을 들을 수 있어."

"그래서 네가 얻는 건 뭐지?"

"시간이 운명에 끌려 다니는 것을 지켜보는 재미랄까. 운명과 시간 중에 뭐가 더 강하다고 생각해? 운명? 아니면 시간?"

그녀의 미소에 설의 얼굴이 순식간에 굳어졌다.

"시간은 모든 것을 지배해. 그리고 파괴하지. 이 세상에 시간을 이기는 것은 없다."

"과연 그럴까? 네 말대로 시간이 모든 것을 지배해. 하지만 결국 이기는 건 운명이야. 태어나면서부터 이미 주어진 운명은 어떤 힘으로도 바꿔놓을 수 없어. 운명이 잡아끄는 힘은 그 무엇보다 강해. 그 앞에서 시간은 한낱 날을 세는 단위에 불과한 거야."

"운명이 시간을 이긴다고? 하! 웃기는 소리. 아무리 운명이라도 해도 시간을 거슬러갈 수 없다. 그게 세상 이치야. 결국 시간 앞에 모든 것은 무기력하고 나약해져."

"어떻게 그렇게 확신해? 만약 그게 아니라면 어떻게 할 테야?"

설은 그녀의 표정에 깃든 당당함에 자존심이 상했다.

"무가 그 아일 사랑한다 해도 상관없어. 그 둘이 한 운명으로 이어져 있다 해도 시간의 신(神)인 내가 있는 한 결코 이루어질 수 없을 거야. 무슨 짓을 해서라도 갈라놓고 말 테니까."

설은 성큼성큼 걸어서 문을 박차고 나가 버렸다. 혼자 남겨진 상은 잔에 술을 따라 천천히 마셨다. 그녀의 얼굴에 쓸쓸한 미소가 스쳐 갔다.

"과연…… 시간이 운명을 이길까."

설은 상이 그들의 운명을 알고 있을 거라 여겼지만 그것은 잘못된 생각이었다. 애초에 운명이라는 것은 처음부터 정해져 절대 변하지 않는 것이 아니었다. 무심코 내뱉은 말, 사소한 선택에도 운명은 거칠게 요동쳤다. 그렇기에 운명의 신이라 해도 모든 앞날을 아는 건 불가능했다. 그녀가 하는 것은 운명이 얼크러지고 뒤바뀌는 것을 막고 조용히 지켜보는 것뿐. 아주 오랜

옛날 상도 자신의 미래를 알지 못해 소중한 이를 잃은 기억이 있었다. 운명의 신조차도 미치지 못하는 영역이 있었다. 무와 로의 운명이 어찌 될지, 신과 인간의 인연이 과연 이어질지 상 또한 몹시 궁금했다. 그리고 설과 자신의 인연도.

"처음부터 기대하지 않았지만 그렇게 차갑게 내칠 줄은 몰랐어. 왜 내가 아닐까. 왜 무(霧)였을까."

상은 벽에 기대놓은 비파를 끌어당겨 품에 안았다. 곧 슬프고 쓸쓸한 곡조가 흐르기 시작했다. 늦은 밤, 그 곡을 듣는 모든 이와 사물은 조용히 눈물을 흘렸다.

7. 날고 싶은 나비

로(露)를 성으로 데려오고 두 번의 낮과 밤이 지났다. 그녀는 좀처럼 잠에서 깨어나지 않았다. 기다리다 못한 무(霧)는 혹여 그녀가 죽은 것이 아닌가 싶어 다가갔다가 고른 숨소리를 듣고 물러나길 반복했다.

"왜 이렇듯 지루한 거지?"

정원 의자에 앉아 무료한 표정으로 턱을 괴고 있던 무가 중얼거렸다. 불만에 가득 차 있지만 어쩔 수 없다는 듯 체념 섞인 한숨이 흘러나왔다. 정원에선 몽우가 날아다니는 나비를 쫓아다니며 놀고 있었다. 선인 주제에 늘 호랑이 모습을 하고 한가롭게 노닥거리는 그가 무의 눈엔 한심하게만 보였다.

"몽우야, 그러고 있지 말고 그 아이한테 한번 가봐라. 도대체 언제까지 잘 셈인지."

몽우는 나비 쫓기를 그만두고 궁 안으로 슬금슬금 걸어 들어갔다. 복도를 지나 침실에 들어가자 자고 있는 로가 보였다. 몽우는 그녀의 옆에 가서 킁킁거리며 냄새를 맡아보기도 하고, 이불 밖으로 나온 손을 혀로 핥아보기도 했다. 그래도 반응이 없자 천천히 돌아서던 때에 등을 부드럽게 쓰다듬는 손길이 느껴졌다. 돌아보니 잠에서 깬 로가 등을 어루만지고 있었다.

"너구나."

그녀의 입가에 미소가 스쳤다. 몽우는 제 덩치도 잊은 채 몸을 비비고 손을 핥았다.

"꿈에 너를 보았어. 너와 함께 하늘을 날았는데 그렇게 아름다울 수가 없었어."

로가 몽우의 목덜미를 안고 갈기를 쓰다듬으며 말했다. 그녀의 손길이 부드럽고 따뜻해 몽우는 금방이라도 잠이 쏟아질 것 같았다.

"그런데 여긴 어디니? 마지막 기억이……"

로가 생각을 하느라 말끝을 흐리는데 무가 침실로 들어왔다. 몽우를 껴안고 있는 로를 발견한 무의 눈이 단번에 가늘어졌다. 무는 부러 인기척을 내며 다가섰다.

"여긴 무산이다."

몹시도 퉁명스런 목소리였다. 그가 언짢아하고 있음을 알아챈 몽우가 얼른 옆으로 비켜났다.

"무산이라면. 그러고 보니 이 목소린……."

"난 이곳에 사는 무(霧)다."

조금 전까지만 해도 희미한 미소가 감돌던 로의 얼굴이 일시에 창백해졌다. 그녀의 놀란 기색에 무의 심기가 더욱 불편해졌다.

"제가 왜 이곳에……."

"그건."

여러 가지 이유가 있었지만 막상 말하려니 뭐라 해야 할지 떠오르지 않았다. 무가 있는 대로 얼굴을 찡그리는 사이, 로가 말했다.

"아직도 뭐가 더 남았나요? 원하는 것은 다 보고 들으셨을 텐데요."

그녀의 말투는 냉정했고 얼굴에는 깊은 슬픔이 고여 있었다. 그 얼굴을 보고 있자니 무는 가슴이 묵직하게 내려앉는 느낌이었다.

"널 데려온 것은 듣고 싶은 것이 있어서다. 넌 후회한다고 했는데 무엇을 후회한다는 것이지? 그들을 위해 네 눈과 사랑을 버렸지만 돌아온 건 배신이었어. 그것이 억울해 후회되는 것이냐?"

무의 말투는 싸늘했지만 눈빛만큼은 그렇지 않았다. 그의 진지한 눈빛은 로의 하얀 이마와 슬픈 표정을 찬찬히 더듬었다.

"아닙니다."

"아니면?"

그녀는 괴로운 얼굴로 힘겹게 숨을 들이마셨다가 내쉬었다. 무는 그녀의 작은 움직임도 놓치지 않고 보았다.

"제 사랑을 따뜻하게 바라봐 주지 못한 것이 후회됩니다. 전 두려운 나머지 버리고 잊으려고만 했지 껴안고 보듬어주지 못했어요. 그때 좀 더 내게 너그러웠다면, 도망치지 않고 맞섰다면 좋았을 텐데. 정운이 사랑을 알고도 제게 사랑이 없다는 생각만으로 그를 밀어냈어요. 이루어질 수 없는 마음이라 해서 내친 것을, 그에게 깊은 상처를 준 것을 후회합니다."

그녀의 말속엔 뼈아픈 후회가 담겨 있었다. 무는 생각과 다른 대답에 얼굴을 찌푸렸다.

"그들을 원망하지 않나?"

로는 고개를 저었다.

"널 버린 그들을 원망하지 않는다고? 자신의 나약함을 어쩌지 못해 죽어버린 자를 원망하지 않는단 말이냐?"

"마음이 아파요. 그들을 생각하면 여기가 너무나도 아픕니다."

로는 자신의 손을 심장 위에 가만히 얹었다. 그걸 본 무의 눈빛이 돌연 날카로워졌다. 자신 또한 그 자리가 아팠다. 그녀가 거리를 떠돌 때, 잠들어 깨어나지 않는 내내 그 자리가 아팠다. 이 마음은 대체 무엇이지? 무는 이유없이 가슴이 답답하고 화가 났다.

"넌 여전히 어리석구나. 그러니 그 지경으로 죽으려고 했지. 넌 왜 다른 인간들처럼 내 앞에서 고개를 조아리고 빌지 않지? 왜 눈을 돌려달라고 애원하지 않느냔 말이다!"

"제가 택한 길이기 때문이에요. 자신이 선택했으니 책임을 져야지요."

"도무지…… 너란 아이는 이해할 수 없는 것투성이구나!"

화가 머리끝까지 치민 무는 그 길로 문을 쾅 닫고 나와 버렸다.

"기껏 살려줬더니 왜 데려왔냐고? 그들을 생각하면 마음이 아파? 자신이 택한 길이라고? 헛소리! 모두 다 헛소리야!"

무는 씩씩거리며 복도를 지나 정원으로 나왔다. 바보 같은 아이의 얘기를 듣고 있자니 한심해서 견딜 수가 없었지만 한편으론 다행이다 싶었다. 그녀가 잠에서 깨지 않을 땐 영영 일어나지 않는 건 아닌가 걱정이 돼서 숨 쉬고 얘기하는 것을 보니 안심이 됐다. 로의 얼굴을 떠올리던 무는 잠시 느슨한 표정을 지었다가 문득 정신을 차리고 두 눈에 힘을 주었다.

"한심한 인간들. 제 목숨 다루기를 저리 함부로 하다니. 또다시 그리해 봐라. 가만두지 않을 테니."

무는 멀쩡히 서 있는 나무를 힘껏 걷어차고는 있는 대로 얼굴을 구겼다. 발이 몹시도 아팠다.

로는 자신이 왜 무산에 와 있는지, 이곳에서 무엇을 해야 하는지 알 수가 없었다. 그가 나간 지 얼마 되지 않아 문이 열리고 낭랑한 웃음소리가 흘러들어 왔다.

"놀라지 마시어요. 저흰 신을 모시는 정령들이랍니다. 이제부터 저희가 로님의 시중을 들 것입니다."

정령들은 따뜻한 물수건으로 로의 얼굴과 손을 닦고 물과 음식을 가져왔다. 모든 게 그저 얼떨떨하기만 로는 그들이 이끄는 대로 몸을 맡기고 음식을 먹었다.

그들이 물러가자 혼자 남은 로는 침상에서 조용히 내려왔다. 그녀는 벽을 더듬어가며 문으로 향했다. 전엔 걸음마다 온몸이 아팠는데 어느 결에 상처가 나았는지 몸이 가벼웠다. 로는 주위의 소리에 귀 기울이며 걸음을 옮겼다. 전에 와본 적이 있었지만 눈이 보이지 않으니 어디가 어딘지 알 길이 없었다. 정령들도, 몽우도 없는 터라 그저 손을 더듬어 앞으로 나아가 보는 수밖에는 없었다.

미로 같은 성을 헤매다 간신히 입구 밖으로 나왔을 때였다. 맨발에 차가운 물의 감촉이 닿았다. 걸음을 뗄 때마다 차박차박 경쾌한 소리가 났다. 로는 지난날 보았던 하늘 호수를 떠올렸다. 좀 더 걸어가니 이번엔 시원한 폭포수 소리가 들렸다. 로는 자신이 지나왔던 그 폭포를 떠올리며 곧 동굴이 나오겠구나 생각했다. 예상대로 로는 밖으로 향하는 동굴에 들어섰다. 맞은편에서 차갑고 시원한 바람이 불어오고 있었다.

동굴을 벗어나자 따스한 빛의 온기와 함께 시원한 공기가 폐 속으로 흘러들었다. 로는 기뻐하며 숨을 크게 들이마셨다. 성안에 공기는 따뜻하고 부드러웠지만 이런 시원함이 없었다. 그녀는 맨발에 닿는 부드러운 흙의 감촉을 좀 더 느끼고 싶어 앞으로 걸어갔다. 무산은 무척이나 높은 산이고 동굴 주변이 험한 낭떠러지였던 것이 생각나 발을 내딛는 것이 조심스러웠다.

얼마 안 가 걸음을 멈춘 로는 눈을 지그시 감고 나무와 흙 냄새를 맡으며 따스한 볕을 쬐었다. 불어오는 바람이 몸을 감싸 어디론가 데려가 줄 것 같았다. 문득 자유롭고 싶은 열망이 가슴 깊숙한 곳에서 올라왔다. 순간 로는 무거운 몸과 마음을 벗어던지고 벼랑 아래로 뛰어내리고 싶은 충동에 휩싸였다.

로가 자신도 모르게 막 오른발을 내딛던 찰나였다. 몸이 앞으로 크게 기울어지면서 현기증이 일었다. 절벽 끝에서 허공을 향해 발을 디딘 것이다. 그 순간, 거친 손길이 로의 팔을 붙들어 뒤로 힘껏 잡아당겼다. 로의 입에서 짧은 비명이 터져 나오고 허공에 뜬 몸이 눈 깜짝할 사이에 상대방의 품에 안겼다. 놀란 그녀의 숨이 거친 만큼 사내의 숨도 크게 오르내리고 있었다.

그들은 서로를 안고 한참 동안 숨을 골랐다. 간신히 정신을 차린 로는 그가 누군지 알아채고 뒷걸음을 쳤다. 곧 무의 호통이 들려왔다.

"그렇게도 죽고 싶은가!"

그는 말할 틈도 주지 않고 몹시 성을 냈다.

"네 말대로라면 자신이 택한 삶을 끝까지 살아내야 하는 거 아닌가? 왜 자꾸 죽으려고 하지?"

"전 다만……."

"죽게 내버려 두지 않을 테다. 절대로 네 마음대로 죽게 두지 않을 거야!"

로는 놀라 말을 이을 수가 없었다. 그가 왜 이토록 흥분하는지 알 수 없었다. 자신의 죽음이 그토록 화가 나는 일일까? 왜? 로는 가슴 한쪽에 미묘한 감정이 퍼지는 것을 느꼈다. 그때 무가 싸늘하게 말했다.

"네가 그렇게 마음 아프던 사람들이 지금 어떻게 살고 있는지 아느냐?"

로가 고개를 젓자 무는 그녀의 손목을 잡아끌고 동굴 안으로 성큼성큼 걸어 들어갔다. 로는 거의 뛰다시피 하며 그를 따라갔다. 그는 폭포를 지나 차가운 물 위에 섰다. 좀 전에 지나온 호수였다.

"이 호수는 지상에서 벌어지는 일들을 보여준다. 네가 살던 마을을 보여주마."

그의 말이 끝나자마자 사람들의 목소리가 들렸다. 모두 귀에 익은 월호 사람들의 음성이었다.

―이러다간 월호는 버려진 땅이 될 겁니다.

―이번 달만 해도 두 명이나 짐승들한테 당했어요. 사람뿐입니까? 가축들은 물론이고 농사짓는 작물들까지 산짐승들이 다 망쳐 놓고 말았어요.

—몇 년째 이 모양인지. 아주 지긋지긋해.

—겁에 질린 사람들이 떠나고 있어요. 밤낮으로 짙은 안개에 수시로 사나운 짐승이 출몰하니 배겨나겠습니까?

사람들은 하나같이 잔뜩 겁에 질려 있었다. 그때 한 노인이 조심스럽게 말문을 열었다.

—이게 혹시 그 아이 때문이 아니오? 그 눈먼 아이가 마을에 저주를 내린 걸지도.

—무슨 소릴 하시는 겁니까!

호통을 치는 이는 유씨 부인이었다. 그녀의 목소린 여전히 엄하고 냉정했다.

—저주라니요. 혼인해서 잘살고 있는 아이를 두고 왜 그런 말을 하십니까.

—혼인해서 잘살고 있다곤 하지만 본 사람이 없으니 알 턱이 있나. 혹시 그날 해코지라도 한 게 아니오? 그런 게 아니고서야 마을이 이 지경이 될 리가 없잖소. 지난 이 년 동안 노인 장정 할 것 없이 죽어나간 이가 수십 명이오.

—아니, 왜 부인에게 역정을 내시오. 그럼 부인이 진짜 로를 해쳤단 말이오?

—어르신 말씀이 틀린 것도 아닙니다. 몇몇 이들은 억울하게 죽은 원혼 때문에 이런 게 아닌가 싶어 겁을 먹고 있어요.

—원혼이라니! 말도 안 되는 소리!

—대대로 터를 일구고 살아온 땅에 갑자기 이런 횡액이 닥치

니 별별 생각이 다 드는 걸 어쩌란 말이오. 만약 그 아이 때문이라면 원혼을 달래주기 위해 제라도 올리는 것이 어떨까 싶소만.

이때 젊은 사내의 목소리가 웅성거리는 좌중을 잠재웠다.

―그런 허황된 소문은 사람들의 두려움만 더 키울 뿐입니다.

잠자코 듣고 있던 로는 자오의 목소리에 잠시 숨을 멈추었다.

―이 자린 월호의 살길을 의논하는 자립니다. 앞으로도 이런 일이 계속된다면 우린 오랫동안 살아온 터전을 버리고 다른 곳으로 떠나야 할지도 모릅니다. 그런 이때 소문만 믿고 제를 올린다면 불안만 더 커질 뿐입니다. 그리고 로는 어머니 말씀대로 잘 살고 있습니다. 그런 얘기는 더 이상 말아주십시오.

―그럼 그 아이는 어디에 있는 겐가? 우리 눈앞에 데려와 보게.

―그 아인…….

말끝을 흐리는 자오의 목소리에서 왠지 모를 차가움이 느껴다. 낯설게 들리는 그의 음성에 쓸쓸한 마음이 드는 가운데 소아의 소식이 궁금해졌다. 로는 열심히 귀를 기울였지만 그들 가운데 소아의 목소리는 들리지 않았다.

"언니는 잘 지내고 있나요? 언니의 목소리가 듣고 싶어요."

로의 말이 끝나자마자 아기 울음소리가 들렸다. 하나가 아닌 두 아기의 울음. 이때 부드러운 음성이 우는 아기들을 달랬다.

―녹아, 현아, 왜 자꾸 우느냐. 아이 참, 유모는 어딜 가서 아직 안 오는 거야.

소아의 목소리였다. 아기를 달래며 쩔쩔매는 모습이 눈에 환히 그려졌다. 아이들의 어미가 된 그녀는 어떻게 변해 있을까. 로의 입가에 미소가 감돌았다.

"아기를 낳았나 봅니다. 둘인가 봐요."

로는 아이처럼 들떴다. 무는 호수에 비친 풍경을 보지 않고 로의 해사한 얼굴만 들여다보았다. 밝은 그녀의 얼굴은 무산에 처음 발을 디딜 때처럼 생기 넘쳤다. 하지만 이때뿐, 그녀는 다시 슬픈 얼굴로 돌아갈 것이다. 무는 로의 미소를 오래 보고 싶었다.

소아는 우는 아이들을 달래지 못하고 한참 동안 발만 동동 굴렀다. 그때 문을 열고 자오가 들어왔다. 소아는 남편을 반갑게 맞으며 말했다.

—여보, 이야기는 어찌 됐어요?

자오는 방에 들어온 지 한참이 되도록 말문을 열지 않았다.

—여보…….

둘 사이에 무언가 안 좋은 일이 있었던 듯 어색한 기류가 흘렀다. 한참이 지나서야 자오가 입을 열었다.

—마을 사람들이 꺼낸 방책이 뭔지 알아? 로의 넋을 기리는 제를 올리자는 거야.

—…….

—차갑게 내칠 때는 언제고 이제 와 넋을 기리자는 게 우습지 않아? 그때 어머니의 표정을 봤어야 했어. 일말의 죄책감도 없

더군. 끝까지 아니라고 우기고 계시지만 어머니가 로를 죽인 게 틀림없어.

—여보, 어머니가 그럴 리 없어요.

—그렇게 믿고 싶겠지. 그래야 죄책감이 덜어질 테니까. 난 어머니보다 널 더 이해할 수 없어. 어머니가 무슨 짓을 할지 알았으면서 방관만 하고 있었잖아. 그렇게 아끼던 동생을 어떻게 버릴 수가 있지?

—그게 아니에요. 그땐…….

—어쩔 수가 없었다? 뭐가 두려웠는데? 뭐가 겁이 나 죽으러 가는 동생을 잡지도 못했어? 지금의 네가 얼마나 낯선지 알아? 내가 사랑한 소아는 그런 여자가 아니었어.

자오가 문을 쾅 닫고 나갔다. 이윽고 소아의 울음소리가 들렸다.

그들의 대화가 계속될수록 로의 얼굴에서 차츰 미소가 사라졌다. 그녀는 소아의 울음소리가 들리지 않을 때까지 고개를 숙인 채 두 손으로 얼굴을 감쌌다.

"왜 제게 월호를 보여준 건가요?"

한참 만에야 로가 입을 열었다. 원망과 혼란이 뒤섞인 음성이었다.

"네가 할 수 있는 게 있기 때문이지."

로가 고개를 들었다. 그녀는 이해할 수 없다는 표정으로 무를 보았다.

"네가 원한다면 월호를 맴도는 안개와 들짐승들을 거둬주마. 대신 너는 내 옆에 있어야 해. 죽을 때까지."

"죽을 때까지?"

로가 혼란스런 표정으로 중얼거렸다. 무는 좀 더 단호하게 말했다.

"네 의지로 죽어선 안 돼. 그랬다간 월호를 쓸어버리고 말 테다."

그 말에 로의 얼굴이 하얗게 질렸다.

그녀는 혼란스러운 듯 좀처럼 말을 잇지 못하다가 한참 만에야 입을 열었다.

"월호에는 제가 소중히 생각하는 사람들이 있습니다. 그들이 위험해지는 것을 원치 않아요. 부디 해를 가하는 것들을 거둬주세요."

어차피 답을 알고 있었으면서도 막상 듣고 있자니 무는 괜히 부아가 치밀었다. 차라리 저런 것들을 쓸어달라고 하면 속이 시원할 텐데. 왜 저런 인간들을 감싸고도는 걸까. 무는 온통 불만투성이였지만 이로 인해 그녀가 죽으려고 하지 않는다면 다행이라는 생각이 들었다. 무는 그녀가 절벽 쪽으로 걸어갈 때 놀란 것을 생각하면 아직도 심장이 덜컥거렸다. 뒷모습을 보고 따라가지 않았다면 어떤 일이 벌어졌을까. 무는 상상만으로도 심장이 싸늘히 식었다.

"그런데 묻고 싶은 것이 있습니다. 왜인가요? 왜 저를……."

무는 금방 대답하지 못하고 머뭇거렸다. 자신의 입에서 죽을 때까지라는 단서가 붙었을 때 그 자신도 조금 놀랐다. 무슨 이유에서 그녀가 죽을 때까지 옆에 두겠다는 건지 스스로도 의아했다.

"나도 그 이유가 알고 싶어 곁에 두는 것이다."

무는 퉁명스럽게 내뱉고는 성 쪽으로 성큼성큼 걸어갔다. 말투는 냉정하기 그지없었지만 그의 얼굴은 붉어져 있었고 표정은 한없이 복잡했다. 무는 그런 자신을 로가 볼 수 없어 무척이나 다행이라고 생각했다.

무(霧)의 성(城)에 변화가 찾아왔다. 오랫동안 침묵이 흘렀던 곳에 뜻밖에 활기가 감돌자 모든 것은 일제히 깨어나 살아 움직였다. 모든 변화는 소리로부터 시작되었다. 단조롭던 정원에 꽃과 나무가 늘어나고 가지마다 빛깔 고운 새들이 모여 앉아 고운 소리로 우짖었다. 처마 끝에 매달린 풍경이 댕그랑댕그랑 울고, 분수에 물이 맑은 소리를 내며 흘렀다. 소리라곤 정령들이 이따금씩 연주하는 곡이 전부였는데 로(露)가 온 뒤론 크고 작은 소리가 온 성에 울려 퍼졌다. 긴 잠을 털고 일어난 직후의 신선함과 생기가 공기 중에 떠다녔다. 성의 주인부터 정원의 작은 돌까지도 그 생기를 느낄 수 있었다. 특히 아침 무렵이면 그 활기가 더했다.

해가 떠올라 무산이 깨어나면 정령들은 침상에서 일어난 로를 곱게 단장하느라 부산을 떨었다. 색 고운 비단 옷을 입히고 탐스런 머리칼을 곱게 빗겨 올린 후 구슬을 길게 드리운 비녀를 꽂았다. 로가 움직일 때마다 비녀에 구슬들이 부딪치며 맑은 소리를 냈다.

로가 단장하고 아침을 먹는 동안 무는 멀리서 이를 지켜보았다. 턱을 괸 채 무심한 눈빛으로 앉아 있었지만 그의 눈은 로의 작은 움직임, 섬세한 표정까지 하나도 놓치지 않았다. 빛에 그녀의 하얀 살결이 드러나고 정령들의 손길이 닿을 때, 무의 마음에는 갈망과 질투가 차례차례 스쳐 갔다.

오늘 로는 흰 살결이 살짝 비치는 연한 옥빛 저고리에 꽃수를 소담스럽게 놓은 긴 치마를 입었다. 단정하고 맑은 빛이 감도는 고운 옷이었다. 옷은 화려하지 않게, 화장기 없는 얼굴에 장신구는 하나 정도만 하라는 것이 무의 명령이었다. 그가 볼 때 로에게는 화려한 것이 어울리지 않았다. 화려하게 치장하지 않아도 충분히 아름다웠고, 굳이 다른 색으로 덧칠해 고운 살결과 입술 색을 가리는 것도 원치 않았다.

무는 그녀의 긴 속눈썹, 선 고운 콧날, 도톰한 입술을 시간 가는 줄 모르고 들여다보았다. 주변 소리들에 반응하는 표정과 목소리를 듣고 있으면 왠지 신기하기까지 했다. 그는 이따금씩 가까이 가서 만져 보고 싶은 충동을 느꼈지만 깜짝 놀라며 자신의 품에서 떨어지는 그녀를 본 후론 행동에 옮기지 않았다.

무는 가끔씩, 아니, 자주 여름밤에 있었던 일을 떠올렸다. 그녀를 만졌을 때 느낌과 자신을 만지던 손길이 아직도 생생히 기억났다. 뜨거운 입술, 등줄기를 적시던 전율, 벌어진 입술에서 새어나오던 유혹적인 신음, 뻐근하리만치 거칠게 뛰던 심장을 생각하면 피가 끓었다. 무는 그때의 기쁨을 다시 느끼고 싶었지만 지금의 반응을 보니 어려울 것 같았다. 로는 무가 가까이 갈라치면 몸과 얼굴이 뻣뻣하게 굳었다. 두려움은 아닌 것 같지만 그렇다고 기뻐하는 것도 아니었다.

'내가 뭘 어쨌다고 그리 정색을 하는 거야. 욕보일 뻔한 것도 도와주고 다 죽어가는 것을 살려주기까지 했는데.'

무는 그녀가 긴장하는 것을 볼 때마다 속으로 투덜거렸다.

'눈을 빼앗은 걸 원망하는 걸까? 원하는 것이 있으면 그것만큼 주는 것이 거래의 원칙인 것을. 자신이 원해놓고 이제 와 날 탓하는 것인가?'

무는 로의 행동이 몹시 못마땅했지만 눈빛은 그녀를 따라다녔다. 지금 무가 할 수 있는 거라곤 그저 지켜보는 것뿐이었다.

지금껏 안개의 성에 살면서 로가 느낀 것은 신(神)이라는 존재는 뭔가 이상하다는 것이었다. 항상 그가 가까이 있음이 느낀다. 보이지도 들리지도 않지만 처음 만났을 때 맡았던 그만의 향기가 늘 주위를 맴돌고 있었다. 와서 말을 거는 것도 아니고 멀리서 보고만 있으니 이상하다. 그는 이름대로 안개 같은 이였다.

몽우와 나란히 앉아 정령들의 음악을 듣고 있는데 그가 다가왔다. 늘 그렇듯 차갑고 화난 음성이 들렸다.

"넌 언제까지 예서 있을 셈이냐. 산 아래가 시끄러우니 무슨 일인지 가서 보고 와."

몽우에게 하는 소리다. 그는 몽우를 싫어하는지 늘 퉁명스럽게 말했다. 몽우가 자리에서 일어나 후원을 나가자 무가 옆에 와 앉았다. 그의 등장에 잠시 멈췄던 연주곡이 다시 시작됐다.

로는 그가 옆에 있는 것이 신경 쓰여 곡에 집중할 수가 없었다. 무가 곁에 있으면 마음이 어지러웠다. 그의 음성과 체취는 자꾸만 지난 기억을 불러일으켰다. 그 밤 꿈에 들었던 다정한 목소리와 괜히 화부터 내고 보는 무의 목소리는 확실히 달랐다. 하지만 사람을 끌어당기는 향은 어딘지 모르게 비슷해 기분이 이상했다.

'아무리 신이라도 꿈속까지 들어올 수 있진 않겠지?'

로는 꿈속의 남자를 떠올리다 얼른 고개를 저었다. 그때의 기억은 가슴 아픈 일과 연결되어 있어 떠올릴 때마다 괴로웠다. 그가 옆에 오는 것이 불편한 이유가 기억을 자극하는 특유의 향 때문은 아니었다. 로는 몸에 닿는 그의 시선이 신경 쓰였다. 정운과 함께 있을 때는 편안했는데 그가 곁에 오면 왠지 모르게 긴장이 됐다. 물론 그라는 존재가 마음 편할 리 없다. 그는 마음만 먹는다면 어떤 짓도 할 수 있는 신이다. 처음엔 무산에 데려온 것이 다른 목적 때문이라 생각했지만 꽤 여러 날이 흐르도록 그는 아무 짓도 하지 않았다. 그저 조용히 지켜보는 것이 전부다. 로는 자신을 관찰하는 그의 시선과 속내가 불편했다. 몸을 탐할 것도, 잔인하게 괴롭힐 것도 아닌데 왜 데려온 것일까. 그는 참으로 속을 알 수 없는 신이었다.

"지루하지 않느냐?"

그가 갑자기 묻는 바람에 내내 생각에 잠겨 있던 로는 화들짝 놀라고 말았다. 그녀는 놀란 마음을 누르고 가만히 고개를 저었다.

"난 늘 지루했는데. 여기선 할 수 있는 게 별로 없거든."

그의 말을 끝으로 어색한 침묵이 흘렀다. 음악이 없었다면 몹시도 난처했을 것이다. 자신도 그걸 느꼈는지 그가 헛기침을 하며 말했다.

"생활에 불편은 없느냐?"

무는 로가 대답이 없자 다시 물었다.

"원하는 것이 있으면 말해보아라."

지금까지의 말투와 달리 조금은 다정한 느낌이 난다. 로는 그가 생각했던 것보다 괜찮은 신일지도 모른다고 생각했다. 그녀는 용기를 내어 조심스레 말을 꺼냈다.

"산에 가고 싶습니다."

"산?"

"지금쯤 가을일 테니 산이 보고 싶습니다."

"보이지도 않는데 산엔 가서 뭘 한단 말이냐."

그는 퉁명스럽게 말을 꺼냈다가 조금 누그러진 말투로 말했다.

"산에만 가면 되는 것이냐? 시시하게 그런 청이라니. 가자."

그가 갑자기 로의 손을 잡고 자리에서 일어났다. 놀란 로가 손을 빼기도 전에 그는 성큼성큼 앞으로 걸어갔다. 로는 그에게 손을 잡혀 걷자니 얼굴이 뜨거웠다. 하지만 전처럼 거친 모습이 아니라 배려해 주려고 애쓰는 것 같아 놀란 가슴이 조금은 누그러졌다.

'그러고 보니 무님은 어떻게 생겼을까 궁금하네. 아주 못생기고 심술맞은 모습일까?'

순간 로의 머릿속에 성에서 본 아름다운 얼굴이 스쳤다. 희미해지는 눈으로 본 마지막 얼굴. 너무도 아름다워 꿈결처럼 느껴지던 아름다운 모습.

'아, 이제야 생각났다. 마지막으로 보았던 이가 무님이었구나.'

아름다운 모습과 마음은 연관이 없는 걸까. 그토록 아름다운 이가 걸핏하면 화내는 무님이라니. 로는 실망하면서도 속으로 웃고 말았다. 자신이 속으로 그를 험담하는 걸 알면 어떤 표정을 지을지 궁금했다. 로는 전과는 다른 마음으로 무를 보기 시작했다. 그의 손은 다소 차가웠지만 섬세하고 고왔다. 키는 자신에 비해 매우 큰 듯했고, 긴 머리칼이 바람이 불 때마다 부드럽게 뺨을 스쳤다.

"몽우야!"

성을 나오자 무가 소리쳤다. 순식간에 몽우가 나타났다. 몽우
는 몸을 낮춰 로가 쉽게 탈 수 있도록 했다. 로가 몽우의 등에
타자 그들은 공기 중에 사라졌다가 단풍이 곱게 든 숲의 한복판
에 모습을 드러냈다.

로는 좀 전과 전혀 다른 공기에 감탄하며 몽우의 등에서 내려
섰다. 바람에 잎들이 서로 몸을 비비며 우는 소리, 새들의 우짖
음, 풀벌레 소리가 들렸다. 마른 낙엽의 냄새와 함께 가을 숲의
향이 진하게 풍겨왔다.

"보이진 않지만 몹시 아름다울 것 같아요. 단풍이 많이 들었
나요?"

"여기저기 울긋불긋하군."

무가 무심히 말했다. 로는 은은한 미소를 지으며 걸음을 옮겼
다. 그녀의 뒤를 무와 몽우가 따랐다.

"날이 맑은가 봐요. 햇살이 따스하네요. 무산에 막 들어섰을
땐 안개가 몹시도 자욱했었는데."

무가 안개와 구름을 모두 거뒀기 때문이라는 것을 로는 알지
못했다. 그녀는 하늘을 올려다보며 크게 숨을 들이마셨다.

"무산의 공기는 조금 달라요. 향이 진하고 부드러워요."

그녀의 목소리가 다른 때와 달리 상기되어 있어서 무의 마음
도 즐거웠다. 그는 그녀의 뒷모습을 물끄러미 보다가 옆에 나란
히 섰다. 나무들이 울창한 숲을 지나 넓은 평지에 이르자 로의

얼굴이 환하게 빛났다. 들판 가득 들꽃이 흐드러지게 피어 있었다. 가을꽃의 향이 숨 쉴 때마다 폐 속 가득 들어왔다. 로는 자신도 모르게 들꽃 속을 걸어가며 내내 미소를 지었다. 무는 슬픔이 고여 있던 얼굴에 눈부신 미소가 떠오른 것이 기뻤다. 항상 그녀가 웃고 있으면 좋으련만. 그는 자신이 무슨 생각을 하는지도 모른 채 넋 놓고 로를 보았다.

그때 허리 숙여 들국화의 향을 맡고 있던 로의 손등 나비가 내려앉았다.

"나비인가요?"

"맞다."

"그거 아세요? 나비가 날기 위해서는 몸이 뜨거워져야 해요. 그래서 날기 전엔 빛을 충분히 쬐고 하늘을 향해 힘껏 날아오르지요. 나비는 날이 맑을 때만 날아요. 나비에게 햇빛은 생명이에요."

홀연히 바람이 불어왔다. 꽃물결이 일렁이고 나비들이 날아올랐다. 그 속에 로는 꽃이고 나비였다. 무는 황홀한 눈으로 로를 보았다. 눈부신 그녀를 보고 있자니 누군가가 심장을 힘껏 움켜쥐었다가 놓은 것처럼 저리고 불에 덴 듯 뜨거웠다.

"저는요, 나비가 되고 싶어요. 빛을 몸에 가두고 원없이 하늘을 날고 싶어요."

문득 무의 눈에 환영이 보였다. 빛을 머금은 로의 몸이 점점 공중으로 떠올랐다. 가녀린 두 팔은 눈 깜짝할 사이에 아름답고 연약한 날개로 변했다. 그리고 그가 붙잡기도 전에 하늘로 높이 날아올랐다. 환영은 금세 사라졌지만 참을 수 없는 불안이 무를 괴롭혔다.

그는 로에게 다가가 손목을 잡아끌었다. 로가 놀라며 고개를 돌렸다. 그녀의 얼굴에 맑은 빛이 가득 고여 흐르는 것을 보며 무는 머릿속이 아득했다.

'이대로 나비가 되어 날아가 버리면 다신 널 볼 수 없겠지.'

무는 견딜 수 없이 슬퍼져 로의 손목을 세게 움켜쥐고 말했다.

"날지 마라."

"……."

"날지 마라. 내가 원하지 않는다."

의미를 이해하지 못한 로가 멍하니 서 있는 사이, 무가 그녀를 끌어당겨 힘껏 안았다. 구슬들이 짤랑거리는 소리와 함께 그녀의 향이 숨을 타고 폐 안으로 흘러들어 왔다. 품 안에 그녀의 몸이 뻣뻣하게 굳어갔지만 무는 상관하지 않았다.

'너 혼자서 날아가게 두지 않을 것이다. 내 품 안에 가두고 언제까지 곁에 둘 거야.'

가슴이 저리다. 저린 자리에 뜨거움이 퍼지고 슬프고 안타까운 감정이 밀려왔다. 심장 깊숙이 켜켜이 쌓인 슬픔. 무는 그녀를 만나고 나서야 그동안 늘 슬펐다는 걸 깨달았다. 그리고 이 슬픔을 외로움이라 부른다는 걸 알았다. 그녀는 외로움을 깨달게 해줬고 더불어 벗어나게 해주었다. 또다시 슬프고 싶지 않다.

"이제 더는 혼자 있고 싶지 않아. 네가…… 필요해졌어."

무는 자신에게서 흘러나온 것 같지 않은 목소리로 말했다. 그저 마음이 원하는 대로 말을 했을 뿐인데 막상 내뱉고 나니 더욱 절실해졌다. 왜 점점 그녀의 자리가 커지는지, 그녀만 바라보게 되는지 설명할 수 없었다. 그저 로가 필요했다. 이 뜨거운 심장이 그리 말하고 있었다. 무의 얼굴은 혼란과 두려움, 심장을 뛰게 하는 열망으로 가득했다. 그는 로가 볼 수 없음을 알면서도 지금 자신의 모습을 들킬까 봐 그녀의 향기로운 목덜미에 고개를 묻었다.

따뜻하고 부드러운 바람이 멀리서 불어왔다. 꽃 사이를 노닐던 나비들이 무와 로 주위를 한가롭게 날았다. 그들을 보다 뒤로 슬금슬금 물러난 몽우는 이내 허공을 춤추는 나비에 정신이 팔렸다. 나비는 빛 속을 날고 그들은 그 안에 서 있었다.

霧路

8. 열리는 마음

로(露)는 그 순간만큼은 눈이 보인다 믿었다.

어둠이 벌어지고 빛이 쏟아져 들어왔다. 시린 빛이 흰 성에처럼 눈에 감기다 점점 시야가 깨끗해지며 쪽빛보다 진하고 푸른 하늘이 보였다.

'아, 이대로 나비가 되었으면. 저 빛 속으로 날아갔으면.'

몸에서 투명한 날개가 뻗어나왔다. 이대로 날갯짓을 한다면 바람을 타고 훨훨 날아가 버릴 것 같았다. 로는 막 날아오르려는 나비처럼 가슴을 펴고 날개를 펼쳤다. 햇살이 몸 안으로 스며든다. 몸이 가볍고 뜨겁다.

민들레 홀씨가 되어 바람에 몸을 싣고 떠돌아도 좋으리.

활활 타버려 새빨간 불티로 허공에 흩어져도 좋으리.

이대로 아무 흔적 없이 공기 중에 섞여 버려도 좋으리.

자유로울 수만 있다면, 그럴 수만 있다면.

하늘을 향해 비상하려던 순간, 그가 손목을 잡았다. 창졸간에 빛이 꺼지고 로는 또다시 어둠에 갇혔다. 끈적끈적하게 달라붙는 어둠에 두려움이 왈칵 밀려왔다.

두렵다. 춥다. 외롭다.

그때 너무나 분명하고 절실한 목소리가 어둠을 깨고 귓속을 파고들었다.

[날지 마라. 내가 원하지 않는다.]

로는 무(霧)에게 안긴 충격보다 숨과 함께 흘러드는 향과 목소리의 여운에 놀라 몸을 떨었다. 꿈속에서 속삭이듯 아련한 느낌이다. 자신의 열망을 온몸으로 말하는 듯 절박하다. 로가 그 의미를 곱씹어보기도 전에 발에 감각이 없어지면서 강한 힘이 그녀를 끌어당겼다. 순간 뜨거움을 느꼈다. 밖에서부터 안으로 뜨거움이 번져 심장으로 모아지고 있었다.

두근두근.

심장이 나 여기 있다고 말하며 크게 두근거렸다. 그리고 보니 심장이 뛰고 있었구나. 무에게 소원을 빌던 날부터 멈춰 있는 줄만 알았는데 이렇게 뛰고 있었구나. 로는 두근거리는 심장을 느끼며 비로소 살아 있다는 걸 실감했다. 그러자 두렵고 추운 마음이, 외롭고 서러운 마음이 편안해졌다.

[이제 더는 혼자 있고 싶지 않아. 네가…… 필요해졌어.]

간절한 열망이 담긴 낮은 목소리. 두꺼운 껍질을 깨고 나온 그의 본래 목소리. 노여워하거나 명령하는 것이 아닌 진심이 담긴 목소리. 늘 자신은 범접하지 못할 높은 곳에 있는 이라고 느껴왔는데 이 순간만큼은 너무나도 가까이 느껴졌다. 그리고 익숙했다. 로는 기억을 더듬어 올라가 이 목소리를 찾아냈다.

'혹시 꿈에 들었던 그 목소리?

로는 삽시간에 혼란에 사로잡혔다. 지난날 꿈속에서 느꼈던 전율과 부드러운 감촉, 짙은 갈망의 향기, 가슴에 스며드는 은근한 목소리가 생생히 되살아났다.

[겁내지 마. 널 아프게 하려는 게 아니야.]

로는 이 목소리를 똑똑히 기억하고 있었다. 먼 전생에서 누군가가 한 말처럼 아득한 목소리. 설렘과 조심스러움이 가득한, 그립고 떨리는 느낌. 그때를 떠올리자 그의 뜨거운 손길이 다시 다가오는 듯했다. 또한 손끝에 그를 만졌던 감각이 느껴졌다. 부드럽고 강렬해서 두렵고 한편으론 설레이던 그 느낌. 그때를 떠올리자 로는 머릿속이 아득해 현기증이 났다. 그리고 고통스러웠다. 로는 속으로 신음을 삼키며 어금니를 악물었다.

'설마 꿈이 아니었던 거야? 그 밤에 있었던 일들이 꿈이 아니었어?

믿을 수 없다. 꿈에서 들었던 다정한 목소리의 주인이 무였단 말인가. 그럼 꿈에 있었던 일이 실제로 일어난 일이라는 건가.

로는 가슴 깊이 감춰 놓은 은밀한 비밀이 세상에 까발려진 것처럼 부끄럽고 혼란스러웠다.

'아니야, 아닐 거야. 분명 꿈이었어.'

꿈이라고 믿을 수밖에 없었다. 정운과 몸종 둘을 제외하고 아무도 들어올 수 없는 별채. 누군가가 들어와 자신의 몸을 만지고, 그런 그를 두려움없이 받아들였다는 것은 꿈에나 가능한 일이었다.

'그래서 정운이 그리 화를 낸 거였구나. 그래서 그런 짓을⋯⋯.'

뜨거움이 번지던 가슴이 차츰 차갑게 식기 시작했다. 충격과 혼란으로 몸이 떨렸다. 로는 무의 품에서 빠져나와 도망치듯 달렸다. 무가 달려와 잡아주지 않았더라면 정신없이 달리다 넘어졌을지도 모른다. 그가 무슨 말인가를 했지만 귀에 들어오지 않았다. 로는 그저 두렵고 괴로웠다.

성으로 돌아오고 나서도 고통은 계속되었다. 로는 몹시도 불안한 얼굴로 방 안을 서성였고, 무의 시선을 피했다. 그녀는 몽우와 정령들조차 피하며 혼자 있으려 했다. 얼굴에서 미소는 사라지고 이따금 어두운 표정으로 생각에 잠기곤 했다.

무는 전과 달라진 그녀의 모습을 멀리서 지켜보았다. 이유를 알 수 없어 마음이 더욱 무거웠다. 무산에서 끌어안은 것이 두고두고 마음에 걸렸다. 그녀를 잃을까 두려워 자신도 모르게 한 행동인데 그것이 그리 싫었던 걸까? 상처 입히거나 해치려고 한 행동이 아니었다. 그녀가 떠날까 봐 두려웠다. 자신의 손이 닿지 않는 먼 곳으로 가버릴까 겁이 났다. 그 순간에 느꼈던 감정대로 움직였을 뿐인데 그것이 그토록 괴로웠을까? 무는 어두운 눈빛으로 달라진 로를 조용히 지켜보았다.

어느 날 복도를 걷던 무가 밖으로 나서던 로와 마주쳤다. 긴장한 그녀의 얼굴을 보고 말없이 지나칠 때였다. 그녀의 머리에 꽂은 비녀가 빠져 바닥에 떨어졌다. 떨어진 비녀를 주워주려고 몸을 숙였다가 바닥을 더듬던 로와 손이 닿았다. 그저 잠시 스친 것뿐인데 그녀가 징그러운 벌레라도 만진 것처럼 화들짝 놀라며 물러섰다.

"왜 그러지?"

무는 몹시 기분이 나빴다. 그날의 일이 이렇게 행동할 정도로 잘못된 것이라 생각하지 않기에 이유를 듣고 싶었다. 순간 로의 얼굴이 싸늘하게 식으면서 혐오가 내비쳤다. 로의 낯선 표정에 무는 깊은 충격을 받았다.

"도대체 무엇 때문에 그러는 거야?"

그녀가 대답이 없자 꾹꾹 눌러온 불만이 터졌다. 무는 황망히 비녀를 주워 들고 그대로 지나치려는 로의 앞을 가로 막았다.

"왜냐고 묻잖아! 대답해!"

"대답하지 않으면 어떻게 할 건가요?"

표정과 말투가 무척이나 차가웠다. 그녀답지 않은 서늘함이었다.

"네가 무산에 살고 있는 한 내 말을 들어야 해."

"당신이 신이고 제가 인간이라서요? 제가 당신의 볼모이기 때문에요? 신이면 누구나 마음대로 해도 되나요?"

무는 로가 쓰는 당신이란 표현보다 마지막 말이 마음에 걸렸다.

"무슨 소리지? 알아듣게 말을 해봐."

"그날 밤 제 방에 왔었죠? 정운이 죽던 날 밤, 내게 왔었잖아요. 왜 그랬어요? 왜 그런 짓을 했어요? 지금껏 꿈이라고 생각했는데, 그걸 보고 정운이 충격받았던 거예요. 맙소사, 그는 정말 좋은 사람이었는데, 날 진심으로 사랑했었는데, 그런 사람에게 당신이 얼마나 잔인한 짓을 했는지 알아요?"

그녀는 진심으로 괴로워하고 있었다. 무는 갑작스런 말에 무슨 말을 해야 할지 몰랐다.

"그 일은……."

"왜 그랬어요? 내가 인간이니까 함부로 해도 된다고 생각한 거예요? 그래서 아무것도 모르는 날 억지로 안으려 했나요?"

원망 어린 말 한 마디 한 마디에 무의 얼굴이 차갑게 굳어갔다. 그 일이 그녀에게 이런 상처가 되리라곤 생각하지 못했다. 막연히 자신이 느끼는 것을 상대방도 느낀다고만 생각했다. 애초부터 무는 상대방의 감정을 배려하는 법을 몰랐다. 그럴 필요가 없었고 감정을 이해할 이유도 없었다.

무는 로의 말에 당황하면서도 못 견디게 화가 났다.

"그래, 그날 밤 네게 갔어. 하지만 강제로 안으려 들진 않았어!"

"거짓말!"

"너도 원했어. 너도 날 만지고 원했다고."

"거짓말 하지 말아요! 난 당신을 원하지 않았어요. 당신일 거라고 꿈에도 생각하지 않았다구요. 난 당신이 싫어요. 증오해요. 당신은 아무것도 모르는 날 안으려고 했어요. 착한 사람을 상처 입히고 죽게 만들었다구요."

그녀가 쏟아내는 말이 가시처럼 박힌다. 무는 숨 끝이 떨리고 끝내는 몸 전체가 떨렸다.

'아무도 내게 그따위 말을 쏟아내지 못해. 아무리 너라도 용서하지 않아.'

무는 한 마디 한 마디 새기듯 힘주어 말했다.

"그 사내가 죽은 건 나 때문이 아니야. 네가 죽였어. 네가 사랑을 버렸기 때문에 죽은 거라고. 모든 탓을 나에게 돌리지 마."

로가 급히 숨을 들이마셨다. 깊은 충격에 얼굴이 새파랗게 질리면서 입술이 파르르 떨렸다. 그녀는 금방이라도 쓰러질 것 같은 얼굴로 비틀거렸다. 세찬 비난이 쏟아질 거라 생각했지만 그녀는 간신히 숨을 가다듬으며 냉정하게 말했다.

"어쩌면 좋은 신일지도 모른다고 생각했었는데. 당신은 정말 잔인하고 이기적이에요."

순간 무의 눈에 불꽃이 튀었다. 간신히 참아온 분노가 폭발해 그 스스로도 제어할 수 없는 상태가 되었다. 그의 전신을 감싼 분노가 한 걸음 떨어져 있는 로에게도 분명히 느껴졌다. 주위 공기가 확연하게 변하고 섬뜩한 고요가 흘렀다. 두려움을 느낀 로가 막 뒷걸음을 치려는 때 무가 그녀의 손목을 휙 낚아챘다.

"놔요. 이거 놔!"

로가 증오에 차 소리쳤지만 그는 아무런 대꾸도 하지 않고 로를 끌고 침실로 갔다. 어디에 숨어 있었는지 정령들이 달려나와 로를 용서해 달라고 간청했다. 저만치 선 몽우도 걱정스럽게 로를 보았다.

"닥쳐! 날 막으려 들면 모두 죽여 버리겠다."

무의 사나운 일갈에 정령들이 화닥닥 놀라며 사방으로 흩어졌다. 무는 로를 마구 잡아끌면서 복도를 걸었다. 로가 아무리 저항해도 무의 힘을 감당할 수는 없었다.

침실 문을 열고 들어가자 그녀를 침상 위에 던졌다. 그리고 자신의 옷을 찢듯이 벗었다. 로는 방 안에 울리는 소리를 들으며 겁에 질렸다. 문 쪽으로 도망치려 하자 무가 허리를 안고 침상 위로 쓰러뜨렸다. 로는 이를 악물고 그를 밀쳤다. 그녀가 아무리 반항해도 무의 어두운 눈빛은 더욱 짙어질 뿐이었다. 무가 몸 위로 올라가자 겁에 질린 로가 경련하듯 몸을 떨며 버둥거렸다. 무는 무서운 얼굴로 로의 옷을 사정없이 찢었다. 허공에 비단 찢는 소리와 로의 비명이 울려 퍼졌다.

"놔! 이거 놔!"

그녀가 아무리 울부짖으며 외쳐도 무의 눈빛은 흔들리지 않았다.

무는 그녀의 팔을 단단히 붙들고 뺨과 목을 입술로 쓸었다. 뜨거운 숨과 입술이 닿자 로의 몸이 크게 들썩였다. 온몸에 소름이 돋고 손목을 잡힌 자리가 찢어질 듯이 아팠다. 로가 아무리 밀어도 그는 꿈쩍도 하지 않았다. 마치 커다란 바위 아래에 깔린 것 같았다.

무는 로의 젖가슴과 도드라진 붉은 돌기를 묵묵히 바라보다 뜨거운 입속에 가두었다. 미칠 듯한 갈증에 시달린 사람처럼 빨고 잇자국이 나도록 세게 물었다가 혀로 쓸어올렸다. 로의 입술에서 긴 비명이 터져 나왔다.

"이러지 말아요. 제발, 이러지 마요."

로가 간청하면 할수록 그는 더 광폭해져 갔다. 무의 손과 입술이 닿은 곳마다 불쑥불쑥 붉은 꽃이 피었다. 꽃이 핀 자리가 뜨겁고 시리고 아팠다. 여기서 멈추라고, 더는 용서 못할지도 모르니 제발 여기서 멈추라고 아무리 외쳐도 무는 멈추지 않았다. 그는 로의 아랫입술을 잘근잘근 깨물며 슬픈 짐승처럼 으르렁거렸다. 그 모습은 욕망을 채우기 위함이 아닌 극심한 자기혐오 같았다. 그의 뜨거운 입술이 로의 몸 곳곳을 휘저었다. 어떤 기쁨도, 환희도, 열기도 없는 차갑고 거친 손길이었다. 그들의 얼굴은 온통 땀에 젖었고 숨을 거칠게 내쉬었다. 로는 목이 반쯤 쉰 채로 흐느꼈다. 힘이 빠져 더는 반항하지 못했다. 온몸의 뼈가 부서질 듯 아팠다. 그때였다. 갑자기 그가 조용히 손목을 놓고 뒤로 물러났다. 로는 간신히 아픔에서 놓여나자 순간 정신이 몽롱해지고 온몸이 얼얼함을 느꼈다. 둘의 가쁜 숨소리가 침실에 가득한 가운데 무가 침상에서 내려서며 무겁고 낮은 목소리로 말했다.

"아프고 고통스럽지? 누군가를 억지로 안는 건 이런 거야. 그 밤 난 널 억지로 안지 않았다. 그 순간엔 너도 원했고, 나도 원했어."

그따위 것은 중요하지 않다고 생각할지도 모르겠다. 하지만 무에겐 중요했다. 서로 원하고 손길에 기뻐하던 그 짧은 순간이 무에겐 무척이나 소중했다.

처음이었다.

길고 긴 시간을 살아오면서 누군가와 하나가 된 것은 처음이었다. 자신뿐 아니라 그녀도 느끼고 있다는 사실이 기쁘면서도 얼마나 깊은 외로움 속에 살고 있었는지 새삼 깨달았다. 그녀의 손길이 뺨에 닿았을 때, 그녀의 따뜻한 손이 심장을 덮었을 때, 긴 외로움은 거짓말처럼 잊혀졌다. 그녀의 외로움과 자신의 외로움이 하나가 되어 뜨거운 열기가 되고 열기는 온몸을 덥혔다. 외롭지 않았다. 그 순간만큼은 기뻤다. 하지만 그녀는 그때를 기억하지 못한다. 더럽고 추하고 상처뿐인 순간들로만 기억한다. 무는 모든 것을 잃은 것처럼 허망했다. 그리고 쓸쓸했다.

무는 로의 손목에 든 피멍을 물끄러미 보다 시선을 돌렸다.

그도 로만큼이나 아팠다.

"정운이…… 보았어요. 그가 보았다구요. 얼마나 고통스러웠을까. 미안하다는 말도 못했는데."

로가 간신히 제 몸을 가리며 맥없이 메마른 울음을 흘렸다.

"왜 내게 왔나요? 왜 나를 안았어요? 그 일로는 만족하지 못하겠던가요? 그래서 데려온 거예요? 당신은 잔인해요. 당신 때문에 상처 입을 사람은 생각하지 않나요?"

그녀의 말이 가슴에 아프게 와 박혔다. 무는 축 처진 어깨로 돌아서며 말했다.

"나는 한 번도 다른 누굴 생각하면서 행동한 적 없어. 그딴 거 몰라. 그 사내의 죽음, 네가 느끼는 고통, 이런 거 관심없었어. 난 내가 느끼는 것, 그것만 생각해. 내게 인간적인 것을 기대하지 마라."

무는 그대로 문을 쾅 닫고 침실을 나왔다. 문 앞에서 멈춰 선 그는 미칠 듯이 뛰는 심장이 잦아들기를 기다렸다. 화가 나고 혼란스러워서 어찌해야 할지 갈피를 잡을 수가 없었다. 진저리가 날 정도로 참혹한 기분이 들었다. 그녀의 말은 모두 맞았다. 자신은 잔인하고 이기적이었다.

무는 그대로 자신의 방으로 돌아왔다. 그는 방 한가운데 우두커니 섰다가 고함을 내지르며 주위의 물건들을 전부 집어 던지고 부쉈다. 이게 아닌데, 그녀에게 이러고 싶지 않았는데, 한순간에 미쳐 버리고 날뛴 것에 화가 났다. 무는 박살난 유리에 발이 찢겨도, 부러진 나무에 팔뚝이 찢어져도 아랑곳하지 않고 끝없이 부수고 자해했다. 상처가 벌어지고 붉은 피가 흘러내렸다. 하지만 아무리 상처가 깊어도 마음의 고통을 넘어서진 못했다. 무의 귓가엔 아직도 그녀의 비명이 들렸다. 미칠 것 같은 자기혐오, 지독한 분노가 그를 관통했다.

무는 머리가 울리도록 크게 고함을 지르며 의자를 집어 창문에 던졌다.

그가 나간 후 조심스레 문이 열리고 정령들이 들어왔다. 그녀들은 뜨거운 물을 가져와 욕조에 붓고 로를 부축해 욕조에 뉘였다. 로는 따뜻한 물에 몸을 맡기고 지그시 눈을 감았다. 그에게 잡힌 손목이 크게 부어올라 시큰거리고 아팠다. 그의 입술과 손길이 닿은 자리가 쓰리고 얼얼했다.

몸을 무겁게 내리누르는 그를 증오했다. 자기밖에 모르는 이기적이고 오만한 신. 지난날 자신을 범하려고 한 사내들과 다름없이 더럽고 끔찍했다.

'용서하지 않을 거야. 영원히 저주할 거야.'

그를 향해 분노를 쏟아내고 있을 때 돌연 아픔에서 놓여났다. 그가 천천히 멀어지며 말했다.

"아프고 고통스럽지? 누군가를 억지로 안는 건 이런 거야."

그의 말속에서 뼈아픈 상처가 느껴졌다. 이상도 하지. 그가 상처받다니. 그럴 리 없다고 생각하면서도 그의 말이 아프게 마음에 와 닿았다.

"나는 한 번도 다른 누굴 생각하면서 행동한 적 없어. 난 내가 느끼는 것, 그것만 생각해."

신도 많이 외롭구나, 하고 생각했다. 어쩌면 그가 나쁜 것이 아니라 몰랐던 것은 아닐까. 퉁명스럽고 무뚝뚝한 말투. 이따금씩 보이는 작고 큰 배려. 조금 거리를 둔 채 주위를 맴돌았던 것은 가까이 다가오는 법을 몰랐기 때문이 아닐까.

로는 혼란 때문에 머리가 더욱 아팠다. 그를 미워해야 하는데 도리어 이해하고 있는 자신을 도무지 이해할 수 없었다.

뜨거운 물속에 있어도 놀란 근육들이 풀리지 않고 점점 뻣뻣해졌다. 로는 살짝 일어나 보려다 낮은 신음을 내뱉으며 주저앉아 버렸다. 온몸이 두드려 맞은 것처럼 아팠다. 서로가 원해서 안지 않으면 이토록 아프고 힘들겠지. 그 밤엔 이렇게 고통스럽지 않았다. 그에게 내색은 안 했지만 로에게 그 밤은 몽롱하고 열기와 두근거림으로 가득 찬 꿈결이었다.

비 오는 여름밤. 잠자리에 들기 전 유난히 청아하고 쓸쓸한 빗소리에 귀 기울이다 간신히 잠들었다. 또다시 꿈을 꾸었고 그가 왔다. 어쩌면 그가 와주길 마음으로 바라고 있었을 지도 모른다. 그의 손길이 닿자 꽃봉오리가 벌어지듯 몸이 열렸다. 그를 만지고 싶었다. 느끼고 싶었다. 요동치는 그의 심장을 따라 가슴이 두근거리며 뜨거운 열기가 전신을 휘감았다. 그와 입을 맞췄을 때 느꼈던 부드러움이 아직도 생생했다.

"그 순간엔 너도 원했고 나도 원했어."

그의 말이 맞다. 그날 밤 로는 무를 원했다. 꿈에도 무일 거라 생각하지 않았지만 그가 안아주고 입맞춰주기를 원했다. 그것이 꿈이라 생각했기에, 꿈이 아니면 영원히 느낄 수 없을 감정이라고 생각했기에, 더욱 솔직하게 다가갔다. 이제 와 그날의 두근거림을 솔직하게 받아들이지 못한 건 갑작스런 혼란과 정운에 대한 미안함이었다. 로는 그날 그를 원했다고 말할 수 없었다. 죽은 정운을 생각하면 차마 내뱉을 수 없는 말이었다.

로는 마음에 한기를 느끼며 뜨거운 물속에 몸을 깊이 담갔다. 몸과 마음이 모두 아프다. 공허와 슬픔이 가슴에 시리게 얹힌다. 앞으로 어찌해야 하나 생각하니 깊은 한숨이 흘러나왔다.

여러 날이 흐르도록 무와 로는 마주치지 않았다. 로는 제 방에 틀어박혀 좀처럼 밖에 나오지 않았고 어쩌다 멀리서 마주칠 때면 무가 먼저 피해갔다. 마치 누가 더 꽁꽁 숨나 숨기내기를 하는 것 같았다. 로는 복도를 걷거나 몽우와 함께 숲을 걷다가 가끔씩 멈춰 서곤 했다. 공기 중에 그의 향기가 남아 있었다. 은은하면서도 코끝이 알싸한 향기.

'조금 전 지나갔나 보다. 혼자 산책하면 심심할 텐데.'

자신도 모르게 그를 생각하다가 혼자 어이없어하는 일이 늘어갔다.

차갑고 서늘하게 굴었지만 정원을 가꿔주고 작은 선물을 놓고 가던 그였다. 귀찮아하긴 했지만 같이 산책도 나가주었다. 나쁜 신이라고, 증오한다고 했지만 마음은 그렇지 않았다. 그는 다른 이에게는 모르지만 로에게만큼은 좋은 신이었다.

'먼저 나서지 않으면 내가 죽을 때까지 이렇게 지낼지도 몰라.'

로는 그가 남기고 간 향기를 맡으며 자신이 먼저 손을 내밀기로 다짐했다. 가까이 다가오는 법도 모르니 화해할 줄은 더욱 모를 것이다. 어떻게 해야 마음이 풀릴까. 로는 생각에 잠겼다.

"그분이 계신 곳으로 저 좀 데려가 주세요."

아침에 일어나 머리를 빗던 중에 로가 말했다. 그녀의 말에 정령들이 당황하며 저희끼리 소곤거렸다. 곧 한 정령이 나서서 말했다.

"저기, 무님이 혼자 있고 싶다 하셨어요. 저희들도 옆에 오지 못하게 하시는 걸요."

"정령님들께 누가 되는 일은 없을 거예요. 데려가 주세요."

로의 부탁에 정령들은 어쩔 수 없이 고개를 끄덕였다. 몇 개의 복도와 정원을 지나서 그가 머무는 곳에 이르렀다. 정령이 문을 열자 짜증 섞인 낮은 음성이 흘러나왔다.

"귀찮게 하지 말라고 했잖아. 꺼져."

놀란 정령들은 황급히 로의 뒤로 숨었다. 로는 그들을 남게 하고 혼자 방에 들어가 문을 닫았다. 창문을 모두 닫아놓은 듯 방에는 묵은 공기와 서늘함이 느껴졌다.

"네가 여긴 왜 왔지?"

멀리 떨어진 곳에서 그가 말했다.

"사과를 받기 위해 왔습니다."

"흥. 사과라."

그가 어이없는 듯 실소를 흘렸다. 로는 두 손을 모아 잡고 가볍게 숨을 골랐다.

"그 밤 멋대로 제가 잠든 곳에 온 것, 죄 없는 사람에게 상처 준 것, 얼마 전 제게 난폭하게 군 것을 사과하십시오. 그럼 저도 사과하겠습니다."

"정녕 내게 사과를 받을 수 있을 거라 생각하고 온 것이냐? 돌아가라. 난 사과 따윈 하지 않는다."

무는 퉁명하게 말해놓고는 잠시 뜸을 들이다가 물었다.

"그런데 너는 어떤 사과를 하겠다는 거지?"

"듣고 싶으십니까? 듣고 싶으시면 먼저 사과를 하세요."

"그깟 게 뭐가 듣고 싶다고. 난 관심없다. 돌아가."

그가 휙 돌아서며 무언가를 걷어찼는지 우당탕 소리가 났다. 잠시 침묵이 흘렀다. 로는 나가지 않고 담담히 서서 무의 말을 기다렸다.

"쳇, 내게 잘못했다는 생각은 드나 보구나. 사과한다는 것을 보니."

조금은 화가 누그러진 말투. 로는 아무 말도 하지 않고 서 있었다. 멀리 있던 그가 조금씩 다가왔다. 은은한 아침 향기가 난다. 그는 알까. 그의 감정에 따라 향기에 미묘한 차이가 난다는 것을. 로는 눈을 잃은 대신 향기와 목소리만으로도 상대방의 감정이 잘 읽게 되었다. 그는 지금 로에게 사과할 방법을 찾고 있었다. 표현이 참 서툴다.

무가 헛기침을 몇 번 하더니 슬그머니 입을 뗐다.

"저기, 난 네게 상처 주고 싶지 않았다. 그저 인간이 느끼는 것을 느껴보고 싶었을 뿐이야."

얼굴이 발갛게 생기해 있겠지. 시선이 이리저리 흔들리겠지. 고집스럽게 입을 다물고 오만한 콧날을 치켜들고 비스듬히 섰겠지. 그래도 눈빛은 따스하겠지. 로는 눈으로 보지 않아도 그가 어떻게 하고 있을지 알고 있었다. 서투른 사과지만 그의 마음이 진심이라는 걸 느낄 수 있었다.

"그 사내도 일도……. 그리 만들려고 한 일은 아니었다. 그리고 요전에 내가 한 말, 너무 마음에 두지 마라. 화가 나다 보니 그리 말한 것이다."

무는 멋쩍어하면서 천천히 말을 이었다. 그에겐 처음으로 하는 사과였다.

"그리고…… 널 아프게 한 것……. 미, 미안하다. 그때 나도 모르게 화가 나서……. 그, 그럼 이제 너도 사과해라. 무슨 사과는 하겠다고 온 거지?"

그가 마침내 사과를 끝냈다. 꽤나 힘들었는지 소리 나지 않게 한숨을 쉬었다. 로는 그 소리를 들으며 희미하게 웃고 말았다.

"당신의 사과를 받아들이겠습니다. 그럼 제가 사과할 차례군요. 당신이 인간과 다른 존재라는 것을 이해하지 못한 점 정중히 사과드립니다."

그는 뒤에 말이 더 남았다고 생각했는지 잠자코 있었다. 긴 침묵이 지나간 후.

"그게 다냐?"

그가 얼떨떨한 목소리로 물었다.

"당신이 이기적이고 잔인한 신이라는 걸 이해하지 못하고 인간의 기준으로 생각했어요. 앞으론 꼭 그 점을 염두에 두겠습니다."

로가 그대로 돌아서자 무가 말을 더듬으며 붙잡았다.

"뭐야, 그, 그런 사과가 어디 있어!"

"왜요?"

"그건 사과가 아니야. 내게 화내서 미안하다, 그때 했던 말, 그래, 나보고 증오한다고 했잖아. 그런 걸 사과해야지. 이기적이고 잔인한 걸 염두에 두겠냐고? 그것도 사과라고 하는 거냐?"

"그건 사실이잖아요."

무는 더 말을 못하고 입을 꾹 다물었다. 분한 듯 씩씩거리는 소리가 들렸다.

"내가 지금껏 널 얼마나 도와줬는지 알아? 그런데 내가 이기적이고 잔인하다고 비난해?"

"도와달라고 한 적 없어요. 마음대로 도와줘 놓고 모든 탓을 저에게 돌리지 마세요."

"그런 게 어디 있어!"

무는 얼굴이 벌게져서 화를 냈다. 로가 방을 나와 복도를 걸을 때까지도 계속 따라오며 투덜댔다.

"다시 사과해. 정중하게 하란 말이다."

"전 이미 했습니다."

"그럼 취소다. 내가 한 말 다 취소야."

"전 이미 들었는걸요."

"에잇, 속았다. 속았어. 하찮은 인간 따위에게 속다니."

"하찮은 인간 따위와 산책 나가시지 않겠어요? 정령님들 말이 오늘 날이 무척이나 좋다고 하네요."

"쳇, 신을 속여먹는 인간 따위와 산책을 갈까 보냐."

"그럼 몽우와 둘이 다녀와야겠네요."

"쳇. 몽우는 내 부하다. 너보단 내 말을 들을걸."

"어제 저녁에도 같이 산책을 다녀온 걸요."

"흥, 다들 제멋대로군."

무는 계속 불만을 터뜨리면서도 로를 따라 복도를 걸었다. 어두웠던 그의 목소리가 한결 밝고 쾌활하게 들렸다. 로는 다행이라고 마음속으로 생각하며 슬그머니 미소를 머금었다.

이때까지도 로는 알지 못했다. 얼음처럼 차갑게 얼어붙은 심장이 어느 때보다 힘차게 뛰고 있다는 사실을. 자신이 밝게 미소 짓고 있으며 그의 말에 귀 기울이고 있다는 사실을.

깨닫지 못하는 사이 모든 것이 조금씩 변하고 있었다. 마음은 조용히 다가가 깊이 젖어들었다. 얼마나 가까이 다가섰는지, 얼마나 깊은지 무와 로는 아직 알지 못했다. 지금은 그저 서로를 느낄 뿐. 가장 가까운 마음을 가장 늦게 깨닫는 것이 세상 이치이듯 그들도 그랬다.

9. 환煥의 성

霧露

나라에서 황성(皇城) 다음으로 큰 도시는 서쪽 남단에 위치한 서도(西都)였다. 서도는 대륙을 통틀어 가장 번성한 상업도시로 여러 나라의 문물과 사람들이 뒤섞여 특유의 자유분방함이 흘렀다. 서도의 거리는 새벽부터 늦은 밤까지 시끌벅적하고 사람 냄새로 가득했다. 거리마다 각국에서 온 상인들이 다양한 물건을 내다 팔고 또 그것을 사기 위해 많은 이들이 곳곳을 어슬렁거렸다. 낙타와 말이 사람과 한데 엉켜 비좁은 거리를 지나가고 목화솜을 높이 쌓은 수레에서부터 귀족 아씨의 호화로운 가마, 무시무시한 호위 무사들이 지키는 마차도 그 대열에 섞여 길을 지났다.

무(霧)가 이 도시에 관심을 가진 것은 인간들의 본모습을 여실히 볼 수 있기 때문이었다. 오래전 인간의 모습을 하고 이곳에 왔다가 끔찍한 냄새에 돌아서긴 했지만 잠시 잠깐 본 풍경들은 무의 머릿속에 상당히 인상적으로 각인되었다. 처음엔 보잘 것 없었던 인간들의 교환수단이 상업이라는 형태로 뿌리내리게 된 그 근간에 욕망이 있었다. 무엇을 갖고자 하는 욕망은 끊임없이 새로운 것을 만들어내 발전시키고 또 소멸해 갔다. 인간은 자신의 욕망을 토대로 살아남아 진화해 갔다. 인간의 허약함과 어리석음을 마냥 우습게보았던 무는 그들의 생명력과 문화를 내심 감탄하며 지켜보았다. 많은 신들이 인간을 소중히 여기고 가까이 두는 것이 조금이나마 이해되었다.

인간이 만들어놓은 곳 중 가장 흥미를 끄는 것은 시장이었다. 인간이 어떤 존재인지 알기 위해선 모든 거래가 이루어지는 시장에 와보면 알 수 있다. 그곳에선 갖가지 물건들이 거래되는데 심지어 자신들과 같은 인간을 노예라는 이름으로 사고팔고 성의 욕구까지도 돈으로 살 수 있었다. 가장 기본적인 욕망과 더불어 본성의 악함, 성의 유희까지 거래되는 곳. 인간이란 자신의 욕망이 드러나는 것을 꺼리지만 이곳에서만큼은 욕망에 솔직하고 적극적이었다. 무는 오랜만에 인간들의 욕망이 모여 있는 곳을 찾았다. 이번엔 혼자가 아닌 로(露)와 함께였다.

무는 그녀에게 다른 세상을 보여주고 싶었다. 그리고 무산의 평화가 얼마나 소중하고 안락한 것인지 알려주고 싶었다. 엉터

리 사과가 오고 간 뒤에 둘은 비교적 잘 지내왔다. 로는 무산의 생활에 대해 별말 하지 않았지만 몹시도 단조롭고 조용한 생활을 싫증 내면 어쩌나 하고 마음이 쓰였다. 무 자신 또한 무산의 생활이 늘 지루했으니까 말이다. 하지만 자신과 로는 입장이 다르다. 작고 연약한 그녀에게 밖은 위험한 세계였다. 무는 로에게 세상이 얼마나 냉정하고 위험한 곳인지 알려주고 싶었다. 그래서 자신을 떠나지 못하도록 하고 싶었다.

무의 생각이 어느 정도는 맞았다. 서도에 들어서자마자 혼이 쏙 빠질 듯 시끄러운 소리가 그들을 덮쳤다. 평상시 감정의 변화를 많이 드러내지 않던 그녀가 낯선 소리에 겁을 집어먹고 엉겁결에 무의 손을 잡았다. 무는 그런 로를 부드러운 눈빛으로 내려다보았다. 무산에 들어설 때 그 호기심 많고 당당했던 소녀가 대도시의 웅성임에 겁을 먹은 것이 신기하게만 보였다.

그녀는 무의 손을 온전히 잡지도 못하고 새끼손가락만 살짝 움켜쥐었다. 그걸 본 무의 입가에 미소가 스쳤다. 그녀가 자신을 의지한다는 생각이 들어 왠지 뿌듯했다. 무는 그녀의 손을 꽉 잡고 앞으로 걸어갔다. 떨림이 멈춘 것을 보니 더 이상 두렵지 않은 모양이었다. 그녀의 따뜻한 체온이 피를 타고 심장으로 흘러들었다. 무는 그녀와 손을 잡는 걷는 것이 즐거웠다.

거리를 걷고 있자니 도시의 온갖 소리가 들려왔다. 대장장이의 망치 소리, 포목점 상인이 젊은 여인과 흥정하는 소리, 말과 낙타의 울음소리, 요릿집 솥에서 기름 끓는 소리와 고소한 냄새, 때 이르게 술에 취해 비틀거리는 주정꾼의 고함, 곱게 차려입은 기생들의 간드러지는 웃음소리. 도시에는 무산에서 듣지 못한 낯선 소리와 냄새들로 가득했다.

처음엔 겁에 먹은 로였지만 차차 소음이 익숙해지자 그 낯선 소리들에 귀를 기울이기 시작했다. 정운과 함께 살던 고장의 시장을 가본 적이 있었지만 작은 소도시에 불과했던 그곳과 서도는 비교할 수 없을 만큼 차이가 났다. 보이진 않지만 이 도시가 얼마나 크고 얼마나 많은 이들이 살아가는지 로는 알 수 있었다. 무언가가 요동치고 한데 뭉쳐 움직이고 크게 들끓는 것만 같았다. 바람은 건조하고 모래가 섞였으며 사람과 짐승이 뒤엉켜 나는 냄새가 역하기도 했지만 왠지 모르게 싫지 않았다. 로는 자신이 인간의 소리와 냄새를 그리워하고 있었다는 걸 깨달았다.

"이 울음소리는 어떤 짐승의 것인가요?"

길을 걷던 로가 첨 듣는 짐승의 울음소리를 듣고 물었다.

"낙타라는 짐승이다."

"낙타? 생김이 어떤가요?"

"다리는 길고 보잘것없이 짧고 누런 털을 가지고 있군. 등에 큰 혹을 지고 있고 얼굴은 형편없이 작아서 궁색맞아 보인다. 냄새는 또 어찌나 고약한지, 어서 가자."

로는 낙타의 생김을 상상하다가 피식 웃음을 흘렸다. 그의 표현으로는 도저히 떠올릴 수가 없었다. 그가 이끄는 대로 따라가

자니 한 사내가 사람들을 끌어모으는 소리가 들렸다.

"먼 서역 땅에서 건너온 영물 사자가 여기 있습니다. 보기만 해도 몸에 붙은 악귀가 도망가고 우환이 멀리 달아납니다. 자, 사자를 보러 오세요."

더욱 손님을 끌려는 속셈으로 천막 안쪽에 있는 이가 방망이로 우리를 두들겼다. 그러자 짐승이 귀가 먹먹할 정도로 크게 울부짖었다.

"사자라고 했나요? 사자는 어떤 동물인가요?"

로가 묻자 그는 대답 대신 돈을 치르고 천막 안으로 들어갔다. 천막 안은 사람들의 탄성과 사자의 울음소리로 시끄러웠다.

"사자는 제법 용맹하게 생긴 짐승이다. 머리가 크고 갈기털이 무성하구나. 몸통의 털은 짧고 윤이 나고 꼬리가 길다."

"정말 사자를 보면 악귀가 도망가나요?"

"장사꾼 속셈일 뿐이지. 인간들이 보는 것은 화난 짐승일 뿐이다."

그의 말투는 무뚝뚝했지만 자꾸 물어보는 것이 귀찮지 않은 모양이었다. 로는 그의 낯선 모습에서 또 하나의 장점을 찾아냈다.

그들이 거리를 걷는 동안 로는 낯선 소리와 냄새를 맡을 때마다 그것이 무엇인지 물었고 무는 순순히 대답해 주었다. 걷는 동안 둘은 잡은 손을 한 번도 놓지 않았다. 그 모습이 다정한 오누이처럼 보이기도 하고, 지극히 행복한 연인처럼 보이기도 했

다. 그들이 거리를 걸을 때마다 많은 이들의 시선이 따라다녔
다. 남녀가 노상에서 손을 잡고 걷는 것을 본 적이 없거니와 두
사람의 인물이 빼어나 홀린 듯 쳐다보는 이들이 많았다.

　앞서 걷는 사내는 이 세상 사람이 아닌 것처럼 아름다웠다.
큰 키에 날렵한 몸을 가졌고 걸음걸이, 작은 몸짓 하나에도 기
품이 흘렀다. 차가운 듯 보이나 아름다워 감탄이 흘러나오는 얼
굴 생김, 속인이 선뜻 범접하지 못할 우아함이 밴 표정, 바람에
부드럽게 흩날리는 긴 머리칼, 어디 하나 눈이 부시지 않은 곳
이 없었다. 서도의 어린 소녀부터 노파까지 사내의 미모를 넋을
놓고 보았다. 한편 그 뒤를 따르는 여인 또한 미색이 남달랐는
데 앞선 사내가 화려하고 차가운 아름다움을 가지고 있다면 여
인은 소박하고 담담한 아름다움을 갖고 있었다. 사내가 눈부신
태양이라면 여인은 밤하늘에 은은하게 빛나는 달 같았다. 사람
들의 호기심 어린 시선이 그들을 따라다니는 동안 주위 시선에
무심한 무는 도시 곳곳을 누볐다.

　"배고픈가?"

　길을 걷다 문득 멈춰 선 무가 물었다. 로가 고개를 끄덕이자
그는 꽤 고급스러워 보이는 요릿집으로 들어갔다.

　"먹고 싶은 게 있으면 말해보아라."

　"만두가 먹고 싶어요."

　"만두?"

　로의 말에 무가 고개를 갸웃하며 점원을 불렀다.

"만두라는 음식을 가져다주게."

"어떤 만두로 드릴까요? 해물이 들어간 것도 있고 고기가 들어간 것이 있습니다. 물만두도 있고 기름에 튀긴 만두, 찐만두도 있는데……."

점원이 거창하게 말을 늘어놓자 짜증이 난 무가 말을 잘랐다.

"아무거나, 아니, 종류별로 가져와 봐."

얼마 되지 않아 점원들이 접시를 날랐다. 무는 탁자에 놓인 접시들을 보고 얼굴을 찡그렸다. 만두라는 음식은 생각보다 초라하고 단출했다.

"흠, 먹고 싶다는 게 고작 이건가."

"드셔본 적 없으세요?"

"난 음식 같은 건 별로 좋아하지 않으니까."

"어릴 때 참 좋아했던 음식인데……."

과거를 떠올리는지 로의 얼굴에 그늘이 졌다. 그걸 본 무는 얼른 만두 하나를 집어 로의 입에 집어넣었다. 갑작스런 그의 행동에 깜짝 놀란 로가 눈을 동그랗게 뜨고 있다가 간신히 우물거리며 만두를 먹었다. 그녀의 얼굴이 다시금 밝아졌다.

"맛있어요."

그녀의 미소에 무는 괜히 신이 났다. 그는 꽃 모양의 만두를 로의 입에 넣어주었다.

"이것도 맛있네요. 같이 드세요."

로가 탁자 위에 놓인 젓가락을 들고 손으로 더듬어 접시를 찾아 만두를 집었다. 그녀가 만두를 자신 쪽으로 내밀자 무의 얼굴이 대번 붉어졌다. 그는 잠시 망설이다가 고개를 숙여 만두를 입에 넣었다. 안개의 성에서 먹어본 음식에 비하면 평범하기 그지없는 맛이었지만 이상하게도 좀 더 먹고 싶어졌다.

"다른 것도 줘봐."

무의 말에 로가 다른 접시에서 만두를 집어 그에게 내밀었다. 무는 얼른 입속에 쏙 넣었다.

"어떠세요?"

"무산에서 먹는 음식에 비하면 형편없군. 그래도 먹을 만해."

무는 시큰둥하게 중얼거렸지만 얼굴 표정은 말투와는 아주 달랐다. 그는 즐거워하고 있었다. 모르는 것은 앞이 보이지 않는 로뿐이었다.

"인간들은 음식을 짐승 모양으로 빚어 먹는군. 모양이 희한한데."

무는 토끼 모양으로 빚은 만두를 신기한 듯 들여다보다가 로의 입에 넣어주었다.

"아, 이 만두는 맛이 특이하네요."

"그런가? 어디 한 번 먹어볼까."

토끼 모양의 만두를 먹은 무는 정말 그렇다는 듯 고개를 끄덕였다. 음식을 먹으면서 이런 즐거운 기분이 드는 건 처음이었다. 누군가와 같이 음식을 먹는다는 것은 이런 것인가. 단순히 음식을 먹는 것이 아닌 또 다른 것을 공유하는 느낌이었다. 무는 로의 밝은 얼굴을 들여다보다 새로운 것을 깨달았다. 두 사이에 흐르던 어색한 공기, 이질감이 사라진 것이다. 무는 기뻐서 어쩔 줄 몰랐지만 내색하지 않았다. 그저 부드러운 미소만 지을 뿐.

만두를 배부르게 먹은 무와 로는 요릿집을 나와 도시의 중심가로 향했다. 광장에 가까워질수록 흥겨운 음악 소리가 들렸다. 곡예단이 온 모양인지 묘기와 춤이 한창이었다. 입속에 불덩이를 집어넣는 젊은 사내, 바늘로 뒤덮인 판자 위에 눕는 노인, 작은 꼬마 아이를 믿을 수 없을 만큼 높이 집어 던졌다가 받는 재주가 펼쳐졌다. 그들 사이에서 악사들이 흥겨운 곡을 연주하고 화려하게 치장한 무희와 우스꽝스런 탈을 쓴 광대가 사람들 사이를 헤집고 다니며 춤을 추었다. 무는 자신이 보고 있는 것을 로에게 설명해 주고 싶었지만 워낙 갖가지 묘기가 벌어지는 터라 일일이 설명할 수 없어 그만두었다.

그때 도깨비 탈을 쓴 광대가 무에게 다가왔다. 광대는 원숭이처럼 날렵하고 우스꽝스런 몸짓으로 주위를 맴돌다가 순식간에 로를 낚아채 앞으로 데려갔다. 화난 무가 로에게 다가가려는데 한 무희가 팔을 붙들며 마술을 선보이려는 것이니 걱정할 거 없다고 말했다. 그때 한 광대가 그녀의 손에 꽃 한 송이를 쥐어주고 천을 덮었다가 벗기자 작은 새가 나타났다. 손에 쥔 꽃이 한순간에 새로 바뀌자 로의 입에서 웃음이 터져 나왔다. 이를 본 무는 화를 억누르며 상기된 얼굴로 서 있는 로를 응시했다. 우선은 참지만 그녀가 조금이라도 겁먹거나 손끝 하나 다치게 하면 다 죽여 버릴 심산이었다.

주위에서 춤을 추던 세 명의 광대는 로의 주변을 맴돌다가 머리 위에 검은 천을 씌웠다. 그들은 로 주위를 맴돌며 춤을 췄고 한 광대가 나서서 천을 벗겼다. 동시에 펑 하고 화약이 터지고 연기가 피어올랐다. 사람들은 놀라면서도 호기심 어린 눈으로 로가 서 있던 자리를 보았다. 그녀는 그곳에 없었다. 사람들의 박수와 환호가 터져 나왔다. 광대들은 큰 동작으로 절을 하고는 우스꽝스런 춤을 추며 이동을 하기 시작했다. 당황한 무는 앞에 가는 광대에게 소리쳤다.

"로는 어디 갔느냐! 방금 사라진 여인 말이다."

탈을 쓴 광대는 대답 없이 겅중겅중 뛰어가 버렸다. 광대와 무희들이 다음 거리로 향하자 사람들도 같이 따라갔다. 얼굴에 노기가 가득한 무는 곡예단 사이로 뛰어들어 아까 그를 안심을 시킨 무희를 붙잡았다.

"방금 사라진 여인은 어딨느냐!"

무희는 대답 대신 교태 어린 미소를 지었다. 그리곤 무의 손에 작은 천 조각을 쥐어주었다. 천에는 환(煥)이라는 글자가 써져 있었다. 무의 얼굴이 순식간에 어두워졌다. 그는 딱딱하게 굳은 음성으로 몽우를 불렀다. 허공 속에서 인간의 모습을 한 몽우가 나타났다.

"환(煥)의 집으로 안내해라."

무의 말에 몽우는 고개 숙여 절을 한 후 앞장섰다.

공기 중에 섞인 신선한 과일 향과 이국적인 향신료 냄새가 코끝을 간질였다. 그 속엔 꽃 향기와 여인들의 분 냄새도 섞여 있었다. 로는 후각을 자극하는 강렬한 향들을 맡으면서 잠에서 깨어났다. 무슨 이유에선지 머리가 아프고 속이 메스꺼웠다.

'여긴 어디지?'

로는 마지막 기억을 곰곰이 떠올려 보았다. 광대가 천을 씌우자마자 젖은 천이 입과 코를 막았다. 미간이 찌릿하고 머릿속이 멍해져 소리를 지르기도 전에 의식이 끊겼다. 생각이 거기까지 미치자 로가 황급히 몸을 일으켰다. 이상한 느낌에 자신도 모르게 가슴을 더듬어보니 낯선 옷감의 감촉이 느껴졌다. 몹시도 얇아 속이 다 비칠 것 같은 가벼운 천. 속에는 아무것도 입혀 있지 않았다. 순식간에 얼굴이 붉어진 로가 이불을 끌어당겨 몸을 가렸다.

"거기 누구 없어요?"

먼 곳에서 여인네들의 웃음소리만 간간이 들릴 뿐, 로의 외침에 대답해 주는 이는 아무도 없었다.

"거기 아무도 없어요?"

로가 좀 더 크게 소리쳤다. 그때 복도를 걷는 소리가 들렸다. 무거운 발소리로 보아 사내가 분명했다. 무겁고 느린 발소리는 복도를 지나 로가 있는 방문 앞에 와서 섰다. 문 여는 소리와 함께 구슬들이 부딪히는 소리가 청아하게 났다.

"일어났군."

낯선 음성이 들렸다. 로는 잔뜩 긴장한 채로 사내를 경계했다.

"옷이 마음에 들지 않아?"

그가 가까이 다가오자 콧등이 아찔할 정도로 강한 향이 났다. 무에게서 맡았던 맑고 은은한 숲의 향이 아니었다. 사람을 유혹하는 독하고 진한 향기와 왠지 모를 위험한 기운이 사내의 전신에서 흘러나왔다. 로는 자신도 모르게 숨을 멈추고 고개를 돌렸다.

"아름답구나."

생각보다 가까이 있었는지 사내의 뜨거운 숨이 귓가를 간질였다. 당황한 로가 황급히 물러나 앉자 그가 조금 더 가까이 다가왔다. 로는 그의 뜨거운 숨을 피하다 차가운 벽과 맞닥뜨렸다. 등에 닿는 서늘한 기운에 온몸에 소름이 오소소 돋았다. 로가 어쩔 줄 몰라 하는 사이 그가 손을 뻗었다. 그의 긴 손가락이 로의 뺨과 목을 지나 가슴께까지 미끄러지듯 내려왔다. 낙인을 찍은 것처럼 그의 손길이 닿는 자리가 견딜 수 없이 아팠다. 무에게서 느꼈던 뜨거움과 설렘과는 상반된 느낌이었다. 로의 입에서 두려움과 고통 섞인 신음이 흘러나왔다.

"내가 그리 두려운가?"

굳이 대답하지 않아도 한눈에 알 수 있을 만큼 로의 낯빛은 창백했다. 그는 씁쓸하게 웃으며 말했다.

"넌 늘 그랬지. 내가 조금이라도 다가갈라치면 겁에 질려 멀리 달아나곤 했어. 난 그런 널 쫓고 넌 도망가고. 우린 그런 식이었다."

우리? 로는 사내의 말을 좀처럼 이해할 수 없었다.

"절 아시나요?"

"알지. 아주 오래전부터."

"그럴 리가 없어요."

로는 부정하며 고개를 저었다. 그녀의 기억에 이 같은 사내는 없었다. 우연히 스친 적조차 없다고 확신할 만큼 그의 느낌은 강렬했다. 로의 혼란을 차분히 관망하며 사내가 말했다.

"인간의 기억을 믿지 마라. 그것은 아무런 답도 주지 않을 거야."

사내의 손길이 로의 머리칼을 쓸어내렸다. 그의 손길은 지난 시간들을 떠올리는 듯 감회에 젖어 있었다.

'이 사람은 누구고 여기는 어딜까.'

아무리 생각해 보아도 감조차 잡을 수가 없었다.

"절 해칠 건가요?"

로의 조심스런 물음에 사내가 가볍게 웃었다.

"아니다. 난 널 해치지 않아."

"제게 원하는 것이 뭔가요?"

"네게 원하는 것이라. 오래전에도 넌 그렇게 물어봤었지. 난 내가 답했던 것을 끝내 얻지 못했다. 지금까지도."

그의 말이 진심으로 쓸쓸하게 들렸다. 그는 왜 오래전부터 자신을 아는 사람처럼 행동하는 걸까. 마치 그리운 이를 만난 것처럼. 로는 이제 그가 두렵지 않은 대신 자신이 이곳에 있는 이유가 궁금해졌다.

"그럼 절 이곳까지 데려온 이유가 뭔가요?"

"그에게 가르쳐 주기 위해서다."

"그? 그게 무슨……."

로가 질문을 다 끝내기도 전에 문밖에서 인기척이 났다.

"손님이 오셨습니다."

사내가 로에게서 손을 거두고 몸을 일으켰다. 마지막 손길과 숨결에서 그가 아쉬워하고 있음이 느껴졌다.

"그가 온 모양이다. 생각보다 빨리 왔군."

사내는 문 쪽으로 성큼성큼 걸어가다 걸음을 멈추고 돌아섰다.

"다시 만나게 돼서 기쁘구나. 다음에 만날 때는 내 이름을 기억해 다오. 내 이름은 환(煥)이다."

그가 나가고 곧 문이 닫혔다. 그가 가버린 후에도 손길과 강한 체취, 마지막 말의 여운이 로의 주위를 맴돌았다. 로는 그의 이름을 몇 번이고 되뇌어보았다.

"환."

왠지 모를 아픔이 느껴지는 이름이었다.

사람들은 서도를 환(煥)의 나라라고 불렀다. 그는 서도에서 황제나 다름이 없었다. 사람들의 눈에 환은 나라에 이름난 거상이자 서도의 실질적인 지배자였지만 그것은 그의 작은 일부분일 뿐. 그는 인간 세상에서 사는 많은 신(神) 중 하나였다.

환의 성은 황궁 못지않게 호화롭고 웅장했다. 이국의 대리석과 옥으로 만든 그의 성엔 아름다운 정원과 분수로 가득했고, 기묘하고 사치스런 장식물들이 넘쳐 났다. 그중에 가장 눈에 띄는 것은 살아 숨 쉬는 보석처럼 매혹적인 여인들이었다.

환의 성에는 셀 수 없이 많은 여인들이 있었다. 보석과 화려한 옷을 걸치고 진한 향수를 뿌린 그녀들은 하나같이 관능적이고, 고혹적이었다. 그들은 환의 꽃이자 병사였으며 연인이었다.

정원 대리석 의자에 게으른 고양이처럼 길게 누운 여인들은 길을 지나는 무와 몽우를 흥미롭게 관찰했다. 검은 눈동자를 가진 여인들 틈에는 푸른 눈에 금빛 머리칼을 가진 여인 몇 명이 섞여 있었고, 윤이 나는 검은 피부를 가진 여인도 있었다. 마치 세상의 모든 여자들이 이곳에 있는 듯했다.

무는 많은 미인들을 지나쳤지만 한 번도 그 아름다움을 눈여겨보지 않았다. 그는 지금 몹시도 화가 나 있었고, 그로 인해 모든 사고가 정지되어 있었다. 무를 안내해 주던 하인이 걸음을 멈추자 무도 멈춰 섰다. 그들은 크고 웅장한 문 앞에 서 있었다. 문이 열리고 제일 먼저 눈에 들어온 것은 중앙에 놓인 화려한 분수였다. 분수 양쪽으로 나신의 조각상들이 늘어서 있고, 대리석 계단엔 층층마다 미녀들이 앉아 있었다. 그 계단 끝에 환이 앉아 있었다.

황제의 권좌만큼이나 화려한 의자에 앉아 미녀들에 둘러싸인 환이 특유의 느린 몸짓으로 술잔을 기울이고 있었다. 비록 멀리 떨어져 있지만 환의 서늘한 눈매와 생각에 잠긴 얼굴이 똑똑히 보였다. 환은 오만하고 잔인한 눈빛을 담담하게 감추고 평온한 표정으로 앉아 있었다. 환이 아무리 본성을 숨긴 채 태연하게 굴어도 무는 눈에 보이는 것을 믿지 않았다. 적의 숨통을 끊기 위해 날카로운 무기를 숨기고 오랫동안 매복해 있는 자처럼 환은 늘 무의 빈틈을 노리고 있었다. 환은 무를 증오하고 있었고 무 또한 환을 증오하고 있었다. 언젯적부터, 무엇 때문에 시작된 적개심인지 기억나지 않았다. 그저 조용히 서로를 증오하고 있을 뿐이다. 그런 그가 로를 데려갔다면, 자신을 향해 칼을 든 것이 분명했다. 무는 얼마든지 환과 싸울 의향이 있었다. 하지만 그전에 로를 되찾아야 했다.

무는 하인의 안내를 기다리지 않고 곧장 환을 향해 걸어갔다. 많은 사람들의 눈이 넓은 공간을 가로지르는 무를 쫓았다. 계단 끝에 선 무가 소리쳤다.

"이게 무슨 짓이지?"

"오랜만이다."

환은 무의 화난 음성을 태연하게 받아쳤다. 무의 눈빛은 날카롭게 날이 서 있었고, 환의 눈은 조용하고 담담했다.

"그 아이를 내놔."

"그러고 서 있지 말고 이리 와서 앉아라. 오랜만에 만났으니 그동안 쌓인 회포를 풀어야지."

환의 말이 끝나기도 전에 서너 명의 여인들이 무를 둘러싸 팔을 잡아끌었다. 여인들의 손길을 싸늘하게 뿌리친 무는 오만한 표정으로 환을 노려보며 계단을 올라갔다. 환의 좌우에는 나신이나 다름없는 미녀들이 앉아 있고, 조금 떨어진 곳에 신(神)인 염(炎)과 수(水)가 술을 마시고 있었다. 그들을 혐오스럽다는 듯이 훑어본 무가 다시 환의 눈을 노려보았다.

"그 아이를 내놔."

"뭐가 그렇게 급해. 이리 와 술이라도 한잔해."

"환!"

간신히 인내하고 있던 무가 폭발했다. 무는 탁자에 놓인 술잔을 집어 들고 환의 얼굴에 끼얹었다. 주위 공기가 삽시간에 얼어붙은 사이, 환의 입에서 웃음이 터져 나왔다.

"당돌한 건 여전하군. 내 앞에서 이런 식으로 행동을 하는 건 세상천지에 너뿐일 거다."

"그 아이 손끝 하나라도 건드렸다면 네놈의 심장을 꿰뚫어 버리겠어."

"그래, 네겐 신을 죽일 수 있는 검이 있지. 하지만 오늘은 사용할 일이 없을 거다. 난 너와 싸우기 위해 그녀를 데려온 것이 아니야."

여인들이 호들갑스럽게 그의 얼굴을 닦아내는 동안 환은 여유롭게 남은 술을 마시고 앉은자리에서 일어났다. 그가 움직이자 그곳에 있는 모든 이들의 시선이 환을 따라 움직였다. 마치 태양을 따라 움직이는 식물 같았다.

환은 어느 곳에 있든지 주위를 압도하고 속절없이 이끌리게 하는 힘을 가지고 있었다. 큰 키에 시원스런 얼굴 생김, 이국적인 옅은 갈색 눈동자와 볕에 그을린 갈색 피부, 사내가 가질 수 있는 가장 이상적인 근육들이 자리 잡은 탄탄한 몸. 그의 육체는 누구나 끌릴 정도로 매혹적임과 동시에 두려움을 갖게 했다. 모든 것을 태워 버릴 듯 뜨거움과 한순간에 얼려 버릴 듯한 차가움이 공존하는 그의 눈빛 때문이었다. 속마음을 알 수 없는 무표정한 얼굴과 전신에서 흘러나오는 죽음의 기운 또한 그를 더욱 두려워하게 했다. 불꽃에서 태어나 모든 것을 태워 버리는 강력한 힘을 가진 전쟁의 신. 신들의 전쟁이 끝난 후에도 환은 여전히 신계에서 가장 강한 힘을 가진 신이자 대륙의 지배자였다.

무에게로 다가간 환이 그의 뺨으로 손을 뻗었다. 사람들은 금방이라도 무슨 일이 벌어질 것만 같아 마음을 졸였지만 그들의 생각과는 달리 부드러운 손길이 무의 뺨을 쓰다듬었다. 무는 인상을 쓰며 뒤로 물러났다.

"이런 단단히 화가 난 모양이군."

"한가하게 노닥거리고 싶지 않다. 로는 어디에 있지?"

"생각보다 평범하더군. 그 아이의 어디가 네 마음을 움직였지?"

"환!"

"흥분하지 마. 난 그저 널 깨운 아이가 누구인지 궁금했던 것뿐이다."

"지옥에나 떨어져."

무의 싸늘한 말에 환이 웃음을 흘리며 다가섰다. 그는 무의 귓가에 대고 나직이 속삭였다.

"그 아이를 안았어? 느낌이 어땠지?"

"……"

"여자를 안으면 몸이 뜨겁게 달아오르고 심장은 미친 듯이 날뛰지. 몸의 중심이 단단해지고 온몸의 근육이 팽팽하게 수축되면서 저릿한 쾌감이 전신으로 퍼져. 마구 물어뜯고 싶고 상처 입히고 싶어지지. 육체의 쾌락이란 그런 거야. 한번 중독되면 벗어날 수가 없지."

"……"

"어때? 그때를 생각하면 다시금 피가 뜨거워지지 않나?"

환은 무의 볼을 토닥이다가 한쪽 구석을 바라보았다. 한의 시선을 따라 구석으로 고개를 돌린 무는 그곳에 서 있는 로를 발견하고 눈을 크게 떴다. 로는 몹시도 낯설었다. 보기에 아찔할 만큼 매혹적인 모습이지만 무가 아는 로가 아니었다. 입술선이 돋보이는 진한 화장에 속살이 비치는 엷은 비단 옷과 화려한 장신구를 한 그녀는 짓궂은 장난질로 엉망이 된 인형 같았다. 무는 그녀를 못마땅하게 바라보다 환에게 말했다.

"무슨 짓을 한 거지?"

"보다시피 내가 좀 아름답게 꾸며보았지. 어때?"

"로는 네 장난감이 아니야. 멋대로 망치지 마."

"흠, 네 것이라 이건가. 네겐 어울리지 않는 집착이다."

"대체 내게 이러는 이유가 뭐지?"

"호기심이지. 나는 네 변화를 같이 즐기고 싶을 뿐이다."

"헛소리 집어치워."

"내 눈엔 충분히 훌륭해 보이는데, 마음에 들지 않아?"

"로는 네 주위에 있는 그런 여자가 아니야."

"그런 여자가 아니면? 그녀만은 다르다는 건데, 왜 그렇게 생각하지? 혹시, 인간에게 다른 감정이라도 품은 건가? 다른 이도 아니고 네가? 네게 세상은 불결하고 추악한 것들로 가득 찬 곳 아니었나? 넌 그곳에 살고 있는 인간을 혐오해 왔어."

"로는 여느 인간과는 달라."

"하하하."

환은 성이 올리도록 크게 웃어젖혔다.

"맙소사. 무, 네가 지금 어떤 지경이 된 건지 아는 거냐?"

"무슨 말이지?"

무가 눈썹을 치켜뜨며 말했다.

"지금의 너를 봐. 여인에게 반한 인간의 모습이 아닌가. 믿을 수가 없군. 무가 인간 계집을 사랑하다니."

"사랑."

환의 말에 충격을 받은 듯 무의 얼굴이 딱딱하게 굳었다.

'사랑? 내가 그녀를 사랑한다고?'

무는 창백한 얼굴로 서 있는 로를 보았다. 낯선 곳에서 두려움에 떠는 로를 보자 심장에 시린 통증이 일었다. 갑자기 모든 것이 혼란스럽다. 세상과 인간을 향한 혐오와 로에게 느꼈던 감정들이 뒤섞여 그를 압박했다.

'아니야. 난 인간 따위를 사랑하지 않아!'

무는 어금니를 질끈 깨물고 눈에 힘을 주었다.

"무, 사랑이라는 건 어떤 감정이지? 갑자기 몹시도 궁금해지는군."

"닥쳐! 그런 게 아니야!"

무는 짐승처럼 으르렁거리며 환을 노려보았다. 환의 눈빛엔 조롱과 호기심에 가득 차 어서 인정하라 말하고 있었다.

'사랑? 사랑이라고? 내가 인간에게 반했다고? 하! 미친 소리. 신은 인간을 사랑하지 않아. 신에게 인간은 부서뜨리기 쉬운 장난감에 불과해. 인간이 얼마나 추한지 알기나 해? 그런 인간을 사랑하다니.'

사랑하지 않는다면 환의 말에 동요할 이유가 없다. 그저 코웃음 치며 지나가면 될 일. 하지만 무는 급격히 흔들리고 있었다.

아니라고 말하면서도 괴롭고 혼란스러워서 견딜 수가 없었다.

로를 보는 환의 눈길과 음탕한 말에 그의 품에 안긴 로의 환영이 보였다. 환의 손길이 로의 몸을 감싸자 미칠 듯한 질투가 치밀었다.

'내가 왜 이러지. 왜 이렇게 괴로운 거야. 난 로를 사랑하지 않아. 그저 호기심에 가까이 두고 싶었던 것뿐이야. 그런데 이 고통은 무어란 말인가.'

무가 혼란에 빠진 사이 환의 눈빛은 더욱 잔인하게 빛났다. 맛있는 먹잇감을 앞에 두고 즐기는 느긋한 유희. 오랜만에 느껴보는 쾌감이었다.

'무, 이제 너도 알아야 할 때가 온 거야. 내가 느낀 것처럼 너도 한번 느껴봐.'

환은 무의 표정을 살피며 귓가에 속삭였다.

"흠, 정말 아니라면 지금 내가 하려는 것을 막아봐."

의미심장한 미소를 지으며 돌아선 환이 주위를 향해 큰 소리로 말했다.

"오늘 귀중한 손님이 발걸음을 하셨다. 게다가 고마운 선물까지 함께 가져오셨지."

환이 손짓을 하자 여인들이 로를 신들 앞으로 데려왔다. 그녀를 보는 염과 수의 눈빛이 흥미롭게 반짝였다.

"여기 아직 사내를 알지 못하는 아름다운 여인이 있다. 운만 따른다면 오늘 밤을 이 여인과 함께 보낼 수 있지. 무가 흡족한 것을 내놓는 자에게 이 여인을 준다고 하니 흥정을 시작해 보자."

환의 말에 염과 수가 즐겁게 듯 웃었다. 그들과 반대로 무의 얼굴은 어둡게 그늘져 갔다. 제일 먼저 입을 뗀 것은 수였다.

"흠, 아름답군. 내가 저 아이를 사도록 하지. 난 태산의 성을 걸겠네."

"그따위 성 하나에 저런 미인을 얻겠다는 건가? 난 설산을 걸 겠네."

염의 말에 수가 야유를 하며 나섰다.

"하하하, 한번 덤벼보겠다는 심산인가. 그렇다면 나는 태산의 성과 태산, 거기에다 학산을 걸겠네."

수와 염이 눈에 불을 켜고 경쟁하는 와중에 환이 앞으로 나섰 다.

"나는 서도를 걸겠다."

염과 수가 동시에 입을 다물었다. 인간 계집을 하나를 두고 서도를 걸다니. 그것은 환의 성과 인간 세상의 권력까지 포함되 는 엄청난 것이었다. 염과 수가 아쉬운 표정으로 두 손을 들자 환이 여유롭게 웃으며 옆에 서 있는 무를 보았다. 무는 굳은 얼 굴로 입을 꾹 다문 채 로를 응시하고 있었다.

"더 이상의 경쟁자는 없다. 오늘 밤 저 아이는 나의 것이다."

환이 껄껄 웃으며 무 쪽으로 돌아섰다. 편치 않은 얼굴을 유 심히 들여다보던 환이 그의 곁에서 나직이 속삭였다.

"저 아이를 향한 네 마음이 어떤지 잘 생각해 봐. 단 자정까지다. 자정을 넘기기 전에 처마에 붉은 등이 내걸린 곳으로 찾아와. 그 시간을 넘기면 네가 애원해도 주지 않을 생각이다."

무는 서늘한 눈길로 환을 노려보았다.

"왜 이런 짓을 벌이는 거지?"

"내게 답을 묻지 마라. 답은 네 몫이야."

환은 쓸쓸한 웃음을 흘리며 본래 앉아 있던 의자로 돌아갔다. 무는 로가 서 있던 쪽으로 고개를 돌렸다. 여인들에게 이끌려 밖으로 나가는 그녀의 뒷모습이 보였다. 몇 걸음 걸어가던 로가 문득 걸음을 멈추고 무가 서 있는 쪽으로 고개를 돌렸다. 그녀에겐 무가 서 있는 곳이 보이지 않을 텐데, 로의 눈은 무를 향하고 있었다. 도와달란 듯 간절한 눈빛, 몹시도 불안해 보이는 얼굴을 본 순간 무는 자신도 모르게 주먹을 움켜쥐었다.

'내가 저 아이를 사랑한다고? 그렇지 않아. 로는 그저…… 그저…….'

무의 머릿속은 혼란으로 잔뜩 헝클어져 버렸다. 그녀에게만은 늘 엇갈렸던 몸과 마음. 그녀를 비웃으면서도 위험에 처해 있을 땐 한달음에 달려가고, 처참하게 죽어가는 것을 두 눈으로 봐주겠다고 했으면서 길 한복판에 쓰러져 죽어가는 그녀를 데려왔다. 그녀라는 존재가 자꾸 신경이 쓰인다. 보이지 않으면 불안하고 얼굴이 어두우면 걱정이 된다. 웃는 모습을 보면 괜히 들뜨고 외로워 보이면 덩달아 마음이 무거웠다. 로라는 존재가 크게 다가올수록 무는 두렵고 혼란스러워서 거듭 마음에서 밀어냈다.

'로는 그저 장난감에 불과해. 하루하루가 못 견디게 지루해서 잠시 가지고 놀고 싶었을 뿐이야. 하찮은 인간 따위를 사랑한다고? 헛소리.'

무는 로를 부정하면서도 멀어지는 그녀에게서 차마 눈을 뗄 수가 없었다. 왠지 그녀가 자신을 찾고 있다는 느낌이 들었다. 어서 와서 자신을 데려가 주기를 기다리는 듯한 눈빛과 표정. 무는 그녀에게로 달려가 손목을 잡아끌고 이곳을 나가고 싶은 충동을 간신히 억눌렀다.

'난 신이야. 지금 이대로 그녀를 데리고 나가면 신들의 웃음거리가 되고 말아.'

하지만 이대로 두면 로는 환의 것이 된다. 무는 환이 가진 서도 따윈 처음부터 관심이 없었다. 다만 환이 로를 갖는다는 생각을 하면 마음이 야수처럼 날뛰었다.

'널 다른 이가 안는다고 생각하면 몹시도 화가 나. 널 뺏기고 싶지 않아. 언제까지 내 곁에 두고 싶어. 이것이 환이 말하는 사랑일까, 아니면 단순한 집착일까.'

무는 고뇌하는 마음을 다른 이에게 마음을 들킬세라 얼른 생각을 지웠다.

'아니야, 환의 말은 틀렸어. 난 그녀를 사랑하지 않아. 그러니까 환이 로를 가진다 해도 상관없어.'

무는 속으로 몇 번이고 되뇌었다. 하지만 마음이 조금도 편해지지 않았다. 아니, 시간이 흐를수록 온몸의 신경들이 곤두서며 예민해져 갔다. 환의 품에 안겨 있는 로를 생각하면 온몸의 피가 역류하는 듯했고, 그 위에 로의 슬픈 표정이 겹치면서 숨 끝이 아팠다. 무는 자신이 왜 이런지 이해할 수 없었고, 그깟 계집 하나 때문에 이토록 안절부절못하는 것에 화가 났다. 무는 빨리 이 혼란을 잠재우고 싶었다. 생각할 시간이 필요했다. 그는 환의 연회에서 빠져나와 아무도 없는 후원을 거닐었다.

'로는 내게 어떤 의미지?'

한참이 지나서야 무는 자신에게 솔직히 되물어보았다. 마음 속에선 아무런 대답도 들려오지 않았다. 무는 자신의 마음을 단단히 묶어놓은 어떤 끈을 느꼈다. 그것을 풀어버리면 다시는 돌이킬 수 없다는 것을 그는 막연히 느끼고 있었다.

시간이 자정을 향해 가는 동안 무는 어떤 답도 내리지 못했다.

로는 여인들의 손에 이끌려 물속으로 들어갔다. 향수를 붓고 꽃잎을 띄운 목욕물은 따뜻하고 콧등이 아찔할 정도로 화려한 향이 났다. 사람들의 손에 몸을 맡긴 채 지그시 눈을 감았다. 머릿속이 복잡했다.

"오늘 밤 저 아이는 나의 것이다."

환의 말이 머릿속을 헤집고 무의 침묵에 마음이 산란했다. 그 순간 왜 무산에서의 일이 떠올랐던 걸까.

"날지 마라. 내가 원하지 않는다."

부드러움 속에 스민 간절함. 그는 무엇이 그리 절실했던 걸까. 왜 그리 아프게 들렸던 걸까. 환의 말을 듣는 순간 로는 자신도 모르게 세상을 향해 열려 있던 감각을 모두 닫아버렸다. 그리고 그날 들었던 무의 목소리만, 그 목소리에 스민 절실함만을 떠올렸다. 무의 목소리가 몸속으로 흘러들어 와 느리게 느리게 맴돌았다. 형언할 수 없는 느낌, 왠지 눈물이 날 것 같은 감정. 그는 왜 아무 말이 없었을까. 왜 이곳에서 나가자고 이끌지 않는 걸까. 이대로 환의 여자가 되는 것이 그가 원하는 걸까.

여인들이 물기를 닦고 곳곳에 향수와 향유를 바르는 동안 로는 망연히 서 있었다. 왠지 모르게 모든 것이 꿈처럼 아득했다. 몸에 닿는 손길, 숨 막힐 듯 진한 향, 멀리서 들려오는 음악 소리와 웃음소리가 낯설었다. 무산이 그리웠다. 무의 향이, 몽우의 따뜻함이, 몸에 닿는 부드럽고 따뜻한 공기와 조용함이 간절했다.

'그분이 왔으면 좋겠어.'

로는 자신의 몸속에서 흘러나오는 소리를 들었다.

'이곳에서 벗어나고 싶어. 무산으로 돌아가고 싶어.'

로는 자신이 그를 찾는 것에 조금 놀랐다. 처음엔 무섭고 이해하기 어려웠던 존재. 무산에서 살게 되었을 때는 그가 가진 차가움과 안개처럼 잡히지 않는 모호한 느낌 때문에 혼란스러웠다. 벽을 사이에 둔 것처럼 단절된 느낌은 한차례 폭풍이 지나고 나서 허물어졌다. 로는 그를 이해하기 시작했고, 늘 퉁명하게 굴긴 했지만 배려를 잊지 않아줘서 고마웠다. 어느 틈엔가 그와 있는 것이 익숙했고 이젠 그가 곁에 없으면 두려웠다.

'날 여기에 남겨둘까? 이제 더는 만날 수 없는 걸까?'

화장을 하고 옷을 입자 여인들은 로를 두고 모두 방에서 나갔다. 혼자 남겨진 로는 마음이 쓸쓸했다. 로는 벽을 더듬어 창가 쪽으로 걸어갔다. 창을 열자 찬 공기가 흘러들어 왔다. 바람에는 연회의 음악 소리와 사람들의 웃음소리, 농밀하고 은밀한 냄새가 섞여 있었다. 그 속에 무의 향은 없었다. 멀리서도 맡을 수 있었던 향. 지금 이 순간 너무나도 절실한 향.

"당신은 지금 어디에 있나요?"

로가 가만히 속삭였다. 마음이 한쪽이 시렸다. 전과는 사뭇 다른, 스스로도 알 수 없는 기분이 드는 밤이었다. 문득 노래가 떠올랐다. 오래전 들었던 노래다. 어머니였을까, 아니면 유모에게서 들었던 노래였을까. 로는 해묵은 기억에 묻혀 있었던 노래를 불렀다.

하늘과 대지가 물에 잠기면
그 물길을 따라 임이 오시네.
하지만 나는 물 깊숙이 가라앉아
임이 날 찾을 수 없구나.

내가 있는 곳은 이승도 저승도 아니니
임은 날 찾을 수 없어.
내 가여운 사랑.
나를 찾아 세상을 떠도네.
가엾구나, 내 임.
가엾구나, 내 그리운 임.

슬픈 노래였다. 몸이 물에 천천히 잠기는 것처럼 무겁고 추웠다. 하지만 부르면 부를수록 마음에 뜨거운 무언가가 퍼져 나가는 것이 느껴졌다. 이런 뜨거움을 느낀 적이 언제인지 기억조차 흐릿했다. 사랑이 없는 심장은 차갑게 식었고 돌처럼 딱딱하게 굳어버렸다. 헌데 왜 이렇게 뜨겁고 그리운 느낌이 드는 걸까. 로는 노래를 멈출 수가 없어 부르고 또 불렀다. 이 노래를 듣고 무가 와주길 바라면서.

무는 차가운 기둥에 기대 움직이지 않았다. 그는 마치 단단한 밧줄에 묶인 것처럼 무기력하게 앉아 멍하니 허공을 응시했다. 머릿속으로는 아무런 생각도 하지 않으려 노력했지만 어느 결엔가 로의 모습이 다가와 그의 주위를 맴돌았다. 슬픔이 엷게 스민 얼굴, 호수처럼 고요하고 맑은 목소리, 놀랄 때 살짝 벌어지는 입술, 새로운 것을 대할 때 스쳐 가는 천진한 표정. 그녀의 모든 것이 마음에 한겹한겹 쌓여 아프게 내리눌렀다.

"네게 왜 이렇게 집착하는지 모르겠어. 너는 나를 만나러 온 어리석은 인간들 중 하나일 뿐인데, 나는 그런 널 비웃어주고 싶었을 뿐인데, 어느 결엔가 네게서 눈을 떼지 못하고 곁에 두고 끊임없이 신경 쓰고 있어. 너를 통해 인간의 감각을 느꼈을 뿐, 난 네게 아무것도 주지 않았어."

머릿속에 떠오르는 대로 말하고 있을 뿐인데 생살을 무참히 벌리고 갈퀴로 속을 긁는 것처럼 아프고 쓰렸다.

"정말이지 네게 아무것도 주지 않았어. 그저 흥미롭게 지켜보았을 뿐이야. 그런데 내 마음이, 내 마음이 왜 이렇게 괴로운 거지."

무는 자신이 로가 있는 방향을 보는 것을 깨닫고 얼른 고개를 돌렸다. 고개를 돌리고 눈앞에 떠오르는 모습을 밀어내도 몸과 마음이 그녀에게 흘러가는 것이 느껴졌다. 그녀의 숨소리와 향기가 아주 가까이 느껴졌다. 손을 내밀면 잡힐 것 같다. 환의 말 따윈 무시하고 그녀를 데리고 이곳을 떠나고 싶다.

'나는 그저 너를 내 곁에 두고 싶을 뿐이야. 그것이면 족하지 않을까. 더 무엇을 알아야 하지?'

무는 인정하기 싫었다. 그녀에게 마음 따윈 주지 않았다. 보잘것없는 인간에게 사랑이라니. 무는 이대로 자정을 넘기고 아침을 맞고 싶었다. 아침이 오면 모든 것이 전처럼 돌아가고 견딜 수 없는 혼란은 사라질 것이다. 그는 과거의 지루한 평화가 그리웠다.

몸과 마음을 억누르며 어둠 속에 자신을 묻고 있을 때였다. 가까이서 여인의 유혹적인 향이 났다. 고개를 돌리니 한 여인이 옆에 서 있었다. 하얀 피부에 황금빛 머리칼을 가진 아름다운 여인. 무는 그녀의 푸른 눈을 보고 로의 한쪽 눈동자와 비슷하다고 생각했다. 하지만 로의 눈동자가 더 짙고 푸르렀다. 보고 있으면 심장이 무거워지고 아련한 슬픔이 밀려오는 눈동자.

무는 또다시 로의 생각을 하고 있다는 것을 깨닫고 애써 지워냈다. 그사이 옆에 선 여인은 무쪽으로 몸을 숙이고 그의 뺨을 어루만졌다. 전과 같으면 낯선 손길을 싸늘히 치워 버렸을 무였다. 하지만 지금은 가만히 앉아 그녀가 로를 더 이상 떠올리지 않게 해주길 바라고 있었다.

화려한 향을 흩뿌리며 다가온 그녀가 무의 뺨을 부드럽게 쓰다듬으며 귓불을 살짝 깨물었다. 온몸에 작은 전율이 흘렀다. 무는 그녀의 손길에 자신을 온전히 맡기고 지그시 눈을 감았다. 여인의 입술이 귓불에서 목을 타고 내려왔다. 부드럽고 따뜻한 느낌이 온몸에 퍼지고 그녀의 손이 무의 옷자락 속으로 들어왔다. 따뜻한 손이 피부를 부드럽게 쓸자 뜨거움이 번졌다.

'인간의 몸은 낯선 이의 손길에도 뜨거워질 수 있구나. 꼭 로에게만 반응하는 것은 아니었어.'

무의 입가에 씁쓸한 미소가 스치는 가운데 여인이 천천히 그의 옷을 벗기기 시작했다. 은은한 등불에 비친 무의 몸과 여인의 몸이 하얗게 빛났다. 환의 성에 있는 모든 남녀가 그러하듯 무와 여인도 어느덧 나신이 되었다. 여인의 손길과 입술이 무의 몸을 일깨우려고 천천히 움직였다. 무는 낮은 숨을 내쉬며 여인에게 몸을 맡겼다. 몸은 점점 뜨거워지고 마음은 텅 비어버린 듯 허전했다. 로와 함께 있을 때는 마음속 뜨거움이 주체할 수 없이 넘쳐흘렀는데 낯선 여인의 손길은 공허할 뿐이었다. 뜨겁던 몸이 차츰 식어가는 가운데 여인의 입술이 그의 뺨에 닿았다. 그녀의 입술이 자신의 입술로 향하자 무는 본능적으로 고개를 돌렸다. 그는 도저히 견딜 수가 없어 그녀를 밀치고 일어났다. 여인이 간절한 표정으로 무를 올려다보았지만 그는 눈길도 주지 않고 싸늘한 표정으로 옷을 주워 입고 그 자리를 벗어났다.

"그녀는 로가 아니야. 로처럼 내 심장을 뛰게 하진 못해."

로에게서 도망치고 있다 생각했는데 어느 결엔가 그녀에게 달려가고 있는 자신을 발견하고 무는 아연한 기분이 들었다.

'오늘 밤이 지나면 로는 환의 여자가 돼. 그녀를 환에게 줘버리고 이만 무산으로 돌아가자. 그럼 이런 혼란도 없을 거야.'

이대로 인간의 몸을 벗어버리고 안개로 변해 무산으로 돌아가면 모든 것은 끝나게 된다. 더 이상의 혼란은 없을 것이다. 어떤 떨림이나 가슴 벅참없이 시간은 전과 같이 평온하고 지루하게 흘러가겠지.

무는 가만히 서서 제 손을 내려다보았다. 거추장스럽고 나약한 이 몸을 차마 벗어버릴 수가 없다. 그녀를 놓아버릴 수가 없다. 아무것도 준 것이 없다고 믿었는데 왜 이리 마음은 허전하고 견딜 수 없이 아픈 걸까.

무는 어둠 속을 정신없이 헤매고 다녔다. 그러다 문득 붉은 등이 내걸린 처마를 발견하고 황망히 돌아섰다. 그때, 그의 등 뒤로 귀에 익은 목소리가 흘러왔다. 로가 노래를 부르고 있었다.

하늘과 대지가 물에 잠기면
그 물길을 따라 임이 오시네.
하지만 나는 물 깊숙이 가라앉아
임이 날 찾을 수 없구나.

무는 비틀거리며 벽에 기대섰다. 갑자기 숨 쉬는 것이 힘들어졌다. 머리가 멍해지고 가슴이 발길에 채인 듯 아팠다. 처음 듣지만 처음 듣는 곡이 아니었다. 기억 깊숙이 흐르는 곡. 아무리 생각하려 해도 떠오르지 않아 미칠 듯한 느낌이 드는 노래였다.

내 가여운 사랑
나를 찾아 세상을 떠도네.
가엾구나, 내 임.
가엾구나, 내 그리운 임.

가슴을 저미는 슬프고 고통스런 감정. 기억은 흐릿한 안개 속에 숨어서 무를 희롱하고 있었다.

'뭐지? 왜 이리 아픈 거지?'

떠올리려고 노력할 때마다 몸이 찢겨질 것처럼 아팠다. 뿌연 안개 속에 감싸인 그것은 보려고 노력할수록 무를 차갑게 밀어 냈다. 무는 기억에 가까이 가기 위해 안간힘을 썼다. 칼에 베이는 듯한 고통이 엄습해 오는 가운데 머릿속에 짧은 기억의 파편들이 스쳐 갔다.

물고기의 비늘처럼 푸른 강, 붉은 피, 슬픈 노래, 자신을 향해 웃고 있는 로. 그리고 들려오는 목소리.

[내 심장은 너의 것이다.]

낯선 자신의 목소리에 무는 무너져 내렸다. 곧이어 어마어마한 고통과 슬픔이 엄습해 왔다. 기억은 무를 원하지 않고 있었다.

"아악!"

외마디 비명을 지른 무가 머리를 감싸며 주저앉았다. 견딜 수 없이 머리가 아프고 심장이 불에 지지는 것처럼 뜨거웠다. 벽에 기대 간신히 숨을 몰아쉬며 고통을 누그러뜨린 무는 입술을 깨물며 몸을 일으켰다. 고통이 서린 그의 눈은 형형한 빛으로 타오르고 있었다.

무가 문을 박차고 들어가자 노래가 뚝 그쳤다. 그는 창가에서 놀란 얼굴로 서 있는 로를 보자마자 사나운 얼굴로 달려들었다.

"너는 누구지?"

무가 로를 벽 쪽으로 밀어붙이고 소리쳤다. 갑작스런 행동에 로의 얼굴이 사색이 되었다. 놀란 나머지 아무 말도 못하는 로를 향해 무가 다시 한 번 외쳤다.

"말해봐. 과거에 우리가 만났던가? 내게 무슨 짓을 한 거야!"

어깨를 움켜쥔 그의 손 때문에 아프지만 로는 비명도 못 지르고 황망히 서 있었다.

"왜 날 괴롭히는 거야! 왜 가만히 내버려 두질 않아! 마음에 담기 싫은데, 외면하고 싶은데 왜 자꾸 신경 쓰게 하는 거야!"

무가 사납게 소리치며 그녀를 흔들었다. 로는 아무 죄도 없다고 생각하면서 그녀를 향해 원망을 토해냈다. 그녀에게 무슨 잘못이 있겠는가. 그녀에게 흘러가는 마음을 애써 막고 외면하려는 자신의 탓이었다.

"두렵다. 난 네가 두렵다."

그의 마음 깊은 곳에서 무언가가 끓기 시작했다. 천지가 뒤집히고 뼈와 살이 분리되고 몸속에 체액과 피가 한꺼번에 타서 증발되는 고통이 무를 흔들었다. 그 자신도 감당할 수 없는 뜨거움이 해일처럼 밀려왔다. 인간의 육신을 벗어버린다고 해서 없어질 고통과 뜨거움이 아니었다. 영혼 깊숙이 저며오는 아픔. 영혼이 송두리째 타버릴 것 같은 열기. 거부하지 말아야 한다.

마음껏 풀어놓아야 한다. 그래야만 살 수 있다.

무는 끝내 자신의 마음을 단단히 묶어놓은 끈을 끊어버렸다. 그러자 둑이 터지고 물이 쏟아지듯 가둬놓은 감정이 한꺼번에 흘러내리기 시작했다.

무는 전신을 뒤덮는 뜨거움에 전율하며 두 번 다시 과거의 자신으로 돌아갈 수 없음을 느꼈다. 설령 되돌릴 수 있다 해도 그러고 싶지 않았다. 육체와 정신의 고통이 서서히 잦아들고 뜨겁고 충만한 감정이 채워지기 시작했다. 더 이상의 고통은 없었다. 그의 눈에는 오직 로만이 보일 뿐이었다.

무는 로를 힘껏 끌어안았다. 로가 벗어나려고 발버둥칠수록 힘껏 몸 안에 가두고 놓아주지 않았다. 두 사람의 거친 숨이 얽히고설키는 가운데 서로의 뺨이 닿았다. 무의 뜨거운 가슴에 시린 아픔이 스쳤다.

"너는…… 너는……. 아픔이다. 슬픔이다. 외로움이다."

무는 로의 옷자락을 움켜쥐며 고통스런 숨을 골랐다. 뜨거운 감정이 북받쳐 와 그 스스로도 주체할 수가 없었다. 너무 힘껏 움켜쥔 탓에 그녀의 비단 옷이 투둑 하고 찢어졌다.

"왜 내게 왔느냐. 왜…… 나인가."

원망과 기쁨, 두려움과 환희가 뒤엉켜 무를 흔들었다. 무가 힘겹게 말을 쏟아내는 가운데, 로는 그에게 안겨 간신히 숨만 내쉴 뿐이었다.

"하지만 네가 오지 않았다면……."

무는 로를 힘껏 안고 천천히 힘주어 말했다.

"내가 찾아갔을 것이다. 세상 끝에 있더라도 내가 찾아냈을 것이다."

달이 물을 당기듯 로의 입술이 무의 입술을 이끌었다. 무는 숨을 멈추고 눈을 감았다. 운명으로 이어진 인연이 하나가 되듯, 두 사람의 입술이 하나로 겹쳐졌다. 세상의 모든 빛과 소리가 꺼지고 육체의 감각이 남김없이 태워졌다. 느낄 수 있는 것은 오직 하나뿐.

네가 아니면 세상도, 나도 존재하지 않을 거라는 진실.

무는 이제 더 이상 신이 아니었다. 그는 이제 로의 무일 뿐이었다. 두 사람의 입술이 닿는 순간 무(霧)는 무(無)가 되었다.

영원히 지속될 것 같은 시간이 흐르는 동안 문밖에서 발소리가 다가왔다. 달빛에 비친 큰 그림자는 문 앞에 한참을 머물렀다가 차츰 멀어져 갔다. 환의 연회는 끝이 났다. 음악과 춤사위는 고요 속으로 사라지고 반라로 서로를 탐하던 연인들은 성 깊숙한 곳으로 숨어들었다. 혼자인 이는 환뿐이었다. 환은 달빛이 내리는 성벽을 거닐었다. 달빛에 젖은 그의 뒷모습은 몹시도 쓸쓸했다.

10. 갈망

데일 듯 뜨거운 숨. 활활 타는 입술이 닿은 자리마다 화인(火印)을 찍은 듯 얼얼하고 손길이 지나간 자리마다 저릿한 느낌이 번져 갔다. 형체없는 안개 같았던 그가 이젠 세찬 불비였다. 이대로라면 둘 다 불비에 타서 재가 될 것 같았다. 뜨거움을 견디다 못한 로가 벗어나려고 안간힘을 썼지만 무는 놓아주지 않았다. 벗어나려고 하면 할수록 무는 온몸으로 기대오며 강한 힘과 입술로 로를 휘감았다. 로는 거미줄에 걸린 나비처럼 몸을 떨었다.

"제발……."

로는 가슴을 밀치며 괴로운 신음을 흘렸다. 하지만 그는 들리지 않는 듯 더욱 세게 끌어안았다. 마치 물에 빠진 사람처럼, 놓치면 깊이를 알 수 없는 검은 심연으로 가라앉을 것처럼 필사적으로 매달렸다. 갑자기 들이닥친 감정의 회오리. 그가 왜 이리 괴로워하는지, 그가 쏟아낸 말들이 어떤 의미인지 알 수 없었다. 다만 그가 자신을 원한다는 것만은 똑똑히 느낄 수 있었다. 로는 그의 갈망을 두려워하면서도 안도했다. 그가 찾아왔다는 것은 자신을 버리지 않았다는 것. 기뻤다. 눈물조차 메말라 버린 몸속이 축축하게 젖어드는 것 같았다. 어쩌면 울 수도, 어쩌면 사랑할 수도 있을 것 같았다. 그럴 리가 없지만, 그만큼 그가 자신을 찾은 것이 기뻤다.

하지만 그는 너무나도 거칠고 뜨거워 로가 감당해 낼 수 없었다. 그의 몸 안에서 산산조각이 날 것만 같았다. 입술을 벌리고 미끄러지듯 들어온 혀가 모든 것을 헤집어놓았다. 모든 감각을 두드리고 자극해 헝클어놓고 달래듯 감아올리며 희롱했다. 로는 그를 밀어내고 잠시라도 숨을 쉬고 싶었다. 이 거센 폭풍에 휩쓸리기 전에 정신을 차리고 싶었다.

"무…… 놔줘요."

로는 간신히 그의 입술을 밀어내고 작게 흐느꼈다. 다리가 풀리면서 그녀의 몸이 아래로 허물어졌다. 무는 로를 끌어당기고 입술을 혀로 핥고 아랫입술을 살짝 깨물었다. 그의 입술이 귓불을 삼키자 어둠이 하얗게 변하고 뜨겁고 축축한 혀가 귓바퀴를 파고들자 빛이 휘어 일그러졌다. 그의 엄지손가락이 귀 뒤와 목덜미를 부드럽게 쓸어내리자 몸의 일부가 허물어지고 붕 뜨는 것 같았다. 로는 자신도 모르게 고개를 젖히고 입술을 벌렸다. 무는 기쁜 눈빛으로 그녀에게 입술을 가져갔다.

애써 빗은 머리는 온통 헝클어지고 머리에 꽂았던 장신구는 모두 떨어져 나갔다. 입고 있던 비단 옷은 찢겨서 속살이 드러났다. 찢어진 옷 속으로 조금의 주저도 없이 그의 손이 들어왔다. 그의 손가락이 등에 닿자 전율이 잔물결처럼 퍼지며 다리에 감각이 사라졌다. 로는 너무나도 아득한 나머지 그대로 의식을 놓아버릴 것만 같았다. 그가 붙들고 있지 않다면 그대로 제자리에 허물어졌을 것이다. 모든 것이 너무나도 뜨겁고 강렬했다.

"아…… 숨이……."

로는 숨 쉬기 위해 필사적으로 노력했지만 제대로 쉬어지지가 않았다. 어떻게 숨을 쉬는 것인지 기억조차 나지 않았다. 심장은 거칠게 뛰어 터질 것만 같았고 벌어진 입술로 그가 들어와 드나드는 모든 숨을 앗아가 버리겠다는 듯 모든 것을 빨아들였다. 몸속의 모든 것이 입술을 통해 그에게로 건너가 버리는 것 같았다. 심지어 영혼마저도. 곧 눈앞이 캄캄해지고 세상이 뒤집히는 것 같은 어지럼증이 찾아왔다. 그의 어깨를 감쌌던 로의 팔에 차츰 힘이 빠져나가고, 결국 그녀는 무의 품속에서 축 늘어진 채로 정신을 잃고 말았다.

푸른 하늘, 푸른 강, 수면 위를 흘러가는 안개. 뱃전에 물결이 부딪혀 흩어지는 소리, 모래톱에 있던 물새가 푸드득 날아오르는 소리가 들렸다.

이것은 꿈이다. 아주 평화로운 꿈. 꿈속에 내가 말한다.

"이 강이 어디까지 이어지는지 알아요?"

"글쎄."

"하늘로 이어진대요. 강물은 푸른 하늘이 되고 안개는 구름이 되고 물고기는 새가 된대요. 우리 하늘로 이어질 때까지 가봐요."

"응."

"하늘을 지나면 어디로 갈까요? 하늘보다 더 넓은 곳으로 가게 될까요?"

"가보자. 어디까지 이어지는지."

그의 목소리가 긴 여운을 남기며 멀어져 갔다. 그의 목소리를 놓치고 싶지 않다. 붙들어야 한다. 허공을 향해 힘껏 손을 뻗다가 마침내 그의 손을 잡았다. 마음이 편안해지자 왠지 눈물이 나올 것만 같았다.

꿈에서 깨었을 때 로는 너무나도 슬퍼 눈물이 나올 것만 같았다. 영원히 깨고 싶지 않은 꿈이었다. 꿈속에서 자신은 무척 행복했고 자신을 다정히 안은 그 또한 행복해하고 있었다.

그……

누구였을까.

로는 문득 자신의 손을 꼭 붙들고 있는 손을 느꼈다. 길고 섬세한 손가락과 부드러운 감촉. 꿈속에서 느꼈던 안도는 이 손 때문이었을까.

로는 포근한 이불에 누워 있었다. 머리가 좀 무겁긴 했지만 아까처럼 고통스럽진 않았다. 아까 못다 쉰 숨을 들이마셨다가 천천히 내쉬었다. 이제야 좀 살 것 같다.

그때 따뜻한 숨결과 머리칼이 뺨과 목 주위를 간질였다. 몸을 일으키려 하자 그가 잡은 손을 당기며 도로 눕혔다.

"그대로 누워 있어."

격정에 휘말렸던 목소리가 이젠 제법 차분해져 있었다. 다시 눕긴 했지만 옆에 누워 있는 존재 때문인지 좀처럼 안정이 되지 않았다. 가까이 있는 무에게서 그만의 향이 났다. 안개 낀 아침 숲을 거니는 것 같다. 숨이 드나드는 곳이 알싸해지며 머릿속이 청량해진다. 무가 다가오자 향이 짙어지고 열기가 얇은 옷감 사이로 전해졌다.

"어디가 아프거나 불편한가?"

로는 고개를 저었다. 비록 보이진 않지만 그가 안도하고 있음이 느껴졌다.

"미안하다. 미처 널 생각하지 못했다."

그의 부드러운 사과가 낯설어서 지금 이 순간이 꿈결 같았다.

"아직도 내가 두려워?"

조금 시간을 두고 한 질문이었다. 조심스러운 기색은 보이지 않았다. 설령 두려워하더라도 놓치지 않겠다는 듯 그가 잡은 손에 힘을 주었다.

그의 물음에 로는 가만히 고개를 저었다. 두렵지는 않았지만 지금의 그가 몹시도 낯설었다. 부드러운 미풍처럼 따스하다. 아까 일은 꿈이었던 걸까. 아니면 지금도 꿈을 꾸는 걸까.

"다행이다. 많이 걱정했다."

그가 안도의 숨을 내쉬었다. 둘 사이에 어색한 침묵이 흘렀다. 로는 잔뜩 굳은 채로, 무는 부끄럽고 어색해 천장만 뚫어지게 바라보았다. 로는 지금 둘의 모습이 참으로 이상하게 보였다. 침상에 나란히 누워서 숨도 크게 못 쉬고 있는 모습이라니. 심장은 뛰고 잡은 손엔 감각이 없었다. 어서 무슨 말이라도 해주길 바라는 차에 무가 입을 열었다.

"만약에……."

그가 숨을 꿀꺽 삼키고 뜸을 들였다. 로도 덩달아 숨을 삼켰다.

"만약 네게 눈을 돌려준다면, 그 후에도 무산에 남겠느냐?"

로는 놀라서 그가 있는 쪽을 보았다. 갑작스런 물음에 쉽게 대답이 나오지 않았다. 월호의 안개와 짐승들을 물러가게 해주는 대가로 로는 죽을 때까지 무산에 남기로 그와 약속을 했다.

애초부터 다른 선택은 생각할 수도 없었지만 무산의 삶을 순순히 받아들인 것은 자신이 생각해도 이상한 일이었다. 마치 있어야 할 곳을 찾아온 것처럼 몸과 마음이 편했다. 무산이 아닌

곳은 좀처럼 생각할 수가 없었다. 그의 말대로 잃어버린 눈을 되찾을 수 있다면, 그가 보내준다면 무산을 떠날까 아니면 남아 있을까. 로는 여전히 월호가 그리웠지만 그곳에 두 번 다시 돌아갈 수 없음을 알고 있었다. 그녀가 본 세상은 월호와 무산뿐이었고, 그 외의 곳은 모두 낯설고 두려웠다. 로는 할 수만 있다면 무산에 남고 싶었다.

로는 무산이 좋았다. 다른 이들이 두려워하고 가까이 오기를 꺼리는 곳이지만 자신에게 무산은 자신을 받아준 평화롭고 따뜻한 곳이었다. 공기, 바람, 햇빛, 모든 소리가 포근하고 정겨웠다. 어머니의 자궁처럼 편안하고 왠지 모를 그리운 감정이 가슴 깊숙한 곳에서 피어올라 그대로 무산의 일부가 될 것 같았다. 무산을 가만히 떠올리던 로는 또다시 혼란스러웠다. 헌데 그는 왜 이것을 물어볼까. 어젯밤 그가 쏟아냈던 많은 말들 중에 하나가 떠올랐다.

"내가 찾아갔을 것이다. 세상 끝에 있더라도 내가 찾아냈을 것이다."

그의 말을 듣는 순간 어지럼증과 함께 심장이 차게 얼어붙는 듯했다. 정운의 고백을 들었을 때 느꼈던 슬픔과는 다른 감정이었다. 깊은 고통과 절망. 과거에 느꼈던 사랑의 아픔과 흡사하지만 그것보다 더 깊고 진한 감정이 로를 뒤흔들었다.

'이 알 수 없는 감정은 몸속 어디에 숨어 있다가 흘러나온 것일까? 정운에게 움직이지 않았던 마음이 왜 그 앞에서 움직이는

것일까? 왜 그에게 이토록 아픈 고통과 혼란을 느끼는 걸까?'

로는 자신에게 수없이 많은 질문을 던졌지만 아무런 답도 얻지 못했다. 기억은 존재하지 않고 아픔만 남아 몸과 마음을 괴롭혔다. 이럴 땐 어찌해야 할지 알 수가 없다. 그저 시린 가슴을 끌어안고 어쩔 줄 몰라 할 뿐.

로의 혼란을 느꼈는지 그가 가만히 끌어당겨 안았다. 그의 숨과 체온, 심장 뛰는 소리가 분명히 들렸다. 로는 그가 대답을 기다리고 있는 것도 잊은 채 빠른 심장 박동에 귀 기울이며 생각에 잠겼다. 대답을 기다리다 못한 무가 잠시 주저하다 입을 열었다.

"나는 네가 내 곁에 남기를 원한다. 강요나 거래가 아니라 마음으로 머물기를 원한다."

로가 놀란 얼굴로 고개를 들었다. 무와 로의 얼굴이 닿을 듯 가까이 있었다. 무는 조용한 눈길로 로의 얼굴을 들여다보며 말했다.

"나는 어리석었다. 너를 원하면서도, 이렇게 미칠 듯이 원하면서도 끊임없이 부정해 왔다. 네게 아무것도 주지 않았다고 생각했다. 늘 너를 보고 느끼면서도 아무것도 주지 않았다고 고집을 부렸다. 나는 이제야 깨달았다. 네게 준 것이 너무나도 많다는 사실을. 그래서 마음이 그토록 시렸던 것이다. 모든 것이 빠져나간 몸뚱이에 심장만 남아 이토록 속절없이 허전하고 가슴이 뛰는 것이다."

그의 말대로 심장이 빠르게 뛰고 있었다. 그의 심장 박동에 공명하듯 로의 심장도 빠르게 뛰었다. 로를 긴장된 숨을 삼키며 주먹을 꼭 쥐었다.

"내 마음은 이미 네 것이다. 아직 못다 준 것이 있다면 그마저도 너를 위해 내놓으마. 만약 네가 다시 마음을 찾으면…… 그 마음을 내게 주겠느냐."

그가 말할 때마다 몸 전체에 큰 울림이 퍼졌다. 울림은 고스란히 로에게 전해졌고, 그녀는 그 소리를 통해 무의 감정을 느꼈다. 가슴에 가득 들어찬 희열과 사랑하는 자만이 가지는 두려움이 들렸다.

'신도 두려운 것이 있는 걸까.'

로는 좀처럼 믿을 수가 없었지만 울림 속에 미세한 떨림과 더욱 빨라지는 심장 박동이 그의 마음을 대신해 주고 있었다. 무가 가깝고 큰 울림으로 다가올수록 로의 마음은 더 멀리 뒷걸음쳤다. 그의 마음이, 너무나도 큰 진심으로 다가오는 마음이 두려웠다. 받을 수는 있지만 아무것도 돌려줄 수 없다. 그것이 얼마나 고통스러운 건지 로는 그동안 살아온 날들을 통해 뼈저릴 정도로 잘 알고 있었다. 두려움에 질린 로의 마음이 속삭였다.

'한 번 신과 한 약속은 되돌릴 수 없다고 했어. 넌 사랑을 되찾을 수 없어. 또다시 악몽이 되풀이될 거야. 그는 스스로 자멸해 갈 테고 넌 또다시 상처 입게 될 거야.'

순간 흐리고 몽롱했던 영혼이 찬물을 뒤집어쓴 듯 놀라며 깨어나기 시작했다. 무를 따라 뛰던 로의 심장은 차츰 느려지기 시작했다. 로는 더는 그의 격정에 휘말리지 않고 멀어지기 시작했다.

"전 이제 그 어떤 이도 마음에 품을 수 없어요."

로 스스로도 놀랄 만큼 냉정한 말이었다. 그의 숨이 일순간 멈춘 듯했다.

"내가 되찾아주겠다."

"불가능해요."

"아니다. 방법이 있을 거야."

"당신 손으로 한 일이에요. 이 약속은 영원히 돌이킬 수 없을 거라 하지 않았나요?"

"나도 안다. 내가 한 짓이 후회가 돼서 견딜 수 없이 괴롭구나. 다시 네게 돌려주고 싶다. 내가 앗아간 눈과 마음을."

마지막 말에 로는 지그시 입술을 깨물었다. 차라리 그가 본래의 무로 돌아가 주었으면 좋겠다. 그 차갑고 잔인한 무로 돌아가면 이런 괴로움을 주지 않을 텐데. 로는 보이지 않은 밧줄에 온몸이 꽁꽁 묶여버린 것만 같았다. 어서 빨리 이 줄을 끊고 도망가고 싶을 뿐이다. 그녀는 자신이 낼 수 있는 가장 싸늘한 목소리로 말했다.

"원치 않아요. 제가 당신을 원하지 않아요."

그가 황급히 몸을 일으켰다. 침묵이 흘렀지만 성난 마음을 충분히 느낄 수 있었다. 하지만 얼굴 표정은 몹시도 슬프겠지. 로는 그의 얼굴을 머릿속에 그리며 아픈 마음을 지그시 눌렀다.

"왜지? 왜 날 원하지 않지?"

"제 마음은 아무것도 느끼지 못합니다. 이건 누가 시켜서가 아닌 제 스스로 원한 거예요. 간신히 끊어놓은 마음을 이제 와 다시 붙이고 싶지 않아요."

로의 목소리는 참으로 건조하고 싸늘했다. 진실로 몸속의 사랑이 모조리 빠져나간 이의 목소리 같아 서글펐다.

"나는……."

그의 몸속에서 무언가가 폭발하는 듯 숨이 거칠어지기 시작했다. 로는 그의 갈망이 아득하기만 했다.

"나는 네게 마음을 돌려줄 것이다. 그리고 나를 원하도록 만들겠다."

"사람의 마음은 갖고 싶다고 해서 가질 수 있는 것이 아니에요. 그렇기 때문에 고통스러운 겁니다."

어느덧 그와 마주 앉은 로가 힘주어 말했다. 그 앞에서 늘 조심스러웠던 자신이 어쩌면 이리도 떳떳할 수 있는지 그녀도 놀라웠다. 로가 고요하고 차갑게 변해가는 동안 무는 뜨거운 용암처럼 끓어오르기 시작했다. 그는 난폭해지지 않기 위해 애써 자신을 억눌렀지만 끝내 미칠 듯한 갈망을 어쩌지 못하고 외쳤다.

"그럴 리가 없다. 내 마음이 이런데…… 어째서……."

무는 로를 붙들고 흔들었다. 머릿속에 뒤엉킨 많은 생각들이 제대로 된 말을 만들어내지 못하고 혼란 속에 섞였다.

'내 마음을 모두 주어도 가질 수 없다니, 이토록 원하는데 네 마음을 받을 수가 없다니.'

무는 인정할 수 없었다.

"내가 널 원하듯, 곧 너도 날 원하게 될 것이다. 꼭 그렇게 될 것이다."

"마음은 억지로 만들어낼 수 없는 것입니다."

"왜! 도대체 왜!"

"인간의 마음은 그래요. 원한다고 해서 얻고, 싫다고 거둘 수 있다면 제가 무산에 오지도 않았겠지요."

둘 사이에 슬픔과 고통이 서린 침묵이 흘렀다. 로는 무가 포기해 주길 바랐다. 그만은 자신처럼 아프지 않기를 바랐다.

"나는 바꿔보이겠다."

그가 결연하게 말했다. 그는 포기하지도 물러설 생각도 없어 보였다. 로는 이해할 수 없다는 표정으로 그를 보았다.

"내가 네 마음을 바꾸겠다. 제 마음대로 할 수 없는 것이 인간의 마음이라고 하지 않았나. 어째서 네 마음이 내게 오지 않을 거라 확신하는 거지?"

"그건……"

로가 답을 찾지 못해 머뭇거리는 사이 무가 말했다.

"내가 네 마음을 찾아주겠다. 그리고 네 마음을, 내게 오지 않을 거란 그 마음을 내게 오게 하겠다."

무의 얼굴이 확신으로 가득 차는 것과 반대로 로의 얼굴은 차츰 어두워졌다. 그에게 찾아올 고통을 로는 미리 가늠할 수 있었다. 내 것이 될 수 없는 이를 매일 보는 것이 얼마나 슬픈지, 덧없는 희망이 얼마나 뼈아픈지, 함께 나눌 수 없는 것이 얼마나 가슴 시린 것인지 그도 곧 알게 될 것이다. 로는 그 과정들을 또다시 지켜볼 수 있을지 자신이 없었다. 문득 정운의 차가운 체온과 감촉이 손끝에서부터 되살아나 온몸으로 퍼져 갔다. 로는 숨이 얼어붙는 듯한 한기에 몸을 움츠렸다. 이 견딜 수 없는 한기는 또다시 시작되는 악몽인 걸까. 로는 흐느낌이 새어나올 것 같아 입술을 깨물었다.

무와 로가 환의 성을 떠나기 직전이었다. 그들이 서 있는 곳으로 환이 걸어왔다. 무의 얼굴을 가만히 응시한 환이 무덤덤하게 말했다.

"얼굴이 달라졌구나."

팔 할의 질투와 이 할의 부러움이 담긴 목소리였다. 무가 못마땅한 표정으로 환을 노려보았다.

"원하는 만큼 즐겼나?"

"인간에게 무릎 꿇은 나약한 신을 보는 재미가 생각보다 덜하더군. 차라리 그 아이와 밤을 보내는 편이 훨씬 흥미로웠을 텐데 말이야. 그 아이를 통해 얼마나 많은 쾌락을 얻었지? 신의 품위를 버릴 만큼 대단한 밤이었나?"

"그런 식으로 말하지 마라. 웃음거리로 입에 올릴 아이가 아니다."

"그 아이를 무척이나 소중히 여기는군. 내가 알던 무가 아니
야."

환의 씁쓸한 미소 속에 많은 감정이 스쳐 갔다. 시간이 흘렀
어도 버리지 못한 미련과 여전한 그리움. 절망적이게도 변한 것
은 없었다. 그들도, 환 자신도.

환은 무와 로가 처음 만난 날부터 지금까지 조용히 그들을 지
켜보아 왔다. 로가 사랑을 버렸을 때 어쩌면 그 둘의 인연이 끊
어진 것인지도 모른다 여겼다. 하지만 무는 그녀를 원하고 있었
다. 본인은 그것을 깨닫지 못하고 있었지만 환의 눈엔 너무나도
선명하게 보였다. 환이 로를 통해 무를 끌어들인 것은 그의 마
음을 확인해 보고 싶어서였다.

무의 선택에 따라서 잠시 미룬 복수가 시작될 수도, 지긋지긋
한 악연을 끊어낼 수도 있었다. 망설이는 무를 보며 환은 어쩌
면 로를 가질 수 있을지 모른다는 희망을 품었다. 환은 간절히
바랐다. 무가 로를 외면하기를, 그래서 자신이 로를 갖기를. 그
러면 더 이상 괴로워하며 복수를 꿈꾸지 않아도 된다. 늘 도망
치기만 하는 그녀를, 다른 이들의 사랑을 지켜봐야만 하는 고통
을 겪지 않아도 된다. 하지만 그들은 환이 바라는 것을 이루어
주지 않았다. 무는 로를 선택했다. 로도 언젠간 마음을 내어주
겠지. 과거처럼 되풀이되는 인연. 환은 또다시 그들을 갈라놓기
위해 나설 것이다. 그가 느낀 만큼의 아픔을 그들도 느끼길 바

라면서.

환은 차분히 가라앉은 눈으로 멀리 서 있는 로를 응시했다.

"앞으로 가야 할 길이 멀겠군. 내가 한 가지 충고해도 될까?"

"그다지 달가울 것 같지 않군."

"귀담아듣지 않으면 후회하게 될 충고일 게다."

환이 좀처럼 말을 잇지 않고 멀리 선 로의 얼굴을 몇 번이나 더듬었다.

저 얼굴에 얼마나 많은 저주를 퍼부었던가. 저 얼굴에 얼마나 많은 그리움을 토해냈던가. 저 얼굴을 보기 위해 얼마나 많은 시간을 흘려보냈던가.

'영원히 내 것이 될 수 없다면, 영원한 고통 속에 머물기를.'

환은 자신의 그리움보다 상대방의 고통을 선택했다. 그것이 환의 본모습이었다. 환은 그들이 고통받기를 원했다. 과거에 그러했듯 현재도, 미래에도.

환은 로에게서 시선을 거두고 앞에 선 무를 보았다. 그는 빛마저 찢어놓을 듯 날카로운 칼날을 마음에 품고 태연히 말했다.

"세상엔 끊어낼 수 없는 것과 끊어낼 수 있는 것이 있지. 그것의 때를 안다면 어쩌면 변할 수도 있을 것이다. 하지만 때를 놓친다면 영원히 반복되는 것을 멈출 수 없을 거다. 심지어 신이라 할지라도."

"알 수 없는 말들을 늘어놓는군."

"넌 늘 내 충고를 비웃었지. 하지만 이번만은 다를 거다."

환은 쓸쓸한 미소를 지으며 그들에게서 몸을 돌려 멀어져 갔다. 무는 환의 뒷모습을 보며 복잡한 감정을 느꼈다. 로를 바라보는 환의 얼굴에서 한 번도 보지 못한 것들이 떠올랐다 사라지는 것이 영 마땅치 않았다. 그를 통해 자신의 마음을 깨달았지만 그 이면에 어떤 계략이 도사리고 있음이 느껴졌다. 몹시도 위험하고 치명적인 뭔가가 숨어 있지만 그것은 안개처럼 모호하게 흩어져 있었다. 무는 그것이 무엇인지 헤쳐보고 싶었지만 막연한 느낌에 신경을 쓸 만큼 여유가 없었다. 지금은 오직 로만이 그의 모든 중심이었기 때문이다. 무는 곧 환의 말을 흘려버리고 뒤돌아섰다. 멀지 않은 곳에 그녀가 있었다. 아침 햇살에 서 있는 그녀는 흰 모래알처럼 반짝였다. 순간 모든 부정적인 생각들이 씻겨 나가고 견딜 수 없는 갈망이 무를 채웠다.

'너만 있으면 된다. 이 세상에서 내가 원하는 것은 너뿐이다.'

무에게 로는 더 이상 보잘 것 없고 하찮은 인간이 아니었다. 세상에서 가장 귀한 생명체, 그의 심장이었다.

"가자."

무의 말에 로가 가만히 고개를 끄덕였다. 그는 비로소 세상 속에 온전히 속해진 느낌을 받았다. 처음으로 갖고 싶은 것이 생겼고, 그것을 다치지 않게 지켜내고 싶었다. 늘 다른 이의 욕망을 비웃었던 그가 이제 그 누구보다 갈망하는 것이 생겨났다. 견딜 수 없는 허무, 텅 비어버린 듯한 쓸쓸함도 없이 모든 것이 완벽하게 채워진 느낌이다. 무는 한 번도 느껴본 적 없는 환희에 들떠 로의 어두운 그늘을 보지 못했다. 그는 또 다른 세상에 발을 디디며 흥분하고 있었다.

무산의 바람이 사뭇 차가워졌다. 저무는 가을이 아쉬운 듯, 핏빛으로 물든 단풍이 더욱 선명하고 그악스런 빛을 내뿜었다. 흙길에는 낙엽이 켜켜이 쌓이고 상류에서 떨어진 노란 은행잎이 맑은 시냇물에 떠내려 왔다. 새들의 울음소리와 물 소리가 한없이 곱고 청량한 오후였다.

"춥지 않아?"

무의 물음에 로가 가만히 고개를 저었다. 무는 그녀를 그윽한 눈으로 바라보았다. 고운 실타래 같은 머리카락과 씻긴 꽃잎처럼 섬세하고 맑은 피부가 가을빛 아래 조용히 빛났다. 공들여 닦은 거울처럼, 흐르는 물이 정성 들여 만든 조약돌처럼, 그녀는 매 순간 반짝이고 동글동글하고 윤기가 흘렀다. 로를 보고 있으면 하루가 순간처럼 지나고 사계절이 하루처럼 느껴졌다.

"곧 겨울이 오겠지요? 무산의 겨울이 보고 싶네요."

빛이 들어오지 않는 눈으로 먼 허공을 응시하는 그녀는 무상한 우수에 젖어 있었다. 혼자서 어느 하늘을 헤매는가. 무는 옆에 앉은 그녀가 아주 멀리 있는 것처럼 느껴졌다.

"첫눈이 내리면 보러 오자. 봄에 첫 꽃이 흐드러지게 필 땐 멀리까지 가보자. 여름철 큰비가 내린 다음엔 이곳 폭포수가 장관

이니 데려가 주마."

속눈썹 그늘이 진 눈에 잠깐 기쁨이 떠올랐다가 가라앉았다. 무는 그녀의 얼굴에 쓸쓸함이 내비치는 것이 못내 싫었다. 로가 그런 표정을 지을 때면 홀연히 사라져 버릴 것만 같다. 그의 손이 닿지 않는 아주 먼 곳으로.

"더 원하는 것이 있느냐?"

바람 같은 마음을 잡고 싶어서 물었다. 무는 자신을 떠난다는 청만 아니면 무엇이든 다 들어주고 싶었다.

"하늘을 날고 싶습니다. 몽우와 함께 성으로 오던 날 보았던 밤하늘을 다시 보고 싶습니다."

"어려운 것이 아니다. 당장에 들어주마."

몽우를 부르려던 무는 자신을 잡은 손에 입을 다물었다. 로가 무의 손등에 손을 얹은 채 조용히 말했다.

"전 지금이 좋아요. 그러니 자꾸 무언가를 해주려고 노력하지 않으셔도 됩니다."

그녀의 말과 따뜻한 손길에 괜스레 얼굴이 뜨거워졌다. 무는 몹시도 기뻤다. 소리 내어 웃고 싶을 만큼, 그녀를 힘껏 안아주고 싶어 몸이 뻐근할 만큼 그렇게 견딜 수 없이 좋았다. 더는 가릴 것도 없이 활짝 내보인 마음이라 생각했는데 하루하루가 지날수록 마음 깊숙이 있던 마음이 새록새록 솟아나 가슴이 설레인다. 자신도 어찌할 수 없을 만큼 로가 좋다. 그 간절한 마음 일부를 들켰을 때는 걷잡을 수 없이 얼굴이 뜨겁고 심장이 방망이질 쳤다. 제 의지대로 할 수 없는 것이 마음이라더니, 그의 마음은 이제 뛰기 시작한 망아지처럼 천지분간을 못하고 날뛰었다. 무는 헛기침으로 애써 기쁨을 숨기고는 점잖게 말했다.

"난 네가 웃었으면 좋겠다."

"그렇습니까?"

"네가 웃으면 안심이 된다. 지금 이 순간만큼은 네가 슬프지 않겠구나, 멀리 떠나지 않겠구나, 죽지…… 않겠구나."

그저 말뿐인데도 심장에 칼이 들어오는 것처럼 아프고 눈시울이 뜨거워졌다. 무는 입을 꾹 다물고 먼 하늘을 보았다.

"줄곧 묻고 싶었습니다. 언제부터 절 마음에 두셨나요."

"네가 무산에 발을 디뎠을 때부터."

"왜 저인가요?"

무가 잠시 입을 다물고 생각에 잠겼다가 말했다.

"대답하기가 힘들구나. 어쩌면 영원히 알지 못할 것 같다. 그저 네가 내 옆에서 숨 쉬고 있는 것만으로도 좋다."

로의 얼굴에 그늘이 드리워졌다. 무가 아무리 걷어내려 해도 할 수 없는 슬픈 그늘이 그녀와 그 사이를 가로막고 있었다.

"만약, 그 마음이 언제까지나 혼자만의 것이라면 곁에 두고 보는 것이 더 괴로울 텐데요."

"난 바꿀 수 있을 거라 믿는다. 너도 나도, 같은 마음으로 모아질 거라 확신한다."

"확신할수록 더 큰 슬픔이 될까 걱정이 됩니다."

"걱정되는 마음도 날 위한 마음이라 생각하면 기쁘다. 네게서 오는 그 어떤 마음이라도 나는 다 소중하다."

무는 그녀에게 될 수 있는 한 많이 말해주고 싶었다. 말을 빌려 세상에 나온 마음이 그녀의 머릿속에 기억되었다가 언젠가 사랑하는 마음을 되찾으면 떠올릴 수 있도록, 그의 마음을 느낄 수 있도록, 그래서 다른 길로 가지 않고 온전히 자신에게 오길 바랐다.

"내가 널 슬프게 하느냐?"

그녀의 고즈넉한 슬픔이 서린 낯빛을 보고 무가 조심스럽게 물었다. 로는 무의 손등에 얹은 손을 거두고 일어섰다. 무는 몸의 일부가 떼어진 듯 허전했다.

"인연에 대해 생각했습니다. 인연이란 참으로 잔인하고 가혹한 것인가 봐요."

무는 더는 대꾸하지 않았다. 그도 로와 자신의 인연이 가혹하다 생각했다. 하지만 가혹한 인연이라고 해도 맺어질 수만 있다면 얼마든지 기다릴 참이었다. 다만 그날이 빨리 오기를 바랄 뿐. 무는 그들에게 주어진 짧은 시간이 눈물겹도록 아까웠다.

'우리가 함께할 수 있는 시간이 너무나도 짧고, 네 눈은 보이지 않고, 마음은 멀리 있구나. 가는 시간을 매어둘 수 있다면 좋겠다. 네가 아름다운 눈동자로 나와 무산을 바라봐 주었으면 좋겠다. 그리고 내가 너를 원하듯, 너도 나를 원했으면 좋겠다.'

무는 간절한 눈으로 로를 바라보다 따라 일어났다. 몽우를 부르자 백호가 허공에서 나타났다. 무는 몽우의 등에 로를 태우고 자신도 올라탔다. 그가 한 팔로 감싸 안자 로가 흠칫 놀라며 고개를 돌렸다.

"공기가 몹시도 차다."

무의 말에 단념했는지 로가 긴장을 조금 풀었다. 몽우는 하늘로 날아올라 무산의 꼭대기로 향했다. 언제 시간이 흘렀는지 석양이 무산을 노을빛으로 물들이고 단풍과 꽃들이 타는 듯 붉은 빛을 띠었다. 혼자 눈에 담기엔 너무나도 아름다운 광경이었다.

"해가 지고 있다. 무산이 타는 듯 붉다."

무는 이 풍경을 어떻게 설명해야 할지 몰라 애가 탔다.

'저 석양을, 붉은 단풍을, 숲과 물의 빛깔을 어떻게 표현해야 할까. 어리석다. 왜 눈을 달라 했을까. 왜 하필…….'

아름다운 풍경을 두고 무는 후회와 괴로움에 어쩔 줄 몰라 했다. 그때, 로가 그의 가슴에 가만히 기대왔다.

"참으로 아름답습니다."

그녀는 무산이 눈에 보이는 듯 아련하게 말했다. 그 말이 꼭 자신을 위로하는 말처럼 들려 무는 더욱 괴로웠다.

"무산이 보이느냐?"

"마음으로 느낍니다."

무는 그녀를 감싸 안으며 가만히 눈을 감았다. 그에게 보이는 것은 어둠뿐이었다.

"내게는 어둠뿐이다."

"닫힌 마음을 열어보세요. 더 멀리, 더 깊이 보일 겁니다."

무는 숨을 들이마셨다가 길게 내뱉으며 어둠을 응시했다. 그러자 붉은 단풍이 하나둘 보이기 시작했다. 그것은 차츰 숲을 이루고 바위와 물이 더해졌다. 눈으로 본 것보다 더 아름다운 풍경이 무의 눈에 보였다.

"보인다. 눈을 감아도 보인다."

무가 들뜬 목소리로 말했다.

"지금 내가 보고 있는 것이 네가 보고 있는 것인가 보다. 참으로 아름답다."

무는 기쁨을 억누르지 못하고 소리 내어 웃었다. 그가 보는 것이 아니라 그녀의 마음이 보여준 풍경 같았다. 그녀가 바위처럼 단단했던 그의 마음을 녹였듯 세상을 보는 눈도 바꿔놓은 것 같았다. 무는 로의 목덜미에 입술을 지그시 누르며 가만히 속삭였다.

"내가 본 세상보다 네가 보여준 세상이 더 아름답구나."

그녀의 얼굴을 볼 순 없지만 미소 짓고 있는 것이 눈에 보였다. 오직 그녀를 향한 마음이 깊숙한 곳에서 하염없이 솟아나왔다. 무는 살면서 가장 버리고 싶지 않을 기억을 고르라면 지금 이 순간을 택할 것 같았다.

둘을 태운 몽우가 무산의 꼭대기 너른 바위에 내린 후 붉은 해를 향해 섰다. 석양이 아름다운 가을 속으로 지고 있었다. 늦가을 바람이 몹시 찬 탓에 로는 몸이 꽁꽁 얼어서 성에 돌아왔다. 그녀는 정령들이 채근하는 대로 따뜻한 죽을 먹고 온천에서 목욕을 했다. 목욕을 끝내고 침실로 향하던 와중이었다. 막 복도를 지나는데 정령들의 작은 웃음소리와 소곤거림이 들렸다.

"진짜 주무셔?"

"그렇다니까."

"인간의 모습으로 주무시는 거 처음 본다."

"피곤하셨나 봐. 하긴 근래 들어 쭉 인간으로 지내셨으니까. 통 안 주무시니 피곤하셨겠지."

내실에서 들려온 속삭임이었다. 로는 조심스럽게 문을 열고 안으로 들어갔다. 따뜻하고 향기로운 공기가 부드럽게 밀려왔다. 로가 들어서자 정령 하나가 그녀의 손을 잡고 의자로 이끌었다.

"지금 주무세요?"

"네. 조금 전 목욕을 마치시고 막 잠이 드셨어요."

그녀들 중 하나가 작은 목소리로 말했다.

"전에는 주무시지 않았나요?"

정령은 당연하다는 듯 말했다.

"그럼요, 무님은 늘 안개로 머물러 계셨거든요. 그런데 근래엔 늘 인간의 모습으로 계셔서 고단하셨나 봐요."

정령들이 조심스러운 발걸음으로 방을 나가자 사위는 고요해지고 무의 고른 숨소리가 들렸다. 로는 의자에서 일어서서 무에게로 다가갔다. 긴 의자에 길게 누운 그는 혼곤히 잠들어 있었다. 로는 그가 베고 누운 베개와 담요를 손으로 직접 매만진 후 옆에 앉았다. 그의 고른 숨소리, 젖은 머리칼에서 배어나오는 향긋한 향을 맡고 있자니 마음이 차분해지는 느낌이었다. 따뜻한 곳에서 잠든 이와 있으니 덩달아 잠이 밀려왔다. 옆에서 꾸벅꾸벅 졸던 로는 무가 뒤척이는 소리에 고개를 들었다. 좋은 꿈이라도 꾸는지 시냇물이 속살거리는 것처럼 작은 웃음소리가 들렸다.

"신도 잘 땐 아이 같구나."

살포시 미소를 머금은 로는 반쯤 흘러내린 담요를 다시 덮어주고 일어나려다 무에게 손목을 잡혔다.

"음……."

길고 낮은 숨소리로 보아 여전히 잠결인 듯싶었다. 로는 붙들린 손목을 풀기 위해 그의 손을 잡았다가 선뜻한 느낌이 얼른 손을 놓았다. 그저 손을 잡은 것뿐인데 가벼운 전율이 몸에 퍼졌다. 산에서 그의 손등에 손을 얹을 때도, 등에 와 닿는 그의 가슴을 느꼈을 때도 느낀 전율이었다. 그의 피부 감촉이 몸에 문신을 새기듯 선연하게 기억돼 숨을 흔들었다. 온몸의 통점들이 일제히 반응해 정신이 다 몽롱할 지경이었다. 로는 무의 손을 간신히 풀고 들리지 않게 한숨을 쉬었다. 그의 팔을 담요 안으로 밀어 넣던 그녀는 문득 치미는 호기심에 고민하다 그의 곁에 다가앉았다. 그리고 손을 뻗어 그의 얼굴을 찬찬히 더듬어보았다.

그녀의 손가락 아래에 무의 얼굴이 천천히 그려지기 시작했다. 그는 매끄럽고 반듯한 이마와 단정한 눈썹, 감은 두 눈에 속눈썹이 여인만큼이나 길고 숱이 풍성했다. 오연한 콧날과 갸름한 턱은 여느 사내답지 않게 여리고 섬세했다. 그리고 입술, 그의 입술은 마음이 엿보이는 듯 고왔다.

'눈이 보였다면 참 좋았을 텐데.'

흐릿한 눈으로 보았던 그. 그때 느낀 떨림이 어렴풋하게 떠올랐다. 아주 오래전 일처럼 아득하기만 하다. 로가 조용히 생각에 잠겨 있는 사이 무가 다시 몸을 뒤척였다. 담요가 흘러내려 추웠는지 주위를 더듬다 로의 손을 잡았다. 그리고는 손을 잡아당겨 꼭 끌어안고 자신의 품에 가두었다.

얼결에 그의 품에 갇힌 로는 심장이 뛰는 소리를 분명하게 들었다. 그의 심장이 아니라 자신 안에서 들려오는 소리였다. 이토록 심장이 뛰었던 때가 언제던가. 그녀의 눈앞에 푸른 들판과 자오의 얼굴이 스쳐 갔다. 겨우내 기다리던 그를 보았을 때 이렇게 심장이 뛰었다. 하지만 마음을 잃은 지금에 와서 왜 이리 심장이 뛸까.

'그럴 리가 없어. 나는 누군가를 사랑할 수 없어.'

로는 견딜 수 없는 혼란을 느끼며 그의 품에서 빠져나오려고 했다. 하지만 그가 품 안에 가두고 좀처럼 놓아주지 않았다. 로는 어느 순간 그가 더 이상 잠든 것이 아니라 깨어 있다는 것을 깨달았다. 숨소리가 이전과 달랐다. 로가 마른침을 간신히 삼키고 말했다.

"놓아주세요."

"흠, 이게 그 꿈이란 건가?"

아직 잠이 가시지 않은 듯 그의 목소리가 낮게 잠겨 있었다.

"도둑고양이처럼 슬며시 찾아와 나를 안으려고 했구나. 어쩔 수 없지. 네가 원하는 대로 해라. 나를 마음껏 안아도 좋다."

로는 어이가 없어 피식 웃고 말았다.

"어서 안으래도. 나는 꿈을 꾸고 있다. 나는 널 모른다. 나는 행복한 꿈을 꾸고 있을 뿐이다."

"짓궂으십니다."

로가 그의 가슴을 밀치자 무는 더욱 힘껏 끌어안았다.

"그날 네가 꿈에서 했던 대로 해. 내 옷을 막 벗기고 몸을 더듬었잖아."

"제가 언제요?"

화들짝 놀란 로가 얼굴을 붉히며 말했다.

"꿈이었다고 발뺌하는군. 네 손으로 직접 내 옷을 벗겼잖아. 그리고 이 손으로 내 가슴을 막 주물렀다. 이렇게."

무가 로의 손을 잡아 자신의 옷섶을 헤치고 맨가슴에 대고 꾹 눌렀다. 당황한 로가 아무리 손을 빼려 해도 그는 킬킬거리며 놔주지 않았다.

"내가 그때 얼마나 놀랐는지 아니? 가슴이 떨려서 혼났다. 겉 보기완 달리 어찌나 엉큼한지."

"거짓말하지 마세요!"

로가 작게 비명을 내질렀다.

"이제 와 생각해 보니 부끄러운가 보지? 그러게 왜 애써 참고 있는 이 옆에 와서 살랑살랑 봄바람을 넣은 거야. 그게 '나 좀 안아주세요, 요 예쁜 입술에 입 좀 맞춰주세요' 하고 유혹한 게 아니고 뭐야? 안 그래?"

"그게 아니라 잠자리 봐드리려고 왔었는데, 갑자기 끌어당겨서…… 놔주세요."

무의 얼굴이 바로 앞에 있어서 코끝이 스치고 뜨거운 숨이 닿았다. 둘 사이는 작은 틈도 없이 가깝게 밀착해 있어 로는 숨도 제대로 쉬지 못하고 자신의 몸을 감은 손을 풀어내려 낑낑거렸다.

"내 품속에 들어올 땐 언제고 이제 와 도망가려고 하는 거야."

웃음이 배인 목소리에 로의 얼굴이 더욱 빨갛게 달아올랐다.

"소, 소리 지를 거예요."

"감히 나에게 명령할 자가 어디 있다고. 다들 문밖에서 좋아라 할걸."

로가 난처해할수록 무의 얼굴엔 미소가 퍼졌다.

"화낼 거예요."

"흥, 내가 무서워할 줄 알고. 이런 날이 오기만을 얼마나 기다렸는데 이대로 보내줄 순 없지."

그의 나직한 웃음이 귓전을 간질이자 로는 자신도 모르게 몸을 움츠렸다. 몸이 나른하면서 간지럽고 크고 작은 전율이 퍼져 나갔다.

"네 스스로 왔으니 쉽게 놔주지 않을 테다."

"갑자기 손목을 잡아서 끌려온 것이에요."

"자는 이가 잡아끌 만큼 가까이 있었던 게 누구지?"

로는 붉어진 얼굴을 보일까 봐 그의 가슴에 고개를 묻었다. 또 한 번 그의 웃음이 귓가를 간질였다.

"맙소사. 네 얼굴이 이렇게 붉어진 것은 처음 보는군. 게다가 내 품으로 뛰어들기까지 하니 내가 수고를 하지 않아도 마음이 돌아오기 시작한 건가."

"그게 아니에요."

로는 맹렬히 도리질을 쳤다. 스스로도 알 수 없는 일이었다. 얼굴은 왜 이리 뜨겁고 심장이 콩닥거릴까. 그녀가 당황하는 사이 무는 신이 났다.

"아니라고 하지 마라. 그럼 크게 실망할 테니까. 지금 난 몹시도 기뻐."

무가 한 팔을 풀고 로의 얼굴을 들게 했다. 사과처럼 빨갛게 익은 그녀의 얼굴을 못내 사랑스럽다는 듯 바라보던 무가 하얗고 반들반들한 이마에 살짝 입을 맞추었다. 얼굴이 더욱 붉어진 로가 애원하듯 간절히 말했다.

"부디 놓아주세요."

"싫다. 며칠이고 이리 있을 테다."

무가 자신 쪽으로 힘껏 끌어당기자 아래에 단단하게 솟은 무언가가 느껴졌다.

'어머나, 세상에.'

로는 자지러질듯이 놀라며 발버둥을 쳤다.

"부디, 부디……."

로의 숨이 금방이라도 넘어갈 듯 다급하자 무가 넌지시 말했다.

"내 입술에 입을 맞추면 놓아주지."

로가 도저히 못할 거 같다는 얼굴로 고개를 젓자 무의 목소리가 더욱 단호해졌다.

"못하겠다면 계속 이리 있을 수밖에. 정령들도 신기해서 다들 구경 올지도 모르겠는 걸."

로의 얼굴이 금방이라도 울 것처럼 변했다. 무는 얼굴 가득 웃음을 머금은 채 고민에 사로잡힌 로의 얼굴을 내려다보았다.

"에이, 그까짓 입은 맞춰서 무엇해. 난 그냥 이대로 있는 것이 좋다."

"그리 하면 정말로 놓아주실 겁니까?"

로가 조심스럽게 물었다.

"너와 한 약속은 꼭 지킨다."

"정말로 놓아주셔야 합니다."

"그렇대도."

몇 번이고 다짐을 받은 로는 침을 꼴깍 삼키고 숨을 깊이 내쉬었다. 로의 숨소리가 한숨처럼 들려서 웃음이 났지만 무는 입을 꾹 다물고 그녀를 지켜보았다.

"그럼 먼저 팔을 풀어주세요."

마침내 결정을 내린 로가 말했다. 그 모습이 너무나도 비장하게 보여서 그리 싫으면 그만두라고 말하고 싶을 정도였다. 하지만 무는 그녀를 안은 팔을 느슨하게 풀고 하는 양을 지켜보았다. 두 팔이 자유로워진 로는 잠시 머뭇하더니 두 손으로 무의 얼굴을 감쌌다. 그녀의 손길에 이번엔 무가 놀랐다. 그는 긴장한 얼굴로 로를 응시했다. 두 손으로 무의 얼굴을 감싼 채 로가 다가왔다. 잔뜩 긴장한 채, 몹시도 떨리는 표정으로. 조금 전까지 장난기 가득한 얼굴이었던 무의 얼굴에도 긴장이 서렸다. 그는 로의 입술이 가까이 오자 자신도 모르게 눈을 감아버렸다.

마침내 입술과 입술이 닿은 순간이었다. 무의 숨이 멈추고, 심장이 멈추고, 시간이 멈추었다. 로의 부드러운 입술의 감촉과 체온이 온몸의 핏줄을 타고 심장으로 모아지는 듯했다. 따뜻함이 뜨거움으로 번져 거센 불길이 되었다. 몸의 중심이 크게 들고 일어나 견딜 수 없이 단단해졌다. 그녀를 안고 싶은 뜨거운 욕망이 그를 괴롭혔다. 하지만 약속은 약속. 무는 그녀를 안은 팔을 그대로 풀어버렸다. 그러자 기다렸다는 듯 그녀가 품에서 빠져나갔다. 그리고 맹수에 놀란 토끼처럼 재빨리 방을 가로질러 문밖으로 사라졌다. 무는 갑작스레 닥친 허전함과 채우지 못한 갈망으로 미칠 듯한 심정이 되었다.

"맙소사, 난 너를 이길 수가 없구나. 그 작은 몸으로 날 굴복시키다니."

무는 허탈한 듯 웃으며 고개를 가로저었다. 가슴 한쪽이 뿌듯하고 자꾸만 웃음이 새어나왔다. 그녀의 달아오른 얼굴, 걱정스러울 만큼 뛰던 심장박동과 부드러운 입술에 마음이 설렌다. 혹시 얼어붙었던 그녀의 마음이 간절한 그리움에 답해 점차 녹기 시작하는 것은 아닐까. 자신이 기적처럼 이끌렸듯이 그녀 또한 기적처럼 마음을 되찾은 건 아닐까. 무의 마음이 기대에 부풀어 올랐다.

霧路

11. 이슬지다

아이들의 웃음소리가 들린다. 풀밭 위를 구르고 뛰놀며 들리는 명랑한 웃음소리. 아무런 걱정도 두려움도 없는 천진한 웃음소리.

개구쟁이 사내아이 하나가 소무리 쪽으로 살금살금 걸어가 한가로이 풀 뜯는 소의 궁둥이를 향해 새총을 쏘았다. 순한 큰 눈을 껌뻑이던 소가 짧게 한 번 울고는 슬금슬금 자리를 피하고, 그 바람에 소의 목에 걸린 놋쇠 방울이 댕그렁댕그렁 울었다. 또래들보다 제법 처녀아이 티가 나는 계집애가 나서서 개구쟁이의 새총을 빼앗고 어른께 이른다며 야단치자 사내아이는 목을 쑥 집어넣고 입을 쭉 내밀었다. 그 모습을 보고 아이들이 까르르 웃으며 저마다 손뼉을 쳤다. 심통이 난 개구쟁이는 계집애의 살짝 부풀어 오른 가슴을 흘끔거리다 괜스레 얼굴을 붉히며 돌아섰다. 구슬땀이 맺힌 아이들의 이마에 한줄기 시원한 바람이 스쳐 갔다. 잎이 얼마 남지 않은 나무에서 차르르 바람 지나는 소리가 났다.

"아이들 웃음소리가 참 해맑네요. 다들 행복해 보여 다행이에요."

월호 아이들의 소리에 귀를 기울이던 로가 기뻐하며 말했다.

천호를 통해 바라본 월호는 평화로웠다. 낮에도 자욱하던 안개는 사라지고 주위를 배회하며 사람을 공격하던 사나운 들짐승도 물러갔다. 지난날의 음울한 풍경은 말끔히 씻겨나가고 사람들은 다시금 웃음을 되찾았다.

아이들의 명랑한 웃음소리를 듣는 로의 얼굴이 햇살 아래 활짝 핀 꽃처럼 화사하게 빛났다. 환한 낮빛에 안도와 기쁨, 그리움이 차례차례 스치는 것을 말없이 바라보던 무는 그녀의 시선을 따라 푸른 물속을 들여다보았다.

"아이들이 노는 것을 보면 늘 부러웠어요. 언니가 아니면 좀처럼 끼워주질 않아서 혼자서 산과 들로 다니며 뛰어놀았어요. 매일 보는 곳인데도 늘 설레고 신났어요. 어떤 날은 계곡을 거슬러 산꼭대기까지 올라간 적도 있었어요. 뭔가 신기한 것을 발견할 것 같았거든요. 작은 동굴을 발견하면 나만의 집을 만들고 어미와 떨어진 어린 사슴을 키우기도 했어요. 결국 어미를 찾아

가버렸지만 재미있었어요."

로가 미소를 머금은 채 말했다. 그녀의 맑은 얼굴을 보며 무
는 안쓰러운 마음이 들었다.

"왜 혼자였지?"

"사람들은 제 눈이 불길하다고 했어요. 많은 사람이 다치고
목숨을 잃게 될 거라고 했죠. 그동안 마을 사람들이 받은 고통
을 생각하면 그 말이 틀린 것은 아니라는 생각이 들어요. 그래
서 마음이 아파요."

"그들 스스로가 만든 재앙이었다. 죄 없는 너를 차갑게 내쫓
은 자들이야."

"단지 두려웠을 뿐이에요. 마음속까지 나쁜 사람들은 아니에
요."

"나쁜 자들은 아니나 어리석은 자들이지. 마음 같아선……."

무는 밝은 로의 얼굴을 보고 하려던 말을 속으로 삼켰다.

처음엔 자신을 해하고 내쫓은 자들을 감싸는 로를 이해할 수
없었다. 하지만 이제는 아무리 약하고 무지해도 생명은 소중하
게 지켜야 한다는 것을 깨달았다. 로와 함께 있으면서 세상을
보는 눈이 조금씩 변해갔다. 고여서 천천히 썩어가는 물 같던
세상이 경쾌하게 흐르는 시냇물처럼 느껴졌다.

'너를 만나지 않았다면 나는 어떻게 하루하루를 살았을까. 수
없이 많은 세월을 살아왔는데 어떻게 살았는지 기억이 나질 않
아. 모든 것이 너를 만나면서부터 시작된 것 같아.'

로를 보는 무의 눈빛이 호수처럼 깊었다.

"로."

무가 부르자 로가 고개를 들었다. 무는 그녀를 들여다보며 조심스럽게 말을 꺼냈다.

"월호에 가보지 않겠어?"

로의 얼굴에 놀람이 스쳤다.

"월호에요? 하지만……."

기쁘지만 주저하는 기색이 완연했다. 무는 로가 마음껏 기뻐하는 것을 보고 싶었다.

"내가 데려가 주마. 넌 나와 혼인을 올리고 월호에 다니러 온 거야. 가서 네 언니와 아이들을 만나봐."

"정말 그래도 될까요?"

"그곳에서 살겠다고만 하지 않으면 괜찮다."

로는 기쁨을 감추지 못하고 어쩔 줄 몰라 했다. 무는 그렇게 들뜬 로를 본 적이 없어서 다소 놀라면서도 조금은 쓸쓸한 기분이 되었다.

무와 로는 월호에서 그리 멀지 않은 곳에 모습을 드러냈다. 이제 막 혼례를 올린 신부처럼 곱게 단장한 로는 설레는 얼굴로 말에 올랐다. 그녀와 어울리게 단정한 옷으로 차려입은 무가 말 고삐를 잡고 앞으로 향해갔다. 그 뒤로 작은 조랑말이 소아와 자오, 아이들에게 선물할 짐을 싣고 따랐다.

"저기 로가 와요. 죽은 줄 알았던 로가 신랑이랑 돌아왔어요."

대문을 부술 듯이 밀고 들어온 아낙 하나가 큰 소리로 외쳤다. 막 아침상을 물린 유씨 부인과 자오, 소아는 놀란 얼굴로 서로 보았다.

"로, 로가요? 정말인가요?"

"그럼, 내 눈으로 직접 보고 정신없이 뛰어온걸. 분명 로가 맞아. 신랑이 어찌나 고운지. 사내가 그리 이쁜 건 처음 봤네. 아이고, 그렇게 멍하게 섰지만 말고 빨리 나와봐. 이제 곧 들이닥칠 테니."

아낙의 말에 소아가 반은 울고 반은 웃는 얼굴로 뛰어나왔다. 그녀가 막 마당에 나왔을 때 무가 로를 부축하며 집 안에 들어섰다.

소아는 자신이 보는 사람이 로가 맞는지 눈을 크게 뜨고 보았다. 이제 막 깨어난 아침처럼 선연하고 맑은 얼굴, 하나씩 들여다보아도 더없이 예쁜 이목구비가 분명히 로가 맞았다. 과거 비해 부드럽게 살이 올라 한층 여인다워졌고, 두 뺨에 감도는 홍조가 건강해 보였다.

'로가 맞는 거지? 내가 꿈을 꾸는 건 아니지?'

소아는 떨리는 두 손을 꼭 쥐고 걸어들어 오는 로를 숨죽이며 지켜보았다. 고운 비단 옷에 분을 옅게 바른 모습이 지체 높은 집 마님처럼 고귀하고 예뻐 보였다. 게다가 옆에선 이는 남편이라고 했던가. 훤칠한 키에 여인들보다도 아름다운 얼굴. 참으로 잘난 사내다. 너무나도 잘 어울리는 두 사람을 보며 소아가 눈물을 글썽였다.

'살아 있었구나. 혼인까지 올렸구나. 나를 용서하고 이렇게 와주었구나.'

소아는 감격으로 제대로 숨을 쉴 수가 없었다. 이대로 주저앉아 실컷 울고만 싶었다. 아니다. 지금은 그럴 때가 아니다. 로가 왔다. 죽은 줄로만 알았던 로가 살아 돌아왔다. 소아는 아득한 얼굴로 로를 응시하다가 울음을 토해냈다.

"로야!"

소아의 목소리를 들은 로의 얼굴도 금세 울 것처럼 변했다. 소아는 좀처럼 다가가지 못하고 옆에 다가와 선 자오의 팔을 힘껏 붙들었다.

"언니."

로는 눈물이 그렁그렁해진 채로 두 팔을 벌렸다. 그 모습이 꼭 '이제 언니를 용서했어. 난 괜찮아' 하고 말하는 것 같았다. 소아는 더는 참지 못하고 울음을 터뜨리며 로의 품에 뛰어들었다.

'살아 있었구나. 살아주었구나.'

자신이 버렸고 모두가 버렸던 그녀였다. 자오를 잃는 것이 너무나도 두려워서 죽으러 가는 길임을 뻔히 알면서도 말리지 못했다. 소아는 로를 부둥켜안고 목 놓아 울었다. 그간의 미안함과 슬픔이 한꺼번에 북받쳤다.

"미안해. 정말로 미안해."

소아의 말에 로는 괜찮다는 듯 등을 토닥이며 눈물을 삼켰다.

"아니, 무슨 상이라도 당한 사람처럼 우네. 동생이 왔는데 언제까지 마당에서 이럴 거야. 안으로 들어가서 대접이라도 해야지."

"그만 울고 가서 못다 한 이야길 해야지. 이럴 시간이 어딨어."

어느새 모여든 마을 사람들이 대문 앞에 서서 한 마디씩 했다. 소아가 눈물을 쏟느라 꼼짝도 못하는 새에 성큼 다가온 자오가 로의 어깨에 손을 얹으며 말했다.

"건강하게 잘 지내고 있었구나."

로는 자오의 목소리를 듣고 미소 지으며 고개를 끄덕였다. 그녀를 보는 자오의 얼굴엔 형언할 수 없는 감격이 서려 있었다. 이렇게 로가 살아 있었다니. 혼례를 올리고 건강한 로를 보니 그간 어머니와 아내를 의심하고 미워한 것이 몹시도 미안했다. 자오는 우는 아내를 애틋하게 바라보다가 달래서 집 안으로 데려갔다. 무와 로는 함께 하인들의 안내를 받으며 집 안으로 들어섰다.

유씨 부인은 손님을 맞는 방 의자에 앉아 로를 기다리고 있었다. 평소처럼 흐트러짐없이 단정한 얼굴로 앉아 있지만 몇 년 새에 그녀는 많이 변해 있었다. 그간의 고생을 말해주는 듯 흰 머리와 주름이 부쩍 늘었고, 서릿발 같은 눈초리와 대나무처럼 꼿꼿하던 모습 대신 삶의 무거움을 이고 힘없이 늙어가는 노인의 모습만이 남아 있었다. 그녀는 안으로 들어서는 로의 얼굴을 보며 자리에서 일어나다가 잠시 휘청거렸다. 어린 계집종이 그녀를 부축하려고 다가서자 손수건으로 이마를 닦으며 괜찮다는 손짓을 했다.

"저 왔습니다. 어머니."

로는 하인이 이끌어주는 쪽을 향해 정중히 절을 올렸다. 그녀를 보는 유씨 부인의 눈빛이 여전히 건조하고 차가웠지만 예전만은 못했다. 유 부인은 로의 얼굴을 가만히 응시하다가 고개를 돌려 버렸다. 옆에서 이를 지켜보던 자오가 한마디 하려고 나서다가 로의 웃는 낯빛을 보고 입을 다물었다.

"어머니 염려 덕에 그동안 건강하게 잘 지냈습니다. 좀 더 빨리 찾아뵙지 못해 죄송해요. 여긴 제……."

옆에선 무를 소개하려던 로는 차마 남편이라 말할 수가 없어 잠시 망설였다. 그때 무가 한 걸음 앞으로 나서며 말했다.

"나는 무라고 한다. 로는 내 아내고 우리는 부부의 연을 맺었다."

무의 말에 뒤에 서 있던 마을 사람과 하인들이 크게 놀라며 술렁였고 몇 명은 킥킥거리며 웃었다. 말투가 황족처럼 지체 높은 사람 같아 우습기도 하고, 실제로 그런 이인가 호기심이 나서 사람들은 무의 아래위를 유심히 살폈다. 한편 무의 말에 뜰

듯이 놀란 로는 말까지 더듬어가며 해명했다.

"서, 서방님은 아주 먼 곳에서 오셨습니다. 그래서 여기 예법을 잘 모르시니 이해해 주셔요."

로의 말에 무는 불만에 차 한쪽 눈썹을 치켜떴다가 다시 태연한 얼굴을 했다.

"우선은 다들 앉아서 차라도 들지요. 넌 거기서 울고만 있지 말고 손님들께 내올 음식이 어찌 됐나 알아보아라."

유씨 부인의 말에 한쪽에서 끅끅거리며 울던 소아가 방을 나갔다. 자오는 소아의 모습을 안쓰러운 듯 보다가 무에게 말했다.

"혼인을 올린 지 얼마나 되었습니까."

"얼마 안 되었다."

자오의 따뜻하고 다정한 눈빛과 반대로 무의 눈빛은 냉랭하기만 했다. 자오의 얼굴을 유심히 살피던 무는 오만한 표정으로 주위를 둘러보았다. 낯선 사람들 앞에서 구경거리가 되는 게 몹시 기분 나빴지만 기뻐하고 있는 로를 위해 애써 참는 중이었다.

"그동안 소식이 없어서 로에게 무슨 일이 생긴 건 아닌가 싶어 걱정했습니다. 로를 잘 돌봐주셔서 고맙습니다."

"내가 원해서 한 일이니 고마워하지 않아도 된다."

심통 난 이처럼 툭툭 말을 내뱉는 무를 보고 로가 난처한 얼굴로 그의 손을 잡았다. 그 모습을 보고 무의 표정이 조금 부드러워졌다. 둘을 지켜보던 자오의 얼굴에 미소가 스쳤다.

로가 선물로 가져온 장신구며 비단 옷감을 유씨 부인에게 건네는 동안 소아는 다과와 간단한 음식을 내어왔다. 동생과 하고 싶은 말이 너무 많았지만 마을 사람들이 온통 밀려와 인사를 하는 통에 좀처럼 짬이 나지 않았다.

마을 사람들은 로가 돌아온 것에 무척이나 기뻐했다. 그녀가 죽어 마을에 재앙이 내린 거라 여겨 많이 괴로워해 온 그들이었다. 로의 귀향은 그들 마음에 놓인 무거운 짐을 덜어주었다.

손님들 때문에 손 한 번 잡아보지 못한 자매는 오후가 훨씬 지나서 단둘이 있을 수 있었다. 소아는 로의 얼굴을 보고 또 보면서 기뻐 어찌할 줄을 몰랐다.

"난 네가 죽은 줄만 알았어. 그래서 내가 너무 미워서 견딜 수가 없었어. 그래선 안 되는 거였는데, 무슨 일이 있어도 널 지켰어야 했는데 그땐 어쩔 수가 없었어. 자오를 잃을까 봐 두려워서 어머니를 말리지 못했어. 미안해."

소아는 간신히 입을 열고는 또다시 눈물을 흘렸다. 로가 그녀의 손을 가만히 잡고 말했다.

"언니 말대로 그땐 어쩔 수 없었잖아. 이젠 원망하지 않아. 다 지난 일인걸."

"미안하다. 용서해 줘."

"이미 용서했어. 그러니 그만 울어. 예쁜 얼굴이 퉁퉁 부었겠다."

"고마워. 정말 고맙다는 말밖에는 할 말이 없어."

로는 소아를 안고 머리를 쓰다듬으며 말했다.

"꼭 다시 오고 싶었어. 다시 오면 모두가 반갑게 맞아줄 것 같 았는데 바람대로 이루어져서 기뻐."

"몇 년간 이곳에 끔찍한 일이 일어났어. 많은 사람들이 죽고 떠났지. 사람들은 그동안 네게 한 짓을 미안해했어. 모두 그 벌 을 받는 거라고 생각했어. 나 역시도."

소아는 로의 품에서 실컷 울고 난 후에야 눈물을 멈췄다. 자 매를 서로 무릎을 맞대고 지난 일들을 이야기했다. 무와 혼인한 것을 이야기 할 때면 로의 얼굴이 빨갛게 달아올랐다.

"조금 차갑긴 하지만 널 많이 아끼는 것 같더라. 그래서 안심 이 됐어."

"좋은 분이야."

"아이는?"

"아, 아직 없어."

"저런 얼른 아이가 생겨야 할 텐데. 두 사람을 닮아 아주 예쁜 아기가 태어날 거야."

아기라는 말에 로는 얼굴을 붉히고 말았다. 신과 아이를 낳을 수 있을까? 그를 닮은 아기는 얼마나 예쁠까. 머릿속에 떠올려 보려 해도 좀처럼 떠오르지 않아 로는 그저 미소만 빙긋이 지었 다.

인간이 싫다. 어린 인간은 더욱더 싫다. 제대로 걷지도 못하고 사방으로 침을 묻히고 다닌다. 제 몸 하나 추스르지 못하는 허약한 존재 같으니.

무는 자꾸만 자신의 품속으로 안기려 드는 두 아이를 노려보며 이를 바드득 갈았다. 그가 아무리 무서운 표정을 지어도 녹과 현은 함박웃음을 지으며 아장아장 걸어왔다.

"저리 가! 이 작고 끈적거리는 짐승아."

험악한 표정이 도리어 우스운 듯 쌍둥이가 까르르 웃으며 다가왔다. 무는 질린 얼굴로 벌떡 일어나 창가 쪽으로 피했다.

"저리 가! 저리 가란 말이다! 네 아비라는 작자는 어디 간 게냐. 자기가 책임져야 할 자식을 두고 어딜 간 거야 대체."

녹과 현은 고사리 같은 손으로 박수를 치며 무 쪽으로 걸어왔다. 무는 어쩔 줄 몰라 하며 점점 구석으로 내몰렸다.

"거기 서지 못해! 내 몸에 손이라도 댔다간 닭이나 돼지로 만들어 버리겠다."

무는 진심이었지만 아이들은 재미있는 술래놀이쯤으로 생각했는지 점점 더 신나할 뿐이다. 그가 꼬마들을 심각하게 노려보던 때에 방문이 열리더니 로와 소아가 들어왔다. 무는 진실로 구원 받은 기분이었다.

"여기 계셨군요. 어머나, 아이들을 돌봐주고 계셨네요. 어쩜, 자상도 하셔라."

소아가 들어오자 아이들이 일제히 문 쪽을 보았다. 무는 크게 안도하며 몹시 불만스러운 어조로 중얼거렸다.

"돌봐준 게 아니라 아비라는 자가 내 대답도 듣지 않고 제멋대로 가버렸다."

꼬마들이 엄마를 보며 작은 괴성을 지르는 바람에 무의 불평이 묻히고 말았다. 무는 엄마에게 달려드는 꼬마들을 흘겨보는 한편 다가오는 로를 향해 손을 뻗었다. 익숙하게 로의 어깨를 감싼 무는 그녀가 의자에 앉는 것을 도와주었다.

"괜찮으세요?"

로가 걱정스런 어조로 물었다. 무는 아이의 어미가 듣지 않게 소리 낮춰 말했다.

"조금만 늦게 왔다면 저 자그마한 것들을 닭과 돼지로 만들어버렸을 거다."

"맙소사."

로는 놀라면서도 한편으론 우스워서 소리 내어 웃고 말았다.

"왜 웃지?"

"신도 무서워하는 것이 있군요."

"무섭다니, 말도 안 돼! 조그만 짐승이 달려드는 것이 징그러울 뿐이다."

무가 정색을 하며 대답했다. 로는 그 모습이 더욱 우스웠다. 손수건으로 아이들의 얼굴과 손을 닦아준 소아가 로 옆에 바싹 다가앉은 무를 향해 말했다.

"아이들과 잘 놀아주시는 것을 보면 참 다정한 분인 모양이에요. 로가 어서 아이를 가져야 할 텐데. 기다리고 있으시죠?"

소아의 말에 무가 눈을 동그랗게 떴다. 로가 저런 작은 괴물들을 낳는다고 생각하니 믿기지도 않고 떠올려지지도 않았다. 무는 다시 아이들과 로를 번갈아가며 보았다. 로가 낳는 아기는 저런 작은 괴물들과는 비교도 할 수 없이 예쁠 것이다. 암, 예쁘고말고. 무는 자신과 로를 닮은 아기를 상상하며 슬그머니 미소 지었다.

밤이 깊어지자 마을 사람들이 돌아가고 집안은 점차 조용해졌다. 소아는 로와 밤새 얘기를 나누고 싶었지만 엄마가 곁에 없으면 자지 못하는 아이들 때문에 돌아갔다. 자꾸만 말을 시키는 마을 사람들과 자신만 보면 까르르 웃으며 달려드는 아이들 때문에 녹초가 된 무는 일찍 잠자리에 들었다. 로는 그의 잠자리를 봐주고 방을 나왔다. 조용한 집 안을 걷고 있으니 새삼 고향에 돌아왔다는 실감이 났다. 나무 기둥과 바닥에서 오랫동안 맡고 자라왔던 익숙한 냄새가 났다. 과거의 기억과 현실이 조용히 맞물려서 조금은 슬픈 기분이 들었다. 로는 달이 조용히 비치는 마당으로 나왔다. 공기는 제법 쌀쌀했고 멀리서 밤새 소리가 들렸다. 그때 가까이서 인기척이 났다. 로는 소리가 들리는 쪽으로 고개를 돌렸다.

"난 네가 죽은 줄로만 알았다."

유씨 부인의 목소리였다. 다른 사람이 아닐까 싶을 정도로 그녀의 목소리엔 힘이 없었다. 잠깐의 세월이 목소리마저 늙게 한 것 같았다.

"제가 죽기를 바라셨습니까?"

로의 목소리가 흐르는 달빛처럼 고요하고 쓸쓸했다.

"처음엔 그랬었다. 네가 없어지면 후련할 거라 생각했는데 그게 아니더구나. 이제 와서 이런 말을 한다고 네가 믿어줄진 모르겠지만 그동안 많이 후회했다."

어둠 속에 몸을 가렸던 유씨 부인은 잠시 주저하다 한 걸음을 떼었다. 달빛이 그녀의 백발 위로 쏟아졌다.

"난 두려운 것이 너무나도 많았다. 그 두려움을 네게 짊어주고 모두 잊으려 했다. 하지만 변하는 것은 아무것도 없더구나."

로는 그녀에게로 가까이 다가섰다. 두 여인의 얼굴이 달빛을 받아 창백하게 빛났다.

"돌아와 줘서 고맙다고 말하고 싶어 왔는데 막상 네 얼굴을 보니 그것 또한 내 죄책감을 덜기 위한 것이라는 생각이 든다. 내가 부끄럽다."

유씨 부인의 목소리는 회한으로 가득 차 있었다. 로는 그녀를 향해 조용히 말했다.

"부디 마음을 무겁게 누르는 짐을 내려놓으세요. 저는 이미 용서했습니다."

로가 그녀에게 예를 갖추고 돌아섰다. 로의 등 뒤에서 그녀가 말했다.

"고맙다."

로는 대답 없이 걸음을 옮겼다. 이것으로 충분하다는 생각이 들었다. 모두가 마음의 짐을 벗어놓고 새 삶을 살 수 있기를 바랐다.

다음날 아침 로가 이제 떠나야 한다고 말했을 때 부부가 조금만 더 머물다 가라고 말렸다. 하지만 로는 무가 먼 곳으로 떠나야 하기 때문에 어쩔 수 없다고 말했다.

"언제쯤이나 다시 만날 수 있겠니."

몹시 마음 아파하는 소아에게 로가 다정히 말했다.

"언젠간 다시 만날 수 있겠지. 그때까지 건강해야 해."

소아는 좀처럼 눈물을 그치지 못한 채 무에게 다가가 손을 꼭 쥐고 당부했다.

"부디 로를 지켜주세요. 많이 사랑하고 아껴주세요. 부탁드려요."

무는 소아를 보며 가만히 고개를 끄덕였다.

이별은 너무나도 아쉽고 슬펐다. 로가 집을 나와 마을 어귀로 향해 가는 동안 월호 사람들이 모두 나와 배웅했다. 로는 그들의 마음이 고마워서 뒤돌아보고 또 뒤돌아보았다. 소아와 자오는 오랫동안 떠나는 두 사람을 지켜보았다. 그리고 돌아서며 두 손을 꼭 잡았다. 자오는 소아의 얼굴을 보며 오랜만에 밝게 웃어주었다.

무가 아쉬워 눈물을 글썽이는 로에게 말했다.

"네가 원한다면 며칠 더 머물 수 있는데."

무의 말에 로가 가만히 고개를 저었다.

"오래 있으면 더욱 떨어지기가 힘들 거 같아요."

"슬퍼 보인다."

"이별은 늘 마음 아프네요."

"나는 아프지 않게 하겠다."

로는 대답 대신 가만히 미소를 지었다. 햇살이 좋고 바람이 선선해서일까. 아니면 그리워하던 고향 땅에 서 있어서일까. 고향의 산과 들이 눈앞에 훤히 보이는 듯했다. 그리고 마음이, 텅비어 차갑고 서늘하던 마음이 햇살을 머금은 조약돌처럼 따스했다. 로는 왼쪽 가슴에 가만히 손을 대보았다. 심장이 쿵쿵거리며 뛴다. 뜨거운 피가 몸을 돌아 심장으로 모아지는 것이 느껴졌다. 로는 갑자기 울고 싶은 기분이 들었다. 그녀는 촉촉해진 눈을 깜빡이며 햇살이 쏟아지는 하늘을 올려다보았다.

무산에 돌아오자 로는 오랫동안 집을 떠났다가 돌아온 것처럼 반갑고 편안한 기분이 들었다. 몽우와 정령들은 그들이 돌아온 것을 몹시도 반기며 분주히 주변을 서성였다. 로는 그들을 보며 무산에 오랫동안 머물 수 있었으면 좋겠다고 생각했다.

날은 점점 더 쌀쌀해지고 나무의 잎도 거의 다 떨어졌다. 로의 부탁으로 정령들이 숲에서 감꽃을 한 아름 따가지고 왔다. 로는 감꽃을 정성 들여 말리고 작은 향낭을 여러 개 만들어두었다.

"이렇게 말린 꽃을 천주머니에 넣어두면 향기가 오래가. 어때? 향이 좋지?"

로가 향낭을 코앞에서 살랑살랑 흔들어 보이자 몽우가 코를 킁킁거리며 냄새를 맡았다. 몽우는 기분 좋은 소리를 내며 로의 주위를 뱅글뱅글 돌았다.

"마음에 들어? 그럼 네 목에 걸어줄까?"

로의 맑은 웃음소리와 잘 마른 감꽃들이 내뿜는 은은한 향기가 정원에 퍼졌다.

"이건 네 목에 걸고, 이건 그분 방에 걸어드려야지. 이건 정령님들 방에, 이건 내 방에……."

직접 만든 향낭을 매만지던 로는 달라진 몽우의 반응에 고개를 들었다. 조금 전까지도 기분이 좋던 몽우가 갑자기 주위를 경계하며 예민하게 굴었다.

"왜 그래? 무슨 일 있어?"

로는 의아해하며 몽우의 등을 가만히 쓸어주었다. 그때 누군가가 뚜벅뚜벅 걸어오는 소리가 들렸다. 한 번도 들어본 적이 없는 발소리. 특별한 냄새는 없지만 주위 공기가 한층 차가워지는 것이 느껴졌다. 발소리의 주인은 주저없이 로가 있는 쪽으로 다가왔다.

"거기 누구신가요?"

상대방이 열 걸음도 채 안 되는 거리까지 다가왔을 때 로가 물었다. 대답 대신 침묵이 흘렀다. 보이진 않지만 자신을 주의 깊게 관찰하는 시선이 느껴졌다. 무에게서 안개의 성엔 허락되지 않은 이는 들어올 수 없다고 들은 터라 두려움보다 호기심이 앞섰다. 생각보다 긴 틈을 두고 나서야 상대방이 입을 열었다.

"설(雪)이라 합니다. 무의 오랜 벗이지요."

그윽하고 부드러운 목소리였다. 로는 몽우가 경계한 것을 이상히 여기며 자리에서 일어나 공손히 인사했다.

"저는 로라고 합니다. 지금 그분께서는 무산에 안 계십니다."

"괜찮습니다. 기다리지요."

그가 다가와 옆에 앉았다. 몽우는 여전히 불편한 심기였고 로는 이유를 알지 못해 황망해했다.

"향낭을 만들고 계셨군요."

목소리는 다정하지만 왠지 모를 차가움과 싸늘함이 서려 있었다. 이 싸늘함 때문에 몽우가 싫어하고 있는 걸까. 로가 미소를 지으며 말했다.

"감꽃이 눈 속에 묻히는 것이 아까워서요. 이렇게 말려서 주머니에 넣어두면 오래도록 향기를 맡을 수 있어요. 겨울맞이인 셈이지요."

로의 천진한 대답에 상대방이 희미하게 웃었다. 로는 그와 함께 불어온 차가운 바람이 조금 누그러졌음을 느꼈다.

"오랜만에 무산에 오니 달라진 것이 많더군요. 무 혼자 있을 때와 달리 따뜻한 느낌이 듭니다. 좀 더 돌아보고 싶은데 동행이 되어주시겠습니까?"

그의 예의 바른 부탁에 로가 가만히 고개를 끄덕였다. 로와 설이 앞장을 서고 몽우가 뒤를 따랐다. 그들이 성에서 가장 가까운 작은 숲에 들어섰을 무렵이었다. 설이 로의 얼굴을 살피며 말했다.

"불편하시면 제 팔을 빌려 드리겠습니다."

로가 미소를 머금고 말했다.

"이제 익숙해져서 괜찮습니다."

로의 걸음은 눈이 보이는 사람보다 더 가볍고 편안했다. 나무와 작은 돌의 위치까지 모두 아는 듯 익숙한 걸음새를 눈여겨보던 설이 말했다.

"자주 산책하시나 봅니다."

"그분과 자주 오곤 합니다. 그분은 늘 이곳에 대해 얘기해 주곤 해요. 나무와 꽃, 작은 들풀까지도 빠짐없이 보여주신답니다."

"무가 말입니까?"

설은 무겁게 입을 다물며 주위를 살폈다. 바위와 돌뿐인 곳에 숲과 못을 만들고 그녀와 산책하며 눈에 보이는 풍경을 얘기해 주는 무의 모습이 좀처럼 머릿속에 그려지지 않았다. 백지 같았던 마음이 한 사람으로 인해 이렇듯 변할 수 있을까. 설은 변한 무의 얼굴이 상상되지 않아 대신 한 걸음 뒤처져 걷고 있는 로의 얼굴을 살폈다. 생각보다 소박하고 담담한 느낌이 나는 여인이었다. 처음 보았을 때는 어린아이 같은 천진함까지 느껴져 자신도 모르게 웃음이 나기도 했다.

'무는 그녀의 어떤 모습을 보고 마음이 움직였을까. 슬픔이 옅게 밴 애틋한 얼굴 생김? 유난히 까만 머리칼과 붉고 도톰한 입술 때문에? 아니면 이따금씩 스쳐 가는 꿈꾸는 듯한 표정 때문일까? 인간 세상엔 이 여인과 별반 다를 것이 없는, 아니, 더 아름답고 매혹적인 여인들이 얼마든지 있는데 왜 이 사람에게 마음을 주었을까. 누구에게나 주었던 마음이라면 이리 화가 나진 않았을 것이다. 세상 그 누구에게도 주지 않은 순결한 마음을 왜 인간에게, 그것도 자신을 영원히 사랑하지 않을 여인에게 준 걸까.'

설은 왜 자신이 아니었냐는 이유보다 왜 그녀인가가 더 궁금했다. 설이 걸음을 멈추고 로의 옆에 섰다.

"그 눈에 얽힌 이야기를 들었습니다. 기연(奇緣)입니다. 사랑을 버리기 위해 찾아온 곳에서 또 다른 사랑을 만나다니."

로가 생각이 많은 얼굴로 입을 다물었다. 설은 그녀의 낯빛을 유심히 살피며 냉정한 눈빛으로 물었다.

"무를 어찌 생각하십니까."

"고마운 분입니다."

"고맙다……. 정말이지, 무에게 어울리지 않는 표현이군요."

설의 얼굴에 씁쓸한 미소가 스쳐 갔다. 자신이 그토록 원하는 것을 가진 그녀의 말은 너무나도 평범해 우스웠다. 고작 한다는 말이 고마운 이라니. 그는 생각했던 것 이상으로 그녀를 증오하고 있음을 깨달았다. 그저 얼굴을 확인하고자 온 것인데 마음 한쪽에서 시기와 질투가 난폭하게 들고 일어났다.

"무는 지금껏 누구를 원해본 적이 없습니다. 사랑이라는 감정, 그로 인해 생기는 욕망도 처음이지요."

로가 묵묵히 입을 다물고 있는 동안 설이 계속 말을 이어갔다.

"갈수록 더 원하는 것이 많아질 겁니다. 지금이야 곁에 두는 것만으로도 좋겠지만 시간이 흐를수록 갈망은 주체할 수 없는 지경에 이르겠지요. 몸은 갖겠지만 마음만은 영원히 가질 수 없다는 것을 다른 이는 몰라도 무는 참지 못할 겁니다. 그 채울 수 없는 갈망이 그를 난폭하게 만들 겁니다. 고마운 마음은 곧 증오로 바뀌겠지요."

설은 창백해지는 로의 얼굴을 보며 더욱 집요하게 말했다.

"지금 모습은 무의 본래 모습이 아닙니다. 흥미로운 것을 보고 잠시 들떠 있을 뿐이지요. 열기가 가시거나 지치게 되면 그는 세상 누구보다도 잔인해져 있을 겁니다."

"제게 두려움을 심어주고 싶으신 건가요? 그분은 늘 절 존중하고 배려해요. 제게 눈과 마음을 돌려주려고⋯⋯."

설은 자신도 모르게 실소를 터뜨렸다.

"불가능하다는 것을 아실 텐데요. 신과의 맹약은 돌이킬 수 없습니다."

설은 무와 로를 마음속으로 실컷 비웃었다. 자신이 굳이 나서서 방해하지 않더라도 둘은 이루어질 수 없었다.

"실망하셨습니까? 왠지 무를 말하는 눈빛이 남달라 보이는군요. 그에게 아무런 감정도 느끼지 못할 텐데요."

"그분은……."

로는 무언가를 얘기하려다 무겁게 입을 다물었다.

"지금껏 무의 마음을 사로잡은 것은 아무것도 없었습니다. 사랑이 아닌 새로움에 대한 집착일지도 모르겠군요. 무서운 집착이 그를 바꾸어놓을 것입니다. 그가 어떻게 변할지 상상이 안 되는군요. 순수한 만큼 잔인한 그이니까요."

"그분을 증오하고 있는 것처럼 들립니다."

"그럴 리가요. 염려입니다. 누구보다 그를 아끼니까요."

둘 사이에 침묵이 흘렀다. 서로 다른 생각에 잠긴 사이 뒤쪽에서 인기척이 났다.

"설, 안 그래도 찾던 참이었어."

무의 목소리에 그들은 동시에 돌아섰다. 무가 얼굴에 환한 웃음을 머금은 채 다가오고 있었다. 그의 얼굴을 본 설이 놀란 표정으로 멈춰 섰다. 사랑에 빠진 이들이 그렇듯 얼굴이 빛나고 상기되어 있을 거라 짐작은 했었는데 지금의 무는 완전히 다른 이였다. 차갑고 날카로운 눈빛, 표정이 없던 얼굴, 이따금씩 드러나던 냉소는 흔적없이 사라지고 전혀 다른 이처럼 보이는 무가 환하게 웃고 있었다. 그의 눈이 이토록 반짝거리는 것을 본 적이 있던가. 가끔은 몸이 차가운 얼음물로 채워진 것은 아닐까 싶었는데 지금 그는 뜨거운 피로 채워진 진짜 인간처럼 보였다. 그것도 누군가에게 흠뻑 빠진 젊은 사내의 얼굴이다. 반가움에 일렁였던 설의 눈빛이 무의 낯선 얼굴을 보자마자 싸늘히 굳기 시작했다.

"네가 날 찾다니. 놀랍군."

설이 조금 비딱하게 중얼거렸다.

"나와 얘기 좀 해. 묻고 싶은 것이 있어."

설에게 얘기하면서도 무의 눈빛은 로에게 머물러 있었다. 그의 눈빛 속에 기쁨과 그리움이 고스란히 녹아 있었다. 잠깐 떨어져 있던 것뿐인데도 천 년이나 보지 못한 연인을 앞에 둔 것처럼 애틋해 이를 지켜보는 설은 그저 참담할 뿐이었다.

"로의 마음을 돌려주고 싶어."

로와 몽우를 성으로 돌려보낸 무가 설과 숲을 거닐며 말했다. 설의 가슴에 찬 서리가 내렸다. 그는 이토록 변한 무를 받아들일 수 없었다.

설의 입에서 싸늘한 말투가 흘러나왔다.

"네가 빼앗은 것이 아니던가?"

"다시 찾아주고 싶다."

"신이 한 번 내뱉은 말은……."

"알아. 절대로 바꿀 수 없지. 하지만 넌 시간의 신이잖아. 방법이 있을 거야. 아니, 너밖에는 없어."

"방법 같은 건 없어. 이건 신이라도 불가능하다."

"넌 시간을 돌릴 수 있잖아."

그 말에 깜짝 놀라며 설이 무를 무섭게 노려보았다.

"어리석은 소리 집어치워. 그것이 무엇을 뜻하는지 알 텐데."

"알아."

무는 흥분에 차 있었다. 어떤 일이 벌어져도 개의치 않겠다는 듯, 로를 위해서라면 무엇이든 할 것처럼 열정에 들뜬 얼굴이었다. 설은 변한 무가 두려웠다. 그의 주변을 맴도는 광채가 곧 들이닥칠 태풍의 전조 같아 불길한 생각마저 들었다.

"그것이 무엇을 뜻하는지 넌 몰라. 신들의 계약은 그에 합당한 것이 아니면 성립이 되지 않아. 그녀의 마음이 눈과 거래되었듯이, 시간을 돌리려면 그에 맞는 것이 있어야 해. 그것은 큰 희생이 필요한 거라고. 그래도 상관없나?"

"상관없어."

"무, 넌 지금 인간에게 미쳐 있어!"

무의 얼굴이 차츰 어두워지기 시작했다. 설은 그의 마음속에서 타는 갈증을 보았다. 그 속에 깃든 고통까지도 고스란히 전해져 온몸이 저릿하게 아팠다.

"로의 눈과 마음을 찾아주고 싶다."

진심으로 후회하는 얼굴로 무가 말했다.

"무!"

설은 끝내 참지 못하고 소릴 질렀다. 그에게 정신 차리라고 멱살이라도 쥐고 흔들고 싶었다.

"그녀가 날 원했으면 좋겠다. 사랑받고 싶다."

예전에 알던 무가 아니다. 예전의 무라면 절대로 이런 말을 내뱉지 않을 것이다. 설은 끔찍한 악몽 속을 허우적거리는 기분이었다.

"정신 차려! 넌 지금 헛된 감정에 빠져 있는 거야."

"내가 느끼는 감정을 그녀도 느꼈으면 좋겠다. 이런 기쁨을 그녀도 알았으면 좋겠어. 마음을 찾으면 그녀는 분명히 나를 원하게 될 거야. 난 알 수 있어."

"미쳤구나."

설은 그를 보는 것이 괴로워 일순간 강렬한 살의(殺意)까지 느꼈다. 이를 모른 채 무는 자신의 벅차고 혼란스런 감정들을 고백했다.

"처음엔 곁에 두는 것만으로도 좋았다. 그녀를 보는 것만으로 충분하다고 생각했어. 그런데 마음이, 서로 원하고 그리는 마음이 너무나도 간절해졌다. 사랑하고 싶다. 사랑받고 싶다. 이제는 멈출 수가 없어."

"……."

"설, 인간의 언어는 너무나도 단순해. 이 느낌을 어떻게 표현해야 좋을지 도무지 모르겠다. 나는 로를 보면서 이 세상에 있는 것이 처음으로 기뻤어."

설은 진흙 구덩이에 거꾸로 처박히는 것 같았다. 불쏘시개가 눈을 후벼 파고, 까마귀 떼에게 내장이 뜯어 먹히는 것 같았다. 배신감, 상실감, 절망, 미칠 듯한 질투. 감정으로 느낄 수 있는 모든 고통들이 한꺼번에 휘몰아쳤다. 설은 비명이 새어나오려는 것을 애써 누르고 주먹을 움켜쥐었다.

"무, 넌 지금 착각하고 있어. 감정에 취하는 것은 인간들이나 하는 거라고. 인간처럼 유한한 생명을 지닌 자들은 짧은 삶 속에서 뭔가를 찾으려고 필사적이지. 허무를 이기기 위해 사랑에 매달리는 자들도 있어. 하지만 신은 달라."

"신도 감정을 느껴. 누군가를 사랑하고 사랑받고 싶은 건 같아."

"하지만 인간은 결국 죽어. 그것이 달라. 설령 그녀의 마음을 얻는다고 해도 그 시간이 얼마나 지속될 것 같아? 넌 몇 년 못 가서 싫증을 내고 말 거야. 그래, 대단한 사랑이니 조금 더 오래 갈지도 모르지. 하지만 그녀는 곧 죽고 너 혼자 남겨질 거야. 그때 가서 후회해 봤자 이미 늦는다고!"

"아니야. 그렇지 않아."

"신이라 해도 모두 가질 순 없는 거다. 차라리 지금의 그녀만으로 만족해. 그녀의 젊음과 아름다움, 네 열정을 즐겨. 나머진 시간이 처리해 줄 거다. 그녀가 늙어가듯이 네 감정도 차츰 식어갈 거야."

"아니야!"

무가 설의 멱살을 움켜쥐고 외쳤다.

"그녀는 내게 즐거움 따위가 아니야. 처음 찾아온 열정에 들떠서 이러는 게 아니라고. 그녀는……."

무는 뭐라 말해야 할지 몰라 입술을 깨물었다. 마음의 표현해 줄 그 무언가를 애타게 찾던 그는 알고는 있었지만 기억 깊숙한 곳에 잠들었던 단어를 내뱉었다.

"운명이야. 아주 오래전부터 맺어진 운명."

운명이라는 단어가 입 밖으로 흘러나온 순간 무는 설명할 수 없었던 모든 것들의 답을 얻은 기분이었다.

"운명이라."

설이 코웃음을 쳤다. 과거 상과 나누었던 대화가 그의 뇌리를 스쳐 갔다.

"시간이 흐르면 모든 것은 변해. 몸은 늙고, 마음은 식고 과거의 열정 따윈 까맣게 잊혀지지. 그것은 자연의 변화와 같은 세상의 이치야. 무, 운명은 시간을 이길 수 없어. 넌 그걸 알아야 해."

"아니야."

무가 애처로울 만큼 단호하게 외쳤다. 설은 동정을 가득 담은 눈으로 무의 뺨을 쓰다듬었다.

"부정해도 소용없어. 그녀는 영영 널 원하지 않을 거다. 지금의 네 열정은 시간과 함께 퇴색해 가겠지. 그녀가 죽으면 곧 잊게 될 거야. 그리고 오래지 않아 아름답고 매혹적인 다른 여자에게 눈을 돌리겠지."

"그렇지 않아!"

"그녀와의 시간은 그냥 꿈이라 생각해. 꿈에서 깨어나면 모든 것은 다시 전처럼 돌아갈 거야."

무는 고개를 들어 설을 똑바로 보았다. 선연한 눈동자는 하늘보다 푸르고 의심없이 확고한 표정이 바위보다도 더 단단했다.

"설, 내가 가장 두려운 것이 뭔지 알아? 다시 전으로 돌아가는 거야. 그녀를 알지 못했던 과거로, 그녀를 사랑하지 못했던 그때로 돌아가는 게 가장 두려워."

"……."

"나는 그녀를 포기할 수가 없어. 어떤 대가를 치르더라도 로를 전처럼 돌려놓겠어."

"네가 다친다 해도?"

"상관없어."

"대단한 마음이로군. 난 아무것도 도울 수 없다. 이 세상 누구도 널 도와줄 수 없을 거야."

설은 무를 남겨놓은 채 차갑게 뒤돌아섰다. 무산을 떠나는 설의 얼굴은 그 어느 때보다도 싸늘하고 침착하게 가라앉았다.

손님이 방문이 있은 후 무는 로를 찾아오지 않고 어디론가로 다시 떠났다. 떠난다는 말조차 없이 성을 비운 것은 이번이 처음이었다. 그의 외출은 전보다 길었고 돌아와서도 로에게 오지 않았다. 정령들이 전해준 이야기라고는 몹시도 피곤해 보인다는 말뿐, 로는 그가 걱정되었다. 그가 일주일이나 성을 비웠다가 돌아왔을 때 로는 정령들에게 부탁해 무의 처소로 향했다.

궁과 궁 사이를 연결하는 정원에 막 들어섰을 무렵이다. 쓸쓸하고 막막한 기운이 로의 걸음을 붙들었다. 건조한 공기 속에 죽은 고목과 마른 흙냄새가 났다. 물기도, 생기도 없는 땅을 한 걸음 한 걸음 걸을 때마다 괜스레 마음 한쪽이 아렸다. 꼭 그의 가슴을 디디는 것 같아 외롭고 추웠다. 무에게 가까이 갈수록 로의 시린 마음은 더해갔다.

정령들의 안내를 받으며 복도를 걷다가 한 곳에 멈춰 섰을 때였다. 정령들이 조용히 물러갔다. 로는 가벼운 심호흡 후 문을 열고 안으로 들어섰다.

내실은 온기 없이 서늘했다. 무거운 침묵이 어둠을 짓눌렀지만 로는 그가 가까이 있음을 느꼈다. 익숙한 그의 향이 허공을 떠돌고 있었다. 그저 그가 옆에 있다는 것을 느낄 뿐인데 마음 끝자락이 촉촉이 젖어들었다. 마치 오래전부터 그리워해 왔던 것처럼.

로는 그의 숨이 섞인 공기를 마시며 우두커니 서 있었다. 무슨 말을 해야 할지 모른 탓도 있었지만 이렇게 침묵해야만 한다는 생각이 들었다. 로는 느리게 눈을 깜빡이며 무의 말문이 열리길 기다렸다.

"내게서 사과를 듣고 싶어 온 것이냐. 너무 많아 무엇부터 해야 할지 모르겠구나."

한참이 지나서야 흘러나온 음성엔 피곤과 슬픔이 옅게 배어 있었다. 로가 그에게 다가서려 할 때였다.

"오지 마라."

그의 절박한 목소리가 로를 멈춰 세웠다.

"부디 그 자리에 멈춰 서다오. 날 위해서…… 부탁한다."

무의 지친 음성 속에 진한 고통이 서려 있었다. 로는 가만히 서서 무를 보았다. 그가 짓고 있을 표정이 눈앞에 선연히 그려져 아팠다.

"지금 네가 필요해. 네 손길이, 따스한 체온이 몹시도 간절해. 하지만 내겐 그럴 자격이 없어."

무가 말을 멈추고 긴 숨을 내쉴 때 로도 따라 한숨을 내쉬었다. 위로해 주고 싶은데 그가 너무나도 괴로워해 차마 다가설 수가 없었다.

"로, 나는 네게 눈과 마음을 돌려줄 수가 없다. 네게 하늘을 보여주고 싶었는데, 겨울이 가고 봄이 오는 것을 보여주고 싶었는데 그럴 수가 없다. 내가 할 수 있는 건 아무것도…… 없다."

무에게서 흘러나온 슬픔이 로에게로 흘러갔다. 그가 견딜 수 없이 가여워 여린 마음에 이슬이 졌다.

"네게서 건너오는 것은 모두 곱고 예뻤겠지. 무심한 시선, 무심코 건넨 마음까지도 한결같이 아름다웠을 거야. 그것들은 영원히 내 차지가 되지 않겠지. 내 탓이니까. 모두 내 탓이니까."

로는 눈물이 그렁그렁해져서 몇 걸음을 떼었다. 그러자 무가 소리쳤다.

"다가오지 마라. 네가 다가오면 난 약해질 거다. 내 자신에게 마음 따윈 필요 없다고, 너만 내 옆에 있으면 된다고 말할 거야. 난 갈수록 비겁하고 잔인해지겠지. 마음의 허기를 이기지 못해 네 몸을 취하는 것으로 달래려 하겠지. 너의 고통을 외면하며 내 괴로움에만 매달리겠지."

로는 그를 안아주고 싶었다. 품에 안고 마음에 이는 고통을 잠재워 주고 싶었다. 설명할 수 없는 감정들이 몸 깊숙한 곳에 서부터 서서히 차 올랐다.

"차라리 내가 찾을 수 없게 깊이 숨어라. 내가 널 상처 입히지 못하게…… 부디…… 떠나."

로의 눈망울에 고였던 이슬이 순간 넘쳐 뺨을 타고 흘러내렸다. 로는 구석에 주저앉아 있는 무에게로 다가가 그의 머리에 가만히 손을 얹었다. 무는 로의 손길을 뿌리치지 않고 고개를 푹 숙였다.

"떠나라면 떠나겠습니다."

그가 더욱 고개를 깊이 숙였다. 로는 그의 머리를 천천히 쓰다듬으며 말했다.

"제가 곁에 있는 것이 괴로우시다면 떠나겠어요. 하지만 자신을 탓하지 마세요. 이젠 원망하지 않아요. 오히려 마음속 깊이 고마워하고 있는 걸요. 제가 나락에 떨어지려고 할 때마다 제 손을 잡아주셨잖아요. 홀로 세상을 떠돌 때 따뜻한 이곳으로 데려와 주셨잖아요. 더없이 아름다운 하늘과 산을 보여주셨잖아요."

로는 무 앞에 앉아 얼굴을 찬찬히 더듬으며 짓고 있을 표정을 머릿속에 그렸다. 그의 괴로움과 슬픔이 부드러운 손끝 아래서 서서히 녹아들기 시작했다.

"저는 당신이 두렵지 않아요."

"나는 두렵다. 다른 인간들에게 한 것처럼 닐 상처 입힐까 두렵다."

"당신이 마음이 절 지켜줄 거예요. 전 믿어요."

무의 흰 손가락이 로의 젖은 뺨에 닿았다. 무가 잠긴 목소리로 말했다.

"네 볼에 이슬이 졌다."

로가 고개를 끄덕였다.

"눈물입니다."

"눈물은 언제 흐르는 거지?"

"그의 말이 진심이 아니란 걸 알았을 때, 그를 두고 갈 수 없다는 것을 깨달았을 때…… 흐릅니다."

무가 로의 눈물을 닦으며 말했다.

"가지 마라. 내 곁에 머물러 줘."

"가지 않겠습니다. 당신 곁에 남겠습니다."

무의 입술이 다가와 입술을 덮었다. 세상에서 가장 날카롭게 벼린 칼이 로의 가슴을 저몄다. 몸속에 피가 모두 빠져나가는 것만 같았다.

12. 하늘에서
내리는 꽃

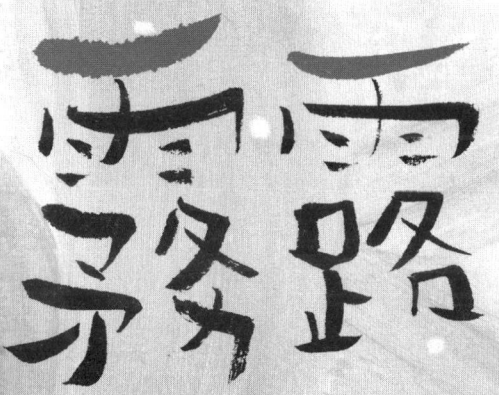

가을이 지고 겨울이 오고 있었다. 붉고 노란 빛깔은 점차 자취를 감추고 연못엔 빛바랜 낙엽이 수북이 쌓여갔다. 들을 가득 메우며 피어나던 들꽃도 이젠 빈 꽃대만 남아 말라갔다. 무산은 긴 겨울 속으로 잠들 준비를 하고 있었다.

"눈이 오고 있어."

이른 아침, 귓가를 간질이는 속삭임이 로의 단잠을 깨웠다. 로(露)는 졸린 눈을 비비며 몸을 일으켰다. 찬 기운을 머금은 은은한 연 향이 숨 깊이 들어와 순간 아득한 기분이 들었다. 그의 달콤한 향과 그윽한 목소리에 취해 정신이 몽롱한 가운데 무(霧)가 무엇이 그리도 급한지 거듭 채근했다.

"로, 지금 첫눈이 온다. 어서 가자."

"눈이요?"

로는 여전히 꿈결인 듯 아득한 얼굴로 무를 보았다.

"첫눈이 오면 보러 가기로 했잖아."

무가 들뜬 아이처럼 보채며 손을 잡아끌자 그 모습이 신기하고 우스운 정령들이 얼굴을 마주하고 킥킥 웃었다. 로가 얼굴을 붉히며 침상을 나오자마자 곧바로 정령들이 달려들었다. 그녀들의 손놀림이 하나같이 바쁜 것으로 보아 무가 어지간히 채근한 모양이었다. 로는 따뜻한 물에 얼굴을 씻고 부드러운 죽으로 속을 달랜 후 솜을 두텁게 누빈 겉옷을 입고 궁을 나섰다. 동굴 밖으로 나왔을 때 날은 이미 환히 밝아 있었다. 이른 아침의 맵싸한 공기가 폐 속 깊이 들어와 남아 있던 잠을 쫓아냈다.

"춥지 않아?"

무가 로의 말간 얼굴 살피며 물었다. 로는 입가에 미소를 머금고 고개를 저었다. 그녀를 보는 무의 시선은 왠지 모를 뿌듯함과 설렘에 한껏 들떠 있었다. 그는 로의 손을 잡고 조심스럽게 몽우의 등에 태웠다. 몽우는 훌쩍 허공으로 날아올라 그들이 즐겨 가는 숲으로 향했다.

새벽부터 내리기 시작한 첫눈으로 인해 무산은 어느새 순백색으로 변해 있었다. 바람이 잠들어 천지가 고요한 가운데 어린 새의 솜털 같은 흰 눈이 천길 허공을 가득 메운 채 너울너울 내렸다. 내리는 눈이 마치 꽃잎처럼, 여린 나비의 날개처럼 보였다. 아름다운 광경이 어우러져 신비한 느낌마저 드는 아침이었다.

흰 눈송이가 꿈결처럼 보드랍게 쌓이는 가운데 몽우가 땅 위로 가볍게 내려섰다. 로는 설레는 표정으로 눈 위에 첫발을 내디뎠다. 발등을 약간 덮게 쌓인 눈은 포근하고 보드라웠으며 눈 밟히는 소리가 깊어 왠지 서러운 느낌도 들었다.

"대설(大雪)이야. 너무 많이 쌓이기 전에 돌아가자."

무의 말에 로가 건성으로 고개를 끄덕이며 몇 발짝을 떼었다. 잔뜩 들뜬 그녀의 모습을 유심히 살피며 무와 몽우가 천천히 뒤를 따랐다.

소담한 눈송이들이 세상 곳곳에 내렸다. 셀 수 없이 많은 날들을 땅속 깊이 뿌리 내리고 살아온 나무 위로, 맨살을 드러내 추운 듯 보이는 바위 위로, 살얼음이 낀 시냇물과 작은 연못 위로 하늘에서 떨어져 나온 하얀 결정체들이 내려앉았다. 세상을 감싸 지켜주겠다는 듯 포근하게 뒤덮는 눈송이. 모든 것을 부드럽게 감싸는 눈송이에 뾰족한 바위산조차 부드러운 선을 품었다.

"조용하고 아름답네요."

로가 하늘을 우러러보며 작게 속삭였다. 그녀의 이마와 붉은 뺨에 닿은 눈이 녹아서 촉촉하게 스며들었다.

"꼭 하늘에서 떨어지는 꽃 같다."

무도 로처럼 하늘을 올려다보며 말했다. 로가 입가에 미소를 머금고 물었다.

"빛이 고운가요?"

"놀처럼 붉고 들꽃처럼 노랗다. 구름처럼 하얗고 하늘처럼 푸르다."

"제겐 진실만 얘기한다 하지 않으셨나요?"

로가 농처럼 묻자 무가 잠시 망설이다 부끄러운 어투로 대답했다.

"너를 통해 보는 세상은 온통 고운 빛이다. 실로 놀랍고 조금은 두려운 기분이 든다."

로는 아련한 표정으로 하늘을 우러러보았다. 진실로 셀 수 없이 많은 꽃이 흩날리는 것처럼 보였다. 아름답고 향기로웠다. 눈물이 날 만큼. 로는 허공을 향해 손을 뻗었다. 눈송이가 그녀의 살갗에 닿아 스르르 녹았다.

"꽃이 녹아요. 제 몸속으로 스며들고 있어요."

그녀의 얼굴에 눈부신 빛이 퍼졌다. 무는 그녀의 찬 손을 잡아 손바닥에 가만히 입을 맞추었다.

"내 마음도 네 몸속에서 녹여주렴."

둘의 얼굴에 붉은 기가 감돌았다. 로는 대답 없이 하늘을 보았다. 세상의 모든 꽃이 몸 안으로 밀려드는 기분이었다. 첫눈이 와서인가. 마음 깊은 곳에서부터 많은 상념과 함께 형언할 수 없는 뜨거움이 차 오르기 시작했다.

제 손으로 사랑을 놓고 걷잡을 수 없는 슬픔을 부둥켜안은 채 암흑 속에 떨어졌다. 세상 밖으로 홀로 밀려난 것이 서럽고 하늘이 뚫린 듯한 공허함에 목이 메었다. 로는 정운의 아낌없는 사랑을 받을 때조차도 늘 외로웠고 그가 떠났을 땐 상실감과 함께 찾아온 분노와 절망에 몸과 마음이 마비된 것 같았다. 사랑과 세상의 빛을 잃고 마음의 빛도 꺼졌다. 그렇게 영원히 돌이킬 수 없을 줄만 알았다.

　'헌데 마음 한쪽이 이상합니다. 처음엔 따스하다 여겼었는데 시간이 갈수록 뜨겁습니다. 당신을 생각하면 불을 삼킨 듯 뜨겁고 얼음을 삼킨 듯 시리고 눈물을 삼킨 듯 아픕니다. 아무것도 없는 마음이라고 생각했는데 딱딱하게 굳어버린 마음이라 생각했는데, 이 마음이 이상합니다. 제 것이 아닌 것만 같습니다.'

　하늘을 보며 걷던 로가 문득 걸음을 멈추었다. 그녀의 얼굴은 흰 눈을 닮아 창백하게 변해갔다.

　'혹시…… 혹시 말입니다. 제 마음이 돌아온 것은 아닐까요? 당신이 수없이 내 마음을 두드릴 때마다 조금씩 금이 가서 어느 결엔가 조각조각 깨어진 것은 아닐까요?'

　로의 큰 눈망울에 눈물이 차 올랐다. 그녀는 떨리는 입술을 간신히 달싹거렸다.

　"녹았나 봐요."

　상기된 얼굴로 두어 걸음 앞서 가던 무가 걸음을 멈추고 돌아보았다. 그는 로의 말을 알아듣지 못하고 되물었다.

"뭐?"

"돌같이 딱딱했던 이곳이 어느 결엔가 부드럽고 따뜻해요. 아니, 견딜 수 없이 뜨거워요."

로가 자신의 가슴에 손을 얹고 들뜬 목소리로 말했다. 그녀의 상기된 얼굴과 손이 머문 곳을 번갈아 바라보던 무의 얼굴이 차츰 굳었다.

"무, 무슨 말이야."

무는 그녀의 입 모양을 뚫어져라 응시하며 다음 말을 기다렸다.

"마음이…… 돌아왔나 봐요."

무는 숨 쉬는 것도 잊은 채 로의 얼굴을 멍하니 보았다. 그녀의 말이 머릿속에서 제멋대로 뒤섞였다가 차츰 맞춰지기 시작했다. 그리고 뜻을 이해하자 가슴속에 무언가가 천천히 응축되었다가 한순간에 터지는 듯한 아득함이 밀려왔다. 그의 눈 속에 휘황한 빛이 감도는 가운데 작은 두려움이 내비쳤다.

"정말로…… 마음이……."

무는 좀처럼 믿기지 않아 제대로 말을 이을 수가 없었다. 그의 떨리는 마음을 로는 따뜻한 미소가 감싸 안았다. 무의 얼굴에 형언할 수 없는 기쁨이 번지는 가운데 그가 단숨에 로에게 다가섰다. 무는 촉촉이 젖어 차가운 그녀의 볼을 두 손으로 감싸고 무슨 말을 해야 할지 몰라 잠시 머뭇거렸다.

"정말? 마음이 돌아왔다는 것이 사실이야?"

그의 조심스런 물음에 로가 고개를 끄덕였다.

"혹여 동정은 아니야? 날 위로하려고 하는 말은 아니겠지?"

로는 눈물을 글썽이며 웃어 보였다. 무는 그녀의 뺨을 어루만지며 들뜬 목소리로 말했다.

"좀처럼 믿기지가 않는다. 다시 한 번 말해줘. 너도 내가 원하는 것처럼, 아니, 아주 조금이라도 나를 원해?"

"네, 저도 당신을 원해요. 당신만큼, 아니, 어쩌면 그보다 더."

무는 그녀가 대답하는 짧은 순간이 몇 백 년처럼 느껴졌다. 심장이 터질 듯이 뛰고 기쁨이 주체할 수 없을 만큼 넘쳐흘렀다.

"다시 한 번 말해줘."

"당신을 원해요."

"다시 한 번."

"원하고 또 원해요."

무는 로를 힘껏 끌어안았다. 큰 소리로 환호라도 지르고 싶은데 목이 메어 아무 말도 나오지 않았다. 견딜 수 없이 기쁘면서도 마음 한쪽이 묵직했다. 이제야 그녀의 마음을 얻을 수 있게 됐는데 손안에 모래처럼 순식간에 빠져나갈 것만 같아 두려웠다.

"기쁜데, 견딜 수 없이 기쁜데 왜 이리 슬픈지 모르겠다."

무는 로를 안고 떨리는 음성으로 말했다.

"널 잃을까 두렵다. 시간이 널 앗아갈까 봐, 영영 보지 못할까 봐 두렵다. 누군가를 원하는 마음은 이토록 기쁘고 두려운 것인가?"

"두려워하지 마세요. 같이 있는 이 순간의 소중함만을 생각하세요."

"너는 신인 나보다도 더 초연하구나. 널 잃지 않을 거야. 그 무엇도 나에게서 널 빼앗지 못해."

무의 눈빛은 기쁨과 설렘으로 일렁였다. 로는 그 눈빛이 선연하게 보였다. 언제부터 그를 마음 가까이 느꼈을까. 처음 보았을 때였을까, 꿈결에 찾아왔을 때였을까, 처음 입술이 닿았던 때였을까. 그와 연결된 모든 것이 아련하고 애틋했다. 떠올릴 수 있는 기억 이전에도 그를 사랑해 왔고 지금도, 그 다음 생에도 그를 사랑해야 할 거 같았다. 로는 그가 우주처럼 느껴졌다. 자신은 그 속에 일부이고 그를 사랑함이 해가 뜨고 지는 것처럼 당연하게 생각되었다. 로는 차갑게 얼은 그의 뺨을 감싸며 속삭였다.

"당신 마음이 느껴져요."

"나도 느껴진다. 네 마음이 이젠 느껴진다."

그들의 입술이 부드럽게 스쳤다가 떨어졌다. 그리고 아쉬움이 남아 깊숙이, 뜨겁게 입술을 포갰다. 차갑고 달콤한 감각이 전신을 훑어내렸다. 그들은 싸늘한 공기와 주체할 수 없는 기쁨에 떨며 서로를 끌어안았다. 서로의 따스한 품이 제 몸에 꼭 맞는 옷을 입은 것처럼 편안하고 아늑했다. 먼 곳을 헤매다가 비로소 제자리를 찾아온 것 같았다.

하얀 눈이 무와 로의 머리와 어깨 위로 쌓였다. 그녀의 긴 속눈썹에 내려앉은 눈이 꿈결처럼 녹아 이슬로 남았다. 로는 지금 이 순간이 애틋한 꿈같았다. 꿈에서 깨면 칠흑보다 검은 어둠과 서늘한 공허만이 기다리고 있을 것만 같아 두려웠다. 부디 이 꿈에서 깨지 않기를. 로는 마음속으로 간절히 빌며 그의 옷자락을 꼭 쥐고 놓지 않았다.

눈발이 그치자 찬 흰빛 위로 어둠이 내렸다. 세상의 소리는 눈 속에 묻혀 고요했다. 달조차 뜨지 않은 신령스런 밤이었다. 이런 날이 오길 오래전부터 기다리고 있었던 듯 정령들이 각기 다른 곳으로 무와 로를 데려가 향기로운 물로 정성껏 씻기고 고운 꽃이 수놓아진 잠옷을 입혔다. 안개의 성은 향긋한 꽃 향과 함께 은밀하고 부드러운 환희에 사로잡혔다.

정령들이 모두 물러가고 둘만 남은 침실. 휘장이 쳐진 침상 위에서 무와 로는 달뜬 숨소리를 들으며 가만히 앉아 있었다.

우린 얼마나 많은 길을 돌아 여기까지 왔을까.

이런 날이 내 삶에 있을 거라고 감히 짐작조차 못하였다.

차라리 이 순간을 꿈이라 생각하고 두려움을 모두 떨친 채 마음껏 기뻐하여 볼까.

아, 황홀한 아침 같은 꿈. 꿀처럼 감미롭고 꽃처럼 향긋한 꿈. 여린 마음을 희롱하는 짓궂은 꿈, 눈물겹도록 행복해 허황하게 느껴지는 꿈.

꿈결을 밟고서 당신에게 닿았으니
눈을 감으면 늘 당신이 보일까.
어둠 속에서도 늘 당신과 닿을까.

세상의 모든 사물이 서로 끌어당기듯 마음과 마음이, 몸과 몸이 짝을 찾아 다가섰다. 그리운 사람을 앞에 두고서 서로에게 닿기 위해 얼마나 많은 시간과 아픔을 건너왔는지 헤아린다. 고맙고 또 고맙다. 살아 있어줘서, 내 앞에서 있어줘서, 내 마음을 받아주어서 고맙다. 침실에 애틋한 기운이 흐르는 가운데 켜놓은 초에서 촛농이 방울방울 굴러 떨어졌다. 달콤한 향기가 공기 중에 어지러이 떠 있다. 무는 불빛에 뺨이 더욱 발그레해 보이는 로의 얼굴을 가만히 들여다보았다. 그녀 앞에 있자니 어떤 말을 하고 어떤 행동을 해야 할지 까맣게 지워지고 부질없이 심장만 쿵쾅거렸다. 이제 막 태어난 생명을 만져 보듯 무가 조심스레 손을 뻗었다. 로의 고운 뺨에 손이 닿자 가슴이 뭉클하다. 얼얼한 전율이 손끝에서부터 머리끝까지 꿰뚫었다가 다시 온몸을 돌아 발끝까지 내려왔다. 한없이 따뜻하면서도 문득 그립고 슬픈 느낌이 든다. 그녀를 만지고 느끼고 원할수록 열기가 전신에 퍼져 심장이 뜨겁고 몸의 중심이 묵직해졌다.

"두렵지 않아?"

무가 묻자 로는 가만히 고개를 저었다.

"나는 두려워. 내가 널 상처 입히고 아프게 할까 봐 걱정이된다."

"그렇지 않을 거예요. 절대로."

로의 목소리는 부드러우면서도 확고했다. 무는 남아 있던 두려움을 털어내고 그녀를 끌어당겨 품에 안고 입을 맞추었다. 젖은 꽃잎처럼, 연잎에 맺힌 이슬처럼 달고 진한 입술에 머릿속이 멍해진다. 무는 갑자기 심한 갈증을 느끼며 그녀의 입술을 벌리고 맑은 샘물을 들이마셨다. 샘 안에 깃든 모든 것을 삼키고 가슴을 쿡 눌러 아무것도 빠져나가지 못하게 했다. 영원히 그녀를 몸 안에 담을 수 있다면.

무는 로가 입고 있는 옷을 한 겹씩 벗겼다. 그를 애태우기 위한 놀림처럼 얇은 속옷이 몇 겹 더 드러나 힘겹게 매듭을 다 풀고 나서야 살결을 온전히 느낄 수 있었다. 무는 고개 숙여 로의 어깨에 입을 맞추었다. 로 또한 그가 그랬던 것처럼 무의 옷 매듭을 천천히 풀었다. 무의 옷이 쉽사리 벗겨지지 않자 로의 얼굴이 붉어졌다. 둘 다 수줍고 서툴렀다. 실오라기 하나 걸치지 않은 나신이 되자 무는 폭신한 이불 위로 그녀를 눕혀 이마와 콧등 입술과 뺨에 차례로 입을 맞추었다.

'아아, 이 세상에 어찌 너 같은 생명이 있을까. 이토록 부드

럽고 아름다운 생명이 어찌 나 같은 황무지를 받아들여 줬을
까.'

세상의 모든 것을 얻은 듯, 갖고 있는 모든 것을 잃은 듯 만족
과 허탈함이 차례로 지나갔다. 이때 로가 무의 얼굴을 섬세한
손길로 쓰다듬으며 속삭였다.

"눈을 잃기 전에 당신을 보았어요, 정말 아름다운 이라고 생
각했어요. 그땐 이렇게 당신을 원할지 몰랐어요. 삶이란 놀라운
일의 연속이에요."

무는 가만히 고개를 끄덕이며 로의 귓불을 살짝 물었다. 입
안에 물큰 들어오는 감촉과 온몸을 관통하는 저릿한 느낌에 둘
의 입술에서 신음이 흘러나왔다.

"제 마음을 드릴게요. 하나도 남김없이 모두 드릴게요."

로의 눈물이 뺨을 적시자 무는 그 눈물을 닦아주며 가만히 속
삭였다.

"네게 심장을 주마. 네게 영혼을 주마. 내가 가진 마지막 하나
까지 모두 네 것이다."

하얗고 고운 몸이 하나로 포개져 서로를 끌어당겼다. 서로의
품은 세상에서 가장 놀랍고 부드럽고 아늑한 곳이었다. 그 속에
자신을 묻고 긴 외로움과 슬픔을 묻었다. 영원처럼 긴 시간과
한 번의 눈 깜박임 같은 순간이 얽히고설켜 주위를 맴돌았다.
아무리 깊숙이 빠져들어도 끝이 보이지 않았다. 영원히 끝날 거
같지 않은 환희와 열정이 오랫동안 침실에 머물렀다. 몇 번의

해가 뜨고 몇 번의 달이 떴는지 셀 수 없었다. 그저 사랑하는 사람과 같이 있다는 것만을 느낄 뿐, 시간은 그리 중요하지 않았다. 중요한 것은 서로를 원한다는 것과 함께 있다는 것뿐이었다.

한차례 모래폭풍이 지나고 간 후 하늘은 믿을 수 없을 만큼 청명해졌다. 지난밤 짐승의 포효처럼 사납던 바람은 어느새 순한 양처럼 변하여 성벽에 쌓인 모래들을 쓸어냈다. 사막과 인접한 변방에서 이런 거센 모래폭풍은 일도 아니라는 듯 사람들의 표정은 하나같이 심드렁했다. 성문이 열리자 노예들이 소와 양을 몰고 들로 나가고 대상들은 낙타를 끌고 다음 성으로 향했다. 성내의 노비들은 일부 무너진 성벽 일부를 보수하고 병사들은 그들 사이를 오가며 험악한 눈동자를 굴려댔다. 한쪽에선 젊은 궁사들이 과녁을 향해 활시위를 당기며 수련이 한창이고, 다른 한쪽에선 늙은 아낙들이 큰 솥에 병사들에게 줄 걸쭉한 죽을 끓였다. 여느 날과 다름없이 평범하고 무료한 아침의 시작이었다.

서늘하기만 하던 볕이 제법 따스해졌을 무렵이었다. 유난히 눈에 띄는 사내가 나타나 사람들의 시선을 끌었다. 장신에 단단하고 날렵한 몸을 가진 사내는 허름하고 왜소한 노비들 사이를 지나 병영이 있는 곳으로 향했다. 그의 도드라지는 외모와 체구로 인해 지날 때마다 무수한 시선들이 따라다녔다. 사내들은 그의 부유해 보이는 차림새와 오만한 표정에서 느낄 수 있는 권력을 흠모했고 여인들은 믿을 수 없을 만큼 황홀한 생김과 나른한 눈빛에서 읽은 욕망에 얼굴을 붉혔다. 그리고 그들은 사내에게서 범접하지 못할 경외와 두려움을 느꼈다. 사내의 눈빛은 아름다우나 얼어붙을 듯이 차갑고 날카로웠다. 사람들은 그를 훔쳐보면서도 어쩌다 눈빛이라도 마주치면 몸을 떨며 고개를 떨어뜨렸다.

그의 등장으로 성내엔 사이엔 작은 동요가 일었다. 사내가 사람 무리 속을 지날 때면 양 갈래로 길이 벌어지며 침묵이 흘렀다. 사람들은 멀어지는 그의 뒷모습을 보며 복색이나 생김으로 보아 황실 사람이 분명하다고 저마다 수군거렸다. 하지만 황족 중 누구도 노비나 호위 없이 홀로 다니지 않았다. 그렇다면 저 사내의 정체는 무엇일까.

사내는 군병들 사이를 지나 유유히 지나 관청의 한 건물로 들어갔다. 그때까지 그를 막아 세우는 자는 없었다. 오히려 그가 지날 때면 고개를 숙이거나 황급히 자리를 비켜났다. 마치 황제라도 앞에 둔 듯했다. 사내는 마침내 어느 문 앞에 멈춰 섰다. 문을 열고 안으로 들어선 곳에는 탁자에 지도를 펴놓고 유심히 들여다보는 장수가 있었다. 인기척에 고개를 든 장수는 문 앞에 서 있는 사내를 보고 몹시 놀랐다.

"환(煥), 네가 여긴 웬일이지?"

설(雪)은 놀람을 수습하지 않고 눈을 동그랗게 떴다. 우아한 몸짓으로 안에 들어서며 주위를 살피는 환을 보고 있자니 혼란이 밀려왔다. 환은 함부로 움직이지 않는 자였다. 그런 그가 이 먼 곳까지 왔다면 분명 중요한 무언가가 있는 것이다. 설은 갑작스런 그의 방문에 만감이 교차했다.

"구경 삼아 왔다고 하기엔 너무나도 누추한 곳이군."

환은 무감한 눈빛으로 설의 위아래를 가만히 훑었다. 변방에 이름난 명장답게 그의 용모엔 거친 기상과 범접 못할 위엄이 서려 있었다. 하지만 아무리 적들이 떠는 장수의 모습을 하고 있다 해도 환 앞에선 두려운 눈빛을 숨기지 못했다. 환은 신들 중 가장 강한 힘을 가진 자. 신을 죽일 수 있는 세 개의 검 중 하나를 가진 전쟁의 신. 환은 설의 마음 깊숙한 곳에 도사리고 있는 두려움을 들여다보며 차갑게 비웃었다.

"이런 곳에서 잘도 버티는구나. 게다가 그 한심한 몰골은 무엇이냐."

"무슨 일로 왔냐니까!"

설의 물음에 환은 대답 대신 미소를 보였다. 그는 탁자에 펼쳐 놓은 지도를 천천히 들여다보고 조금 열려진 창밖을 내다보는 등 뜸을 들였다. 설은 조바심이나 견딜 수가 없었다.

"환! 내게서 원하는 것이 뭐지?"

"흥분하지 마라. 나는 그저 얘기나 나눠볼까 하고 온 것뿐이야."

"새삼스레 무슨 얘기?"

"이를테면, 너와 내가 관심 깊게 지켜보는 것에 대해서."

"뭐?"

"네가 원하는 것, 그리고 내가 원하는 것에 대해서 말이다."

"무를…… 말하는 건가?"

설의 눈빛이 한층 가늘어졌다. 그의 몸은 적을 만난 것처럼 긴장하고 수축했다.

"정확히 말하자면 무(霧)와 로(露)지."

"서도에서의 일은 풍문으로 들어 알고 있었다. 그것은 그저 단순한 장난이 아니었나?"

칠흑보다 검은 환의 눈동자 속엔 이 세상을 모조리 태울 듯한 불꽃이 일렁이고 있었다. 설은 환의 숨겨진 모습 중 하나를 마주하고 감당할 수 없는 공포를 느꼈다. 신들 중 대부분이 환을 두려워했다. 그가 휘두르는 파괴력은 신조차 맞설 수 없을 만큼 막강했다. 환이 나선다면 신이라 할지라도 영원한 고통의 구덩이 속에서 헤어날 수 없었다.

"너와 나는 비슷한 점이 있지. 가지고 싶은 것을 손에 넣지 못했다는 점. 그리고 다른 점이라면, 너와 달리 나는 움직인다는 것이지."

설은 비로소 숨 막히는 긴장에서 벗어났다. 환을 따라 그의 눈빛도 예리하고 잔인한 빛을 띠기 시작했다. 설이 어깨를 펴고 물었다.

"어느 쪽이지?"

"로(露)."

"좀처럼 이해할 수 없군. 왜 그녀에게 집착하지?"

"우리들 사이에는 오래전부터 얽히고설킨 인연이 있다. 과거는 물론 현재와 미래까지 이어진 긴 끈이지. 물론 그 속에 너도 있고 말이야."

"인연? 그럴 리가. 난 시간의 신이야. 내 기억에 그런 일은 없다."

"여기 자신의 기억에 매달리는 또 하나의 바보가 있군. 네 머릿속엔 과거의 기억이 없다. 모두 지워졌지."

"이해할 수가 없군."

설의 얼굴이 혼란으로 일그러지는 가운데 환이 의미심장하게 웃으며 의자에 앉았다.

"내가 네 기억을 찾아주지. 단 너도 날 위해 무언가를 해줘야겠어. 물론 너도 흡족해할 만한 일이야. 과거에 대한 복수이자 네 정적을 없애는 것이니."

설은 여전히 그의 말을 알아들을 수가 없었다.

"너는 로를 원한다고 하지 않았나?"

"원하지. 난 그녀가 고통받기를 원해. 영원히."

환의 차가운 미소를 보며 설은 지독한 한기를 느꼈다. 자신이 환의 적이 아니라는 것에 안도하면서도 막연히 엄습해 오는 불안에 몸이 떨렸다.

아침 해가 뜬 지 오래나 침상의 휘장은 아직 걷히지 않았다. 무와 로는 서로 꼭 껴안고 잠들어 있었다. 둘을 감싸는 빛은 햇살보다 곱고 다정했다. 멀리서 정령들의 웃음소리와 가볍게 악기 줄을 고르는 소리가 들렸다. 정령 중 하나가 악기를 품에 안고 부드럽고 따뜻한 느낌의 첫 소절을 연주하자 어느새 다가와 앉은 정령들이 더불어 곡을 연주했다.

로는 어디선가 새들의 재잘거림과 시냇물이 흐르는 소리를 들은 것 같아 눈을 떴다. 꼭 봄 들판을 누비다 온 것처럼 몸이 가볍고 머리가 맑았다. 그녀는 이곳이 어딘가 싶어 망연히 있다가 제 몸에 닿는 따뜻한 체온에 비로소 미소를 지었다. 몸을 부드럽게 감싼 그의 품은 어미 새의 둥지처럼 아늑했다. 살갗에서 배어나오는 체취가 은은하고 달콤해 마음결이 나른하고 촉촉해졌다. 로는 그의 가슴에 가만히 기대 심장 박동과 숨소리를 들었다. 지금 이 순간이 꿈만 같았다. 제 꿈도 아닌 남의 꿈을 엿보고 있는 듯한 아득함. 몸이 허공에 떠 있는 깃털 같고 하늘을 가로지르는 구름 같았다.

'당신이 제게 주신 마음을 저 또한 돌려드릴 수 있게 되었어요. 한낮에 잠시 꾸는 꿈같아 실감이 나지 않아요.'

지난밤 그가 준 마음의 흔적이 몸 곳곳에 고스란히 남아 있었다. 그의 입술과 손길이 아직도 생생했다. 분명 꿈은 아닐진대 왜 이토록 아득해서 사람 마음을 안타깝게 할까.

'우리가 한 마음일 수 있다니. 그저 놀랍고 벅찰 뿐이에요. 진심을 나누는 것은 세상에서 가장 행복한 일. 이 마음을 위해 아주 먼 길을 돌아온 느낌이 들어요. 당신도 그런가요?

로가 자신을 보며 미소 짓고 있는지도 모르고 무는 혼곤한 잠에 빠져 있었다. 로는 자신을 감은 그의 손을 풀고 따스한 품에서 살짝 빠져나왔다. 무가 불만스러운 듯 몸을 뒤척이다 다시 고른 숨소리를 내었다. 로는 그의 길고 부드러운 머리칼을 가만히 쓸어보다가 등에 살짝 입을 맞추고 침상에서 나왔다. 침실을 나오자 그녀를 본 정령들이 까르르 웃으며 반겼다. 로는 홍시처럼 붉어진 얼굴로 어쩔 줄을 몰라 했다.

"부끄러워 마세요. 저희들은 무와 로님이 행복하여 마냥 기쁘답니다."

정령들은 로가 씻는 것을 돕고 머리를 빗겨주었다.

"깨시기 전에 잠깐 산책을 다녀오고 싶어요."

로의 말에 고개를 끄덕인 정령이 그녀를 숲으로 이끌었다. 숲으로 향하는 걸음이 나는 듯 가벼웠다. 차고 상쾌한 공기가 온몸을 감싸자 모든 것이 선명하고 깨끗하게 깨어나는 듯했다. 로는 숨을 깊이 들이마셨다가 내쉬며 신중하게 걸음을 내디뎠다.

겨울 숲은 고요했다. 살갗에 닿아 부서지는 햇살은 따뜻하고 멀리서 불어온 바람은 차지만 신선했다. 새들의 지저귐은 경쾌하고 부끄럼 많은 들짐승이 내는 기척은 우아했다. 로의 마음 또한 숲처럼 고요했다. 혼란스런 상념이 깃들지 않은 마음이 제 것이 아닌 것처럼 낯설지만 평온하고 따스했다. 모든 것이 더없이 좋았다. 그가 곁에 있지 않은 것이 허전하긴 했지만 마음 깊숙이 담고 있기에 외롭지 않았다.

로가 산책에서 돌아왔을 때까지도 무는 여전히 잠들어 있었다. 조심스레 휘장을 걷고 침상 쪽으로 몸을 숙이려는데 언제 깼는지 무가 번개 같은 손놀림으로 로를 끌어당겼다. 로는 작은 비명을 지르며 그의 품에 안겼다.

"바깥 공기를 쐬고 와서 차요."

로가 무의 가슴을 밀며 소리쳤다. 무는 그녀의 허리를 끌어안으며 성난 듯 언성을 높였다.

"나를 두고 혼자 다녀왔단 말이지."

"주무시고 계셨잖아요. 곤하게 주무셔서 깨우고 싶지 않았어요."

"혼자 있고 싶어서가 아니고?"

"조금은 그런 맘도 있었지요."

로의 앙큼한 대답에 무가 불만을 터뜨렸다.

"난 단 한 순간도 네 곁에서 떨어지고 싶지 않단 말이다."

"자꾸 그러시면 제 버릇이 나빠질지도 몰라요."

"어떻게?"

"속상하게 할 때마다 멀리 도망가 버릴지도 모르지요."

"내가 그런 어리석은 짓을 할지 의심스럽지만 만약에 그렇다면 내가 쫓아가서 데려오지."

"제가 말을 안 들으면 어쩌시려고요?"

무는 잠시 생각하는 표정을 짓다가 그녀를 껴안고 이불 속으로 파고들었다. 로가 까르르 웃으며 그에게 벗어나려고 바동거렸다. 짓궂은 무는 그녀를 놓지 않고 도리어 옷을 벗기며 소리쳤다.

"그땐 내가 도망갈 테다!"

"맙소사, 도망간다구요?"

"그래, 네가 찾지 못하게 꽁꽁 숨어버릴 테다. 그러면 넌 어찌할 거지?"

단숨에 옷을 벗겨낸 무가 그녀의 보드라운 가슴을 살짝 움켜쥐었다. 그의 입술이 붉은빛이 감도는 유두 주위를 스치듯 희롱하다가 푸릇푸릇한 사과를 덥석 베어 먹듯 한입 가득 머금었다. 이에 로가 작은 비명을 지르며 침상 끝으로 도망갔다. 그녀는 거듭 감기는 무의 손길을 뿌리치다 새침하게 대꾸했다.

"저 또한 쫓아가서 데려와야지요."

"그래도 오지 않으면?"

"그땐……."

로는 끌어당기는 무의 손에 순순히 이끌리며 품에 안겼다. 그녀는 무의 얼굴을 양손으로 감싸고 부드럽게 입을 맞췄다. 둘의 얼굴에 같은 미소가 번지고 무가 그녀의 등 아래로 손을 넣어 자신 쪽으로 부드럽게 끌어당겼다. 몸이 닿은 자리마다 뜨거움이 번졌다.

"말해봐. 그래도 내가 오지 않으면?"

무가 달콤하게 속삭였다. 로는 그의 가슴에 기대 빠르게 뛰는 심장 소리를 들었다. 그 소리를 듣고 있자니 모든 것이 생생하게 살아나는 느낌이 들었다. 로는 그의 넓은 등을 안으며 말했다.

"곁에 머물러 있을게요. 당신이 계신 곳에."

"좋아. 영원히 머물러 줘."

"네. 영원히."

무는 그녀의 정수리에 가만히 입을 맞추고 고개 숙여 가지런한 쇄골을 입술로 부드럽게 쓸었다. 그리고 하늘의 구름을 모아만든 듯 보얗고 풍요로운 가슴에 얼굴을 묻었다. 그녀의 작은 몸이 대해처럼 넓고 아득하게 느껴졌다. 그 안에 깊숙이 침잠하여 영원히 머물고 싶었다. 무는 그녀의 몸 위에 자신을 싣고 안으로 깊이 자맥질해 들어갔다.

무가 안으로 들어오자 로는 눈을 지그시 감고 그의 등을 끌어안았다. 허전하던 곳이 채워지며 충만한 기쁨이 찾아왔다. 몸에 닿는 그의 손길과 부드러운 숨결이 눈을 가린 어둠을 한 꺼풀씩 벗겨내고 눈부신 빛을 보여주었다. 물빛 하늘과 들에 지천으로 핀 꽃이 보였다. 풀 냄새를 실은 따뜻한 바람이 몸을 휘감았다. 로는 눈을 지그시 감고 팔을 뻗어 바람을 맞았다. 손끝에 잡히는 바람이 황홀할 만큼 감미로웠다. 그 감미로움을 오랫동안 음미하다 어느 순간 눈을 뜨니 아름다운 그가 앞에 있었다. 그가 손을 내밀자 로는 주저없이 그 손을 잡았다. 그는 로를 하늘 높은 곳으로 데려다 주었다. 해와 달, 셀 수 없이 많은 별들이 그들 주위를 맴돌았다. 곱고 아름다운 빛 속에 서 있는 무는 눈부셨다. 그가 몸속 깊숙이 걸어 들어오자 로는 무의 모든 것을 받아들이고 따스하게 품었다. 세상은 온통 빛 속에 잠기고 그들도 그 속에 잠겨들었다.

해가 기울어 가던 무렵 흰 새 한 마리가 날아왔다. 빛깔이 곱고 우아한 새였다. 정령들이 아름답다며 거듭 감탄하고 있을 때 옆에 섰던 무가 새의 다리에 매여 있는 전갈을 발견했다. 돌돌 말린 천을 끌러 펼치자 섬세한 필체의 짧은 문장이 나타났다. 급히 와달라는 설의 전갈이었다. 설은 이런 식으로 무를 불러낸 적이 없었다. 무는 뭔가 석연치 않은 생각이 들었지만 그렇다고 모른 척할 순 없었다.

무가 잠시 성을 떠난다고 말하자 로는 잠시 허방에 발을 디딘 것처럼 현기증이 났다. 붙잡아야 한다는 생각이 들면서도 스스로 이유를 찾지 못해 혼란스러웠다.

"불안한 모양이구나. 잠시 다녀오는 것뿐이야."

무가 로의 볼을 토닥이며 웃었다. 로는 무와 얼굴을 마주하고 차마 웃을 수가 없었다.

"저도 데려가 주시면 안 될까요?"

"하하, 이럴 땐 꼭 어린아이 같군. 내가 도망이라도 갈 듯싶어 불안해?"

시무룩한 표정으로 고개를 숙이는 그녀를 무가 끌어당겨 안았다.

"무슨 일인지 몰라 데려갈 순 없다. 기다리지 않도록 곧 올게."

"하지만······."

무가 이마에 가볍게 입을 맞추며 말했다.

"곧 돌아올 테니 걱정하지 마."

로는 그의 얼굴을 보며 애써 웃어주었다. 가는 발길에 불안한 내색을 할 수는 없었다. 하지만 웃어도 마음속 불안은 가시지 않고 그가 떠났을 땐 발밑이 꺼지는 것처럼 아득하기까지 했다.

로의 불안을 느꼈는지 수다스러운 정령들도 입을 다문 채 물러가고 몽우만이 불안한 걸음으로 주변을 서성였다.

그렇게 무가 가고 얼마 되지 않아서였다.

홀연히 찬바람이 불어왔다. 로와 몽우는 누가 먼저랄 것도 없이 바람이 불어오는 쪽으로 고개를 들렸다. 멀리 그가 오는 소리가 들렸다. 귀에 익은 바람 소리와 기척. 로는 눈으로 보지 않고도 누구인지 알 수 있었다. 시간의 신, 설이었다. 그가 다가오자 차고 선뜻한 기운이 훅 끼쳤다. 익숙하면서도 전과는 다른 기운이 예민한 신경을 건드렸다. 자신도 모르게 몸에 힘이 들어가고 얼굴이 굳었다. 로는 애써 담담하게 입을 열었다.

"설님께서 무슨 일로 오셨나요?"

"어느새 눈이 뜨이셨습니까? 제가 온지 어찌 아셨습니까?"

가벼움을 가장한 설의 목소리가 무겁고 탁했다. 로의 가슴 한쪽이 덩달아 무거워졌다. 무언가가 이상하다. 전에 들었던 부드럽고 잔잔한 목소리가 바위처럼 단단하게 경직되어 있었다. 그 언성 속에 깃든 불안이 로를 흔들었다. 지금 그의 목소린 꼭 누군가의 비보라도 전할 것처럼 어두웠다. 혹시⋯⋯. 로는 마른침을 삼키며 두 손을 꼭 쥐었다.

로의 얼굴에 핏기가 점차 가시는 동안 설은 서늘한 눈으로 그녀를 내려다보았다. 이제 설은 과거의 설이 아니었다. 환을 통해 빼앗긴 기억을 되찾은 순간 그는 변했다. 변해야만 했다. 그토록 사랑했던 무, 가지고 싶어 애를 태웠던 무를 설은 이제 버리기로 했다. 질투와 절망에 사로잡혔던 그의 가슴엔 분노와 고통이 더해졌다. 무에게 고통을 주어야 한다. 자신이 받은 아픔만큼 돌려주어야 한다. 환은 그것을 복수라 불렀다.

'무, 네게 고스란히 갚아주마. 넌 내가 가진 모든 걸 빼앗고 기억마저 지워 버렸어. 어리석은 난 그것도 모른 채 널 동경하고 원했다. 그런 내가 끔찍해. 아직도 이 마음에 앙금처럼 남아 있는 욕망이 치욕스러워. 이제 모두 부수고 깨뜨려 주겠다. 너의 가장 소중한 것을 통해 지금 내가 느끼는 고통을 네게 돌려주겠어.'

로를 보는 설의 표정이 더욱 가라앉았다.

검게 그늘진 그의 눈빛은 날카로운 단검마냥 날이 서 허공마저 갈가리 찢어놓을 것만 같았다. 설은 차분한 표정으로 로의 해쓱한 얼굴을 응시했다. 이제 복수를 시작할 때다.

"무에게 일이 생겼습니다. 무가 당신을 찾고 있으니 함께 가 주셔야겠습니다."

순간 로는 주저앉을 뻔한 것을 간신히 버티어 섰다. 이게 무슨 날벼락이란 말인가. 가슴이 발길에 차인 것처럼 뻐근해 숨 쉬는 것이 힘들었다. 온갖 두려운 상상을 동반한 공포가 날카로운 송곳니를 세우고 달려들어 목덜미를 물었다. 로는 몸이 찢겨질 것 같은 아픔을 느끼며 간신히 몇 마디를 토해냈다.

"무슨…… 일이……."

"가보시면 압니다. 화급하니 어서 가시지요."

로는 제자리에서 어쩔 줄 몰라 하다 옆에 서 있는 몽우를 향해 말했다.

"몽우야, 어서 가자."

이때 설이 나섰다.

"몽우를 타고 가는 것보다 제가 안내하는 것이 빠릅니다. 몽우, 너는 우리 뒤를 따르거라. 그럼 가시지요."

그녀는 설이 이끄는 대로 정신없이 따라나섰다. 지금 로의 머릿속은 무에 대한 걱정으로 가득 차 아무것도 들리지도 느낄 수도 없었다. 그래서 주위가 왜 이토록 고요한지, 왜 몽우의 기척을 느낄 수 없는지 미처 알지 못했다.

설이 정원에 들어선 순간 로를 제외한 모든 것이 정지했다. 시간이 멈춰 선 것이다. 공기의 흐름, 공중을 부유하던 먼지, 조롱 속 새들의 지저귐, 멀리서 들려오던 정령들의 재잘거림과 몽우의 움직임이 멈추었다. 설의 손짓 한 번에 무산의 모든 것이 멈추고 오직 로만이 그 사실을 모른 채 정신없이 그를 따라나섰다.

설을 따라 몇 발자국도 채 떼지 않았을 때였다. 로는 무산에서 아주 멀리 떨어진 곳에 도착했다. 하늘에선 눈이 내리고 있었다. 무산에서 보았던 꽃비 같은 눈이 아니었다. 찬바람을 품고 세차게 살에 박히는 아픈 눈이었다. 황량한 주위를 도는 바람은 거칠고 짐승 같은 바람의 울음이 허공을 거듭 찢었다. 몹시도 추웠지만 두려움이 몸의 감각을 삼켰다. 로는 추위와 바람보다 무의 안위가 더 걱정되어 발을 동동 굴렀다.

"그분이 이곳에 계신가요?"

"네. 저 앞에 있습니다. 당신이 아니면 움직이지 않겠다고 고집을 부립니다. 부디 설득하여 다친 몸을 끌고 나오게 해주십시오."

"마, 많이 다치셨나요?"

"움직이지 못합니다. 어서 가세요."

로는 고개를 끄덕이며 앞으로 걸어갔다. 점점 사나워지는 눈발이 얼굴을 할퀴고 채 여미지 못한 옷섶을 헤집고 차가운 눈이 들어왔다. 하지만 로는 아무것도 느낄 수 없었다. 그저 두려운 마음으로 한발한발 앞으로 나아갈 뿐이다. 로는 언제부턴가 발 아래 닿는 감촉이 다르다는 걸 깨달았다. 단단한 땅이 아니라 매끄러운 얼음 위를 걷고 있었다. 로는 몇 걸음 걷지 못하고 미끄러졌다. 간신히 바닥을 짚어 크게 다치지 않았지만 당혹과 걱정이 차례로 밀려왔다.

"설님, 정말 이 앞에 그분이 계십니까?"

크게 외쳤지만 아무런 답도 들리지 않았다. 로는 간신히 일어서 다시 걸음을 내디뎠다. 앞으로 나아갈수록 바람은 매섭게 몰아치고 발 아래는 아슬아슬 위태로웠다. 어느 지점에 이르러서는 바닥이 더는 단단하지 않다는 것을 느끼게 되었다. 산짐승의 잔등을 밟는 것처럼 움찔움찔한 것이 제대로 얼지 않은 곳을 밟고 있는 게 분명했다.

'위험해. 돌아 나가야 해.'

불길한 예감이 거듭 밀어닥쳤지만 로는 멈춰 서지 않았다. 머릿속엔 자신을 기다리고 있을 무의 얼굴만 보였다. 막 오른발을 내디뎠을 때였다. 우지끈하고 얼음이 갈라지는 소리가 들렸다. 그리고 몸의 중심이 급격히 한쪽으로 기울었다. 로는 그제야 몽우를 떠올리고는 다급하게 불렀다.

"몽우야! 몽우야!"

대답 없이 바람 소리만 세차게 들렸다. 다시 설을 불러보았지만 그 또한 대답이 없었다. 로는 피가 배어나오도록 입술을 깨물며 왼발을 내디뎠다. 아까보다 더 큰 소리가 나며 발밑이 흔들렸다. 몇 걸음만 더 뗀다면 얼음이 깨지고 그 밑으로 가라앉고 말 기세였다. 로는 자신이 낼 수 있는 가장 큰 목소리로 외쳤다.

"어디 계셔요! 저 왔어요!"

[어디 계셔요. 저 왔어요. 저 왔어요. 저 왔어요…….]

울음 섞인 목소리가 산울림이 되어 퍼져 갔다. 로는 보이지 않는 눈이나 너무나도 원망스러웠다. 눈이라도 보이면 어디 있는지 수월히 찾으련만. 로는 눈물을 글썽이며 두 팔을 뻗어 허공을 휘저었다.

"제가 왔어요. 대답 좀 해보셔요. 많이 다치셨나요? 제발, 대답 좀 해보셔요."

덧없이 반복되는 자신의 목소리에 로는 맥을 놓고 말았다. 호오오오. 바람의 울음만 구슬프게 허공을 흔들었다. 로는 눈보다도 하얗게 질린 얼굴로 말간 눈물을 뚝뚝 흘리며 한 걸음을 더 내디뎠다.

"제발요, 대답 좀 해보세요. 제발……."

로가 말을 채 끝내기도 전에 우지끈 소리와 함께 발밑의 얼음이 깨졌다. 로의 작은 몸은 그대로 호수 속으로 빨려 들어갔다. 믿기지 않을 만큼 차가운 물이 그녀를 삼켰다. 수만 개의 못이 온몸을 찌르는 듯한 통증과 함께 살갗서부터 몸 안쪽으로 차차 얼어 들어가는 것만 같았다. 로는 어떻게 해서든 물 밖으로 고개를 내밀려고 발버둥쳤지만 몸은 점점 밑으로 가라앉았다. 물 깊은 곳에서 무언가가 강한 힘으로 끌어당겼다. 로는 속절없이 아래로 끌려가며 지독한 공포와 슬픔을 느껴졌다. 차츰 의식이 멀어지는 가운데 그의 얼굴이 떠올랐다가 물빛처럼 희미해졌다. 로는 무를 향해 손을 뻗었지만 잡히는 것은 어둠뿐이었다. 로는 마침내 의식을 놓고 호수 깊숙이 잠겼다.

13. 잃어버리다

　설이 인간의 모습으로 화하여 살고 있는 곳에 갔을 때 그
는 그곳에 없었다. 다급한 서신을 보내 만나자 하고 약속한 곳
에 있지 않다는 것은 분명 이상한 일이었다. 무는 훈련이 한창
중인 병사들 사이를 거닐다 문득 멈춰 섰다. 갑자기 심장에 찌
르는 듯한 통증이 찾아왔다. 자신도 모르게 한쪽 무릎이 꺾이고
등이 식은땀으로 축축하게 젖어들었다. 뻐근하고 얼얼해 몸을
제대로 펼 수 없을 만큼의 고통이었다. 난데없이 찾아온 통증에
멍해 있는 사이 목덜미에 한기가 훅 끼쳤다. 차디찬 얼음물 속
에 잠기는 듯한 선뜻함. 언짢은 기분으로 간신히 허리를 펴는데
머릿속에 로의 얼굴이 스쳐 갔다.

'뭔가 있어. 불길해.'

무의 얼굴은 서서히 굳어가기 시작했다. 몸의 일부를 잘라낸 것 같은 허전함과 견딜 수 없는 한기. 로에게 무슨 일이 생긴 것이 분명했다. 무는 급히 안개로 화하여 무산으로 향했다.

무산의 성에 막 들어섰을 때였다. 성내에 묘한 기운이 감돌고 있었다. 무겁게 잠겨 있는 공기 속에는 오래되고 눅눅한 기운이 느껴졌다. 성안 깊숙이 들어갈수록 무언가 잘못됐다는 예감을 떨칠 수가 없었다.

막 로가 머무는 궁에 도착해 뜰에 발을 내딛던 무는 처음 보는 광경에 걸음을 멈췄다. 그는 그제야 무산에 들어서면서 느꼈던 불길한 예감의 실체를 두 눈으로 확인했다.

시간의 흐름이 멈춰 있었다. 바람도, 바람결에 몸을 흔들던 나뭇가지도 미동이 없었다. 늘 끊이지 않고 들리던 정령들의 노랫소리와 새들의 지저귐 또한 멈춘 채 적요만이 흘렀다.

한 폭의 그림처럼 정지된 풍경들을 훑던 무의 시야에 몽우가 들어왔다. 몽우는 정면을 응시한 채 한껏 경계의 눈빛을 하고 있었다.

무는 지금 그의 옆이 허전하다는 걸 느꼈다. 한시도 로의 곁을 떠나지 말라고 당부했건만 그녀는 지금 어디에 있단 말인가.

마음 깊은 곳에서 검은 공포가 스멀스멀 기어나와 심장을 갉아먹기 시작했다. 무는 가슴뼈를 부술 듯이 뛰는 심장을 꾹 눌렀다. 입을 벌리면 두려움을 못 이긴 비명이 새어나올 것만 같아 어금니를 꽉 깨물었다.

무는 눈을 지그시 감고 오른 팔을 앞으로 내밀었다. 차갑고 저릿한 감각이 어깨와 손끝까지 이어졌다. 그의 손끝에서 안개가 흘러나와 차츰 제 형태를 갖추어가기 시작했다. 그것은 푸른 빛을 내뿜는 검이었다.

청공(靑空). 파멸의 신 안에서 살아 숨 쉬는 검.

청공을 세상 밖으로 꺼낼 때면 온몸이 신경이 예민하게 날뛰고 미칠 듯한 광기가 고개를 들었다. 무에게 두려운 것이 있다면 그것은 바로 몸 안에 살아 있는 청공이었다. 청공은 무의 어둡고 광폭한 내면의 일부이자 어두운 과거의 그림자였다. 신계에서 신을 죽일 수 있는 검은 태아(太阿), 청공(靑空), 흑풍(黑風)뿐. 오랜 세월 동안 몸속에 봉인해 두고 쓰지 않았던 검을 꺼내자 한기가 몰아쳤다. 세상 밖으로 나온 청공은 검푸른 빛을 사방으로 뿜어내며 기쁨에 몸을 떨었다. 무는 몸속에 어두운 청공의 기운이 흘러드는 것을 느꼈지만 지금은 아무것도 생각할 수 없었다. 그는 몸에서 뽑아낸 청공을 손에 꽉 쥐고 허공으로 들어올렸다. 그리고 시간을 묶어놓은 끈들을 잘라냈다. 허공에 검은빛이 작열하고 보이지 않는 끈들이 우수수 떨어졌다. 곧 정지되었던 모든 것이 다시 흘러가기 시작했다. 무는 청공을 쥔 채 몽우에게로 걸어갔다. 그는 자신을 보며 깜짝 놀라는 몽우에게 청공을 겨누었다.

"로는 어디 있느냐!"

몽우는 황망히 주위를 살피다 낮은 신음을 흘렸다. 몽우의 눈빛에 드러나는 경악을 보며 무는 주체할 수 없는 살기를 느꼈다.

"어디에 있냐고 물었다."

무의 음성은 무서우리만치 냉혹했다. 급히 인간의 모습으로 화한 몽우가 엎드려 머리를 조아렸다.

"시간의 신께서 오셨습니다. 이후 모든 것이 멈춘 터라……."

무는 피가 배어나오도록 입술을 깨물며 몽우를 노려보았다.

"무슨 일이 있었어도 지켰어야 했다. 그 어떤 일이 있었어도!"

"저를 벌하여 주시옵소서."

몽우가 고통에 겨워 울었다. 무는 몽우의 목덜미를 노려보며 청공을 힘껏 치켜들었다가 차마 내리치지 못하고 멈췄다. 몽우의 목덜미를 끌어안고 웃던 로의 얼굴이 눈앞을 스쳤다. 로의 미소. 지금 이 순간 너무나도 절실한 그녀의 미소. 무는 힘없이 청공을 내리고 뒤돌아섰다. 지금 급한 것은 그녀를 지켜내지 못한 벌을 주는 것이 아니라 찾아내는 것이다. 무는 몽우를 버려둔 채 천호(天湖)로 달려갔다.

인간 세상을 보여주는 천호. 그동안 천호는 원하는 것은 무엇이든 보여주었다. 그러니 로가 있는 곳을 보여줄 것이다. 천호에 도착한 무는 눈이 흩날리는 물속을 내려다보며 소리쳤다.

"로를 찾아라. 그녀는 어디에 있는가!"

천호는 아무것도 보여주지 않았다. 하늘을 가득 메운 눈발만이 부질없이 흩날릴 뿐이었다.

"그녀가 있는 곳을 보여라! 어서!"

무언가 이상했다. 왜 아무것도 보여주질 않는 걸까. 이 세상에 천호가 찾지 못하는 것은 없었다. 살아 있는 것이면 무엇이든 보여준다. 허면……. 무는 하얗게 질린 얼굴로 제자리에 힘없이 주저앉았다. 뒤이어 따라온 몽우가 무의 모습에 맥을 탁 놓았다가 다시 정신을 가다듬었다. 몽우는 수면 위에 원을 그리고 주문을 외워 황천의 사령을 불러내었다. 흰 도포를 입은 사령은 무와 몽우를 향해 크게 절을 하고 고개를 들었다.

"오늘 황천에 로(露)라는 여인이 들지 않았는가."

몽우의 물음에 사령이 정중하게 예를 갖추며 말했다.

"그분은 아직 들지 않으셨습니다."

"참말인가. 정말로 황천에 오지 않았단 말인가."

"그러하옵니다."

사령이 돌아가고 무와 몽우는 잠시 말을 잃었다. 황천에도 들지 않았다면 도대체 어디에 있단 말인가.

"살아 있든 죽었든 모습이 보여야 한다. 틀림없이 설의 농간이 분명해."

무는 천호에 대고 설의 행방을 찾았다. 그는 지금 환의 성에 있었다.

"환과 함께 있단 말이지."

무는 이를 부득 갈고는 안개로 변해 허공 속으로 사라졌다. 몽우 또한 백호로 변해 황급히 그의 뒤를 따랐다.

환의 성에 당도하자 한 여인이 기다리고 있었다. 무는 아무런 물음 없이 여인이 이끄는 곳으로 향했다. 그의 곁에는 몽우가 따르고 있었고 오른손에는 푸른 청공이 들려 있었다.

환의 크고 넓은 성 깊숙이 들어갔을 때였다. 여인은 커다란 문 앞에 둘을 남기고 사라졌다. 몽우는 육중한 문을 힘껏 열어젖혔다.

문이 열리자 수백 개의 초로 환히 밝혀놓은 연회장이 보였다. 그 한가운데에 환과 설이 술상을 놓고 잔을 기울이고 있었다. 무는 그들에게로 뚜벅뚜벅 걸어갔다. 넓은 공간에 그의 발소리가 크게 울려 퍼지고 촛불들이 다르르 몸을 떨었다. 환은 그가 다가오는 것을 보고 들고 있던 잔을 내려놓았다. 그의 얼굴에는 의미를 알 수 없는 미소가 잠시 스쳤다.

"청공이군."

환이 무의 손에 들린 검을 보고 눈을 빛냈다.

"청공을 꺼낸 것을 보면 화가 단단히 난 모양이다."

무는 환의 외면한 채 묵묵히 앉아 있는 설을 보았다. 분노와 의혹, 깊은 두려움이 무의 얼굴을 스쳐 갔다. 지금 당장이라도 설에게 뛰어들어 로를 내놓으라고 고함치고 싶지만 그는 애써 억눌러야만 했다. 지금 자신의 고통 따윈 아무 것도 아니다. 로만을 생각해야 했다. 그녀를 온전히 찾기 위해선 설이 필요했다. 무표정한 얼굴로 술잔을 들여다보는 설을 보며 무가 말했다.

"나를 봐, 설."

무의 말에 설은 그제야 고개를 들었다. 설의 눈빛은 그믐밤 어둠 같았다. 그런 그가 낯설었다. 그간 무가 보아온 설은 부드러운 눈빛을 가진 이였다. 아무리 짜증을 내고 심술궂게 굴어도 웃으며 받아주던 그였다. 그런데 지금의 설은 전혀 다른 이였다.

'왜, 왜 그런 거야. 나와 로에게 왜 이러는 거야!'

분노에 가득 찬 말들이 입속에 맴돌았지만 무의 입에서 흘러나온 목소리는 차분했다.

"화내지 않겠다. 아무런 이유도 묻지 않겠다. 그저 지독한 장난이라고만 여길 테니 그녀를 돌려줘."

무의 목소리는 지독히도 슬펐다. 그 속에 사랑과 걱정, 두려움과 아픔이 고스란히 녹아 있었다.

'내가 알고 있는 무는 아무것도 없는 공허였는데 언제 이렇게 가득 차 있었을까.'

설은 무의 얼굴을 가만히 바라보며 탄식을 삼켰다. 무는 너무나도 많이 변했다. 그깟 인간 계집이 그렇게 중요하단 말인가. 그깟 사랑에 이렇게 바뀔 수 있는 것인가. 설은 무가 느끼는 고통이 기꺼웠다. 더 큰 고통에 몸부림치기를 바랐다. 하지만 한편으론 씁쓸하고 화가 났다. 그 모든 것을 알아놓고도 아직 미련이 남은 모양이다. 설이 쓰디쓰게 웃으며 말했다.

"왜냐고 묻고 화를 내라. 난 네게 해줄 말이 있어서 그녀를 숨긴 거야."

"왜지? 왜 그녀를 데려간 거야?"

"난 오래전부터 널 원했어. 그 누구보다도 널 갖고 싶어했지만 멀어질까 두려워서 주위만 맴돌았지. 조금만 주의 깊게 보았어도 알았을 텐데 넌 늘 무심했다. 네가 아닌 누구에게도 관심을 두지 않았으니까."

"그 때문이었나?"

"그 때문이었다면 지금보단 덜 지독한 일을 벌였겠지. 난 내가 받은 만큼 네게도 돌려주고 싶었을 뿐이다."

"무슨 말이지?"

무는 영문을 알 수가 없었다. 무슨 아픔? 무의 기억엔 설을 괴롭히거나 아픔을 준 일이 없었다. 무가 혼란스러워하는 사이 설이 서늘한 눈빛으로 무를 쏘아보았다.

"무, 넌 너무나도 많은 이들에게 아픔을 줬어. 정작 네 자신은 까맣게 잊은 채로 말이야. 넌 알아야 해. 네가 무슨 짓을 했는지."

"그렇다면 나를 택했어야 했어. 왜 아무 죄도 없는 그녀를 끌어들였지?"

"네게 더한 고통을 주고 싶었다. 두고두고 후회하며 괴로움에 몸서리치게 만들어주고 싶었어."

설이 복수를 하기 위해 로를 선택한 것은 가장 잘한 선택이었다. 지금 무는 숨이 끊어질 것처럼 괴로웠다.

"로는 지금 어디에 있지?"

"시간의 틈."

무의 안색이 차갑게 식었다. 시간의 틈이라니. 그렇게 잔인한 짓을 할 수가.

시간과 시간 사이에는 공간이 깨져 일그러진 시간의 틈이 존재했다. 그 균열에 한번 들어서면 인간이든 신이든 나올 수가 없었다. 그곳은 지옥보다 어둡고 깊은 심연. 시간의 신조차 포기한 무(無)의 땅. 시간은 영원히 멈춰 있고, 세상이 버리고 잊은 것들이 모여 있는 거대한 공간이었다.

'그래서였군. 그래서 찾을 수가 없었던 거야.'

무는 어금니를 깨물고 거친 숨을 골랐다. 그 모습을 흥미롭게 지켜보며 설이 말했다.

"로가 들어간 시간의 틈은 누군가가 잊은 기억이 모인 곳이다. 한 번 들어간 이상 죽지 못하고 영원히 기억 속을 헤매야 해."

"왜 그렇게 잔인한 짓을 했지? 왜 내가 아니고 그녀야!"

"네가 사랑한 이니까. 네가 준 것을 나도 돌려줬을 뿐이야."

"그녀를 꺼내줘. 네가 원하는 것이면 무엇이든……."

설이 무의 말을 차갑게 잘랐다.

"필요없어. 난 그저 네가 고통받는 걸 지켜보고 싶었을 뿐이야."

무가 설의 목에 청공을 겨누고 소리쳤다.

"이 자리에서 널 죽일 수 있어!"

설이 쓰디쓰게 웃었다.

"그 검에 죽으면 기억이 영영 지워진 채로 긴 잠을 자게 된다지? 신의 죽음은 너무 쉽고 잔인해."

"그녀가 갇힌 곳이 어디에 있는지 말해!"

"가르쳐 주지 않을 거다. 네가 날 죽인다 해도."

"설!"

무는 설을 당장 죽여 버리고 싶은 것을 애써 누르며 몸을 떨었다. 이대로 설을 죽여 버리면 안 된다. 로를 찾아야 한다. 이 세상에 수없이 많이 퍼져 있는 시간의 틈에서 로를 찾아내려면 설이 필요했다. 하지만 설은 로가 있는 곳을 가르쳐 주지 않았다. 그저 무를 비웃고 있을 뿐이다.

"흐흐흐, 넌 그녀를 찾을 수 없어. 영원토록 그녀가 받는 고통을 되새기며 살아가겠지? 죽지도 못하고 기억 속을 떠도는 제 여자를 떠올리면 어떤 기분이 들까?"

"닥쳐!"

무의 눈 속에 불꽃이 튀었다. 더는 견디지 못한 무가 설의 멱살을 움켜쥐고 소리쳤다.

"그녀가 어디 있는지 말해! 말하라고! 빨리 말해!"

그의 얼굴은 온몸에 피를 철철 흘리는 것처럼 일그러졌고, 고함은 고통에 겨워 내지르는 비명 같았다.

무의 고통을 즐긴다는 듯 설과 환의 입가에 웃음이 흘렀다. 지금 그들은 무의 숨통을 움켜쥐고 있는 자들. 무는 철저히 약자였다. 그들의 말 한 마디에 무의 숨이 끊어질 수도 있었다.

'로를 찾아야 해. 죽지도 못한 채 영원히 그곳에 갇힌 채로 둘 수 없어. 내가 구해와야 해.'

무는 자신 따윈 잊고 오직 로만을 생각하기로 했다.

무는 설과 환 앞에서 무너지듯 무릎을 꿇었다. 그런 그를 보고 신들의 얼굴이 차츰 굳어갔다.

"그녀를, 부디 그녀를 돌려줘."

머리가 바닥에 닿도록 고개를 숙인 무가 신음하듯 말했다. 이렇게라도 해서 로를 찾을 수 있다면 좋겠다. 발가벗은 채 설의 신을 핥아서라도 로를 찾을 수 있다면, 아니, 더한 것을 하라고 해도 무는 할 수 있었다. 로만 찾을 수 있다면. 그 끔찍한 고통에서 로만 구할 수 있다면 자신은 어떻게 되어도 상관없었다.

자신에게 고개를 숙이는 무를 보고 설이 어이없는 조소를 흘렸다.

"어리석구나! 아직도 모르겠어? 시간의 틈은 신조차도 한 번 들어가면 나오기 힘든 곳이야. 인간은 영원히 나올 수 없어. 난 그녀를 영원히 가둔 거야."

"아니야. 내가 꺼내올 수 있어. 그러니 그녀가 있는 곳을 말해줘. 네가 원하는 고통은 무엇이든 달게 받겠다. 그러니 로를 돌려줘."

"무. 이미 늦었어. 늦었다고!"

설의 외침을 외면한 채 무는 고개를 깊이 숙였다. 그의 몸은 고통과 절망을 이기지 못하고 떨고 있었다. 설은 무가 너무나도 낯설었다. 지금 눈앞에 있는 이가 자신이 알고 있던 무가 맞는 걸까. 그 무엇도 휘어잡을 수 없는 안개 같았던 그가, 세상 모든 것에게 잔인하고 냉정한 무가 무릎을 꿇고 고개를 숙이며 애원한다. 잃어버린 그녀를 돌려달라고 애원한다.

'그래, 그렇게 고통받아라. 괴로움에 울부짖어라. 네가 죽은 모든 이들의 고통까지 더불어 영원히 짊어지고 가라.'

하지만 무는 설이 오랫동안 갈망해 온 이. 그런 그가 고통받는 것이 괴로웠다. 차라리 그깟 인간 따위 포기하고 돌아섰다면 이런 마음이 들진 않았을 것이다. 더욱 그를 비난하며 이를 갈았을 것이다. 헌데 지금 그의 모습을 보고 있자니 마음이 혼란스럽다.

'이 고통은 누구로부터 시작된 것인가. 분명 잘못을 먼저 저지른 것은 무인데, 상처받은 것은 나인데 왜 내가 이런 마음이 들어야 하는가.'

무를 바라보는 설의 눈빛이 고통으로 일그러지는 동안 환은 아무것도 담기지 않은 그릇처럼 텅 빈 눈으로 허공을 보았다.

'내 눈으로 보지 않았다면 믿을 수 없었을 거야. 무가 무릎을

꿇고 고개를 숙이다니.'

환은 씁쓸한 미소를 지으며 자리에서 일어나 뒤돌아섰다. 이 겼다. 분명 이 싸움에서 이겼다. 허나, 마음은 패배한 것처럼 쓰라렸다.

'무를 굴복시키는 것이 이렇게 쉬운 것인 줄 몰랐어. 사랑이 란 그런 건가? 사랑 하나에 이렇게 간단히 무너질 수 있는 건 가?'

환은 지난날 자신이 느꼈던 갈망이 떠올랐다. 그 뜨겁고 격렬한 열정은 그저 집착에 불과했던 걸까. 환은 그 어떤 상황에서 도 절대 무처럼 하지 않았을 것이다. 상대에게 무릎을 꿇고 머리를 조아리느니 차라리 스스로 죽는 것을 택했을 것이다. 무를 무릎 꿇린, 머리를 내리 누른 강한 힘. 그것이 사랑인가. 그렇다면 사랑이란 얼마나 끔찍한 파괴력을 가진 무기인가.

환은 세상에서 가장 꺾고 싶었던 상대가 스스로 꺾이자 허탈했다. 고작 이것을 위해 그토록 이를 갈고 분노하고 원망해 온 것인가. 너무나도 쉽다. 환이 원한 건 쉬운 싸움이 아니었다. 환은 허망해하며 어둠 속으로 사라졌다.

'널 찾을 수가 없어. 이 세상 어디엔가 있는데, 분명 숨 쉬고 있는데 난 널 찾을 수가 없어.'

무(霧)는 로의 정원 한쪽에서 힘없이 주저앉았다. 몸의 기운이 모두 빠져나간 것 같아 일어설 수가 없었다. 누군가가 심장을 뜯어간 것처럼 움직임을 느낄 수 없고 머릿속은 텅 비어버렸다.

'어떻게 해야 널 찾을 수 있을까. 어떻게 해야 널 다시 볼 수 있을까.'

무는 공허한 눈으로 바닥을 응시하다가 어지럽게 흩어진 마른 꽃 속에서 작은 향낭을 주워 들었다. 지난 저녁에 그녀가 만들던 향낭이었다. 작은 향낭엔 꽃을 넣어두었는지 좋은 향이 났다.

"그 천 조각은 뭐야?"

"향낭을 만들려구요."

"그것이 무엇인데?"

"향낭에 꽃을 담아두면 좋은 향이 나요. 감꽃을 넣어두려는데 그 꽃 향을 맡으면 기분이 좋아지고 잠이 잘 온데요."

"난 너만 있으면 돼. 네게서 좋은 냄새가 나서 안고 있으면 잠이 잘 와. 이리 와봐. 냄새 좀 맡아보게."

"짓궂으세요!"

얼굴을 붉히며 소리 내어 웃던 그녀의 모습이 눈앞에 생생하게 그려졌다. 맑게 빛나는 얼굴을 향해 손을 뻗자 잡히는 것은 허공뿐. 무는 얼굴을 일그러뜨리며 고개를 숙였다.

"로(露), 네가 보고 싶다. 보고 싶어서 미칠 것만 같다."

무는 향낭을 움켜쥐고 두 눈을 꼭 감았다. 향낭 위로 뜨거운 눈물이 떨어졌다.

로. 네가 없으니 숨이 막힌다. 숨이 막혀서 죽을 것만 같다.

너는 이 세상 어디쯤에 있느냐. 어디서 날 기다리고 있느냐.

네게 가고 싶은데 길을 모르겠다.

널 잃어버렸다.

네 손을 놓쳐 버렸다.

무는 입술을 비집고 흘러나오는 울음을 삼키며 자리에서 일어났다.

세상을 샅샅이 뒤져서라도 끝내 찾아내고 말겠다. 꼭 찾아서 데려오겠다. 만약 찾지 못한다면 이곳엔 영영 돌아오지 않겠다. 무는 그 길로 무산을 떠났다. 무와 로가 함께했던 성은 이내 생기를 잃고 슬픔이 낮게 깔렸다.

구슬발을 걷고 한 여인이 들어섰다. 고운 옷자락을 끌면서 들어온 여인에게선 은은하고 청량한 향이 났다. 무는 자리에서 일어나 아름다운 여인과 마주했다. 아주 오래전 스치듯 그녀를 본 뒤로 두 번째 만남이었다. 한 번의 스침이었지만 눈빛이 너무나도 강렬하고 또렷해 지금도 그때를 생생히 기억했다. 많은 신들에 둘러싸여 있는 무에게로 곧장 걸어온 그녀는 단 한 번의 눈길만 건넨 채 멀어져 갔다. 부드럽고 아름다운 얼굴과 대비되는 차갑고 건조한 눈빛. 손에 칼이 쥐어져 있다면 분명 자신을 찌르기 위해 다가온 것이라고 생각될 만큼 그녀는 적의에 차 있었다. 무는 옆에 선 설에게 물었다.

"저 여인은 누구지?"

"상(霜). 운명의 여신이지."

당시 무는 먼 미래에 벌어질 일을 알지 못했다. 잠깐 스쳐 간 여인이 지금에 와서 한 단 하나뿐인 희망이 될 줄은 미처 몰랐다. 신이라 할지라도 미래는 예견하기 어려운 것이었다.

무는 안개의 성을 나오자마자 로의 행방을 알기 위해 많은 신들을 만났다. 그토록 많은 이들을 만났지만 돌아온 대답은 찾지 못할 거라는 말뿐이었다. 시간의 틈을 찾기란 시간의 신이 아닌 이상 어려웠다. 무가 낙심하고 있을 때 한 신이 말했다. 혹시 상(霜)은 알지도 모르겠다고. 그녀는 운명의 여신이니까. 미래에 벌어지는 일들을 알지 않겠냐고. 그 말을 듣는 순간 무는 까마득한 절벽 아래로 곤두박질치다 얼결에 나무뿌리를 움켜쥔 기분이었다. 무는 그녀가 로를 찾아줄 거라는 한 가닥 희망을 품고 백련방을 찾았다. 더 이상 로를 찾을 길이 보이지 않았기에 마지막 희망이었다.

무는 상을 향해 공손히 예의를 갖추었다. 무를 보는 상의 눈빛은 지극히 차갑고 싸늘했다. 오래전 잠깐 스쳐 갔을 때의 그 눈빛이다. 무는 그 눈빛을 보며 의문을 품기 전에 두려움을 먼저 느꼈다. 그녀가 자신을 적대시하는 것은 로를 찾는 길이 더 멀어진다는 의미였다.

"내가 널 지독히도 싫어한다는 걸 알고 있을 텐데 왜 이곳까지 왔지?"

그녀의 음성이 지나치게 차가웠다. 무는 불안한 마음으로 그녀의 눈을 보았다.

"부탁이 있다."

"무슨 부탁인지 알고 있다. 난 들어줄 수 없어. 돌아가."

무는 나가려는 상의 팔을 붙들었다. 상만이 그의 부탁을 들어줄 수 있다. 여기서 놓치면 로를 영영 찾을 수 없다. 무는 자신이 낼 수 있는 가장 간절한 목소리로 말했다.

"부탁이다. 로를 찾게 도와줘."

상은 지극히 냉랭한 표정으로 무의 얼굴을 바라보았다. 그의 눈빛 속에 고통을 보고 있자니 지난날 자신이 떠올랐다.

"제발 부탁이야. 그를 살려줘. 부탁이야 무! 제발!"

그의 발 아래서 처절하게 울부짖었었다. 제발 살려달라고 애원했었다. 하지만 그는 들어주지 않았다.

'왜 이제 와서 그의 부탁을 들어줘야 하지? 그렇게 끔찍한 고통을 줘놓고 무슨 염치로 이런 부탁을 하는 거야.'

상은 무의 팔을 뿌리치고 뒤돌아섰다. 그때 무가 그녀의 길을 막아서고 무릎을 꿇었다.

"너밖에는 그녀를 찾아줄 이가 없어. 이렇게 부탁한다. 로를 찾아줘."

"지금 하는 짓이 꼭 인간 같구나. 어리석고 수치심을 몰라."

상은 무를 물끄러미 내려다보았다. 지난날의 아픔이 스쳐 가며 가슴이 묵직해진다.

'나도 너와 같은 고통을 느꼈어. 아무것도 하지 못한 채 그의 고통을 바라만 보았어. 네가 준 고통이야. 네가 우리 모두를 고통에 빠뜨렸어.'

하지만 그만이 끝낼 수 있는 고통이기도 했다.

무(霧), 로(露), 설(雪), 상(霜), 환(煥).

이들 사이에 반복되는 악연은 무(霧)로부터 시작되었다. 그가 시작했으니 제멋대로 얽히고설킨 인연의 끈을 잘라낼 수 있는 이도 무뿐이다. 상은 이미 알고 있었지만 인정하고 싶지 않았다. 그는 자신에게 끔찍한 상처를 준 이. 긴긴 외로움을 안겨준 이. 그의 손에 운명이 결정된다는 것을 인정할 수 없었다. 상은 앞으로 벌어질 일들에 대해, 자신이 해야 할 일들에 대해 알고 있으면서도 끝까지 외면하고 싶었다. 그것은 무를 향한 증오와 자신도 알 수 없는 미래의 한 토막 때문이었다.

'과연 무가 할 수 있을까? 우리를 괴롭히는 끔찍한 고통 속에서 꺼내줄 수 있을까?'

어쩌면 무가 해내지 못할지도 모른다. 그들이 믿는 사랑이 그리 대단한 것이 아닐지도, 이대로 모든 것이 엉망이 될지도 모른다. 하지만 상에겐 다른 방법이 없었다. 그것을 알기에 상은 더욱 괴로웠다.

그녀는 나가는 대신 자리에 와 앉았다. 마음을 정하자 운명은 다시금 정해진 길로 나아가기 시작했다. 상은 조금은 떨리고 혼란스러운 기분이 들었지만 무를 보며 차분히 말했다.

"찾을 수 없을 거야. 설령 찾을 수 있어도 데리고 나올 수는 없어."

"어디에 있는지만 가르쳐 줘. 가르쳐 준다면 무슨 수를 써서라도 데리고 나오겠다."

"너 또한 나오지 못할 수도 있어."

"상관없다."

"그곳에 가면 네 지워진 기억과 만나게 될 거야."

"내 기억?"

무가 이해할 수 없다는 얼굴로 상을 보았다. 상은 그 모습을 보며 지난날 그의 표정을 떠올려 보았다. 차갑고 예리한 칼 같았던, 죽음처럼 어둡고 평온한 얼굴. 자신의 잔인함을 몰라서 더욱 잔인하게 느껴졌던 무심한 눈동자. 자신이 얼마나 잔인한 존재였는지 그도 곧 알게 될 것이다. 진실은 생각보다 비참하고 잔인하다.

"아주 오래전, 넌 네 손으로 수많은 신을 죽였어. 그들 중엔 너 자신도 포함돼. 너는 청공에 죽었고, 기억이 지워진 채 오랜 세월 동안 잠들어 있었어."

상은 마치 어제 일어난 일처럼 담담하게 말했다. 그녀의 표정과 말투가 너무나도 침착해서 무는 더욱 혼란스러웠다.

"내가…… 나를?"

무가 믿기지 않는다는 얼굴로 중얼거렸다.

"그래, 네 검으로. 시간의 틈에 가면 잃어버린 기억을 만날 수 있을 거야. 그리고 아주 고통스러울 거야. 그래도 가겠어?"

무는 잠시 혼란에 빠졌다. 잃어버린 기억. 갑자기 심장이 뛰기 시작했다. 가지 말라고, 그곳엔 절대 가지 말라고 몸과 마음이 말했다. 하지만 가야 한다. 그 기억의 틈바구니에서 로가 기다리고 있다.

"가겠어. 그녀에게 가겠어."

무는 주저없이 대답했다. 그 무엇을 만난다고 해도 상관없었다. 로를 만날 수만 있다면, 구해낼 수만 있다면 그 어떤 고통도 감내해 낼 자신이 있었다.

"한 가지 들어줄 약속이 있어."

"말해."

상이 무를 똑바로 바라보았다. 겨울 호수처럼 고즈넉하던 눈빛이 불을 담고 있었다. 차갑게만 보이는 그녀에게 어울리지 않는 뜨거움. 그녀가 거부할 수 없는 강한 눈빛으로 말했다.

"설을 용서해. 용서한다면 넌 그에게 손끝 하나 댈 수 없어."

"……."

무는 선뜻 대답하지 못했다. 그가 설을 죽이지 않은 것은 그만이 로가 있는 곳을 알기 때문이었다. 오직 그 이유 하나뿐이었다. 무는 매 순간마다 설을 저주하고 참을 수 없는 살의를 느꼈다. 그녀를 찾는다면 설을 찾아 복수하겠다고, 그리하여 로가 받은 고통을 고스란히 되돌려 주겠다고 다짐했었다.

"내가 왜 용서해야 하지?"

"잃어버린 기억을 만나면 알 수 있을 거야. 넌 설을 용서해야해. 그렇지 않으면 난 그녀가 있는 곳을 가르쳐 줄 수 없어."

설을 열 번, 스무 번 죽여도 풀리지 않을 분기였지만 무에게 다른 선택이 없었다. 그는 힘겹게 입을 열었다.

"알았다. 그를…… 용서하겠다."

상이 후련한 얼굴로 자리에서 일어났다.

"곧 준비를 끝내고 나올게."

그녀가 무를 지나쳐 방을 나갔다. 무는 로를 찾을 수 있다는 기쁨에 들뜨면서도 잊어버린 과거를 생각하면 마음이 무거웠다. 어떤 과거가 기다리고 있든지 어차피 알아야 할 진실이라면 두려워하지 않으리라. 무는 그곳에서 기다리고 있을 로만을 생각하기로 했다.

세상은 온통 흰빛 덩어리였다. 두덮게 쌓인 눈과 허공에서 흩날리는 눈은 아무런 감정도 불러일으키지 않았다. 그저 하얗고 차가운 흰 눈일 뿐. 무는 눈앞에 펼쳐진 풍경을 보며 로와 함께 보았던 설경을 떠올렸다. 그 아름답고 찬란했던 흰색. 곱고 포근했던 빛이 눈물겹게 그리웠다. 같은 눈이지만 같은 눈이 아니었다. 그녀 없이도 살아온 세상인데 견딜 수 없이 공허했다. 로가 없는 세상은 빛과 감정을 잃은 빈 껍데기였다. 무는 껍데기뿐인 세상을 가만히 올려다보았다. 하늘에서 눈이 내리고 있었다. 몇 천 년을 그렇게 눈만 내린 것처럼 세상은 흰빛을 힘겹게 짊어지고 있었다.

상은 허공을 응시하고 있는 무를 지켜보다가 멀리 눈이 하얗게 덮인 호수에 시선을 두었다. 그녀가 보이는 것이라곤 온통 흰 눈뿐인 곳을 가리켰다.

"저곳에 그녀가 있어. 저 아래 물속이 시간의 틈이야."

무는 상이 가리키는 곳을 아득히 바라보았다.

"저 얼음물 속에 로가 있단 말이지. 저 차갑고 어두운 곳에."

무가 천천히 걸음을 옮겼다. 하늘은 더욱 어두워지고 눈발은 그의 뺨을 아프게 후려쳤다. 옆에 섰던 몽우가 뒤따라가려 하자 상이 손을 들어 막았다.

"넌 여기 있는 것이 좋겠어. 그가 돌아올 때 우리가 있어야 해."

몽우는 가만히 고개를 끄덕이며 무의 뒷모습을 응시했다.

바람은 점점 더 거칠어지고 시야는 온통 눈에 가렸다. 손을 들어 눈을 그치게 하려던 그는 힘없이 팔을 내리고 앞으로 곧장 걸어갔다.

'너는 어떤 심정으로 이곳을 걸었을까. 얼마나 춥고 외로웠을까.'

바람 부는 소리가 꼭 로의 울음소리 같았다. 춥다고 흐느껴 우는 것만 같아서 심장이 있는 자리가 시리고 아팠다. 떠는 그녀를 품에 안아 등을 가만히 쓸어주며 울지 말라고, 이제 내가

왔다고, 더는 혼자 두지 않겠다고 말해주고 싶지만 로는 곁에
없었다.

"로, 너는 지금 어디에 있니."

무의 물음에 로는 대답하지 않았다. 들리는 것은 바람 소리
뿐. 무는 얼어붙은 호수 한가운데에 섰다. 그리고 몸에서 청공
을 뽑아내 한 번의 날카롭고 무거운 움직임으로 허공을 갈랐다.
곧 쩍하고 얼음이 갈라지고 수면이 드러났다.

"어디에 있든지 꼭 찾아낸다고 했었지. 기다려. 곧 갈게."

무는 조금의 주저도 없이 차디찬 물속으로 뛰어들었다. 차가
움이 뼛속 깊이 파고 들어왔다. 몸이 일시에 굳고 심장에 얼얼
하고 시린 통증이 느껴졌다. 너무나도 춥고 고통스럽고 쓸쓸했
다. 세상의 가장 밑바닥에 홀로 가라앉는 것 같았다. 하지만 괜
찮다. 저 아래에 로가 있으니까. 무는 물 아래로 깊이 자맥질해
들어갔다.

노랫소리가 들린다. 왠지 그립고 슬픈 생각이 차 올라 눈물
이 날 것 같다. 사랑의 기쁨을 담은 노래라 하기엔 슬프고 사랑
을 잃어버린 노래라 하기엔 왠지 모르게 따뜻했다. 노랫소리가
점점 멀어지면서 정신이 돌아왔다. 로는 눈을 깜빡이며 천천히
숨을 내쉬었다. 노랫말은 기억나지 않지만 그 여운이 아직도
귓가에 생생했다. 로는 두 팔로 바닥을 짚고 몸을 일으켰다. 바
닥에는 고운 모래가 깔렸고 몸이 무겁긴 하지만 아픈 곳은 없

었다.

'여긴 어디일까? 내가 왜 쓰러져 있는 거지?'

몸의 감각과 함께 지난 기억들이 천천히 돌아왔다.

흰 눈, 슬픈 바람 소리, 차가운 물, 그리고 무(霧).

로는 뛸 듯이 놀라며 일어섰다. 물에 빠졌던 것이 마지막 기억이었다.

'내가 죽은 걸까. 그분은 어찌 되셨을까. 여긴 어디지?'

많은 생각들로 머릿속이 혼란스러웠다. 주위 공기는 싸늘하고 추워 로는 두 팔로 제 몸을 안고 비틀거리면서 걸음을 떼었다.

아무 소리도 들리지 않는다. 아무런 냄새도 나지 않는다. 바닥에는 차갑고 푹신한 모래뿐. 아무것도 없는 텅 빈 공간. 로는 모래를 밟으며 걷고 또 걸었다. 혹여 무를 만날 수 있지 않을까 하는 희망이 그녀를 움직였다. 어느덧 꽤 많이 걸어 몸이 지쳐갈 무렵이었다.

어디선가 바람이 불어왔다. 숲을 통과해 온 신선한 바람이었다. 호수나 강이 가까이 있는지 물에서 나는 비릿한 냄새가 코를 간질였다. 반가운 마음에 몇 걸음 더 걸어갔을 때였다. 어둡던 시야가 조금씩 밝아지면서 뿌연 빛이 보였다. 로는 한참이 흘러서야 그것이 안개라는 것을 깨달았다. 주위는 이른 아침의 푸른빛과 옅은 안개에 둘러싸여 있었다. 앞으로 나아갈수록 빛은 선명해지고 대기 중에 느껴지는 냄새와 피부에 닿는 바람의 감촉이 생생해졌다. 로는 무심코 걸음을 옮기다 안개에 함초롬히 젖은 들꽃과 들풀을 보았다. 싱그러운 풀 냄새, 꽃 냄새가 사방에 가득했다. 멀리서 명랑하고 다정한 새의 울음소리와 힘찬 날갯짓 소리가 들렸다. 어디선가 훈훈한 기운을 담은 바람이 불었다. 그 바람에 눈앞에 자욱하던 안개가 서서히 밀려가고 푸른 물이 보였다. 아침빛을 받아 은빛 비늘처럼 반짝이는 수면은 아름다웠다.

물결의 눈부심에 이끌려 다가가던 로는 물가에 서 있는 한 여인을 보았다. 그녀는 안개로 짠 듯한 흰 옷을 입고 엉덩이 주위까지 내려오는 긴 머리를 단정하게 늘어뜨리고 있었다. 그녀의 살결은 눈처럼 하얗고 몸은 바람에 흔들리는 꽃가지처럼 가냘프고 선이 고왔다. 아침 볕이 조금 더 밝아지면 강가에 서 있는 그녀는 그대로 하늘로 증발될 것만 같았다.

눈에 보이는 풍경이 생생하고 또렷해질수록 로의 머릿속은 꿈결처럼 흐릿하고 몽롱해져 갔다. 이상했다. 점점 몸이 무겁고 자꾸만 잠이 왔다. 하지만 그녀가 보고 싶어서 간신히 정신을 차리고 뒤를 따라갔다.

안개에 촉촉이 젖은 들판을 서성이던 그녀는 이슬이 맺힌 들꽃으로 다가가 허리를 굽혔다. 고운 손길로 꽃을 어루만지자 작고 뿌연 빛이 하늘로 날아올랐다. 마치 어둠 속을 날아오르는 반딧불처럼, 민들레 씨앗이 바람을 타고 허공에 떠다니는 것처럼, 그녀의 손길이 닿은 이슬이 빛으로 변해 하늘로 날아올랐다. 밤하늘의 별만큼이나 많은 빛이 일제히 날아오르자 로는 자신도 모르게 소리 내어 웃고 말했다. 하늘에서 땅으로 내리는 비가 아닌 땅에서 하늘로 향하는 비였다. 작고 앙증맞은 빛은 살아 숨 쉬는 듯했고, 몇몇은 그녀의 주위를 맴돌며 춤을 추었다. 그 모습이 무척이나 아름다워서 로는 미소를 머금고 성큼 다가섰다. 그때 그녀가 고개를 들어 로를 보았다. 로는 그녀의 얼굴을 보고 놀라서 멈춰 섰다. 밝은 빛에 그녀의 두 눈동자가 반짝이는 것이 보였다. 물빛처럼 파란 눈동자와 밤처럼 새까만 눈동자. 그녀는 로 자신이었다.

로는 그제야 자신이 볼 수 있다는 것을 깨달았다. 뿌옇게 보이는 해와 안개, 강과 들꽃, 작은 빛무리는 자신의 눈으로 본 것이었다. 그리고 그 속에 서 있는 자신. 아름답고 행복해 보이는 그녀가 로를 향해 맑은 미소를 지었다. 로는 그녀의 미소와 눈동자를 보면서 이곳이 자신의 기억임을 알았다. 그녀가 느끼는 모든 것이 그대로 전해졌고, 그녀가 가진 기억이 가슴으로 흘러 들었다. 로는 자신의 기억 속으로 천천히 걸어 들어갔다. 먼 기억 속에서 노래가 들렸다. 꿈결에서 들었던, 그 여운이 아직도 가슴에 남아 있는 노래였다.

하늘과 대지가 물에 잠기면
그 물길을 따라 임이 오시네.
하지만 나는 물 깊숙이 가라앉아

임이 날 찾을 수 없구나.
내가 있는 곳은 이승도 저승도 아니니
임은 날 찾을 수 없어.
내 가여운 사랑,
나를 찾아 세상을 떠도네.
가엾구나, 내 사랑.
가엾구나, 내 그리운 사랑.

로는 노래를 부르며 기억의 강 속에 잠겼다. 아름답고, 슬프고, 고통스러운 기억이 그녀를 감쌌다.

『무로霧露』 2권에 계속…

 hungeoram romance novel

『너만 모르는 이야기』

"한 번만 자자."

이 말을 듣는 해수는 그렇게 생각한다.

그러나 이 말을 건네는 민재의 맘은 그게 아니다.

더 이상 뭘 어떻게 해야 알아줄 건데?

● 김신지 지음 ‖ 9,000원 ●

『그와 결혼하다』

35세 서현수, 결혼이 싫지만 해야 했다.

29세 정이재, 결혼에 관심없지만 해도 상관없었다.

단순한 의도와 단순한 결론으로 시작한 결혼.

그래, 결혼이란 참 쉬운 거라 생각했다.

● 이미연 지음 ‖ 9,000원 ●

『오스칼』

미국 의류 재벌가의 막내아들, 유리 세바스티앙 댄튼.
사업상의 제휴를 위해 여기 한국에 오다.
한 남자의 착각이 불러온 사랑의 대폭풍!
두 남자의 황당하고도 야릿야릿한 사랑 이야기.

● 김수희 지음 ‖ 9,000원 ●

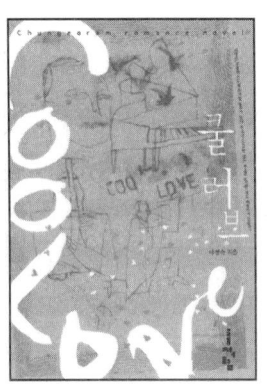

『고요 속 외침』

감정없는 김수안과 여리디여린 진소윤의 정략결혼.
이들은 과연 어떻게 사랑을 만들어 나갈 것인가?
사랑에 상처받은 이들이라면, 주목하라!
'장해서'의 치유 시리즈 그 네 번째 이야기.

● 장해서 지음 ‖ 9,000원 ●

도서출판 **청어람** chungeoram@chungeoram.com
☎ 032-656-4452 FAX 032-656-4453

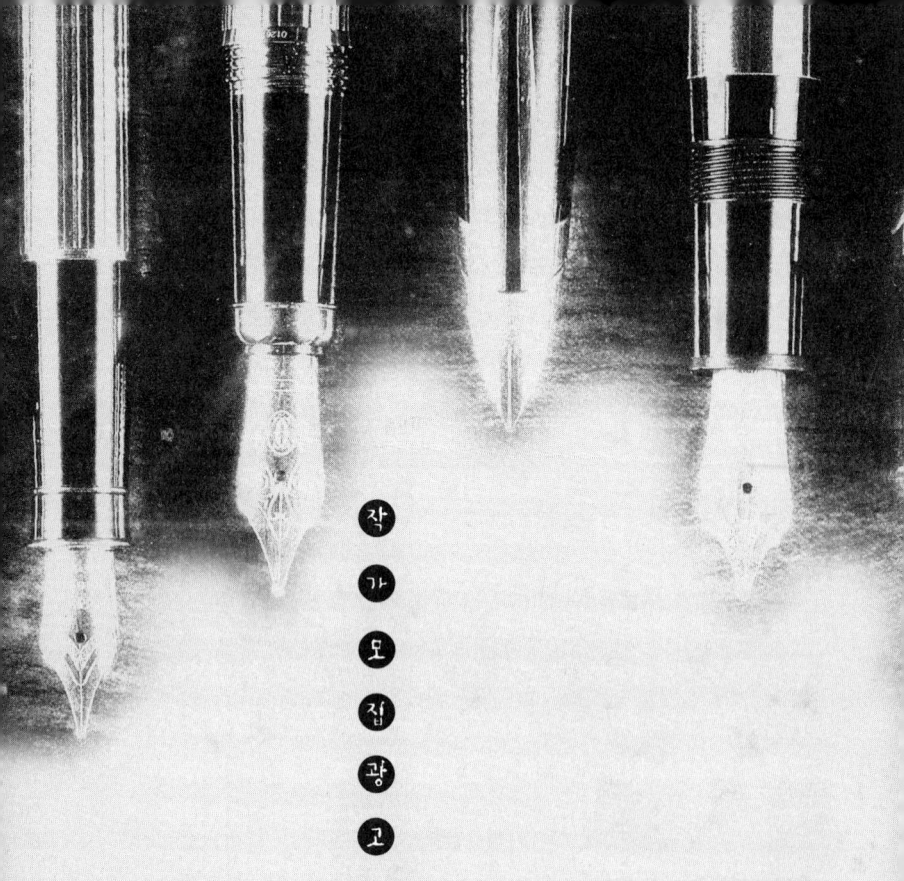

작
가
모
집
광
고

도서출판 청어람의 문은 항상 열려 있습니다.
실력있는 작가 분들의 많은 관심 부탁드립니다.

TEL:032-656-4452 • FAX:032-656-4453
http://www.chungeoram.com
http://chungeoram.egloos.com
e-mail:romance-eoram@hanmail.net